Kaspar Wolfensberger

Glanzmann

Kaspar Wolfensberger

Glanzmann

Roman

Appenzeller Verlag

Satz und Druck: Appenzeller Medienhaus, Herisau
Bindung: Schumacher AG, 3185 Schmitten
ISBN: 3-85882-392-9

Umschlaggestaltung unter Verwendung eines Werkes
von Amedeo Modigliani.

www.appenzellerverlag.ch

ERSTER TEIL

Glanzmanns Theorie: Das Buch

1

Der Briefumschlag sah aus, als wäre er vor hundert Jahren adressiert worden: «An Hrn. Dr. med. Lukas Zangger, Psychiater & Psychotherapeut, Schule für Psychotherapie» stand in grossen, zittrigen Lettern geschrieben. Darunter Strasse und Hausnummer von Zanggers Praxis in Zürich, aber ohne Postleitzahl. Die Adresse war durchgestrichen und in Tinas feiner Handschrift durch die des Hotels ersetzt worden. Statt einer einzigen Briefmarke waren sechs aufgeklebt, lauter uralte Marken mit Köpfen berühmter Schweizer. Neben der Anschrift war ein schwarzer Stempelaufdruck: «Persönlich». Ein zweiter, roter Stempel war schräg auf den Umschlag gedrückt: «Dringlich». Deswegen wohl hatte Tina es für nötig gehalten, den Brief an ihn weiterzuleiten. Normalerweise sandte sie ihm keine Post nach, wenn er nur für ein paar Tage fort war.

Man hatte Zangger den Brief an der Rezeption in die Hand gedrückt, als er von seinem Morgenlauf zurückkam. Er ging in sein Zimmer und riss den Umschlag auf.

«Mein lieber Zangger», las er, «Sie wissen, worum es geht. Viel steht auf dem Spiel. Sie müssen also kommen. Unbedingt!» Das Wort «müssen» war unterstrichen.

Der kurze Text war auf einer mechanischen Schreibmaschine getippt worden, jedes kleine o hatte ein Loch in das zerknitterte Papier gestanzt. Weder auf dem Umschlag noch auf dem Briefbogen war ein Absender zu erkennen.

«Ich erwarte Sie nach Ihrem Seminar vom 28. um 16 Uhr», hiess es weiter, darunter stand eine Unterschrift. Unleserlich.

Nach dem Seminar vom Achtundzwanzigsten?, fragte sich Zangger. Das war das Seminar über sexuellen Missbrauch, das er in einer Woche an seiner Schule halten würde.

Unten an der Seite war ein Zeichen hingekritzelt. Zangger drehte das Blatt um: «Sie haben es versprochen, vergessen Sie die Verabredung nicht. Ich brauche nämlich einen Zeugen. Jemand hat es auf meine Theorie abgesehen. G.», stand von Hand geschrieben. Die Buchstaben wurden von Zeile zu Zeile kleiner und waren am Ende des letzten Satzes kaum noch zu entziffern.

Zangger schüttelte den Kopf. Der alte Glanzmann wurde wirklich immer wunderlicher! Er war allerhand gewohnt von ihm, aber dass er ihn jetzt auf so skurrile Weise zu einem Besuch nötigte, war noch nie vorgekommen. Hatte er ihm tatsächlich versprochen, ihn nach dem Seminar zu besuchen? Hatte Glanzmann ihn nicht vielmehr beiläufig gefragt, ob er sich gelegentlich ein paar wissenschaftliche Gedanken anhören wolle? Anstandshalber hatte er Ja gesagt, aber das war doch kein Versprechen gewesen. Was stand eigentlich auf dem Spiel? Wer in aller Welt sollte Glanzmann seine Theorie klauen wollen? Und wozu brauchte er einen Zeugen?

Zangger fühlte sich hereingelegt. Er hatte seinen Vorgänger immer respektiert, aber in jüngster Zeit reagierte er auf den alten Professor allergisch. Seit einem Jahr rief dieser ständig an, forderte ihn zu einem Besuch auf oder suchte ihn in seiner Praxis heim, um ihm die neusten Theorien aufzutischen. Glanzmanns verwaschene Sprache machte schon das Zuhören zu einer anstrengenden Sache, von den inhaltlichen Verständnisschwierigkeiten ganz zu schweigen. Zangger wusste nie recht, was er von Glanzmanns Ideen halten sollte: Mal präsentierte er ihm längst bekannte Fakten, vergewisserte sich aber dennoch, ob er sie auch wirklich kapiert habe. Mal setzte er neuste Theorien, von denen Zangger noch nie gehört hatte, als bekannt voraus. Stets wartete er dann mit einer eigenen Idee auf, einer komplexen Theorie oder einer verblüffend einfachen These – und Zangger war sich jedes Mal unschlüssig, ob es sich dabei um einen genialen Wurf handle oder um senile Verblendung.

«Sie müssen ein Buch schreiben, Herr Professor», sagte er jeweils.

«Ich weiss, ich weiss», war bis anhin Glanzmanns Antwort gewesen.

Zangger zog sein verschwitztes Sportleibchen über den Kopf, rollte die Schultern und reckte und streckte sich, als wolle er etwas abschütteln. Dann griff er an seinen Bauch und prüfte die Dicke des Fettwulstes zwischen seinen Fingern. Unwillig klatschte er sich auf den Leib und schlüpfte in den weissen Hotelbademantel. Er wollte noch vor dem Frühstück in die Felsentherme gehen, so lange dort noch nicht zu viele Badegäste waren.

Seinen Vorsatz, sich eine Pause zu gönnen, hatte er nach seiner Krise vor einem Jahr umgesetzt. Nur war die längere Zeit, die er sich vorgenommen hatte, auf eine Woche zusammengeschrumpft, die er mit Tina hier oben verbracht hatte. Der Aufenthalt hatte ihm gut getan, und er hatte ihr versprechen müssen, fortan jedes Jahr für eine Woche mit ihr nach Vals zu fahren.

Aber nun hatte Tina nicht mitkommen können. Sie hatte den schulpsychologischen Dienst an der Goldküste vor einem halben Jahr quittiert. Sie hatte genug von den Wohlstandsproblemen, mit denen sie sich tagtäglich hatte herumschlagen müssen: genug von den gestylten Müttern, die ihre Kinder im Range Rover zu ihr chauffierten, damit sie ihnen Hochbegabung attestiere; genug von den gut betuchten Vätern, die bis vor Bundesgericht gingen, um für ihre verzogenen Fratzen, die ihre Lehrer verrückt machten, Einzelunterricht auf Staatskosten zu erstreiten. Sie war in ein Büro für Unternehmenskommunikation eingetreten, das Nonprofit-Organisationen beriet. Dort befasste sie sich mit Projekten in Südindien und im südlichen Afrika. Sie hatte erst vor drei Monaten angefangen, deshalb konnte sie noch keinen Urlaub nehmen. Zangger hatte den Aufenthalt im Hotel Therme absagen wollen, aber das hatte sie nicht zugelassen.

«Du spannst jetzt für eine Woche aus, Luc», hatte sie gesagt und mit dem Handrücken seine Wange gestreichelt. «Wenn du nicht allein gehen magst, nimm Marius mit.»

Es war kein Problem gewesen, Seidenbast zum Mitkommen zu bewegen – allzu verlockend waren Küche und Keller des Hauses.

Die asketische Architektur und die Ruhe des modernen Thermalbads sagten Zangger zu: keine antiken Säulen, keine maurischen Bögen, weder Palmenimitationen noch karibische Klänge, auch kein Vogelgezwitscher aus verborgenen Lautsprechern, erst recht keine Rutschbahnen oder andere lärmige Attraktionen. Nur glatt geschliffener Granit, Wasser, Luft und Licht, sonst nichts. Klare Flächen und rechte Winkel, grosse und kleine, offene und geschlossene, warme, heisse und eiskalte Bäder. Es erfüllte Zangger mit Genugtuung, wenn er andere Badegäste nörgeln hörte, hier sei es ungemütlich, in dieser Kargheit sei kein Badeplausch möglich.

Dann bleibt doch zu Hause, dachte er jeweils, mir solls recht sein.

Zangger sass in einem versteckten Felsenbassin, in welchem er sonst meistens allein war. Jetzt waren noch zwei, drei andere Personen da. Er hatte sich deshalb in die entfernteste Ecke gesetzt und versuchte, an nichts zu denken. Im Besonderen nicht an Glanzmann.

«So, so, Sie kennen seine Haushälterin?», hörte er eine näselnde Frauenstimme fragen.

«Jawohl. Eine Freundin von mir», sagte die andere. Zangger hasste es, sich an einem stillen Ort fremde Konversation anhören zu müssen. Er versuchte wegzuhören und hielt die Augen geschlossen, als ob er meditierte. «Sie kennt seine Verhältnisse natürlich genau.»

«Er ist ein Genie, finden Sie nicht?», meinte die Erste.

«Wer? Ach so», gab die andere zurück. «Ich weiss nicht. Ich kenne ihn ja nicht persönlich.»

«Aber ich», näselte es. «Ein begnadeter Psychotherapeut – glauben Sie mir, ich weiss, wovon ich rede –, für zahllose Patienten ein Retter in der Not. Ein brillanter Wissenschafter», schwärmte die Frau. Sie hatte mittlerweile die Näselstimme gesenkt, als ob sie sich gewahr geworden wäre, dass lautes Reden hier unangebracht war. «Und ein grosser Menschenfreund», raunte sie.

Vor einem Augenblick noch wäre es Zangger lieber gewesen, sie hätte geschwiegen, jetzt wurde er neugierig. Er hütete sich instinktiv, die Augen zu öffnen, aber er versuchte, die Frau blinzelnd zu betrachten. Er sah bloss eine riesige Badehaube mit Rüschen, zwei zusammengekniffene Augen – es musste sich um eine kurzsichtige Person handeln – und eine mit einer Klammer verschlossene Nase aus dem dampfenden Wasser ragen.

«Nun –», erwiderte die andere zögernd. «Wie gesagt, persönlich bin ich ihm nie begegnet. Ich kenne ihn nur vom Hörensagen.»

«Sie gehören ja auch noch nicht zur alten Garde», sagte die Erste. «Geistig ist er noch absolut auf der Höhe. Dabei ist er bald neunzig», fuhr sie fort. «Seine wissenschaftlichen Artikel stiessen immer auf grosses Interesse. Nur hört man in letzter Zeit nicht mehr viel von ihm. – Sagen Sie, schreibt er etwa ein Buch?», fragte sie auf einmal neugierig. «Das müsste Ihre Freundin doch wissen.»

Die andere Frau hatte sich erhoben und watete, mit den Armen sachte rudernd, hinaus. Die mit der Riesenhaube, eine nicht eben graziöse Gestalt, stapfte hinter ihr her.

«Das wäre nämlich Gold wert», hörte Zangger noch.

«Ach ja, wirklich?», fragte es zurück. Die Stimmen entschwanden.

Zangger blieb im warmen Wasser sitzen und rieb sich die Augen.

Ach was, dachte er, wer soll sich hier oben schon ausgerechnet über Glanzmann unterhalten? Bloss weil ich einen Brief von ihm erhalten habe.

Er schlenderte zum Feuerbad hinüber, stieg vorsichtig ins heisse Wasser und setzte sich. Kaum jemand tat es ihm gleich: Die meisten, die einen Versuch wagten, zogen den Fuss rasch wieder zurück. Nur die Habitués wussten, wie man hineingleiten und dass man sich ruhig verhalten musste, um die Hitze auszuhalten. Im Eisbad war er ohnehin allein. Er tauchte kurz unter und suchte dann den aus mehreren dunkeln Kammern bestehenden Raum mit den Schwitzsteinen auf.

Er durchquerte die erste Kammer – der dichte Dampf erlaubte ihm kaum zu sehen, ob jemand auf den schwarzen Steinen lag – und blieb in der zweiten im Finstern stehen. Nachdem sich seine Augen an die Dunkelheit gewöhnt hatten, stellte er fest, dass niemand da war, und legte sich auf einen der heissen Steinblöcke. Es gab noch eine dritte Kammer, aus der er es schnaufen hörte. Die gedämpften Stimmen, die er eben noch gehört hatte, waren verstummt.

«Nein, so etwas! Das kann ich fast nicht glauben», hob eine Stimme wieder an. «Wissen Sie, das wird einem oft grundlos unterstellt. Manchmal auch böswillig.» Die dampfgeschwängerten Klausen waren nicht mit Türen, sondern mit schweren Ledervorhängen voneinander abgetrennt. «Er ist doch ein absolut integrer Mensch. Hat sie das wirklich gesagt?»

Es dünkte Zangger, er habe die Stimme schon einmal gehört. War das die Flüsterstimme von vorhin? Hatte die Dame ihre Nasenklammer abgenommen?

«Nun, etwas in der Art hat sie jedenfalls angedeutet», erwiderte die andere. «Vielleicht hätte ich es nicht erwähnen sollen. Ich kann ja nicht wissen, ob …»

Der Rest ging im Geplätscher eines Wasserstrahls unter, mit welchem sich jemand abspritzte.

«… vielleicht nur ein Gerücht», war zu hören, dann war es wieder still.

«Puh, mir reichts», sagte die eine Stimme nach einer Weile.

«Mir auch», sagte die andere. «Gehen wir.»

Zwei Gestalten traten kurz hinter einander aus der dritten Kammer und gingen im Dampf an Zangger vorbei.

2

Heute stand etwas Wichtiges bevor, das wusste Professor Glanzmann noch. Er bewegte sich unsicher zwischen Bergen von Büchern, Manuskripten, Patientenakten und anderen Papieren in seinem Studierzimmer und sah sich suchend um.

Eben war er an seinen Armkrücken aus der Küche hierher getrippelt. Er hatte die Stöcke neben der Zimmertüre gegen die Wand gelehnt. Zu jenem Zeitpunkt hatte er noch genau gewusst, was er wollte. Aber jetzt war es weg. Er schüttelte den Kopf. Doch war er zuversichtlich, dass ihm sein Vorhaben gleich wieder einfallen würde. Er brauchte bloss sein Gehirn zu aktivieren, das würde ihm auf die Sprünge helfen: Was hatte er in der Küche getan? – Insulin gespritzt, gefrühstückt. Und dann, bevor er vom Tisch aufgestanden war? – In der Agenda geblättert und die Eintragungen für den heutigen Tag nachgesehen. – Sieh da, da war es schon wieder: Zangger. Zangger würde ihn heute Nachmittag besuchen, um sich seine Theorie anzuhören.

Glanzmann fieberte dieser Begegnung fast ein wenig entgegen. Zwar handelte es sich bloss um Zangger, aber später würden bestimmt auch andere kommen: Klinikchefärzte, Universitätsprofessoren, möglicherweise einer aus dem Max-Planck-Institut. Wer konnte wissen, ob nicht auch bald eine Delegation aus Schweden vorsprechen würde? Glanzmann betrachtete die bevorstehende Besprechung mit Zangger als eine Art Probelauf für wichtigere Begegnungen. Es lag ihm daran, seine Erkenntnisse jemandem anzuvertrauen, der über Fachwissen verfügte, aber selber keinen wissenschaftlichen Ehrgeiz hatte. Es könnte einmal wichtig werden, einen zu haben, der bezeugen konnte, wer der Urheber dieser neuen Theorie war.

Er war gut vorbereitet, er hatte alles im Kopf. Er brauchte nur noch die Schemata durchzusehen, die er für diesen privaten Vortrag bereitgelegt hatte. Ach ja, jetzt fiel es ihm wieder ein: Deswegen war er ins Studierzimmer gekommen. Er hatte diese Illustrationen gestern hervorgesucht und irgendwo abgelegt. Aber wo? Er hob eine Zeitung hoch, die zuoberst auf einem Papierstapel lag. Die Schemata waren nicht zu sehen.

Der Professor stand in seinem Arbeitskittel, einem nicht mehr ganz sauberen Labormantel, mitten im Studierzimmer, die Zeitung in den Händen. Er warf einen Blick auf das Blatt, doch die Aktualitäten interessierten ihn nicht. Überhaupt war jetzt nicht der Augenblick für Zeitungslektüre, er hatte anderes zu tun.

Nur kurz durchblättern, dachte er, und wenigstens die Wissenschaftsbeilage überfliegen, bevor ich die Zeitung entsorge.

Entsorgen war zwar nicht ganz der treffende Ausdruck, denn genau genommen pflegte Glanzmann die Zeitungen nicht zum Altpapier zu legen, wenn er sie gelesen hatte, sondern sie neben dem mächtigen Barockschrank in seinem Studierzimmer in einer Art Zwischenlager zu stapeln. Jedenfalls die Mittwochsausgabe der Neuen Zürcher Zeitung mit der Forschungsbeilage, selbstverständlich auch die Ausgabe vom Freitag mit der Literaturbeilage, denn die enthielt oft philosophische und psychologische Artikel, und natürlich die Wochenendausgabe. Wie konnte er wissen, ob er den einen oder andern Artikel nicht noch einmal lesen oder jemandem zur Lektüre weitergeben wollte?

Glanzmann sah die Wissenschaftsseiten durch und blieb am Beitrag über die Funktion der rechten Hemisphäre bei aphasischen Hemiplegikern hängen.

Moment mal!, dachte er. Aphasische Hemiplegiker – Halbseitengelähmte mit einer Sprachlähmung – mussten doch eine Schädigung der *linken* Hemisphäre aufweisen, das Sprachzentrum lag schliesslich in der linken Hirnhälfte. Hier war aber von der rechten Hemisphäre die Rede.

Glanzmann musste weiterlesen.

Er nahm einen herumliegenden Leuchtstift und markierte die Stelle, an welcher von einem Patienten die Rede war, dessen ganze linke Hirnhälfte wegen eines Hirntumors entfernt worden war.

Heroisch!, dachte Glanzmann. Die Hälfte des Gehirns und erst noch die linke Hemisphäre – welch gewagter Eingriff!

Die Operation hatte in den 1950er-Jahren stattgefunden, in den Anfangsjahren der Neurochirurgie. Damals vollbrachte man eben noch solche Pioniertaten. Der Patient müsste, sagte sich Glanzmann, nicht nur seines Intellekts, sondern auch seiner Sprache beraubt gewesen sein, wenn ihm mit der linken Hemisphäre das Sprachzentrum wegoperiert worden war. Was aber tat er, nachdem er aus der Narkose erwacht war und den Neurochirurgen sah, der sich über ihn beugte? «Sie gottverdammter Hurensohn!», stiess er hervor – so stand es in dem Bericht. Der wissenschaftlichen Genauigkeit wegen wurde auch noch der Originalton zitiert: «You goddamned son of a bitch!». Dann verstummte der Mann für den Rest seines Lebens.

«You goddamed son of a bitch!», las Glanzmann laut und schüttelte den Kopf. «You goddamed son of a bitch!»

Faszinierend!, dachte er, das ist absolut faszinierend. Der Mann war praktisch enthirnt. Ausschliesslich rechtshemisphärisch, von seinen Emotionen gesteuert, vermochte er diese Worte hervorzubringen, obschon er die Sprachfähigkeit eigentlich verloren hatte.

Glanzmann liess den Markierstift auf einen Stapel von Patientenakten fallen. Mit zittriger Hand riss er die Seite aus der Zeitung und schnitt den markierten Artikel mit einer Schere, die er hinter einem Wörterbuch hervorgezogen hatte, aus. Dann fischte er eine grosse Wäscheklammer aus seinem Arbeitskittel. «Wichtig» war mit rotem Filzstift darauf geschrieben. Er klemmte die Klammer an das Papierstück und warf dieses in Richtung der Schubladenfächer aus Pappe, die vom Fussboden bis fast unter die Decke des hohen Raumes aufgeschichtet waren. Jedes Fach war mit krakeliger Schrift angeschrieben. «Hirnoperationen» stand auf einer der Schubladen, darin würde er den Artikel später ablegen.

Professor Glanzmann hatte die Angewohnheit, Dinge herumzuwerfen. Nicht aus Ungeduld, auch nicht aus Unmut, nein, es schien ihm einfach nicht möglich zu sein, ein Papier, ein Buch, ein Kleidungsstück oder sonst etwas hinzulegen, er musste es werfen. Wenn er von draussen kam, liess er die Krücken neben der Tür in die Ecke des Korridors fallen und warf seine Baskenmütze auf die Hutablage der Garderobe. Mal blieb sie oben, mal fiel sie zu Boden und blieb liegen, bis Frau Engel sie aufhob. Manuskriptseiten, die er auf seiner alten Schreibmaschine voll geschrieben hatte, riss er aus den Walzen heraus und warf sie auf den Tisch. Eine Zeitung, die er in der Küche gelesen hatte, liess er an Ort und Stelle zu Boden fallen. Wenn er sie aber ins Studierzimmer trug, legte er sie nicht auf einen der Papierberge, er schmiss sie obendrauf. Das hatte zur Folge, dass die Stapel früher oder später in Schieflage gerieten und auseinanderglitten.

Und Stapel gab es viele: Zeitungsstapel, Bücherstapel, Patientenaktenstapel, Manuskriptstapel, Stapel von wissenschaftlichen Zeitschriften und von Separatdrucken, Stapel von Transparenten, Grafiken und Schemata, staubbedeckte Stapel mit persönlichen Briefen – vor allem Kondolenzschreiben, die nach dem Tod seiner Frau vor einem Jahr eingetroffen waren und der Beantwortung harrten –, solche mit wissenschaftlicher Korrespondenz, andere mit Umschlägen voller Briefmarken oder Geldscheinen, Stapel von Rechnungen und Mahnungen, Altpapierstapel und jede Menge von gemischten Stapeln, die zum Sortieren vorgesehen waren.

Als seine Frau noch lebte, hatte sie vergeblich versucht, ihrem Mann das *Mödeli* des Werfens abzugewöhnen. Zwar hatte er sich ihr zuliebe eine Weile zusammennehmen können, aber dann hatte er wieder zu werfen begonnen. Er tue es nicht absichtlich, hatte er stets beteuert. Er selber legte diese Angewohnheit als eine unwillkürliche Verhaltensweise aus, mit der er seinem Tremor, dem Zittern seiner Hände, begegnete. Das Zittern war eine Auswirkung der Parkinsonschen Krankheit.

Glanzmann warf auch andere Dinge des täglichen Lebens: Zahn- und Haarbürste schmiss er nach Gebrauch auf die Ablage im Badezimmer, seine Insulinspritze liess er, verpackt in ein bruchsicheres Etui, auf den Serviertisch neben seinem Essplatz fallen. Es war schon vorgekommen, dass er einem seiner seltenen Gäste ein Stück Brot oder Käse auf den Teller warf, freilich ohne es selber zu merken. Er realisierte auch nicht, dass sein *Mödeli* ausgeprägter, die Würfe hemmungsloser, die Wurfdistanzen weiter geworden waren, seit seine Frau nicht mehr lebte.

Nun war Glanzmann nicht etwa ein unordentlicher Mensch. Ganz im Gegenteil, in gewisser Hinsicht zeigte er grösste Ordnungsliebe: Das Konzipieren eines ausgeklügelten Ablagesystems und das Beschriften von Regalen und Schubladen, von Ordnern, Registern, Mäppchen und allerlei Behältnissen war eine eigentliche Leidenschaft des Professors – es haperte jeweils bloss mit der Umsetzung des gewählten Ordnungsprinzips.

Schliesslich fand er die am Vortag bereitgelegten Schemata in einem beschrifteten Plastikmäppchen. «Präsentation Zangger» stand auf dem Mäppchen, daneben ein roter Stempelaufdruck: «Wichtig». Das Mäppchen hatte unter einem Stapel mit Versicherungspapieren gelegen.

«Gut», murmelte er, «es ist alles parat.»

Aber, fragte er sich plötzlich, ist Zangger dafür überhaupt der Richtige? Vielleicht nicht, dachte er. Es war wohl etwas unklug, ihn als einzigen Zeugen einzuladen. Am Ende ist es besser, ich lade auch noch Frau Schimmel ein. – Ja, entschied er, ich rufe sie an. Und vielleicht auch noch Herrn Stein.

Er blickte zum Telefon, das auf dem Schreibtisch stand. Der Schreibtisch stand beim Fenster, die beiden Krücken lagen auf der anderen Seite des Zimmers neben der Türe. Sie waren zu Boden gekippt, nachdem er sie an die Wand gestellt oder vielmehr fallen gelassen hatte. An die modernen Stöcke aus Kunststoff, die Frau Engel ihm hatte aufschwatzen wollen, hatte er sich nicht gewöhnen können, er benützte deshalb weiterhin die schweren metallenen mit den altmodischen Holzgriffen. Nach dem Missgeschick vom vergangenen Sommer hatte Glanzmann seiner Tochter versprechen müssen, sich nur noch an Stöcken fortzubewegen, auch in der Wohnung.

Ach was, dachte er, wegen der paar Schritte.

Er zog einen Bürodrehstuhl mit Rollen heran, stützte sich auf die Lehne und schob den Stuhl vor sich her zum Schreibtisch, einem riesigen, alten Möbel aus massivem Holz. Beim Schreibtisch angekommen, bugsierte Glanzmann den Drehstuhl hinter sich und wollte sich setzen. Vorsichtig liess er sich nieder. Ohne es zu merken, stiess er bei diesem Manöver den Stuhl von sich weg. Als er realisierte, dass er sich ins Leere setzte, war es schon zu spät.

3

Seidenbast sass bereits am Frühstückstisch, ziemlich verkatert. Ein junger Kellner mit südländischem Charme brachte Kaffee. Mit grösster Aufmerksamkeit schenkte er ein, aber Seidenbast tat, als merke er es nicht.

«Gut geschlafen?», fragte Zangger und setzte sich zu ihm.

«Wie mans nimmt», sagte Seidenbast.

«Rauben dir die schönen Jünglinge den Schlaf?», neckte ihn Zangger. Er zwinkerte in Richtung des Kellners, der sich eben zurückzog.

«Schön wärs», sagte Seidenbast mürrisch. «Nein, nein. Die interessieren sich doch nicht für einen alten Knaben wie mich.»

«Gestern Abend sahst du es anders», meinte Zangger trocken. «Er machte dir beim Nachtessen schöne Augen – und du ihm auch.»

«Ach komm, Lukas», grinste Seidenbast, «davon verstehst du doch nichts. Nein, schlecht geschlafen habe ich wegen der zweiten Flasche Cabernet Sauvignon.» Er sah Zangger durch seine randlose Brille an.

«Schau nicht so vorwurfsvoll», sagte Zangger. «Die hast *du* bestellt, und geleert hast du sie auch ganz allein.»

«Tatsächlich? Dann werde ich mich heute Abend zurückhalten.»

«Versprich nicht zu viel. – Aber wie wärs morgen früh mit einem kleinen Fitnessprogramm?»

Seidenbast winkte ab.

«Ohne mich. No sports, du kennst meine Devise.»

Zangger liess sich ein weich gekochtes Ei bringen, holte Butterzopf und hausgemachte Konfitüre und trank Cappuccino. Seidenbast hingegen hatte sich am Buffet mit Brötchen und Toast, einer Portion Käse von der scharfen Sorte, Gewürzschinken und Lachs bedient, liess sich Mineralwasser und extra starken Kaffee servieren und sog bereits an einer Zigarette. Neben dem Lachsteller stand ein Glas Sekt. Zangger fuhr sich mit der Hand über den Kopf. Die Stirnglatze breitete sich zu seinem Kummer von Jahr zu Jahr weiter aus. Er betrachtete seinen Freund.

Es ist unfair, dachte er.

Seidenbast verschlang bei jeder Mahlzeit, was ihm beliebte, trank und rauchte, dass sich die Balken bogen, und schien sich kaum je körperlich zu betätigen. Zangger selber verklemmte sich mit grösster Mühe die Zigarette, rackerte sich auf dem

Fitnessparcours ab, hatte morgens schon bei der zweiten Scheibe Butterzopf und abends beim dritten Glas Rotwein ein schlechtes Gewissen. Der Lebemann, der ihm da gegenüber sass, war nicht fülliger als er selber und sah mit seinem silbergrauen Kurzhaarschnitt und seinem solariumgebräunten Teint sogar recht attraktiv aus. Man sah ihm seine sieben- oder achtundfünfzig Jährchen jedenfalls kaum an, und die jungen Kerle umschwärmten ihn förmlich.

Seidenbast blickte an Zangger vorbei. Er musterte die Gäste in seinem Blickfeld.

«Du, die dort kommt mir bekannt vor», sagte er mit gesenkter Stimme und wies mit dem Kinn zum Buffet. «Woher kenne ich die?»

Zangger drehte sich um.

«Wen?»

«Die am Müslitisch, die Verklemmte mit der Brille.»

Zangger sah hin: Dort stand Frau Schimmel.

Was hat denn die hier verloren?, dachte Zangger. Er hatte Frau Schimmel in der vergangenen Woche im Hotel nicht gesehen.

«Kennst du sie?»

Zangger nickte.

«Wer ist das?», fragte Seidenbast.

«Eine aus dem Götterquartier», sagte Zangger und schnitt eine Grimasse. Er benahm sich sonst einigermassen gesittet, und Seidenbast war sowieso ein kultivierter Mensch, aber wenn die beiden ehemaligen Schulkameraden zusammen auf Reisen oder im Urlaub waren, fielen sie manchmal in gymnasiale Verhaltensweisen zurück.

«Aha. Psychotherapeutin, nehme ich an.» Seidenbast wohnte selber im so genannten Götterquartier, dem Stadtviertel, in welchem Zangger praktizierte und wo es von dessen Berufskollegen nur so wimmelte.

«Was denn sonst», antwortete Zangger. «Spezialistin für Essstörungen und Probleme der Sexualität. Und erst noch Universitätsprofessorin.»

Habe ich *sie* in der Felsentherme gehört, fragte er sich im selben Augenblick. Dann haben die beiden Frauen also tatsächlich über Glanzmann gesprochen.

Er erzählte Seidenbast von der inkognito Begegnung und den Gesprächsfetzen, die er aufgeschnappt hatte.

«Wer war denn die andere?», fragte Seidenbast.

«Keine Ahnung. Vermutlich auch eine Psychologin.» Er blickte sich um, sah aber keine weiteren bekannten Gesichter. «Offenbar eine Freundin von Glanzmanns Haushälterin.»

«Was hast du eigentlich gegen Frau ..., wie heisst sie überhaupt?»

«Schimmel heisst sie. Sie hasst mich.»

«Und du sie?»

Das habe ich jetzt davon, dachte Zangger. Ein Verhör.

«Grund dazu hätte ich», gestand er.

Seidenbast sah ihn schweigend an.

«Sie liebt es, in Fachkreisen schlecht über meine Schule zu reden», fuhr Zangger fort. In einem Seidenbastschen Verhör sprach er oft unaufgefordert Dinge aus, die er sonst verschwieg. «Aus altem Groll, weisst du.»

Seidenbast hob bloss fragend eine Braue.

«Na ja, sie hätte den Job damals gern selber gehabt», erklärte Zangger.

Vor mehr als zehn Jahren hatte Professor Glanzmann die Leitung seiner Schule Zangger übertragen, nicht Frau Schimmel, die fest damit gerechnet hatte. Sie war wie Zangger Dozentin an der Schule für Psychotherapie gewesen, und zwar sogar ein paar Jahre länger. Weshalb Glanzmanns Wahl auf ihn gefallen war, hatte Zangger nie ganz begriffen. Immerhin hatte Frau Schimmel damals, im Gegensatz zu ihm, einen

Lehrauftrag an der Universität inne. Wie eine gekränkte Diva hatte sie die Arbeit an der Schule beendet, noch bevor Zangger Glanzmanns Nachfolge angetreten hatte. Sie hatte aber *ihm* die kalte Schulter gezeigt, nicht Glanzmann. Im Gegenteil, diesen hofierte sie in den folgenden Jahren nach Noten – vielleicht, so vermutete Zangger, weil sie auf seine Unterstützung für ihre Universitätslaufbahn hoffte. Zwei weitere Dozentinnen der Schule hatten ebenfalls ihren Rücktritt gegeben, aber Zangger war darob nicht unglücklich gewesen: Anstatt mit einem ständigen Team aus Dozierenden, das ihm früher oder später ohnehin auf die Nerven gegangen wäre – in diesem Punkt kannte er sich –, arbeitete er fortan mit hochkarätigen Gastreferenten aus aller Herren Länder, die er jeweils für einzelne Seminare einlud. Frau Schimmel hatte nicht dazu gehört.

«Ach so, darum», nickte Seidenbast.

Er blies den Rauch seiner Zigarette über die Schulter zur Seite. Das war seine Art, auf den entwöhnten Raucher Zangger Rücksicht zu nehmen.

«Wie stehst du eigentlich zu Glanzmann?», wollte er wissen.

Zangger hatte Glanzmanns Brief in die Brusttasche seines Hemds gesteckt. Er griff unter seinen Pullover, zog den Brief hervor und streckte ihn Seidenbast entgegen.

«Lies das mal», sagte er mit einem vielsagenden Blick.

Seidenbast sah sich das seltsame Schriftstück an. «Sieht aus wie ein Erpresserbrief», meinte er, ehe er zu lesen begann. «Von ihm?»

«Jawohl», bestätigte Zangger und verzog den Mund.

«Er scheint grosse Stücke auf dich zu halten ...», sagte Seidenbast, nachdem er alles gelesen hatte.

«Wie kommst du denn *darauf*?», fragte Zangger.

«... jedenfalls grössere als du auf ihn», fuhr Seidenbast seelenruhig fort. «Er nervt dich, nicht wahr?»

«Allerdings», bestätigte Zangger und fühlte sich einmal mehr ertappt.

«Sieht mir nach Vaterproblematik aus», kommentierte Seidenbast. Er befasste sich in letzter Zeit mit Psychologie und machte mit Vorliebe seinen alten Freund Zangger zum Gegenstand seiner psychologischen Überlegungen. Das Verwirrende daran war, dass sich Zangger, auch wenn er sich dagegen sträubte, Seidenbasts Ideen nie ganz entziehen konnte – stets steckte eine intuitiv erkannte Wahrheit darin.

Ach Gott, fängt er schon wieder an?, dachte Zangger. Gleich wird er meine unbewussten seelischen Konflikte aufdecken.

«Was soll denn das heissen?», murrte er. «Mit meinem Vater bin ich schliesslich im Reinen.»

«Das ist es ja», triumphierte Seidenbast. «Mit deinem Vater hattest du nie Probleme, ganz im Gegensatz zu mir. Mein Alter und ich – ach lassen wir das, du weisst ja alles.» Er schien nachzudenken. «Es stimmt, dich plagte nichts dergleichen. Deshalb beneidete ich dich auch immer um deinen Vater. – Aber wer weiss, vielleicht hast du dir deine Schwierigkeiten mit ihm bloss nie eingestanden. Und jetzt erlebst du sie stellvertretend mit Glanzmann.»

«So ein Quatsch», sagte Zangger.

«Ach ja?», sagte Seidenbast und sah seinem Freund ins Gesicht. «Mir fällt bloss ein, dass du vor Jahren immer mit grossem Respekt von Glanzmann sprachst – wie ein Kind, das seinen Vater bewundert. Sogar ein wenig unkritisch», meinte er und äugte über seine Brillengläser zu Zangger hinüber.

Zangger verdrehte die Augen.

«Es ist doch so», insistierte Seidenbast. «Aber in jüngster Zeit ärgerst du dich ständig über ihn, manchmal bist du voller Aggression ...»

«Na, komm», unterbrach ihn Zangger, «würde es dich nicht auch nerven, wenn dir einer immer wieder die gleichen

Dinge erzählte? Wenn du ihn obendrein kaum verstündest, weil er so undeutlich spricht? Und wenn er …»

«Siehst du», schnitt ihm Seidenbast das Wort ab, «du sprichst wie ein Halbwüchsiger, der sich gegen seinen Alten auflehnt. Du kannst keinen guten Faden an ihm lassen. Über einen Patienten würdest du dich bestimmt nicht so aufregen, bloss weil er sich endlos wiederholt oder weil er eine verwaschene Sprache hat.»

Zangger schwieg beschämt.

«Hassliebe nenne ich das als Laie. Ganz wie ein Sohn seinen Vater gleichzeitig liebt und hasst. – Sag mal, bringt er dir zu wenig Anerkennung entgegen? Für die Art, wie du die Schule führst vielleicht? Oder hält er nichts von dir als Psychotherapeut?»

Jetzt reichts aber, hätte Zangger beinahe gesagt.

«Verweigerst du ihm *deshalb* die Anerkennung für seine wissenschaftlichen Funde?»

Die verweigere ich ihm gar nicht, im Gegenteil. Nur scheint er nie genug davon zu bekommen, wollte Zangger einwenden. Er kam nicht dazu.

«*Mich* haben sie jedenfalls beeindruckt», fuhr Seidenbast fort.

«Wie bitte?», fragte Zangger verblüfft. «Kennst du denn seine Forschung?»

«Sicher», sagte Seidenbast und lehnte sich zurück.

«Woher?»

«Als er noch auf den Beinen war, stand er doch ständig in meinem Laden. Bis vor kurzem war er einer meiner besten Kunden.»

«Bordeaux?»

«Nein, Bücher natürlich.» Seidenbast führte im Seefeld ein Buchantiquariat, dem er aus Liebhaberei vor wenigen Jahren eine Weinboutique angegliedert hatte. «Ein faszinierender

Mensch. Hoch gebildet. Schwimmt im Geld», sagte er mit anerkennendem Kopfnicken, «aber er setzt es vernünftig ein, für Bücher zum Beispiel, das sieht man selten. Er scheint sich für alles zu interessieren, Philosophie, Naturwissenschaften, Medizingeschichte, griechische Mythologie, Genealogie, alles.»

«Und er erzählte dir von seiner Forschung?»

«Und ob. Ich hätte ihm stundenlang zuhören können», sagte Seidenbast. «Ich finde übrigens, diese Frau – Frau Schimmel, nicht wahr? – hat Recht: Ein Buch von Glanzmann könnte ein Knüller werden. Ich kann nur hoffen, dass er endlich eines schreibt.»

Zangger schwieg verstimmt. Zum zweiten Mal an diesem Morgen fühlte er sich hereingelegt, fast ein wenig verraten: Da zog ihm Seidenbast die Würmer aus der Nase und liess ihn seine zwiespältige Haltung dem alten Glanzmann gegenüber offenbaren, bloss um sich dann als dessen Bewunderer zu erkennen zu geben.

«Ganz geheuer ist mir der alte Herr zwar nicht», sagte Seidenbast nach einer Weile. «Seine Begeisterung hat etwas Unheimliches.»

Zangger horchte auf. «Was soll das heissen?», fragte er.

«Wahrscheinlich tue ich ihm Unrecht, aber ...» Er verstummte.

«Sag schon», drängte Zangger.

«Ich weiss nicht», druckste Seidenbast herum, «er ist doch bestimmt ein integrer Mensch.»

Zangger stutzte. Das hatte er heute schon einmal gehört!

«Aber?», fragte er ungeduldig.

«Nichts», sagte Seidenbast. «Vergiss es.» Er massierte sich mit beiden Händen die Schläfen, als ob seinem verkaterten Kopf ein Gedanke entsprungen wäre, den man auf keinen Fall ernst nehmen durfte.

4

Glanzmann hatte noch versucht, sich am Tischrand festzuhalten. Er hatte aber nur das Kabel der Schreibtischlampe erwischt und diese im Hinfallen zu Boden gerissen. Der gläserne grüne Schirm war in tausend Stücke zersprungen. Erst war er aufs Gesäss gefallen, dann war er rücklings zu Boden gestürzt und hatte mit dem Kopf hart aufgeschlagen.

Wie dumm von mir!, war sein erster Gedanke gewesen. Ich hätte die Krücken benützen und mich auf den stabilen Stuhl setzen sollen.

Erleichtert stellte er fest, dass er das Bewusstsein nicht verloren hatte und klar denken konnte.

Der Professor lag auf dem Fussboden seines Studierzimmers und versuchte aufzustehen. Es gelang ihm nicht. Der Hinterkopf schmerzte, wahrscheinlich formte sich da eine Beule. Er griff in sein Haar und spürte eine klebrige, feuchte Wärme. Verdutzt betrachtete er seine blutverschmierten Finger.

Eine Platzwunde, stellte er fest. Wenns weiter nichts ist.

Erneut versuchte er sich zu erheben, aber er schaffte es nicht einmal, sich aufzusetzen. Nun kam ihm ein ungemütlicher Gedanke: Schenkelhalsbruch? Das würde einen mindestens sechswöchigen Arbeitsunterbruch bedeuten. Nein, das kann ich mir nicht leisten – jetzt nicht, das kann und darf nicht sein! Der Oberarmbruch vom vergangenen Jahr hatte ihm zur Genüge zugesetzt.

Er versuchte die Beine zu heben. Unmöglich. Hilflos lag er auf dem Rücken.

Kafkaesk!, dachte er.

Er kam sich vor wie der Mann, der, in einen riesigen Käfer verwandelt, zappelnd auf dem Rücken lag und sich nicht auf den Bauch drehen konnte.

Das wars: auf den Bauch drehen, sagte sich der Professor. Vorsichtig legte er sich auf die Seite und versuchte, die Beine etwas anzuziehen. Siehe da, es ging.

Alles halb so schlimm, dachte er.

Steissbein und Hinterkopf schmerzten zwar ein bisschen, aber sonst nichts. Er wälzte sich auf den Bauch und ruhte sich in dieser Lage aus. Er versuchte, sich auf die Knie zu stützen, aber dazu reichten seine Kräfte nicht aus.

Er musste kriechen.

Er begann sich zur Türe zu schieben.

Vielleicht schaffe ich es bis in die Bibliothek, dachte er. Dort stand ein Klappschemel, an dem er sich aufrichten konnte. Sollte das nicht gelingen, stand dort auf einem niedrigen Tischchen ein Telefon, mit dem er Hilfe anfordern konnte.

Der alte Mann bemühte sich nach Kräften, seinen gebrechlichen Körper vorwärts zu schieben. Er lag auf dem Bauch, streckte seine Arme aus und versuchte, mit den Handflächen auf dem Fussboden Halt zu finden. Mit den Beinen konnte er wenig ausrichten, seine Hose und die weichen Pantoffeln rutschten auf dem Parkett weg.

Zentimeterweise kam er vorwärts.

Er rechnete sich aus, dass es eine Stunde oder mehr dauern würde, bis er in der Bibliothek wäre – es sei denn, Frau Engel komme ihm zu Hilfe. Oder erwartete er sie erst am Nachmittag? Kam sie denn heute überhaupt?

Glanzmann verspürte keine Panik. Er beobachtete sich sozusagen von aussen. Er überprüfte noch einmal seinen Entschluss, in die Bibliothek zu kriechen und dort telefonisch um Hilfe zu bitten, wenn er nicht in der Lage sein sollte, sich zu erheben.

Noch kann ich zielgerichtet und vernünftig denken und handeln, konstatierte er. Angemessene Hirnleistung, das Denkorgan arbeitet einwandfrei.

Vorwärts, sagte er sich.

Nach einer Weile hielt er inne. Auf dem Fussboden liegend, schaute er auf seine Armbanduhr: Schon ist eine Stunde vergangen!, stellte er fest. Wenn ich nicht bald etwas esse, dann ist Schluss mit klarem Denken. Mit zunehmender Unterzuckerung verwirrten sich seine Gedanken, das wusste er aus Erfahrung. Er wusste auch, dass er – selbst bei bereits einsetzender Verwirrung – die Hypoglykämie noch selber würde diagnostizieren können. Aber dann wäre höchste Eile geboten: Wenn er in einem solchen Zustand nicht rasch Glukose zu sich nahm, würde sich sein Bewusstseinszustand innert Minuten trüben.

Er nickte ein, schlug mit der Stirne auf und fuhr erschreckt hoch.

«Weiter!», rief er laut. «Kriech weiter!»

Kriechen – kriecht!, dröhnte es in seinem Kopf.

Zu Befehl, Herr Leutnant!

Er gehorchte.

Was war geschehen? Etwas stimmte nicht in seinem Kopf. Wo war er überhaupt? Weshalb lag er auf dem Fussboden? Weshalb schikanierte man ihn? Warum musste er kriechen?

«Cui bono?», murmelte er vor sich hin. «Quousque tandem?»

Es war nicht unbedingt ein gutes Zeichen, wenn der alte Professor lateinisch zu denken oder zu reden begann. Eher ein Zeichen von Verwirrung, ein Rückfall sozusagen. Ein Rückfall in eine alte, unselige Zeit. Das wusste er selbst am besten.

Ich bin wohl ein bisschen durcheinander, dachte er. Natürlich, dämmerte es ihm: Hypoglykämie! Akute Unterzuckerung.

Seine Gedanken waren plötzlich wieder klar: Die Verwirrung ist nur vorübergehend, sagte er sich, Folge eines Zuckermangels, weiter nichts. Mein Hirn ist völlig in Ordnung, es braucht bloss Glukose. Jetzt muss Orangensaft her. Oder Honig, aber rasch! Oder Würfelzucker.

Würfelzucker, davon trug er doch stets eine Portion auf sich. Überall im Haus waren für den Notfall kleine Büchsen mit Würfelzucker deponiert, alte Fotofilmdosen, die er eigens dafür aufbewahrte. In seiner Manteltasche und anderen Kleidungsstücken trug er sie auf sich, ebenso in der Umhängetasche, mit welcher er manchmal ausging. Er hoffte, in der Tasche seines Arbeitskittels eines der schwarzen Döschen zu finden. Mit seiner Rechten tastete er nach der Tasche, fand sie und griff hinein.

Da! Das Zuckerdöschen, dem Himmel sei Dank.

Mit zittrigen Händen versuchte er, die kleine Büchse zu öffnen, aber seine Finger gehorchten ihm nicht.

«Verflixter Parkinson», knurrte er.

Bestimmt war es auch dieser Krankheit zuzuschreiben, dass er so unglücklich gestürzt war. Einen Augenblick lang war Glanzmann versucht, mit seinem Schicksal zu hadern. Aber er tat es nicht, schliesslich hatte er sich diese Misere selber eingebrockt: Er kannte seine Krankheit, er hätte einfach besser aufpassen müssen. Es ging ihm doch eigentlich blendend. War es nicht ein Privileg, dass er sich dieser segensreichen Forschung widmen konnte? Und kam heute Nachmittag nicht Herr Zangger zu Besuch, um seine Thesen mit ihm zu diskutieren? Na also!

Er führte die kleine schwarze Büchse zum Mund und versuchte, den Plastikdeckel mit den Zähnen zu öffnen. Ein Zahn brach krachend ab. Er erschrak gewaltig, aber die Büchse war offen. Er fingerte sich einen Zuckerwürfel heraus, schob ihn sich in den Mund, nahm den Zahn heraus und steckte ihn in die Filmbüchse, um ihn später untersuchen zu können. Gierig lutschte er am Zuckerwürfel, und als dieser sich aufgelöst hatte, schob er zwei weitere nach. Unablässig musste er mit der Zunge nach der Zahnlücke suchen.

Wenns weiter nichts ist, dachte er, dann schlief er erschöpft ein.

Professor Glanzmann bewohnte an der Jupiterstrasse ein Haus mit elf Zimmern. Allein. Die Räume, die ihm am wichtigsten waren, nämlich sein Studierzimmer – früher war es ein herrschaftliches Esszimmer gewesen – und die Bibliothek, befanden sich im Obergeschoss. Auf derselben Etage lagen die Küche, ein feudales altmodisches Bad und das Schlafzimmer. So konnte Glanzmann bequem auf einem einzigen Stockwerk hausen. Im Schlafzimmer stand ein ungemachtes Bett. Daneben ein zweites, das mit zusammengefalteten Frauenkleidern belegt war. Es machte den Anschein, als lägen sie bereit, um für eine längere Reise eingepackt zu werden.

Das oberste Geschoss mit den Kinderzimmern hatte Glanzmann seit dem Tod seiner Frau nicht mehr betreten, den Estrich schon viel länger nicht mehr.

Im Erdgeschoss befanden sich die früheren Praxisräume. Im Sprechzimmer mit dem Erker standen zwei bequeme alte Clubsessel, daneben ein kleiner Beistelltisch und ein altes Sofa. Klappstühle waren an die Wand gelehnt, sodass sieben, acht Personen in dem Zimmer hätten Platz nehmen können. Die zahlreichen Sitzgelegenheiten hatte Glanzmann gebraucht, als er noch familientherapeutisch arbeitete. Aus jener Zeit stammten auch die einst flauschigen, jetzt ziemlich abgewetzten Handpuppen und Plüschtiere: Die grossen – kuschelige Löwen, Bären und Seehunde – hatte er in den Clubsesseln und auf dem Sofa platziert, die kleinen – Äffchen, Hasen und Murmeltiere – lagen auf den Regalen herum. In zwei Zimmerecken standen immer noch Videokameras, auf Stativen fixiert. Die hatte Glanzmann behalten für den Fall, dass Eltern mit einem schwierigen Kind bei ihm vorsprachen.

Liebend gern hätte er auch Aufnahmen von Enkel- und Urenkelkindern gemacht, um ihren Hirnreifungsprozess zu dokumentieren, aber das war ihm leider nicht vergönnt. Erika, seine Älteste, war zwar schon Grossmutter, aber sie lebte mit Kindern und Kindeskindern in Kanada, Monika lebte allein und die mittlerweile erwachsene Tochter der verstorbenen Lis liess sich kaum je blicken.

Früher hatte man vom Sprechzimmer aus eine lauschige Veranda betreten. Von dort war man in den Garten gelangt, direkt auf den schattigen Sitzplatz unter den riesigen alten Bäumen. Jetzt war die Veranda verstellt mit Koffern voller Winter- und Sommerkleider, mit Malutensilien von Glanzmanns verstorbener Frau, mit Spielsachen, Gartenmöbeln und vor sich hin rostenden Werkzeugen.

Neben dem Sprechzimmer lagen das ehemalige Wartezimmer und das frühere Büro. Mittlerweile waren beide Zimmer zu Abstellräumen geworden und hatten sich mit Papierkram und Büromaterial aller Art gefüllt: Aktenschränke, Schubladenmöbel, Archivschachteln und Schuhkartons – zimmerhoch aufgetürmt, die Schachteltürme mit Klebstreifen und Gummibändern zusammengehalten und mit Schnüren und Reissnägeln notdürftig an den Wänden befestigt. Unbenützte, teils ausrangierte, teils fabrikneue Büromaschinen standen da, Fotoapparate, Film- und Videokameras lagen herum, uralte, aber auch modernste Modelle. Professor Glanzmann war sich nicht immer im Klaren darüber, welche Apparate und Geräte er schon besass, und im Zweifelsfall schaffte er sich neue an.

Erd- und Obergeschoss waren durch ein breites Treppenhaus verbunden. Es war Glanzmann schwer gefallen, die Holztreppe und das Geländer mit den wunderschön gedrechselten Sprossen zu verschandeln, aber weil sein Gang derart unsicher geworden war, hatten seine Frau und Monika darauf bestanden, dass er einen Treppenlift einbauen liess. Die Kellertreppe war nicht damit ausgerüstet. Wenn etwas definitiv zum Altpapier gehörte, dann trug Frau Engel es hinunter, und wenn er etwas aus dem Keller brauchte, holte sie es für ihn herauf.

5

Nach dem Frühstück ging Zangger in die Hotelboutique. Seidenbast hatte vorgeschlagen, sich in einer Stunde beim Sessellift zu treffen, in die Höhe zu fahren und eine kleine Wanderung zu unternehmen. Das war die einzige Art körperlicher Betätigung, auf welche er sich Zangger zuliebe einliess. In anderen Jahren hatte Zangger im Sommer jeweils auf einer zwei- oder dreitägigen Bergtour bestanden, für welche sich Seidenbast im Herbst mit einer gemeinsamen kulinarisch-önologischen Entdeckungsreise ins Piemont oder ins Elsass revanchierte.

In der Boutique schaute sich Zangger nach Geschenken um. Als die Kinder noch klein waren, hatte er die Sitte seines Vater übernommen: Vater Zangger wäre nie ohne ein Mitbringsel für ihn und seine Brüder von irgendwoher zurückgekommen. War der Vater auf einer Wanderung gewesen, zog er einen bunt gemaserten Stein oder eine seltsam verformte Kastanie aus seiner Hosentasche, und jeder der Söhne bewahrte solche Trophäen in seiner Pultschublade, in einer Schuhschachtel oder in einer kleinen Vitrine auf. War er in einer andern Stadt gewesen, brachte der Vater eine spezielle Wurst, ein Stück Lebkuchen oder Marzipan oder sonst eine Leckerei mit. Hatte die Reise länger gedauert, so konnte man mit einem grösseren Präsent rechnen, einem Pfadfindermesser etwa oder einem Ledergurt. Hatte sie in ein fremdes Land geführt, dann überraschte Vater Zangger die Buben mit einer

Zeitung in der Landessprache, von der sie kein Wort verstanden, mit einer handgeschnitzten Hirtenflöte oder einem getrockneten Seestern.

In diesem Punkt besass Zangger weder die Fantasie noch die Gelassenheit seines Vaters. Die Geschenksucherei fiel ihm je länger, je schwerer. Vor einem halben Jahr hatte er den ganzen letzten Tag eines dreitägigen Kongresses in Lyon dafür geopfert, die passenden Mitbringsel einzukaufen. Mona hatte ob dem mitgebrachten Kochbuch bloss die Nase gerümpft, obschon er darauf geachtet hatte, dass auch vegetarische Menüs drin waren. Er war nahe daran gewesen, den Brauch abzuschaffen, schliesslich waren die Kinder mittlerweile erwachsen.

Claudia würde er nichts mitbringen müssen, sie lebte seit zwei Jahren nicht mehr im Elternhaus. Sie arbeitete als Lehrerin in einer Landgemeinde und wohnte mit ihrem Freund in einer Wohngemeinschaft in der Stadt. Über ein Mitbringsel für Fabian brauchte er sich den Kopf auch nicht zu zerbrechen: Er hatte mit Bravour die Maturitätsprüfung bestanden und absolvierte gerade einen Sprachaufenthalt in San Diego. Vor ein paar Wochen hatte er sich, halb Kind, halb Mann, mit verwegen gerecktem Daumen und etwas unsicherem Blick bei der Zollabfertigung am Flughafen noch einmal nach Tina und ihm umgedreht. Thomas war seinem Zwillingsbruder gegenüber in schulischer Hinsicht ein Jahr im Hintertreffen. Daran mochten seine milden Verstösse gegen das Betäubungsmittelgesetz nicht ganz unschuldig sein. Nach Zanggers Einschätzung würde die bevorstehende Maturitätsprüfung zu einer Zitterpartie werden.

Nach einigem Hin und Her sah er davon ab, Tom das Shampoo «Hemp» mit dem aufgedruckten Hanfemblem mitzubringen. Der Briefbeschwerer in Form eines schlichten Würfels aus rohem Granit würde seinen Geschmack vermutlich auch treffen. Aber er beschloss, mit dem Kauf noch zuzuwarten, vielleicht fände er auf seiner Wanderung einen unbehauenen Stein, den er ihm mitbringen konnte.

Zu dumm, dachte Zangger, dass ich nicht früher daran gedacht und nach einem schönen Stein Ausschau gehalten habe.

Er nahm ein Flacon mit Heublumenextrakt aus dem Regal und versuchte sich darüber klar zu werden, ob der Duft dieses Badezusatzes Mona zusagen würde. Beim Gedanken, ihr etwas mitzubringen, wurde ihm mulmig. Er musste an ihren zwanzigsten Geburtstag denken, der zu einem Desaster geworden war. Mona war in letzter Zeit noch unausstehlicher geworden. Sie war in die Schule für Soziale Arbeit eingetreten und ging seither mit einem Drogensüchtigen, mit dem sie während ihres Praktikums zu tun gehabt hatte. Sie behauptete zwar, sie sei immer noch seine Betreuerin, aber Tina und er waren sich ziemlich sicher, dass die beiden heimlich ein Liebespaar waren. Unschlüssig stellte er das Fläschchen zurück, nahm ein paar andere Dinge in die Hand, wendete sie hin und her, wog sie prüfend und stellte sie alle wieder hin.

«Entscheidungsschwierigkeiten, Herr Zangger?» Die hämische Frage liess ihn herumfahren. Hinter, oder vielmehr unter ihm, stand Stein und grinste aus seinem Fuchsgesicht zu ihm herauf. Er musste ihn eine ganze Weile beobachtet haben – für Zangger eine höchst unangenehme Vorstellung. Er konnte Stein nicht ausstehen.

Stein war ausnehmend klein gewachsen und hatte schütteres, blondes Haar und ein ebenso schütteres Bärtchen. Von Insidern wurde er *der Steinli* genannt, aber das hatte nicht allein mit seiner Körperlänge zu tun, sondern mit der Tatsache, dass er sich in Kollegenkreisen – man nahm allgemein an: aus Kompensationsgründen – stets stark aufplusterte. Nicht ganz erfolglos übrigens: Er war, vielleicht weil sonst niemand den undankbaren Job wollte, zum Vorsitzenden des Akademischen Psychologen- und Psychotherapeutenverbands gewählt worden.

Zangger fühlte sich angerempelt. Ein leichter Brechreiz stellte sich ein. Er erwog für einen Augenblick, sich wortlos abzuwenden.

«Tatsächlich», sagte er indessen, «in solchen Dingen kann ich mich schlecht entscheiden, das haben Sie richtig erkannt. – Guten Tag übrigens, Herr Stein, welche Überraschung.» Er lächelte ihn so freundlich wie möglich an. «Aber vielleicht können Sie mich beraten», fuhr er fort, bemüht, nicht ironisch zu klingen. «Ich suche nämlich etwas für meine Tochter.»

«Da kann ich kaum helfen», sagte Stein schnippisch.

«Und etwas für meinen Sohn, er ist …»

«Tut mir leid», sagte Stein, «ich habe keine Kinder.»

«Ach so», sagte Zangger. «Nun, meiner Frau sollte ich auch etwas bringen, was würden Sie denn …»

«Ich bin nicht verheiratet», unterbrach ihn Stein genervt.

Weiss ich, dachte Zangger. Jetzt sind wir quitt.

Stein schaute nervös um sich.

«Ich muss weiter», sagte er, «hat mich gefreut, Sie zu sehen», und machte sich davon.

Könnte ich meinerseits nicht behaupten, dachte Zangger, und blickte ihm nach. Im Foyer gesellte sich Stein zu Frau Schimmel sowie weiteren Damen und Herren, die offenbar auf ihn gewartet hatten. Darunter waren einige, die Zangger schon an Fortbildungsveranstaltungen gesehen hatte. Die Gruppe bewegte sich auf den Hoteltrakt zu, in welchem die Sitzungszimmer lagen.

Oh, wunderte sich Zangger, Vorstandssitzung des Akademischen Psychologen- und Psychotherapeutenverbands? Alle Achtung, die suchen sich hübsche Örtchen aus für ihre Meetings. Und wir bezahlen ihr Diner von heute Abend mit unseren Jahresbeiträgen. Ob das eine der halbjährlichen Retraiten ist, in welcher sie ihre berufspolitischen Strategien aushecken? Zum Beispiel, wie sie den kleinen, nichtuniversitären Ausbildungsinstituten den Garaus machen?

Schon übernächste Woche stand die Sitzung der Ausbildungsinstitute auf dem Programm, welche jeweils vom APPV einberufen wurde. Da würde er Stein und Schimmel wieder begegnen. Zangger grauste es schon jetzt davor.

«Was ist eigentlich los mit dir?», wunderte sich Seidenbast, als sie im Sessellift nebeneinander sassen. Zangger hatte ihm von seiner Begegnung mit Stein und seiner Beobachtung im Hotelfoyer erzählt. «Die ganze Woche bist du zufrieden und entspannt, du lachst, und ich höre kein böses Wort von dir. Und plötzlich gehen dir alles und jeder auf die Nerven.» Er betrachtete Zangger von der Seite, halb besorgt, halb belustigt. «Jetzt fang bloss nicht wieder *damit* an. Das kenne ich nämlich: So blickst du drein, wenn du dich in eine deiner Verfolgungsideen hineinsteigerst.»

Wer hat denn diese Dinge über Glanzmann in die Luft gesetzt?, grollte Zangger. Wer bewundert ihn und macht gleichzeitig dubiose Anspielungen auf menschliche Schwächen, krebst aber gleich wieder zurück und hüllt sich in Schweigen – du oder ich? Und das Getue wegen eines noch ungeschriebenen Buchs, wer hat das veranstaltet?

Zangger schaute scheel unter der Krempe seines Sonnenhutes hervor auf den Freund.

Und wer von uns beiden erhält Nötigungsbriefe? Wer wird herbeizitiert und soll als Zeuge, wofür auch immer, herhalten? Wer kennt denn die Schimmel und den Steinli, diesen Intriganten – du vielleicht?

Schweigend sah er auf die Weiden hinunter. Der Anblick stimmte ihn etwas milder. Bergfrühling! Der Klang der Kuhglocken weckte Kindheitsgefühle, die seiner üblen Stimmung entgegenwirkten.

«Sag mal, Lukas», fragte Seidenbast plötzlich. «Gibts eigentlich auch anständige Psychotherapeuten im Götterquartier? Ich meine: Gibt es überhaupt ein paar halbwegs normale Menschen in deiner Zunft?»

Zangger lachte auf.

«Wie viele denn?», fragte Seidenbast maliziös. «Einen?»

«Schon gut, ich habe verstanden», sagte Zangger und liess die Beine baumeln. «Du hast Recht, es ist bestimmt alles halb so schlimm.»

6

Erstaunlich, welche Energie einem ein bisschen Zucker verleiht, dachte Glanzmann.

Kriechend hatte er es in die Bibliothek geschafft und sich am Klappschemel in die Höhe gehievt. Behutsam richtete er sich auf und wagte die paar Schritte zum Studierzimmer, um die Krücken zu holen, die neben der Türe lagen. Von nun an, sagte er sich, werde ich sie konsequent benützen. Er schlurfte ins Badezimmer, um sich die mit Blut verklebten Haare auszuwaschen, damit Frau Engel kein Aufhebens machte, wenn sie ihn zu sehen bekäme.

Er erschrak gewaltig, als er in den Spiegel blickte: Ihm starrte ein müder alter Mann entgegen! Minutenlang betrachtete Glanzmann sein maskenhaftes Gesicht. Die neue Zahnlücke war nicht mal das Schlimmste, viel mehr störten ihn der halb geöffnete Mund mit der vorgestülpten Unterlippe, die unaufhaltsam bebte, und der Speichel, der aus dem Mundwinkel rann. Die einst ausgesprochen vifen Augen blickten trübe. Dass die Verschleierung in erster Linie den verschmierten

Brillengläsern zuzuschreiben war, konnte der Professor nicht erkennen.

Um Himmels willen!, haderte Glanzmann mit sich, ich sehe ja aus wie ein Tattergreis.

Er futterte weitere Zuckerwürfel, seine Lebensgeister erwachten. Darauf begab er sich in die Küche und setzte sich an den Tisch. Das Telefon stand in Griffnähe. Sollte er Monika oder Frau Engel anrufen, um von seinem Malheur zu berichten?

Ach wo, sagte er sich, ist doch gar nicht nötig. Die Wunde blutet ja nicht mehr.

Nun blickte er in seine auf dem Küchentisch liegende Agenda.

Sieh mal an, stellte er fest, da habe ich ja einen Termin vergessen.

Um vierzehn Uhr war ein Patient eingeschrieben – *der* Patient genau genommen, denn es gab ja nur noch diesen einen: Roland Hunger mit seiner kleinen Tochter. Um sechzehn Uhr stand Zangger auf dem Programm. Das war nun doch zu viel, fand Glanzmann. Er griff zum Telefon und stellte die Nummer seines Patienten ein. Er kannte sie auswendig.

«Herr Hunger? Hier Glanzmann.» Er gab sich alle Mühe, sorgfältig zu artikulieren. «Hören Sie, lieber Herr Hunger, ich bin leider unpässlich. Ich muss unseren Termin von heute Nachmittag absagen. Ist das sehr schlimm? – Wie meinen Sie? Jawohl, am achtundzwanzigsten – heute Nachmittag, aber das geht nun leider nicht. – Wie? Nächste Woche? Was Sie nicht sagen! Dann habe ich mich wohl getäuscht. Wie dumm von mir, entschuldigen Sie», sagte er und legte auf.

Er schaute in seine Agenda, nahm die Brille von der Nase und rieb sich die Augen: Er hatte Samstag, den achtundzwanzigsten aufgeschlagen, dabei war heute erst der einundzwanzigste. Da hatte er sich doch tatsächlich um eine ganze Woche geirrt. Er blätterte zurück: Heute war gar nichts eingetragen.

Zangger kommt heute also gar nicht, dachte Glanzmann, schade. Aber gleich rappelte er sich auf. Da kann ich ja die Zahlungen erledigen, sagte er sich. Das Vorhaben gab ihm regelrecht Auftrieb.

Glanzmann begab sich erneut ins Studierzimmer. Stracks – er spürte förmlich, wie seine Kräfte zurückkehrten – schritt er an seinen Stöcken zum Schreibtisch. Im Vorbeigehen gab er dem vermaledeiten Drehstuhl einen Stoss. Er betrachtete die auf dem Boden verstreuten Scherben des Lampenschirms. Das Aufräumen musste er Frau Engel überlassen. Er setzte sich auf einen breiten Holzstuhl und schob mit dem Ellbogen einige Aktenstapel beiseite, um Platz zu schaffen. Zielsicher, wenn auch mit zittriger Hand, griff er in einen Stapel und zog einen grossen gelben Umschlag heraus. Er entnahm ihm die Überweisungsscheine, die es zu sichten galt, und beugte sich über den Tisch.

Bloss drei Rechnungen, stellte er fest: Podologin, 142 Franken. Monatsrechnung Buchhandlung, 880.60 Franken. Monatsrechnung Bürofachgeschäft, 1215.20 Franken. Das war rasch erledigt.

Als Nächstes kam die monatliche Überweisung an Herrn Hunger an die Reihe. Der arme Kerl war allein erziehend und arbeitslos und hatte einmal angedeutet, er könne sich die Behandlung für sich und das Kind nicht mehr leisten. In Glanzmanns Augen wäre es ein Jammer gewesen, wenn Hunger die Behandlung deswegen hätte abbrechen müssen. Er hatte dem Patienten angeboten, ihm zwar eine Honorarrechnung zu stellen – er sollte nicht das Gefühl bekommen, die Behandlung sei ein Almosen –, ihm aber allmonatlich einen Betrag zu überweisen, mit dem er die Rechnung begleichen konnte. Mittlerweile hatte er sich angewöhnt, den überwiesenen Betrag auf etwa das Doppelte seiner Honorarrechnung anzuheben, und Hunger hatte dagegen nie Einspruch erhoben.

Nun konnte er sich den Spendenaufrufen widmen. Andere Empfänger mochten sich über solche Post ärgern. Glanzmann aber hob die Briefe und Einzahlungsscheine gewissenhaft auf, um sie am Monatsende zu prüfen. Was er für gut befand, bedachte er mit einer kleinen Spende. Und für gut befand er das meiste.

Früher war seine Frau an seiner Seite gesessen und hatte Einwände gemacht, wenn er zu viel spendete. Aber jetzt liess sich diese Aufgabe ganz unkompliziert erledigen.

Mit leuchtenden Augen machte er sich an die Arbeit: Winterspende, hiess es da, Für die Bergwelt, Tierhilfe, Verein Jugendtreff, Stiftung Schweizer Moorlandschaften. Je fünfundzwanzig Franken, entschied Glanzmann. Oder fünfzig? Warum nicht hundert? Nein, fünfzig, wer weiss, was nächsten Monat noch eintrifft, sagte er sich. Jedem fünfzig Franken.

Für eine solidarische Schweiz: Mitgliederbeitrag fünfzig Franken, dazu eine freiwillige Spende von nochmals fünfzig, nein, hundert Franken, zusammen hundertfünfzig.

Spendenaufruf Karitative Werke Pfarrer Schuler, zweihundert Franken. Nein, dreihundert, denn dieser Pfarrer Schuler war eine bewundernswerte Persönlichkeit, den musste man grosszügig unterstützen.

Beim Gönnerverein zur Erhaltung des Berghotels Fürggli konnte man sich als einfachen Gönner, als Gönnerehepaar oder als Gönner auf Lebzeiten eintragen lassen. Einfacher Gönner? Nein, das war nicht das Richtige. Gönnerehepaar kam leider nicht mehr in Frage.

«Gönner auf Lebzeiten», sagte Glanzmann vor sich hin. Das sagte ihm zu, es klang irgendwie langfristig. Und überdies hatte man Jahr für Jahr Anrecht auf eine Übernachtung zu reduziertem Preis in dem wunderschön gelegenen, allerdings nur zu Fuss erreichbaren Berggasthaus. Tausend Franken also, sagte er sich, eine einmalige Spende.

Spenden, die regelmässig fällig waren, namentlich die für das Rote Kreuz und die grossen karitativen Organisationen, erledigte Professor Glanzmann mit einem Dauerauftrag. Für heute war die Arbeit getan. Zufrieden schraubte er die Füllfeder zu.

Ein Einzahlungsschein, den er mit einer Büroklammer gekennzeichnet hatte, war am Umschlag hängen geblieben: Freunde des Mädchenheims Heidihof. Das Haus bot elternlosen und verwahrlosten Mädchen Unterschlupf.

Schlimm, dachte Glanzmann, weder Mutter noch Vater zu haben. Er seufzte und schüttelte lange den Kopf.

Vor vielen Jahren hatte er das Leiterehepaar des Heidihofs kennen gelernt: Zwei einfache, sozial denkende Leutchen, er erinnerte sich der beiden gut, sie hatten einst einen Elternkurs bei ihm besucht. Seit bestimmt dreissig Jahren spendete Glanzmann für das Mädchenheim Heidihof, aber diese Spende liess er nicht mit einem Dauerauftrag erledigen. Nein, diesen Überweisungsschein füllte er jedes Mal eigenhändig aus.

Er dachte an das Heim, das er früher oft besucht hatte. Er konnte das Heimelternpaar vor sich sehen: Müde, aber zufrieden besprachen sie das Tagwerk. Er sah sie vor seinem inneren Auge am Küchentisch sitzen und die Post durchsehen. Er stellte sich vor, wie die Frau einen Umschlag öffnete und zu ihrem Ehemann sagte: Du, er hat wieder gespendet.

Glanzmann füllte den Schein aus: dreihundert Franken.

Wie viel?, hörte er den Mann zurückfragen.

Glanzmann stutzte. Korrigieren konnte er nichts mehr, aus einer Drei war keine Vier zu machen.

Er schickte sich an, die Scheine in den Umschlag zurückzuschieben. Dann hielt er inne, zögerte einen Augenblick, zog den einen Schein wieder hervor und malte sorgfältig eine weitere Null hinter die eben eingetragene Zahl.

Glanzmann überlegte, ob er die Einzahlungen gleich tätigen solle. Nein, heute war Samstag, die Post war längst geschlossen. Überhaupt – er durfte nicht mehr unbegleitet mit grösseren Geldbeträgen zur Post, das hatte er seinen Töchtern nach dem Missgeschick versprechen müssen.

7

Das Missgeschick war Glanzmann vor einem Jahr zugestossen: An einem sonnigen Morgen im Mai hatte er wie gewohnt sein Haus verlassen, um seine Postgeschäfte zu erledigen. Krücken brauchte er damals noch nicht, aber er hatte einen Spazierstock bei sich. Am Römerhof ging er zur Bank, um das Geld abzuheben. Die fünfzehn Zweihunderternoten steckte er in die Ledertasche, die er sich an einem Riemen über die Schulter hängte. Von der Bank waren es nur wenige Schritte bis zur Post.

Auf dieser kurzen Strecke war es passiert.

Ein junger Mann, der ihn beobachtet haben musste, rempelte Glanzmann von hinten an und versuchte, ihm seine Umhängetasche zu entreissen. In der Tasche befanden sich nicht nur dreitausend Franken – deren Verlust hätte Glanzmann wenig gekümmert –, sondern auch eine wissenschaftliche Arbeit, die er einem Kollegen ans Max-Planck-Institut schicken wollte.

«Halt, junger Mann, da drin ist Wissenschaft!», rief Glanzmann.

Entschlossen hielt er die Tasche mit der Linken fest und setzte sich mit seinem Stock zur Wehr: Da der Dieb die Tasche nicht losliess, drosch Glanzmann auf ihn ein. Der Tunichtgut, ob der unerwarteten Gegenwehr verblüfft, liess vorerst von ihm ab. Dann griff er nochmals zu und zerrte an der Tasche. Glanzmann schickte sich an, dem Kerl ein weiteres Mal eins über den Schädel zu ziehen: Er holte aus und taumelte rückwärts. Er wäre rücklings zu Boden gestürzt – und diesen Sturz hätte er kaum überlebt –, hätte ihm der Räuber die Tasche jetzt nicht von der Schulter gerissen. Glanzmann wurde abgedreht und stürzte auf seine linke Seite. Zwar brach er sich dabei den Oberarm, aber später fand er, der Räuber habe ihm das Leben gerettet, indem er seinen Sturz auf den Hinterkopf abgewendet habe.

Der junge Mann kam mit seiner Beute nicht weit; er wurde von Passanten festgehalten, bis die Polizei eintraf. Ein älteres Ehepaar kümmerte sich um Glanzmann. Er versicherte, ihm fehle nichts, obschon er Schmerzen in der linken Schulter spürte. Die beiden bestanden darauf, Glanzmann nach Hause zu begleiten. Er musste den mittlerweile eingetroffenen Polizeibeamten Name und Adresse angeben, dann chauffierten sie ihn an die Jupiterstrasse. Es dauerte nicht lange, bis ihn die Polizei anrief: Der Räuber sei ein notorischer Drogensüchtiger. Er heisse Mirko Krautzek, ob Professor Glanzmann ihn per Zufall kenne?

Glanzmann kannte ihn nicht. Aber nachdem er aufgelegt hatte, begann er sich über den Räuber Gedanken zu machen:

Mirko?, dachte er, Krautzek? Zweifellos ein unglücklicher Mensch aus dem Osten. Was kann ihn zu seiner Tat getrieben haben? Habe ich ihn mit meinem Stockhieb verletzt?, fragte er sich besorgt.

Nach einer Weile stand für Glanzmann fest: Er musste mit dem Mann reden. Seine Frau protestierte zwar, er müsse sich zuerst um seinen Arm kümmern. Doch Glanzmann bestellte ein Taxi und fuhr auf die Polizeiwache.

Der junge Mann wurde ihm gegenübergesetzt. Er machte einen bedauernswerten Eindruck: Eine blutunterlaufene

Beule auf der Stirn, sass er verstockt da und brachte kein Wort über die Lippen. Glanzmann wünschte, mit dem Burschen unter vier Augen zu reden. Etwas erstaunt liess ihn der Postenchef mit dem Täter allein. Er liess die Tür einen Spalt breit offen, um notfalls eingreifen zu können.

Glanzmann redete väterlich mit dem jungen Mann. Er erkundigte sich nach der Verletzung am Kopf: Ob er, Glanzmann, daran schuld sei? Krautzek antwortete nicht, genau so wenig wie auf alle übrigen Fragen.

Der arme Kerl, dachte Glanzmann. Umständlich zog er seine Brieftasche hervor und klaubte seine Visitenkarte hervor.

«Kommen Sie ruhig einmal vorbei, wenn Sie wollen», ermunterte er ihn und gab ihm die Karte. «Aber keine Dummheiten mehr, das müssen Sie mir versprechen, Mirko.»

Er reichte Krautzek die Hand.

Glanzmann ging zum Postenchef und teilte ihm mit, er verzichte auf eine Anzeige. Seine Tasche habe er wieder, und passiert sei ihm nichts. Die Schulterschmerzen hatte er nicht zu Protokoll gegeben.

«Man muss dem jungen Mann eine Chance geben», sagte Glanzmann zu dem Polizisten.

«Wie Sie meinen, Herr Professor. Aber ich an Ihrer Stelle würde Anzeige erstatten», meinte der Postenchef. «Im Übrigen wird der Untersuchungsrichter entscheiden, ob die Untersuchung weitergeführt wird oder nicht.»

Glanzmann erfuhr nie, ob diese Angelegenheit ein gerichtliches Nachspiel hatte. Aber Mirko Krautzek läutete eines Tages tatsächlich an seiner Haustür. Er sagte, er wolle sich entschuldigen und reichte Glanzmann eine Schachtel Pralinen. Glanzmann gab ihm die Schachtel zurück.

«Sehr lieb von Ihnen, Mirko. Aber ich bin zuckerkrank.»

«Wusste ich nicht, eh. Wollen Sie etwas anderes?»

«Nein, nein. Wirklich nett, dass Sie vorbeikommen.»

Ein gutes Zeichen, dachte Glanzmann, vielleicht kann er jetzt Hilfe annehmen.

«Bitte, treten Sie ein», sagte er und führte den jungen Gast in sein Sprechzimmer.

«Gebrochen, eh?», fragte Krautzek und wies auf Glanzmanns linken Arm, den dieser in der Schlinge trug. Am Tag nach dem Missgeschick hatte sich gezeigt, dass der Oberarmkopf gebrochen war, und Glanzmann hatte drei Wochen im Spital bleiben müssen.

«Ja», erwiderte er und forschte in Krautzeks Gesicht nach einer Reaktion. Aber weiter sagte er nichts, er wollte den jungen Mann nicht unnötig in Verlegenheit bringen.

«Shit, eh», sagte Krautzek.

Die beiden plauderten eine ganze Stunde.

Vielleicht lässt sich eine therapeutische Beziehung aufbauen, dachte Glanzmann.

Mit Mirkos Gehirn war zweifellos etwas nicht in Ordnung, das war ihm bald klar. Lag am Ende eine Verletzung jenes Hirnsystems vor, das zwar dem Professor, der Wissenschaft aber noch nicht bekannt war? Vielleicht liesse sich der Defekt mit jener neuen Art von Psychotherapie, die Glanzmann einzuführen gedachte, kurieren. Wenn nicht, dann müsste er den jungen Mann der sicheren Hand von Professor Taylor an der neurochirurgischen Universitätsklinik zuführen. So oder so, das würde einen Meilenstein bedeuten auf dem Weg zur Verifikation seiner Theorie. So würde aus dem Missgeschick für alle noch etwas Positives entstehen.

Glanzmann telefonierte seiner Frau ins Obergeschoss hinauf: Er habe einen Gast im Sprechzimmer, einen neuen Patienten. Ob sie ihnen bitte eine Tasse Kaffee auftischen würde? Frau Glanzmann reagierte etwas depressiv – je begeisterter ihr Mann klang, desto zurückhaltender war sie gewöhnlich –, sie wisse ja nicht einmal, wer der junge Mann sei. Ausserdem fühle sie sich zu schwach, Geschirr ins untere Stockwerk zu tragen. Sie bot an, beide könnten nach oben kommen und in der Küche eine Tasse Kaffee trinken.

Glanzmann nahm den Treppenlift, und Krautzek ging neben ihm die Treppe hoch.

«Megageil, eh!», sagte er, als er das Gefährt sah. Oben angekommen, wollte Krautzek keinen Kaffee. Er hätte lieber ein Coke gehabt, aber die Glanzmanns hatten keines. Er fing plötzlich an zu schwitzen und sagte, er fühle sich nicht wohl. Glanzmann kannte diesen Zustand. Er drängte seinem Gast ein Glas Orangensaft auf. Krautzek stürzte es hinunter. Dann meinte er, er wolle nicht länger stören. Ob er kurz die Toilette benützen dürfe. Frau Glanzmann zeigte ihm die Tür, und Glanzmann fuhr mit dem Treppenlift nach unten. Er holte seine Agenda für den Fall, dass der Patient mit ihm ein weiteres Gespräch vereinbaren wollte. Als er wieder oben war, hatte sich seine Frau ins Schlafzimmer zurückgezogen. Krautzek sass am Küchentisch. Er hatte bereits seine dicke Jacke angezogen und erhob sich, um sich zu verabschieden. Nein, es sei nicht nötig, dass der Professor ihn nach unten begleite, er finde den Weg schon selber.

Der junge Mann ging, ohne nach einem weiteren Gesprächstermin zu fragen, aber Glanzmann war zuversichtlich, dass er sich eines Tages wieder melden würde.

Am nächsten Tag suchte Frau Glanzmann in der Küche nach den kleinen silbernen Messern, Gabeln und Kaffeelöffeln mit den Elfenbeingriffen, die sie jeweils benützte, wenn sie ihren Apfelkuchen auftischte. Sie lagen immer in der obersten Schublade.

«Ist das die Möglichkeit?», rief sie. «Scharli, dein Patient hat das ganze Dessertbesteck mitgenommen.»

«Ach was», antwortete Glanzmann. «Denk doch nicht gleich so negativ. Das Besteck kommt schon wieder zum Vorschein. Du wirst es irgendwo versteckt haben, und jetzt hast du vergessen wo. Beim Frühjahrsputz wird es Frau Engel bestimmt finden.»

Er machte sich eine Notiz über den Vorfall und legte den Zettel in eine der Pappschachteln mit Schublade, die unter dem Schreibtisch aufgeschichtet waren. «Negatives Denken» stand auf der Schublade.

Drei Wochen später war Frau Glanzmann tot. Das Besteck kam nie zum Vorschein, auch nicht bei Frau Engels Frühjahrsputz.

8

Glanzmann sass an seinem Schreibtisch und weinte still vor sich hin. Er sehnte sich danach, mit seiner Frau zu reden. Wie schon so oft, seit sie tot war. Er reckte sich nach ihrem Bild, das hinter Aktenbergen auf dem Schreibtisch stand.

Er dachte an Katja, aber er musste auch an Mirko denken. Dieser war noch zwei-, dreimal vorbeigekommen, nachdem seine Frau gestorben war. Einmal hatte Glanzmann ihn ganz direkt gefragt, ob er das Silberbesteck mit den Elfenbeingriffen mitgenommen habe. Er hatte entrüstet verneint, und das hatte Glanzmann beruhigt.

Siehst du? Er ist es nicht gewesen, hatte er nach jenem Besuch zu seiner Frau sagen wollen, ehe er realisierte, dass sie tot war. Eigentlich verübelte er ihr die vorschnelle Beschuldigung seines Schützlings noch immer.

Glanzmann hielt das silbern eingerahmte Bild seiner Frau in den Händen, blies den Staub fort und fuhr mit dem wackligen Zeigefinger liebevoll über die Fotografie.

«Ich weiss, du meintest es nicht bös», sagte er leise.

Er wischte sich die Tränen weg.

«Du konntest nichts dafür, das war eben deine Krankheit: die negativen Gedanken. Lass sehen», sagte er und erhob sich. Er schlurfte ins Schlafzimmer und blieb vor der Biedermeierkommode stehen. Weitere Fotografien seiner Frau standen auf dem antiken Möbel: neuere Bilder der alten, und alte Bilder der jungen Katja Glanzmann. Vorsichtig zog er die oberste Schublade auf und nahm eine Art Einmachglas heraus. Es war wesentlich grösser als die Gläser, in welche Katja früher Aprikosen und Mirabellen eingelegt hatte. Er hob das Gefäss auf Augenhöhe, wendete es sachte hin und her – die Flüssigkeit schwappte kaum, das Glas war satt gefüllt und fest verschlossen – und betrachtete den Inhalt aufmerksam von allen Seiten. Dann stellte er den Behälter auf die Kommode und knipste eine Lampe an, die einen hellen Schein darauf warf.

«Wunderschön», flüsterte Glanzmann. «Fast perfekt. Ja, ja, so warst du eben.»

Er hob mit der Rechten seine Brille an und unterzog den Inhalt von blossem Auge einer genaueren Prüfung.

«Wenn nur dieser kleine Defekt nicht gewesen wäre. Hier, hier drin muss ein Störung gewesen sein. Eine kleine, unsichtbare Läsion, welche die Funktion dieses fast perfekten Organs beeinträchtigte. Jawohl, hier, in diesem Areal – das bewirkte die negativen Gedanken», sprach er halblaut vor sich hin. Er hatte einen fein gespitzten Bleistift zur Hand genommen und tippte mit der Spitze auf den Glasbehälter. Das Gehirn, das sich im Gefäss befand, war an zwei Stellen aufgeschnitten und wieder zusammengefügt worden.

«Wie ist diese Verletzung bloss entstanden?», murmelte er. «Wer oder was hat sie verursacht? Ist es dein Vater gewesen?»

Glanzmann schüttelte seufzend den Kopf.

«Wenn ich bloss früher schon gewusst hätte, was ich heute weiss», fuhr er leise monologisierend fort. «Du wärst geheilt worden. Deine Störung – die emotionale Trübung deiner Denkfähigkeit – hätte behoben werden können. Eine ultrakurze neuropsychotherapeutische Behandlung nach Glanzmann hätte genügt. Und wenn nicht, hätte ein klitzekleiner Eingriff am Gehirn geholfen. Professor Taylor hätte dich bestimmt operiert, ich hätte ihm bloss zu sagen brauchen wo. Schade, dass du von meinen Erkenntnissen nicht profitieren konntest.»

Er verstummte.

«Aber die Menschheit», sagte er nach einer Weile und richtete sich auf, so gut er konnte, «die Menschheit – hörst du?», er unterbrach sich: «Nein, natürlich nicht, du bist ja tot – die Menschheit wird davon profitieren. Bald ist es so weit.» Er stellte den Glasbehälter zurück und schob die Kommodenschublade zu.

Es war für Glanzmann nicht allzu schwierig gewesen, das Gehirn seiner Frau zu bekommen. Bekommen hatte er es genau genommen zwar nicht. Er hatte es behändigt.

Vor etwas mehr als einem Jahr hatte Katja Glanzmann eine Lungenembolie erlitten, war in die Universitätsklinik gebracht worden und dort gestorben.

«Wir werden eine Autopsie durchführen, Herr Kollege», hatte der leitende Arzt gesagt, nachdem er ihm sein Beileid ausgesprochen hatte. Er war auf Einwände gefasst gewesen, denen er, da er es mit einem emeritierten Professor zu tun hatte, ohne weiteres stattgegeben hätte.

«Selbstverständlich», war Glanzmanns Antwort gewesen. Dann hatte er sich mit dem Ordinarius für Pathologie in Verbindung gesetzt und ihn gebeten, die Obduktion persönlich durchzuführen. Gleichzeitig hatte er ihn ohne Skrupel gefragt, ob er ihm dabei assistieren dürfe. Professor Mettler war zwar etwas erstaunt gewesen, aber er hatte der Bitte entsprochen.

Mettler hatte sich eine Gummischürze umgebunden und Gummihandschuhe übergestreift, dann hatte er Bauch- und Brustraum von Katja Glanzmanns Leichnam geöffnet. Er nahm die inneren Organe, namentlich Herz und Lungen, in die Hand, schnitt sie auf und untersuchte sie sorgfältig. Er zeigte Glanzmann den Embolus, der den Exitus letalis zur Folge gehabt hatte, und Glanzmann nickte stumm. Mettler legte die Organe in die Körperhöhle zurück und nähte die Haut zu. Für Mettler war die Obduktion damit beendet.

«Und das Gehirn?», fragte Glanzmann.

«Wollen Sie wirklich, dass ich den Schädel öffne?»

«Aber natürlich», sagte Glanzmann, seltsam berührt vom Zögern des Pathologen. Sie ist ja tot, hätte er zu Mettlers Beruhigung beinahe gesagt. Die Schädelkalotte musste natürlich abgenommen werden, denn wie hätte man sonst das Gehirn untersuchen können? Und das war nun wirklich das Wichtigste von allem – das Organ, das das ganze Wesen seiner Frau ausgemacht hatte. Glanzmann war fest entschlossen, dieses wertvolle Gewebe in Ehren aufzubewahren. Wenn andere die Asche ihrer Angehörigen in eine Urne schütten wollten – die Asche von Armen, Beinen, Rumpf, als ob darin das Wesen des Menschen enthalten wäre! –, wenn sie an ein Grab pilgern und ihre Liebsten, die darin verwesten, in religiöser Verblendung gleichzeitig im Jenseits wähnen wollten, so sollten sie das ruhig tun. Seine Sache war das nicht.

Mettler schnitt die Kopfhaut an Katja Glanzmanns Hinterkopf von Ohr zu Ohr auf, löste sie vom Schädel und klappte sie über das Gesicht der Toten nach vorn, dann griff er nach einer Elektrosäge und sägte mit dem Gerät den Schädelknochen auf. Es stob ein bisschen und roch nach Verbranntem. Mettler durchtrennte die harte Hirnhaut und hob das Schädeldach wie die Kuppe eines weich gekochten Eis ab. Dann trennte er das Gehirn unterhalb des Hirnstamms vom

Rückenmark, löste es heraus und legte es vor sich auf den Seziertisch.

«Wunderschön», sagte Glanzmann.

«Makroskopisch unauffällig», bestätigte Mettler. «Die Gyri sind im Wesentlichen gut erhalten.»

Unauffällig?, widersprach Glanzmann innerlich. Nein, unauffällig waren diese Hirnwindungen nicht, sie waren wunderschön ausgeformt. Nicht geschrumpft wie bei einer Alzheimerkranken, sondern nahezu perfekt erhalten, von einer feinen, glänzenden und von zierlichsten Äderchen durchwobenen Haut, der Arachnoidea, überzogen. Das Gehirn einer Zwanzigjährigen hätte nicht schöner aussehen können.

Mettler nahm das Gehirn in die Hände und – seinen fragenden Blick hatte Glanzmann mit einem Nicken quittiert – schnitt es mit einem grossen Messer auf, so sorgfältig wie ein Maître de cuisine eine ganz besondere Delikatesse.

«Hier, die Ventrikel», sagte er. «Nicht erweitert.»

Glanzmann hatte natürlich selber sofort erkannt, dass die inneren Hohlräume des Gehirns seiner verstorbenen Frau die richtige Form und Ausdehnung hatten.

«Dem Alter entsprechender Abbau der grauen Substanz», fand Mettler.

Glanzmann malte sich aus, wie sich sein eigenes Gehirn wohl ausnehmen würde. Er war sich ziemlich sicher, dass es dem seiner Frau in nichts nachstünde. Vielleicht etwas voluminösere Hemisphären, dachte er, etwas mehr kortikale Substanz.

Mettler fand von blossem Auge keine pathologischen Veränderungen und sah zu Glanzmanns Erleichterung keinen Grund, Gewebeproben zu entnehmen, um die Hirnsubstanz mikroskopisch zu untersuchen. Er nahm die zwei Teile der butterweichen weissen Masse in die Hände und fügte sie wieder zu einem Ganzen zusammen, legte das Gehirn in die

Schädelgrube zurück, tat das Schädeldach darauf und klappte die aufgeschnittene Kopfhaut zurück. Dann griff er zu Nadel und Faden – im Prinzip chirurgisches Material, nur gröber und natürlich nicht steril – und machte sich daran, die Kopfhaut mit ein paar wenigen Stichen zu verschliessen, so wie er zuvor Bauch- und Brustraum zugenäht hatte.

«Lassen Sie nur», sagte Glanzmann und legte Mettler behutsam die Hand auf die seine. «Ich mache das.»

Mettler blickte erstaunt auf.

«Lassen Sie mich eine Weile mit ihr allein», bat Glanzmann.

«Wollen Sie nicht lieber in der Spitalkapelle von ihr Abschied nehmen?», fragte Mettler. «Sie wird nachher dort aufgebahrt.»

«Ich weiss», sagte Glanzmann. «Dort nehmen dann die Töchter von ihr Abschied. Aber ich mache das hier.»

Vor soviel Pietät der Wissenschaft und seinem Institut gegenüber konnte sich Professor Mettler nur stumm verneigen.

Dass er Glanzmann als Professor emeritus der medizinischen Fakultät allein im Seziersaal gelassen hatte, war eine Geste der Kollegialität gewesen. Nur befand sich Professor Mettler in diesem Punkt im Irrtum: Glanzmann hatte nie Medizin studiert, er war nie Arzt gewesen.

Vor über zwanzig Jahren war Glanzmann als nebenamtlicher Professor der philosophischen Fakultät emeritiert worden. Ein paar Jahre später hatte er die Leitung seiner privaten Schule für Psychotherapie an Lukas Zangger abgetreten, und seither fristete er in seinem Haus an der Jupiterstrasse das Dasein eines Privatgelehrten. Er blieb aber ein eifriger Besucher aller Kolloquien auf den Gebieten der Psychiatrie, der Psychotherapie, der Neuropsychologie und der Neurochirurgie. Von den interdisziplinären Weiterbildungsveranstaltungen, die sich mit den gemeinsamen Interessen und Überschneidungen dieser Fachgebiete befassten, liess er erst recht keine aus. Jedermann konnte sich ein Bild davon machen, dass Professor Glanzmann auf dem neusten Stand des Wissens war. Man schätzte seine originellen Beiträge. Es wurde gemunkelt, er arbeite an einem Lehrbuch, aber niemand wusste, ob es eines für Psychiatrie, Psychotherapie oder moderne Neurowissenschaften werden sollte.

Die Ärzte in den psychiatrischen Kolloquien wähnten in Glanzmann einen emeritierten Psychiatrieprofessor. Wer die neurochirurgischen Veranstaltungen besuchte, war überzeugt, er sei ein ehemaliger Hirnchirurg. Da sich niemand eine Blösse geben wollte, fragte keiner die graue Eminenz nach ihrer akademischen Herkunft. In Psychotherapeutenkreisen zählte man Professor Glanzmann zur Therapeutengilde: Die älteren Semester hatten ihn als Tiefenpsychologen in Erinnerung, die Gesprächs- und die Gestalttherapeuten betrachteten ihn als einen der ihren, die Verhaltenstherapeuten ebenso, und die Familientherapeuten nannten ihn einen Systemiker, denn auf jedem dieser Gebiete hatte sich Glanzmann während seiner mehr als fünfzigjährigen Therapeutentätigkeit einen Namen gemacht. Die Neurowissenschafter dagegen hielten ihn für einen Pionier auf ihrem Fachgebiet.

Zu einer Zeit, als die Psychologie an den meisten Universitäten noch kein eigenständiges Studienfach gewesen war, hatte Glanzmann in Zürich, Leipzig und Wien Philosophie und Pädagogik studiert. Er hatte noch Vorträge des alten Freud gehört, Adler war er später in Amerika, Jung in der Schweiz persönlich begegnet. Er zählte zu den ersten nichtärztlichen Psychotherapeuten des Landes.

Glanzmann habilitierte an der Universität Zürich für das damals neue Gebiet der Psychologie. Die ordentliche Professur wurde ihm vorenthalten, und ein Extraordinariat lehnte er ab. Er blieb Privatdozent und wurde später zum Titularprofessor ernannt. Als solchem stand es ihm frei, in eigener Praxis als Psychotherapeut zu arbeiten und eine private Schule zu gründen, an welcher er Psychotherapeuten ausbildete: ursprünglich solche von tiefenpsychologischer, später solche von humanistischpsychologischer Ausrichtung, schliesslich Praktiker in Familientherapie und Kurzzeitpsychotherapie.

Seit den 1960er-Jahren verfolgte Glanzmann die Entwicklung der modernen Psychotherapie mit grösstem Interesse. Er besuchte alle möglichen Koryphäen in England und Amerika, bei denen er sich – inzwischen weit über fünfzigjährig und Vater von erwachsenen Töchtern – in unzähligen Weiterbildungskursen die neuen Therapiemethoden einverleibte. Später arbeitete er sich mit neuer Begeisterung in die systemische und die Familientherapie und, so ganz nebenbei, in die moderne Verhaltenstherapie und die Hypnosetherapie ein und wurde schliesslich auf allen diesen Gebieten als Experte betrachtet.

Nach seiner Emeritierung erwog Charles Glanzmann allen Ernstes, sich seinen Jugendtraum zu erfüllen und Medizin zu studieren, so sehr faszinierten ihn jetzt die biologische Psychiatrie und die modernen Neurowissenschaften. Nur die negative Denkweise seiner Frau verhinderte dieses Vorhaben.

«Scharli, sei doch vernünftig», sagte Katja, «du würdest das Staatsexamen ja erst mit weit über siebzig ablegen, und bis du als Facharzt praktizieren könntest, würdest du achtzig.» Mit besorgten und nach seinem Empfinden ziemlich negativen Blicken vergällte sie ihm die Lust aufs Studium.

Da wandte sich Glanzmann an einen ehemaligen Klassenkameraden, der Arzt geworden war.

«Erinnerst du dich an mich, Karl?», fragte er ihn. Die zwei hatten sich seit Jahrzehnten nicht mehr gesehen, aber der ehemalige Schulkamerad erinnerte sich seiner natürlich sehr wohl. «Darf ich dich ans nächste kinderpsychiatrische Kolloquium begleiten?», fragte Glanzmann, und der Kinderarzt Karl Zangger, der sich auch um die seelischen Bedürfnisse seiner kleinen Patienten kümmerte, nahm den emeritierten Psychologieprofessor gern als Gast ans Kolloquium mit.

Der Besuch des Kinderpsychiatrie-Kolloquiums wurde für den Nichtarzt Glanzmann mit den Jahren zu einem Gewohnheitsrecht, das er weiter ausübte, als Doktor Zangger senior seine Praxis längst aufgegeben hatte und nicht mehr daran teilnahm. Es ergab sich wie von selbst, dass Glanzmann mit der Zeit an allen anderen Kolloquien der medizinischen Fakultät teilnehmen konnte, die ihn interessierten. Die irrige Meinung der jüngeren Kollegen, er sei Arzt, pflegte er nicht mit letzter Konsequenz richtig zu stellen. Dazu bestand erst recht kein Anlass mehr, als er im Alter von achtzig Jahren für seine Arbeiten auf dem Gebiet der Neurowissenschaften die Ehrendoktorwürde der medizinischen Fakultät erhielt.

Bei jenen Feierlichkeiten lernte Glanzmann den international bekannten Professor Taylor kennen. Dieser war auf den Zürcher Lehrstuhl für Neurochirurgie berufen worden. Taylor war von Glanzmanns unorthodoxen Ideen derart angetan, dass er ihn einmal bei einer Hirnoperation zuschauen liess. Glanzmann wurde wie ein Chirurg steril eingekleidet und hinter dem Operateur auf einen hohen Hocker gesetzt. Von diesem Logenplatz aus konnte er Taylor über die Schulter schauen. Es blieb aber nicht bei diesem einen Besuch. Solange Glanzmann einigermassen mobil war, war er immer wieder Gast in Taylors Operationssaal am Universitätsspital.

Wären seine Finger nicht dermassen zittrig gewesen, hätte er bestimmt darum gebeten, selber einmal das Skalpell führen und Hand ans Gehirn legen zu dürfen. Stattdessen wurde es Usus, dass die beiden während der Operation über Anatomie und Funktion von erkrankten Hirnarealen fachsimpelten. Mehr als einmal soll sich Taylor aufgrund von Glanzmanns Fragen oder Kommentaren zu einer Änderung seines operativen Vorgehens entschlossen haben.

Vor ein paar Jahren begegnete Glanzmann an einem neuropathologischen Kolloquium dem jungen Professor Mettler. Er ergriff die Gelegenheit, bei Mettlers Assistenten und Prosektoren der einen oder anderen Obduktion beizuwohnen, wenn es um pathologische Befunde am Gehirn ging. Glanzmann brachte es rasch zu einer gewissen Expertise in der Beurteilung von gesunden und kranken Gehirnen.

Jetzt gab es für ihn kein Halten mehr: Er verschaffte sich kurzerhand auch noch am Rechtsmedizinischen und – das Medizinstudium sozusagen rückwärts durchlaufend – am Anatomischen Institut als Zaungast Zutritt. Da er sich jedes Mal an den Institutsleiter persönlich wandte, und da jeder dieser Ordinarien Professor Glanzmann zumindest vom Hörensagen kannte, erhielt er keine Absagen. Im Gegenteil, jeder der Herren fühlte sich geschmeichelt, dass sich der vermeintliche Fakultätskollege und Emeritus ausgerechnet für sein Fach interessierte. Der Leiter des Anatomischen Instituts liess es sich nicht nehmen, Glanzmann eigenhändig zu demonstrieren, wie man ein Gehirn fixierte.

Nun war es also an Glanzmann gewesen, den Schädel seiner toten Frau zu verschliessen. Er hatte es, wenn auch mit zittriger Hand, ganz anständig zustande gebracht. Seine Töchter hatten später jedenfalls gefunden, ihre verstorbene Mutter habe friedlich und schön ausgesehen. Dass sie sich ihnen mit leerem Schädel präsentiert hatte, hatten sie unmöglich merken können. Glanzmann hatte das Schädeldach noch einmal aufgemacht und das für ihn unschätzbar wertvolle Organ herausgenommen. Er hatte es in das mitgebrachte extra grosse Glas gelegt und dieses unter seinem Arbeitskittel, den er in einer Einkaufstasche mitgebracht hatte, verstaut. Er hatte das kostbare Gut nach Hause getragen, in der Küche fachgerecht in Formalin fixiert und dann in die Biedermeierkommode gestellt.

9

Glanzmann trat aus dem Schlafzimmer und fuhr zusammen.

«Du meine Güte, haben Sie mich erschreckt!», rief er aus. «Ich habe Sie gar nicht mehr erwartet.»

«Ich sagte Ihnen doch, dass ich noch hereinschauen würde», erwiderte Frau Engel mürrisch. Sie war eben die Treppe hochgestiegen.

«Entschuldigen Sie, das habe ich ganz vergessen. Tut mir Leid.»

Glanzmann ertrug es nicht, wenn jemand seinetwegen missmutig war. Einzig gegen den Missmut seiner Frau und seiner Töchter war er immun geworden. Bei allen andern Missstimmungen, denen er ausgesetzt war, hatte er unweigerlich das Bedürfnis, sein Gegenüber zu besänftigen. Sich vorerst einmal zu entschuldigen – wofür auch immer – war das Nächstliegende, das hatte sich bei Glanzmann eingeschliffen wie ein Reflex.

«Gibts irgendetwas zu tun?», fragte Frau Engel. «Soll ich das Bad sauber machen? Oder die Küche?»

«Nein, nein», sagte Glanzmann, «vielen Dank.»

Die Person von Verpflichtungen zu entbinden und sich – wofür auch immer – zu bedanken, das waren weitere Besänftigungsversuche, die wie von selbst abliefen.

Seine Töchter hatten sich einst darüber amüsiert, manchmal auch geärgert, nach welchen Kriterien er im Restaurant oder im Hotel Trinkgelder verteilte: Der Kellner, der sich aufmerksam um sie kümmerte, bekam ein anständiges, derjenige, der zu erkennen gab, dass sie ihm auf die Nerven gingen, erhielt ein fürstliches Trinkgeld; das freundliche Zimmermädchen bekam zwar auch eines, aber richtig verwöhnt wurden die, die missmutig dreinblickten. Wurde er auf Reisen im Ausland angebettelt, gab Glanzmann immer etwas. Er forschte aber stets im Gesicht des Bettlers nach, ob dieser mit seiner Gabe auch zufrieden sei. Ging ein Leuchten über das Gesicht, war die Welt für Glanzmann in Ordnung. Blieb es aus, griff er noch einmal in die Tasche.

Frau Engel fragte schon lange nicht mehr, ob sie im Studierzimmer oder in der Bibliothek sauber machen solle, von aufräumen ganz zu schweigen. Nur wenn Glanzmann einmal nicht im Haus war, ging sie dort Staub wischen oder saugen. Damit er nichts davon merkte, musste sie um die Aktenberge herumputzen und durfte nichts anrühren. Ein einziges Mal in all den Jahren hatte sie Glanzmann nämlich zornig erlebt: Als sie, noch ganz zu Beginn ihrer Anstellung, den Schreibtisch aufgeräumt und Akten sortiert hatte. Einen Wutausbruch hätte man es zwar nicht nennen können, aber Glanzmann hatte die Lippen zusammengekniffen und stirnrunzelnd zu Boden geblickt. Dann hatte er brüsk den Kopf gehoben und gesagt:

«Also, das geht nicht, Frau Engel. Das sind wissenschaftliche Arbeiten, verstehen Sie? Die dürfen Sie nicht anrühren, und Patientenakten erst recht nicht.» Dann hatte er, so streng, dass er selber etwas erschrocken war, gesagt: «Ist das klar?»

Seit achtzehn Jahren besorgte Frau Engel den Haushalt an der Jupiterstrasse. Das heisst, eigentlich besorgte sie ihn gar nicht, aber sie wurde von Glanzmann bezahlt, als ob sie es täte.

Margrit Engel war eine enge Freundin von Glanzmanns verstorbener Tochter Lis gewesen. Nach deren Scheidung war sie zu Lis und ihrem Kind gezogen, und als Lis unheilbar krank geworden war, hatte sie sie bis zu ihrem Tod gepflegt. Sie hatte dafür ihre Stelle aufgegeben. Das wusste Glanzmann, und deshalb hatte er ihr nach Lis' Tod angeboten, für ihn zu arbeiten. Katja war von der Idee zwar nicht begeistert gewesen, aber Glanzmann hatte nun einmal beschlossen, Margrit Engel für ihre aufopfernde Hilfe zu entschädigen. Sie hatte ihn bei Lis' Beerdigung nämlich mit stummem Vorwurf angeschaut, und diesen konnte er unmöglich auf sich sitzen lassen.

Anfangs erledigte sie Büroarbeiten für Glanzmanns Schule, führte seine Patienten aus dem Warte- ins Sprechzimmer und ging Frau Glanzmann bei dieser oder jener Tätigkeit zur Hand. Katja wollte aber die Führung des Haushalts nicht an sie abtreten, und ebenso wenig hatte Glanzmann im Sinn, Frau Engel zu einer Vertrauten zu machen und ihr tieferen Einblick in seine Arbeit zu geben. Nein, er brauchte einfach einen Vorwand, sie für den Rest ihres Lebens grosszügig zu entlöhnen und zufrieden zu stellen. Als ihre vorwurfsvollen Blicke nicht ausblieben, erhöhte er – erfolglos – ihr Gehalt.

Tatsächlich ging Frau Engel fortan keiner andern Erwerbstätigkeit mehr nach, obschon die Arbeit im Hause Glanzmann sie kaum mehr als zwei Stunden am Tag beanspruchte. Sie wohnte weiterhin in der Wohnung, in welcher sie mit Lis gelebt hatte, und kümmerte sich um deren zehnjährige Tochter, jedenfalls dann, wenn der Vater, Lis' geschiedener Mann, keine Zeit hatte, und das war meistens der Fall. Wenn es nicht zur Schule ging, nahm sie das Mädchen manchmal ins Haus an der Jupiterstrasse mit, damit es seine Grosseltern sehen konnte.

Katja war eine liebevolle Grossmutter, und Glanzmann hatte, als Lis noch lebte, mit grossem Interesse die motorische, emotionale und intellektuelle Entwicklung seines Enkelkinds verfolgt. Aber nach Lis' Tod entwickelte sich die Beziehung nicht nach Wunsch weiter. Katja argwöhnte, Frau Engel stehe zwischen ihnen, aber Glanzmann hielt das für einen negativen Gedanken. Zwei, drei Mal nahmen die Glanzmanns das Kind mit in die Ferien, einmal für ein paar Tage in ein Ferienhaus im Berner Oberland, aber dann war plötzlich Schluss damit: Wann immer Glanzmann und seine Frau das Kind irgendwohin einladen wollten, hatte Frau Engel schon andere Pläne. Später besuchte das Mädchen seine Grosseltern noch wöchentlich, nämlich dann, wenn Frau Engel das Mittagessen kochte. Seit das Enkelkind erwachsen war, war der Kontakt fast vollständig versiegt.

Nachdem Glanzmann die Leitung der Schule abgetreten und seine Sprechstunde eingeschränkt hatte, gab es für Frau Engel nicht mehr viel zu tun. Einmal im Jahr machte sie zwar einen gründlichen Hausputz, und solange Frau Glanzmann lebte, nahm sie jeden Tag ein, zwei Aufträge entgegen: Mal waren Küche, Bad oder Schlafzimmer zu reinigen, mal war das Treppenhaus zu wischen oder das Altpapier zu entsorgen, hie und da galt es zu kochen oder zu waschen – aber alles zusammen überstieg nie das Mass an Arbeit, das eine Haushalthilfe an einem einzigen Nachmittag erledigt hätte.

Nein, eine Perle war Frau Engel nicht. Nach Frau Glanzmanns Tod kam sie zwar nach wie vor ins Haus, aber längst nicht mehr alle Tage. Manchmal schaute sie bloss kurz herein und fragte, ob etwas zu tun sei. Aus eigenem Antrieb erledigte sie nur das Allernötigste: Sie sah zu, dass der Abfallsack nicht überquoll, das Badezimmer nicht ganz vergammelte, ein Grundstock an Lebensmitteln vorrätig war und ein Minimum an persönlicher Wäsche für Glanzmann im Schrank lag. Mehr tat sie nicht, und zwar aus einem einfachen Grund: Glanzmann liess es nicht zu.

«Lassen Sie nur», sagte er, wenn sie sich anschickte, das Schlafzimmer aufzuräumen, «Muss das sein?», wenn sie das Treppenhaus fegen, «Danke, nicht nötig», wenn sie ihm etwas kochen wollte.

Zum einen sah Glanzmann die Notwendigkeit dieser Verrichtungen kaum je ein. Zum andern fühlte er sich durch die Anwesenheit jeder Person in seinem Haus gestört. Vor allem aber blickte Frau Engel die meiste Zeit dermassen missmutig drein, dass er gar nicht anders konnte, als sie von ihren bescheidenen Pflichten zu entbinden und ihre Angebote dankend abzulehnen.

«Soll ich morgen kommen?», fragte sie.

«Morgen? Am Sonntag?», sagte Glanzmann. «Aber nein, das ist doch nicht nötig. Vielen Dank.»

Es war nicht mehr ganz hell im Treppenhaus. Frau Engel knipste das Licht an.

«Sind Sie aber blass», sagte sie. «Ist Ihnen nicht gut?»

«Doch», antwortete Glanzmann.

«Vielleicht sollten Sie wieder einmal an die frische Luft, Herr Glanzmann.» Sie sah ihn genauer an. «Sie haben ja Blut im Haar», stellte sie fest. Sie klang nicht mehr mürrisch, eher besorgt. «Ist etwas passiert?»

«Hab bloss den Kopf ein bisschen angestossen. Nicht weiter schlimm. Mir gehts blendend.»

Als Glanzmann «blendend» sagte, sah sie die Zahnlücke.

«Du meine Güte, Ihnen fehlt ja ein Zahn!», rief sie.

«Ja, ja, ich weiss. Machen Sie sich keine Sorgen. Ich gehe nächste Woche zum Zahnarzt, der flickt das dann schon. Sagen Sie Monika besser nichts, sonst regt sie sich nur auf», sagte Glanzmann in vertraulichem Ton.

«Also *das* kann ich nicht versprechen», murmelte sie, aber Glanzmann hörte es nicht.

«Hören Sie, Frau Engel», sagte er, «da Sie schon fragen: Nächste Woche müsste im Sprechzimmer unten ein bisschen Ordnung sein. Könnten Sie dann ein wenig sauber machen? Wäre das möglich? Ich bekomme nämlich Besuch.»

«Besuch? Im Sprechzimmer?»

«Zwei, drei Kollegen, wissen Sie. Eine Wissenschaftskonferenz, am Samstagnachmittag. Könnten Sie dann hier sein und uns Kaffee kochen?», erkundigte er sich. «Das wäre sehr nett.»

«Am Samstagnachmittag, sagten Sie?»

«Gern.»

«Wann soll ich kommen?»

«Etwa um zwei, geht das? Wissen Sie, Frau Professor Schimmel kommt.»

«Aha.»

«Und Doktor Stein.»

«Kenne ich nicht.»

«Und Doktor Zangger.»

«So, der?», quittierte sie mürrisch.

«Den kennen Sie doch, oder?»

«Ja, den kenne ich», sagte Frau Engel bitter.

«Woher schon wieder?», wollte Glanzmann wissen.

«Wissen Sie das wirklich nicht?», antwortete Frau Engel. Sie klang noch übellauniger als sonst.

«Warten Sie – von der Schule?»

«Ja, ja, von der Schule», sagte sie böse.

Glanzmann werweisste, ob er ihre von neuem üble Laune auf sich beziehen sollte. War Frau Engel etwa eine Vertraute von Frau Schimmel? Machte sie es ihm insgeheim zum Vorwurf, dass er die Leitung seiner Schule Zangger und nicht Frau Schimmel übertragen hatte? Das wäre ungerecht, denn ihr hatte er dafür den Weg zu einer glanzvollen Karriere an der Universität geebnet. Sie war auch wirklich eine hervorragende Wissenschafterin. Unterrichten konnte sie nicht, keiner von den Ausbildungskandidaten war von ihr begeistert gewesen. Bei Zangger war es umgekehrt: Als Wissenschafter hatte er keinen grossen Namen, eigentlich gar keinen. Er publizierte ja nichts. Aber er war ein guter Psychotherapeut, und als

Lehrer war er Klasse. Er war bei allen seinen Studierenden beliebt, damals wie heute.

Irgendetwas stimmte nicht zwischen Zangger und ihm: Zwar war ihm Zangger immer mit Anstand begegnet, aber etwas trübte ihre Beziehung. Was war es bloss? Daran hatte er früher oft herumgerätselt. Gefragt hatte er ihn freilich nie, das wäre unhöflich gewesen. Wenn er ganz ehrlich war zu sich selber, musste er sich eingestehen, dass er sich ein bisschen vor Zangger fürchtete. Wegen des unausgesprochenen Tadels, der ihm im Gesicht geschrieben stand. Dabei hatte er seinen jüngeren Kollegen stets grosszügig behandelt, hatte ihn kräftig für seine Lehrtätigkeit gelobt, ihm schliesslich gar die Leitung der Schule übertragen. Aber der Ausdruck von Missbilligung war nie ganz aus seinem Gesicht gewichen.

Worum ging es? Was waren Zanggers Vorbehalte? Hatten sie etwas mit seiner, Glanzmanns, Arbeit als Psychotherapeut zu tun? Kaum. Mit seiner früheren Tätigkeit als Schulleiter? Vielleicht. Mit seiner Forschung? Schon möglich. Oder war es etwas ganz anderes? Eine bange Frage stieg in ihm auf. Wie ein Irrlicht aus dem Nebel. Nicht zum ersten Mal. Hatte es etwas zu tun mit …?

«Übrigens», riss ihn Frau Engel aus seinen Gedanken, «da wir von Besuchen reden: Kürzlich stand ein Bursche vor Ihrer Haustür.»

«Was für ein Bursche?», fragte Glanzmann. Unerwartet heftig. «Wann war das? Was wollte er?»

«Vor ein paar Tagen», sagte Frau Engel erstaunt. «Entschuldigen Sie», sagte sie, und es war das erste Mal, dass sie sich bei Glanzmann für etwas entschuldigte, «entschuldigen Sie, aber Sie waren im Studierzimmer am Arbeiten. Das war übrigens ein ziemlich unsauberer Kerl. Er wollte zu Ihnen, aber natürlich habe ich ihn fortgeschickt.»

«Wie sah er aus? Wie sprach er?», fragte Glanzmann weiter. Er klang alarmiert.

Frau Engel beschrieb den jungen Mann.

«Das war ein Patient», sagte Glanzmann entrüstet. «Mirko Krautzek. Den hätten Sie einlassen müssen.»

«Ein Patient? Haben Sie denn *noch* einen?»

«Jawohl. Nächstes Mal müssen Sie ihn einlassen. Ist das klar?»

Frau Engel sah ihn ungläubig an. «Das gibts doch nicht», murmelte sie.

«Gute Nacht», brummte Glanzmann.

10

Reglos verharrte Glanzmann in der Röhre. Er versuchte sich zu erinnern, weshalb er im Krankenhaus lag, aber er hatte keine Ahnung. Er war doch gesund, sein Hirn war jedenfalls vollkommen in Ordnung. Wozu also dieses Computertomogramm?

Er versuchte an die Wand des engen Gehäuses zu klopfen, doch er konnte sich nicht rühren. War denn niemand da? Jetzt hörte er Schritte. Sie kamen näher, hielten an.

Niemand öffnete.

Man rollte ihn in seiner Röhre weg.

Um Gottes Willen, war das denn keine CT-Röhre? Was ging vor? War er am Ende gar nicht im Krankenhaus? Plötzlich stieg eine schlimme Ahnung in ihm auf, nein, es war Gewissheit: Er lag im Leichenhaus. Eingesargt. Es ging zur Kremation, bei lebendigem Leib!

«Halt», rief er.

Man rollte ihn weiter.

«Ich lebe!», schrie er, so laut er konnte. «Ich lebe!»

Er erwachte.

Einen Augenblick bebten Panik und Entrüstung nach, dann fasste er sich: Das war bloss wieder ein dummer Albtraum gewesen, von der nächtlichen Steifigkeit seiner Glieder herrührend. Sein Gehirn, das natürlich auch im Schlaf aktiv war, hatte seinen körperlichen Zustand falsch ausgelegt und Alarm geschlagen. Mehr brauchte man in den Traum bestimmt nicht hineinzuinterpretieren.

Traumanalyse, dachte er, du meine Güte. Kalter Kaffee.

Glanzmann schloss die Augen und versuchte einzuschlafen. Es gelang. Und schon träumte er, wie so oft, von Lis.

Das Kind stand vor ihm wie eine kleine Prinzessin: das Kleidchen weiss wie Schnee, die Haare schwarz wie Ebenholz, darin eine blütenweisse Schleife. In der Hand hielt Lischen eine Spindel, aus ihrem Daumen quoll ein Tropfen Blut. Sie sah ihn traurig an.

Die Szene verwandelte sich in einen Gerichtssaal, durchwachsen von Dornengestrüpp.

«Das ist *seine* Schuld», hiess es.

Und wirklich: *Er* hielt die Spindel auf einmal in der Hand. Er realisierte im Schlaf halbwegs, dass es sich um einen Wiederholungstraum handelte. Das hatte er alles schon oft geträumt: Ankläger und Richter in schwarzer Robe zeigten mit dem Finger auf ihn, und wie immer erkannte er, dass sie die Gesichtszüge von Katja, Erika und Monika trugen.

«Ich habe nichts Böses getan», rief er verzweifelt. «Ich wollte nur helfen.»

Er sah sich nach seinem Verteidiger um. Doch der, der junge Zangger, hatte sich in einen Ritter verwandelt. Hoch zu Ross wusste er nichts Besseres zu tun, als dem Kind schöne Augen zu machen, anstatt sich für ihn einzusetzen.

«Schuldig», urteilten die Richter in Frauengestalt. «Schuldig des …», aber Glanzmann wollte das Verdikt nicht hören. Gewaltsam riss er sich aus dem Schlaf.

«Genug», sagte er vor sich hin. «Märchenträume, das ist doch kindisch.» Er nahm eine halbe Tablette Madopar. Nach kurzer Zeit entspannte er sich und schlief wieder ein.

Bald fand er sich an einem schönen weihevollen Ort wieder. Er wusste nicht, wo er war. Er spürte bloss, dass es ein ganz besonderer Ort war, vielleicht ein Tempel. Er kniete, umgeben von schönen jungen Menschen, vor einer Art Altar. Jemand salbte sein Haupt. Er wusste nicht, ob er selber ein Jüngling war oder ein reifer Mann. Er sah sich einem Alten mit schlohweissem Haar gegenüber, der ihn mit wissendem Blick betrachtete. Er tauschte mit ihm einen geheimnisvollen Gegenstand aus – eine Baumnuss mit gläserner Schale und goldenem Kern –, aber es blieb vollständig offen, wer der Gebende und wer der Empfangende war. Wie in der Sixtinischen Kapelle: zwei sich nahezu berührende Hände. Niemand sprach ein Wort.

Dann war Glanzmann plötzlich hell wach. Er fühlte sich wunderbar. Wie erleuchtet, denn in seinem Kopf herrschten eine nie gekannte Klarheit und Konzentration. An Schlaf war nicht mehr zu denken, aber das war nur gut – so konnte er sich bereits jetzt ans Werk machen.

Das Konzept für das Buch war ihm nämlich mit einem Mal vollkommen klar.

Kristallklar.

Endlich wusste er, wie sich die letzten theoretischen Unschärfen beheben liessen und wie sich alles nahtlos zu einem stringenten Lehrgebäude zusammenfügen würde.

Alles stimmte.

Er machte Licht und sah auf die Uhr: bald vier Uhr.

Glanzmann pflegte in halb sitzender Stellung zu schlafen. So brauchte er am Morgen bloss seine Beine über den Bettrand zu schieben, zuerst das linke, dann das rechte. Er liess die Beine baumeln.

Nichts übereilen, sagte er sich, obschon er am liebsten aus dem Bett gehüpft wäre, nur keinen weiteren Sturz riskieren.

Die Zeitschrift «Neuro Science» lag noch auf der Bettdecke. Er warf sie auf das Tischchen neben dem Bett. Dann hielt er nach den Socken Ausschau, die er vor dem Zu-Bett-Gehen auf den Stuhl daneben befördert hatte. Der eine lag wirklich auf dem Stuhl, der andere auf dem Fussboden unter dem Bett. Zum Glück guckte er ein wenig hervor, das ersparte eine längere Suchaktion.

Glanzmann griff sich den am Boden liegenden Strumpf mit der langen Greifzange, die ihm Frau Engel aus dem Sanitätsfachgeschäft gebracht hatte, und zirkelte ihn mit viel Geduld über die Zehen, dann über die Ferse, bis er den Sockenrand mit den Fingern der andern Hand zu fassen kriegte. Er ächzte.

«So, das hätten wir», murmelte er. Ist ja viel schneller gegangen als sonst, dachte er.

Das Anziehen der Socken war das Schwierigste an der morgendlichen Routine, in der Regel dauerte es fast eine Viertelstunde. Aber sich deswegen mit den Socken ins Bett zu legen, kam nicht in Frage. Nein, da war Glanzmann unerbittlich: Jeden Abend zog er sich ordentlich aus und legte sich im Pyjama ins Bett. Die übliche Prozedur des Aufstehens und der Morgentoilette nahm eineinhalb Stunden in Anspruch, aber heute würde er ein abgekürztes Verfahren wählen.

Mit Rührung dachte er daran, wie ihm seine Frau beim Ankleiden geholfen hatte: Sie hatte sich jeweils vor ihm niedergekniet und ihm die Socken hochgezogen, obschon sie sich nur mit grösster Mühe wieder hatte erheben können. Er hatte ihr umgekehrt beim Aufstehen und Zu-Bett-Gehen geholfen, so gut er konnte.

Er vermisste sie. Tränen traten in seine Augen. Und gleichzeitig war er froh, dass sie ihm nicht dreinredete. Sie hätte bestimmt negative Gedanken geäussert und es nicht zugelassen, dass er um diese Zeit aufstand und sich an die Arbeit machte.

Glanzmann ging ins Badezimmer, Schritt für Schritt. Er spürte, dass er absolut sicher auf den Füssen stand, dennoch benützte er die Krückstöcke. Urin- und Blutprobe waren rasch gemacht: alles in Ordnung. Er zog sich einen Morgenrock über. Richtig ankleiden würde er sich später. Dann ging er in die Küche und frühstückte kräftig, um Körper und Hirn mit Glukose zu versorgen. Die Medikamente würde er später einnehmen und Insulin zur vorgesehenen Zeit spritzen. Weitere Mahlzeiten würde er bestimmt nicht vergessen, denn der Küchenwecker würde ihn daran erinnern. Er steckte den Wecker in die Tasche seines Morgenrocks, ging in sein Studierzimmer, setzte sich an den grossen Tisch und stellte den Wecker vor sich auf.

«Sonntag, 22. Juni, 04:15 Uhr. Lange wach gelegen, kristallklare Gedanken», notierte Glanzmann in sein Tagebuch. Die Träume erwähnte er nicht.

Glanzmanns einst schwungvolle Handschrift war zu einem unleserlichen Gekritzel geworden, er konnte sie meistens selber nicht mehr entziffern. Er schrieb deshalb in Druckbuchstaben, Zeichen um Zeichen, und achtete darauf, dass seine Schrift nicht kleiner wurde.

Wie ein Erstklässler, dachte er. Aber er wollte den Lesern, die später anhand seines Tagebuchs die Entstehungsgeschichte seiner Theorie rekonstruieren wollten, die Lektüre nicht unnötig erschweren.

«Urinprobe negativ, Blutzucker leicht erhöht, im Rahmen der Toleranz. Keine Hypoglykämie», schrieb er, «keine» unterstrichen. «Im Vollbesitz meiner geistigen Kräfte. Heute Nacht erkannt, wie psychologisches Denken neu ausgerichtet werden muss. Seit Jahrzehnten wird das Gleiche gepredigt, wenn auch in Varianten. Psychologen und Psychotherapeuten tappen im Dunkeln, merken es aber nicht. Fiat lux! Zeit für einen Paradigmawechsel. Die neue Theorie muss publiziert werden. Jetzt! Ich muss dieses Buch schreiben.» Das Wort «muss» unterstrich er sorgfältig zweimal. «Das bin ich der Nachwelt schuldig.»

Glanzmann klappte sein Tagebuch zu und schob es beiseite. Er bückte sich und zog eines der Schubfächer auf, die unter dem Tisch gestapelt waren.

«Das Buch» stand darauf.

Es war leer.

«Also doch!», rief Glanzmann aus und schlug mit der flachen Hand auf den Tisch. Er war sich absolut sicher, das angefangene Manuskript in der Schublade versorgt zu haben.

Es ist tatsächlich jemand hinter meiner Theorie her!, entrüstete er sich. Aber wer? Wer ausser Frau Engel und meinen Töchtern hat denn Zugang zu diesem Haus? Niemand. Sollte etwa Frau Engel in meinen wissenschaftlichen Unterlagen stöbern? Wie käme sie dazu? Besonders gebildet ist die gute Frau ja nicht. Oder handelt sie am Ende in jemandes Auftrag?, argwöhnte Glanzmann.

Nun, die Sache war halb so schlimm, denn sehr viel hatte ohnehin nicht im Manuskript gestanden. Die ganze Theorie war mehr in seinem Kopf präsent. Sie zu Papier zu bringen, hatte bis zum heutigen Tag nicht geeilt. Die entscheidenden Einfälle waren ihm ja erst vergangene Nacht gekommen. Es hatte durchaus sein Gutes, dass nichts mehr vom bisher Geschriebenen da war.

Tabula rasa, dachte Glanzmann. Ganz recht, schlagen wir dem Plagiator ein Schnippchen. Beginnen wir noch einmal von vorn. Ab ovo, dafür in einem Guss.

Er nahm einen Papierbogen zur Hand. Papier war genug da. Es lagerten zwanzig Schachteln mit je zweitausendfünfhundert Blatt im Keller, aber das wusste Glanzmann nicht so genau. Er spannte den Bogen in seine Schreibmaschine ein. Es war nicht ganz einfach, ihn einigermassen gerade ausgerichtet hinter der Walze zu platzieren, aber er kriegte es hin.

Einen Computer hatte Glanzmann nicht. Er fand, er sei zu alt dafür, aber er besass zwei elektronische Schreibmaschinen mit grossem Display. Eine stand im ehemaligen Wartezimmer, die andere verstaubte auf der Veranda. Mit Kameras, Videogeräten und anderen elektronischen Apparaten fand sich der Professor ganz gut zurecht, aber mit der Textverarbeitung wollte es ihm nicht gelingen. Die Seitenränder und Zeilenabstände liessen sich nie so einrichten, wie er sie brauchte, und viel zu oft verschwanden Passagen oder ganze Arbeiten auf Nimmerwiedersehen in dem verflixten Gerät. Da tippte er seine wissenschaftlichen Arbeiten lieber auf seiner alten Triumph.

Er begann, das Buch zu schreiben. Von Anfang an.

«Menschenhirn und Menschenseele», tippte er.

Der Inhalt des Buchs stand fest: Es würde kein dicker Schmöker werden, bloss ein bescheidenes Bändchen – dafür mit grundlegenden Erkenntnissen, aus denen er eine einfache, alles Bisherige über den Haufen werfende, neurowissenschaftlich fundierte biopsychosozioethologische Theorie ableiten würde. Nun galt es, unter all den Untertiteln, die er erwogen hatte, den treffendsten auszuwählen. Am besten wäre es, sie probeweise aufs Papier zu bringen.

«Wider das so genannt psychotherapeutische Denken». Auf diesen Untertitel hatte er sich insgeheim längst gefreut. Das war nämlich des Pudels Kern.

Nein, zu provokativ, fand Glanzmann, als er ihn geschrieben vor sich sah, riss den Bogen heraus und warf ihn zu seiner Linken auf den Fussboden.

«Eine moderne Theorie des Verhaltens, Denkens und Erlebens» war der nächste Versuch. Doch der klang ihm zu wenig therapeutisch.

«Neurowissenschaftliche Grundlagen von Psychotherapie und Psychochirurgie» schrieb Glanzmann.

Nein, dachte er, die zur Heilung seelischer Krankheiten eingesetzte Hirnchirurgie darf nicht schon im Titel erscheinen, das schreckt unnötig ab. Die Psychochirurgie gibt das Schlusskapitel des Buchs.

«Allgemeine Lehre vom seelischen Gesund- und Kranksein.»

Das wars! Der Titel verhiess viel und klang trotzdem nicht unbescheiden.

«Von Professor Dr. Dr. med. h.c. Charles Glanzmann» war die nächste Zeile.

Er spannte einen weiteren Bogen ein.

Er wusste längst, was darauf stehen musste, das Motto des Buches: «Mens sana in cerebro sano.» In einem gesunden Hirn lebt auch ein gesunder Geist, das war Professor Glanzmanns Credo.

Die Vorstellung, dass sein eigenes Gehirn daran war, eine gewaltige Leistung zu erbringen, nämlich die, die Funktion des menschlichen Gehirns – und damit das Menschsein – darzulegen, hatte etwas unerhört Faszinierendes. Er versuchte, diesen Vorgang in eine prägnante Zeile zu fassen.

«Selbsterkenntnis: Ein Gehirn erkennt sich selbst.»

Das sitzt, dachte er.

Nun konnte er den Text in Angriff nehmen.

11

Am Sonntag fuhr Zangger mit Seidenbast nach Zürich zurück.

«Dass du immer noch diesen alten Schlitten fährst», wunderte sich Seidenbast, als sie über die Autobahn gondelten. «Der tönt ja wie ein Motorboot.»

«Na klar, bei acht Zylindern. Du findest, ich müsste ein schlechtes Gewissen haben, nicht wahr?», erwiderte Zangger. «Das sagen meine Töchter auch. Aber Tom besteht darauf, dass ich ihn behalte. Was mich angeht: reine Nostalgie.»

«Nicht Amerikanophilie?», fragte Seidenbast.

«Dummes Zeug», brauste Zangger auf. «Und wenn schon: Du führst ja auch kalifornischen Zinfandel, nicht nur Bordeaux. Obschon dieser Depp Präsident ist.»

«Was hast du denn?», fragte Seidenbast. «Ich habe ja gar nichts gesagt.»

«Nicht? Na gut», meinte Zangger. Es war ihm peinlich, wieder einmal unnötig in Rage geraten zu sein. Er fuhr mit der Hand über das dunkelrote Sitzpolster. «Fühl mal, dieses Leder», sagte er, «das nenne ich Qualität.»

«Ja, ja», spöttelte Seidenbast, «er hat ja auch fast unseren Jahrgang, dein Oldtimer. Man merkts, sieh mal», sagte er und hielt Zangger die Fensterkurbel unter die Nase. Sie hatte sich bei seinen wiederholten Versuchen, das Seitenfenster zu öffnen, damit der Zigarettenrauch nicht störte, gelöst.

Auf der Weiterfahrt brachte Zangger das Gespräch noch einmal auf Glanzmann, aber Seidenbast war nicht dazu zu bewegen, seine Vorbehalte zu präzisieren.

«Sagen wir es so: Er ist vermutlich ein grosser Gelehrter, aber er ist ein wenig hirnverrückt», sagte er bloss.

«Hirnverrückt», schmunzelte Zangger. «Das ist gut.»

«Was hält er eigentlich von deiner Ausbildung?»

«Keine Ahnung», antwortete Zangger verblüfft. «Früher hätte er sie bestimmt gutgeheissen, ich führte ja anfänglich alles in seinem Stil weiter. Aber was er heute dazu sagen würde, weiss ich nicht. Wahrscheinlich würde er sich daran stossen, dass ich mit meinen Kandidaten per Du verkehre», lachte er. «Aber vermutlich interessiert ihn die Schule überhaupt nicht mehr. Wieso fragst du?»

«Weil er –», begann Seidenbast, dann hielt er inne. «Nur so», sagte er.

Schon wieder, dachte Zangger. Was soll die Geheimniskrämerei?

«Als er noch zu dir in den Laden kam», hob er zu einem neuen Versuch an, «konnte er da auch über nichts anderes reden als über seine Theorien?»

«Im Gegenteil», erwiderte Seidenbast, «seine Theorien waren Nebensache. Aber wie gesagt, ich hätte ihm stundenlang zuhören können, wenn er sie mir darlegte.»

«Nebensache?», staunte Zangger. «Was war denn die Hauptsache?»

Seidenbast druckste herum. Er murmelte etwas von persönlichen Gesprächen, aber mittlerweile waren sie an der Neptunstrasse angekommen, und er stieg aus.

«War eine prima Woche», sagte er beim Abschied. «Machen wir wieder, nicht wahr?»

«Einverstanden», meinte Zangger und fuhr los.

«Grüss mir Tina», rief ihm Seidenbast nach. «Und die ganze Mischpoche.»

«Garantiert ohne Tierversuche?», fragte Mona nach der Begrüssung. Sie betrachtete das Fläschchen mit der teuren Körpermilch misstrauisch.

«Steht jedenfalls drauf», erwiderte Zangger. Er gab sich Mühe, nicht unwirsch zu klingen.

«Sonst kann ich die nämlich nicht brauchen», motzte sie.

Tom warf einen mitleidigen Seitenblick auf seine Schwester und schaute dann achselzuckend den Vater an. Tina war drauf und dran, ihre Tochter zurechtzuweisen, doch Zangger bedeutete ihr stumm, es bleiben zu lassen.

«Ist mir klar», sagte er.

«Danke», sagte Mona missmutig und ging wieder auf ihr Zimmer. Am Fuss der Treppe blieb sie stehen und bückte sich zu Noodle hinunter, der um ihre Beine strich. Die Zanggers hatten den roten Kater zu sich genommen, als auf einem nahen Bauernhof ein Wurf Katzen weggegeben wurde. Sie hatten ihn für Mona geholt, nachdem Whopper, ihr Lieblingstier, ein Jahr zuvor gestorben war.

Ist noch glimpflich abgelaufen, dachte Zangger. Er konnte nie sicher sein, ob sie nicht eine hässliche Szene machte.

«Cool», sagte Tom, den Stein in der Hand. «Hast du den gefunden?»

«Ja», sagte Zangger, fast ein wenig stolz. «Gestern, auf der Wanderung mit Marius.»

«Den kann ich gut brauchen», meinte Tom und prüfte die Oberfläche des flachen Steins mit der Mittelfingerspitze. «Für die Geologiemerkblätter, die mir ständig davon flattern.»

Tinas Miene hellte sich auf, und Zangger wurde es warm ums Herz.

«Was gibts Neues?», fragte er. Er hoffte, etwas über Toms Vorbereitung auf die Maturitätsprüfung zu erfahren.

«Nicht viel», antwortete Tom. «Doch», besann er sich, «Fabian hat angerufen.»

«Oh, schade, dass ich nicht da war. Wie gehts ihm?»

«Prima. Er geht fast jeden Tag an den Strand.»

«Nicht zur Schule?»

«Nach La Jolla, Blacks Beach.»

«Blacks Beach? Treffen sich dort die Schwarzen?»

«Nein, der Strand heisst einfach so, Blacks Beach. Dort gehen alle hin.» Tom kannte die Gegend, er hatte zwei Jahre zuvor als Austauschschüler bei einer Familie in Del Mar gelebt.

«Ach so», sagte Zangger.

«Vor allem Nacktbader.»

«Und dort geht Fabian baden?»

«Easy.»

«Davon hat er mir gar nichts gesagt», warf Tina ein.

«Natürlich nicht, Ma», sagte Tom. «Du hättest doch sowieso nur …»

«Ich dachte, Nacktbaden sei in Kalifornien verboten», unterbrach ihn Zangger.

«Ist es auch.»

«Und doch geht er hin?», fragte Tina.

«Nun macht euch mal um Fabian keine Sorgen», sagte Tom. Er hatte manchmal eine Art zu reden, die tatsächlich beruhigte.

Früher waren die Zwillingsbrüder wie Hund und Katze gewesen, aber seit ein, zwei Jahren schien jeder auf den andern stolz zu sein, so verschieden sie auch waren. Zangger war jedesmal aufs Neue gerührt, wenn er merkte, wie einer den andern in Schutz nahm.

«Louis ist ja auch für drei Wochen dort. Der passt schon auf ihn auf», schmunzelte Tom, «besonders am Blacks Beach.» Louis war ein Freund von Tom und Fabian. Das Geld für ein Flugticket hatte er sich als Pizzakurier verdient.

«Was hast du eigentlich für Ma mitgebracht?», fragte Tom unvermittelt.

«Wie? Ach so, äh, tut mir leid, ich …», stammelte Zangger. Vor lauter Stress wegen der Geschenke für die Kinder hatte er sie vergessen.

«Aber Pa», sagte Tom vorwurfsvoll.

«Schon gut, Luc», sagte Tina und streichelte seine Wange. Aber es schien ihm, sie sei doch ein bisschen enttäuscht.

«Ich lade dich zum Essen ein», sagte Zangger mit schuldbewusster Miene. «Land- oder Stadtbeiz?»

«Nichts da, wir essen hier. Es ist alles schon bereit. Es gibt die letzten Spargeln», sagte Tina augenzwinkernd.

«Dann hole ich eine Flasche Elsässer Riesling», sagte Zangger, froh, wenigstens diesen Beitrag leisten zu können, und stieg in den Weinkeller hinunter.

«Du siehst erholt aus», sagte Tina, als sie nach dem Essen beisammen sassen.

«Bin ich auch.»

Zangger fühlte sich entspannt und genoss den Abend – ganz anders als früher, wenn er mit Tina und den Kindern von einer Reise zurückkehrte. Dann war die Stimmung stets gespannt gewesen, es musste ausgepackt und eingeräumt, gewaschen und gelüftet werden, und die Eltern hatten die Jungen davon abhalten müssen, sich in ihre Zimmer zu verziehen und auf die faule Haut zu legen.

Wie meistens, wenn er einige Zeit weg gewesen war, fand er am nächsten Morgen auf dem Anrufbeantworter zwei, drei Terminabsagen für die kommenden Tage. Das störte Zangger dieses Mal nicht, denn so blieb ihm etwas mehr Zeit, das Seminar vorzubereiten, das am Donnerstag beginnen sollte.

Dass auch ein Anruf Professor Glanzmanns gespeichert war, der ihn eindringlich an das Treffen vom kommenden Samstag erinnerte, störte ihn schon eher. Am Mittag lag zu allem Überfluss auch noch ein Umschlag von ihm im Briefkasten – krakelige Anschrift, acht alte Briefmarken, mehrere Stempel drauf. Er enthielt Ausschnitte aus wissenschaftlichen Zeitschriften mit Beiträgen zur Hirnforschung: Neue Forschungsergebnisse, Vermutungen, Hypothesen und Zusammenhänge mit bekannten Theorien wurden darin diskutiert. Die Artikel waren allesamt in Glanzmanns Handschrift kommentiert: «Irrtum», «Krasser Widerspruch!», war in zittrigen roten Buchstaben am Rand notiert. «Richtig», «Bravo!» hiess es an anderen Stellen, dann wieder stand: «Naiv!», «Überholte Sichtweise».

Fragen, die in den Artikeln aufgeworfen wurden, waren mit Leuchtstift hervorgehoben. «Kann ich beantworten», war bei einer hingekritzelt, «Längst geklärt», «Heureka!» bei andern. Wieder andere hatte Glanzmann mit einem Sternchen markiert und auf einem Begleitzettel zusammenfassend kommentiert: «Gehört alles unter einen Hut – eine Antwort auf alle Fragen!», das Wort «eine» war doppelt unterstrichen. «Mehr darüber am Samstag. G.»

Ist er am Ende doch ein Genie?, fragte sich Zangger. Mit gemischten Gefühlen erinnerte er sich der Unterhaltung, die er in der Felsentherme gehört hatte. Aber hirnverrückt, das ist er allemal, schmunzelte er.

Nachmittags um fünf kam ein neuer Patient. Der Mann hatte allen Grund zur Sorge: Er war arbeitslos, allein erziehender Vater einer elfjährigen Tochter, sah ungesund aus, war übergewichtig, hatte Gelenkbeschwerden und litt unter Schlafstörungen. Irgendetwas an dem Mann machte Zangger misstrauisch.

«Ich bin bereits anderswo in Behandlung», erklärte der Mann, «aber ich möchte mich nach einem neuen Therapeuten umsehen.»

Umsehen?, dachte Zangger. Gefällt mir gar nicht.

Zangger fragte grundsätzlich nicht nach dem Namen des früheren Therapeuten, denn wenn ihn die Patienten nicht von sich aus nannten, wollten sie ihn wahrscheinlich aus Loyalität nicht preisgeben. Die meisten gaben ihn früher oder später dann doch bekannt, und ausserdem gehörte es zu Zanggers detektivischen Spielereien, sich aus diskreten Hinweisen, die sie ihm willentlich oder unwillentlich gaben, zusammenzureimen, wer der bisherige Therapeut war. Oft gelang ihm das, und bei seinem heutigen Patienten war es ein Kinderspiel: Der Mann sagte, sein Therapeut sei ein alter Mann, man verstehe ihn manchmal kaum, seine Praxis sei zu weit von der Haltestelle der Strassenbahn entfernt, im Sprechzimmer rieche es muffig und das sei seinem Kind, wenn er es mitnehmen müsse, zuwider. Auch verschreibe er keine Medikamente. Der Mann, schloss Zangger, war bis anhin Professor Glanzmanns Patient gewesen. Er hatte zwar geglaubt, Glanzmann habe die Behandlung von Patienten längst aufgegeben, aber allem Anschein nach betreute er einzelne weiter.

«Das geht doch auf Krankenkasse?», fragte der Mann.

Zangger war in dieser Frage etwas pingelig, und manchmal war seine Antwort nein. Aber bei diesem Patienten schien ihm die Sache eindeutig zu sein, der Mann war in mehr als einer Hinsicht krank und behandlungsbedürftig. Trotzdem machte ihn die Frage hellhörig:

Ist das einer von denen, fragte er sich, die Arzt um Arzt aufsuchen, möglichst intensive Behandlung wünschen, um hohe Arztrechnungen zu erzielen, und sich dann das Geld von ihrer Krankenversicherung vergüten lassen, ohne die Ärzte zu bezahlen? Der Trick funktionierte meistens, denn wenn die Leute das eingesackte Geld einmal verbraucht und nachweislich kein Einkommen hatten, konnten die Ärzte ihr Honorar ans Bein streichen.

«Herr Hunger», sagte Zangger, «ich bin mir noch nicht im Klaren darüber, ob ich für Sie der Richtige bin. Vielleicht schlafen Sie auch noch einmal darüber. Ich schlage vor, dass wir uns nächste Woche wiedersehen und dann beschliessen, wie es weitergehen soll. – Haben Sie die Behandlung bei ihrem Therapeuten schon abgeschlossen? Weiss er überhaupt, dass Sie nicht mehr kommen wollen?»

«Gesagt habe ich ihm noch nichts. Ich habe noch einen Termin mit ihm, und zwar am – warten Sie, ich muss nachsehen.» Er zückte seine Agenda und blätterte darin herum. «Am Samstag», sagte Hunger.

12

Finger und Handgelenke schmerzten, Glanzmann legte eine Schreibpause ein. Seit Tagen war er fast ohne Unterbruch am Tippen. Geschlafen hatte er kaum, aber die drei oder vier Stunden in den vergangenen Nächten hatten ihm genügt. Etwas schläfrig fühlte er sich bloss von seinen Medikamenten.

Zum Glück gibts das Gegenmittel, dachte er und wühlte in einer Pappschublade. Er nahm eine der weissen Tabletten, die ihm seit Jahren gute Dienste leisteten, wenn ihn die Müdigkeit zu überwältigen drohte oder wenn sein Kopf nicht mehr ganz klar war.

«Meine Vitamine», sagte er jeweils, wenn Monika fragte, was er da schlucke. Er hatte mehrere Packungen davon vorrätig. Das Mittelchen war ihm von einem ärztlichen Kollegen verschrieben worden.

Sein Blick verweilte kurz auf dem langsam, aber stetig anwachsenden Stoss von Manuskriptseiten und wanderte zum Bücherstapel, der sich auf seinem Tisch türmte. Ein Buchrücken nahm ihn gefangen, ein Standardwerk, das er – wie fast alle diese Bücher – nahezu auswendig kannte: «Struktur und Dynamik der Psyche» lautete der Titel.

Struktur der Psyche, welch unwissenschaftliche Denkweise, dachte Glanzmann. Er schüttelte den Kopf. Das *Gehirn* hat eine Struktur, nicht die Psyche. Und noch viel wichtiger als die Struktur ist die *Plastizität* des Gehirns, seine Flexibilität: Es kann sich in jedem Augenblick den Erfordernissen entsprechend neu organisieren – aber nur, wenn es gesund ist.

Nein, mit den veralteten Theorien, die eine Struktur der Seele postulierten, hatte *seine* Theorie nichts zu tun.

Im Gegenteil, sie ersetzte sie.

Alle diese Seelentheorien, das stand für Glanzmann fest, waren aus purer Verlegenheit aufgestellt worden, in einer

Zeit, in welcher man noch nichts über das menschliche Gehirn wusste. Da hatte man sich eben anhand von Metaphern ein Bild von der so genannten Psyche zu machen versucht, hatte über Strukturen, Schichten, Tiefen und Instanzen der Psyche fantasiert, anstatt sich für den Bauplan des Gehirns zu interessieren. Aber jetzt waren diese Modellvorstellungen überholt. Sie waren schlicht und einfach nicht mehr nötig. Denn wer die Allgemeine Glanzmannsche Theorie kannte, der verstand den Menschen in seinem Menschsein und brauchte keine schummrigen Theorien über die Psyche mehr.

«Jetzt sind wir weiter», murmelte Glanzmann.

Psychologie und Psychotherapie, sinnierte er, Soziologie und Pädagogik, ja, alle Humanwissenschaften werden bald auf einem neuen, durch und durch wissenschaftlichen Fundament stehen.

Die vollständige Glanzmannsche Hirn- und Seelenlehre würde zur Schnittstelle von Medizin und allen anderen Wissenschaften werden. Widersprüche zwischen medizinischer und psychologischer Denkweise gäbe es keine mehr. Ärzte und Psychologen, Neurochirurgen und Psychotherapeuten würden endlich eine gemeinsame Sprache sprechen.

«Höchste Zeit», sagte Glanzmann.

Das Komitee in Schweden würde gar nicht darum herumkommen, von der Sache Notiz zu nehmen.

Energisch riss er den Papierbogen aus der Schreibmaschine und warf ihn auf den Manuskriptstapel.

Eben hatte er sich noch müde und angespannt gefühlt, das mühselige Tippen hatte ihn angestrengt. Jetzt spürte er eine angenehme Energie im ganzen Leib. Sein Kopf war vollkommen klar. Die Gedanken flossen wie von selbst, er bemerkte eine angenehme Beschleunigung seiner Hirntätigkeit. Schreiben ging im Augenblick nicht mehr, seine Finger waren zu steif. Doch das schadete nichts. Die Gedanken gingen bestimmt nicht verloren, er würde sie später in aller Ruhe niederschreiben können.

Dass seine neue Theorie für die etablierten psychotherapeutischen Schulen eine Bedrohung darstellen würde, war Glanzmann vollkommen klar.

Die Tiefenpsychologen werden lieb gewonnene alte Vorstellungen aufgeben müssen, dachte er, zum Beispiel die mystische Vorstellung vom so genannten Unbewussten. Ich, Es, Überich? Schön und gut, ein anerkennenswertes Konstrukt, wenn man bedenkt, dass es aus dem vergangenen Jahrtausend stammt. Aber wissenschaftlich höchst unscharf. Und unnötig obendrein, angesichts der Allgemeinen Glanzmannschen Theorie auf alle Fälle obsolet.

Mit den humanistischen Psychotherapieformen, spann Glanzmann seine Gedanken weiter, ist es im Grunde genommen nicht anders. Wenn man sie aber von allem esoterischen Ballast befreit, dann sind sie, in entschlackter Form, teilweise vielleicht brauchbar.

Kognitive und Verhaltenstherapie?, überlegte er. Zweifellos nützliche Verfahren, wissenschaftlich schon wesentlich sauberer, mit der Allgemeinen Glanzmannschen Theorie weitgehend kompatibel.

Hypnosetherapie? Ihr steht eine Renaissance bevor, dachte Glanzmann, dessen bin ich mir sicher. Jedes einzelne Hirnsystem, das ich entdeckt habe, kann in Hypnose separat angesprochen, aktiviert oder deaktiviert werden, unabhängig von den andern. Die medizinische Hypnose ist geradezu ein Verifikationsverfahren für meine Theorie.

Systemtherapie? Da wirds kaum Probleme geben. Denn im Grunde genommen ist meine neue Lehre über das seelische Gesund- und Kranksein eine durch und durch systemische Theorie. Nur dass sie, bei allem Respekt vor Ludwig von Bertalanffy, im humanwissenschaftlichen Bereich noch wesentlich tiefer greift als die Allgemeine Systemtheorie.

Eines steht fest, dachte Glanzmann: Von allen Wissenschaften ist die Wissenschaft vom menschlichen Gehirn die grundlegendste.

Er erhob sich, schlurfte ins Schlafzimmer hinüber, zog die Schublade der Biedermeierkommode auf, nahm Katjas Gehirn heraus und ging, im linken Arm das Glasgefäss, am rechten den Krückstock, ins Studierzimmer zurück. Er schob ein paar Akten zur Seite und stellte das Gefäss vor sich auf den Schreibtisch.

Stehend dachte Professor Glanzmann über die Wissenschaften nach.

Ob Philosophie, sinnierte er, ob Juristerei, ob Medizin – oder Theologie, die leider Gottes auch eine Wissenschaft sein will –, alles Wissen sitzt im Hirn, jede Erkenntnis wird durch Hirnleistung erworben, jedes Geheimnis durch Hirnleistung entschlüsselt. Jawohl, das Wissen über das Gehirn ist das A und das O.

«... das A und das O, spricht der Herr», sagte er feierlich.

In seinem Kopf schwirrte es.

Er schaute auf den Wecker. Hatte er das Signal überhört? Brauchte er Insulin? Zucker?

Nein, stellte er fest, kein Hungergefühl, keine Verwirrung. Alles klar, kein Glukosebedarf, kein Grund zur Besorgnis. Inspiriert bin ich, weder zucker- noch insulinbedürftig. Inspiriert und beseelt. Oder soll ich besessen sagen? Er lächelte das Glasgefäss an.

«Du bist ja regelrecht besessen von deinen Ideen», hatte seine Frau kurz vor ihrem Tod zu ihm gesagt. Er war wieder bis spät in die Nacht hinein an der Arbeit gesessen, und sie war gekommen, um ihn ins Bett zu schicken.

«Beseelt bin ich», hatte Glanzmann erwidert. «Beseelt, nicht besessen», und er hatte ihr auseinander zu setzen versucht, womit er sich beschäftigte. Aber Katja hatte bloss etwas Negatives zu sagen gewusst.

«Doch, es stimmt. Du hast Recht», hatte Glanzmann da auf einmal zugegeben, und hatte sie mit leuchtenden Augen angesehen. «So ist es, ich bin besessen. Genau so fühle ich mich: besessen von meiner Aufgabe. Nimm es mir nicht übel, aber ich kann nicht anders. Ich muss mich mit dieser Theorie befassen. Ich kann, ich darf nicht ruhen, bis sie zu Ende gedacht und ausgearbeitet ist.»

Von da an hatte er, wann immer seine Frau sich über seine Arbeitswut beschwerte, einfach gesagt: «Ich bin besessen, das weisst du doch, du hast es ja selber gesagt. Ich muss, ich kann nicht anders.»

Zur Sache, ermahnte sich Glanzmann. Es geht nicht bloss um die Psychotherapie. Die ist schliesslich nur *ein* Fachgebiet, auf welches sich die Allgemeine Theorie auswirkt. Letztlich kann man alle grossen Fragen, welche die Menschheit beschäftigen, im Licht dieser neuen Theorie beantworten. Denn alle diese Fragen haben mit dem menschlichen Wesen und damit mit dem menschlichen Gehirn zu tun.

Er öffnete den Behälter und nahm das Gehirn, das durch die Fixierung längst eine festere, käsige Konsistenz angenommen hatte, in beide Hände. Er drückte das Präparat sachte zusammen, damit es an den Schnittstellen nicht auseinanderfiel. Ein Rest von Fixierflüssigkeit tropfte zu Boden. Nachdenklich betrachtete er das Organ, den Stirnlappen gegen sich gewandt.

Sein oder nicht Sein, das war die Frage.

Im Prinzip Hirnsache, das war die Antwort.

Gut und Böse? – Losgelöst vom Menschen und seinem Gehirn eine Unterscheidung ohne jede Bedeutung.

Leib und Seele? – Integrationsaufgabe des Gehirns.

Lust und Unlust, Freude und Trauer – nichts als Hirnsignale.

Schönheit und Hässlichkeit – liegen im Auge des Betrachters, im Ohr des Zuhörenden, zuständig ist letztlich also der Kortex.

Künste aller Art – Produkte subtiler Hirnrindenprozesse.

Liebe und Hass: Nächstenliebe, Partnerliebe, Elternliebe, Kinderliebe, Menschenliebe – zerebrale Höchstleistung des Homo sapiens! Menschenverachtung, Fremdenhass, Rassismus, Folter – fataler Atavismus des menschlichen Gehirns, Resultat einer tragischen Fehlentwicklung im Lauf der Evolution. Aber heilbar, durchaus heilbar, man muss nur wissen wie!

Himmel und Hölle – naive Konstrukte des menschlichen Gehirns, was denn sonst?

Krieg und Frieden – Resultat von funktionaler und dysfunktionaler Hirnaktivität. Kann beeinflusst werden, eine grosse pädagogische und psychotherapeutische Aufgabe. Oder am Ende eine chirurgische?, werweisste Glanzmann.

Friede auf Erden!, dachte er.

Er hob den Blick und schaute zum Fenster hinaus. Wenn nur die Eltern aller Kinder, die Lehrer und Erzieher, wenn nur die Politiker und Generäle, die Wirtschaftskapitäne aller Länder einen Tag, einen einzigen Tag!, hergeben würden, um sich die Allgemeine Glanzmannsche Theorie darlegen zu lassen, und wenn die Ärzte und Psychologen die Erkenntnisse konstruktiv umsetzen würden – es wäre Frieden auf der Welt.

Deshalb muss ich das Buch fertig schreiben. Jetzt! Bevor mir jemand zuvor kommt. An die Arbeit, sagte er sich, legte das Gehirn ins Glasgefäss zurück, trocknete seine Hände am Arbeitskittel, setzte sich auf seinen Stuhl und tippte weiter.

13

Gegen Mittag klingelte es an der Haustüre. Ächzend bückte sich Glanzmann nach den Krücken, die er neben dem Schreibtisch hatte zu Boden fallen lassen, stemmte sich an ihnen hoch und trippelte zur Zimmertüre. Neben der Küchen- und der Studierzimmertüre war seit ein paar Jahren eine Gegensprechstation installiert.

«Hallo?», meldete er sich. Die Unterbrechung kam ihm höchst ungelegen.

«Doctor Glanzmann?»

«Ja?»

«Hello, my name is Michael Mbagunde. I would like to talk to you.»

Ein Journalist?, fragte sich Glanzmann. Mitarbeiter einer internationalen Fachzeitschrift?

«What about?», fragte er ahnungsvoll. Ob sein Englisch genügen würde? Mit der Lektüre englischsprachiger Fachliteratur hatte er nicht die geringste Mühe, aber was die Umgangssprache anging, war er ziemlich aus der Übung.

«I would like to ask for a donation.»

«A donation? Sie sammeln Geld?», erwiderte Glanzmann, enttäuscht und gleichzeitig begeistert. «Wofür? What for?»

«Charity», antwortete die Stimme. «A healthcare project for African people.»

Oh, dachte Glanzmann, Wohltätigkeit! Ein Projekt im Gesundheitswesen. In Afrika!

«I'm coming», sagte er. «Just a moment.»

Glanzmann verliess das Studierzimmer, ging zur Treppe, setzte sich auf den Treppenlift und fuhr nach unten. Er öffnete die Haustüre. Der Schwarze, der davor stand, machte einen etwas ärmlichen Eindruck, obwohl er Strassenanzug und Krawatte trug.

Du meine Güte, ist der aber mager, dachte Glanzmann. Ob er Hunger leidet?

Der Mann aus Afrika streckte ihm einen Ausweis entgegen. M.D. Mbagunde, las Glanzmann. Er betrachtete die Fotografie, die ohne Zweifel den Herrn abbildete, der vor ihm stand, aber er bemühte sich nicht, den Rest zu entziffern, zumal auf dem Ausweis ein Rotkreuzemblem prangte.

M.D., dachte Glanzmann, medical doctor, ein Arzt.

Glanzmann bat ihn herein, obschon der Gast sich etwas sträubte. Er entschuldigte sich dafür, ihn neben sich hergehen lassen zu müssen, während er selber den Treppenlift benützte. Oben führte er ihn in die Küche und hiess ihn am Küchentisch Platz nehmen. Er setzte den Wasserkocher in Betrieb, goss zwei Tassen Nescafé auf und warf eine Packung Diabetikerbiscuits, die er irgendwo hervorkramte, auf den Tisch.

«Where are you from?», fragte Glanzmann, als er den Kaffee umgerührt hatte. Aus Lambarene konnte dieser Arzt nicht sein, sonst würde er Französisch sprechen.

«From Zimbabwe.»

Nun wollte Glanzmann mehr darüber erfahren, wofür der selbstlose Mann Geld sammelte. Ganz sicher war er sich am Ende freilich nicht, ob er ihn richtig verstanden hatte. Wenn nicht alles täuschte, so ging es dem schwarzen Arzt um die Bekämpfung von heimtückischen Infektionskrankheiten.

«Malaria?», fragte Glanzmann. «Hepatitis? Aids?»

«Aids», nickte der Mann. Er sah irgendwie betroffen aus.

«Wait», sagte Glanzmann und schlurfte ins Studierzimmer. Er zog einen Umschlag aus einer Pappschublade, entnahm ihm ein paar Geldscheine, ging in die Küche zurück und legte die Scheine auf den Tisch. Der Schwarze machte grosse Augen.

Ist er enttäuscht?, fragte sich Glanzmann. Hält er mich für kleinlich?

«I am sorry, but this is all I can give at the moment», sagte er.

Sein Gast zog mit ernstem Gesicht einen Quittungsblock hervor und stellte Glanzmann eine Quittung über Swiss Francs fivehundred aus.

«Is it for a hospital?», fragte Glanzmann.

«Hospital», nickte der Mann, «hospital treatment.»

Der Ernst im Gesicht des Mannes wirkte auf Glanzmann wie ein stummer Vorwurf. Ein Spital, dachte er, der Mann will in Afrika ein Spital bauen. Da ist eine solche Spende bloss ein Tropfen auf einen heissen Stein.

«Come back in two or three days», sagte er spontan. «Then I will give you more. But I have to go to the bank first. Wait», sagte er, ging erneut aus der Küche, holte seine Agenda, blätterte darin und fragte: «Next saturday, is that possible?»

Bis dann sollte er mit dem Manuskript eigentlich fertig sein. Überdies waren am Samstagnachmittag schon andere Termine eingetragen, da wäre es ohnehin nichts mit Schreiben: Um vierzehn Uhr kam Herr Hunger mit seinem Kind und um sechzehn Uhr war Frau Professor Schimmels Besuch vorgesehen, zusammen mit den Doktoren Zangger und Stein. Glanzmann schrieb Doctor Mbagunde um fünfzehn Uhr ein.

Liebend gern hätte er seinen Gast jetzt in ein Gespräch über das Gesundheitssystem in Zimbabwe verwickelt. Und umgekehrt, so stellte er sich vor, hätte sich der Arzt aus Afrika bestimmt für die hirnbiologischen und neuropsychologischen Erkenntnisse eines emeritierten Universitätsprofessors interessiert. Doch leider hatte es Doktor Mbagunde eilig. Er blieb zwar aus Höflichkeit eine Weile sitzen, trank seine Tasse Nescafé, ass mehrere Biskuits, da Glanzmann ihn regelrecht dazu nötigte, erkundigte sich artig nach dem Befinden des Professors, dann nach dem seiner Ehefrau, wenn die Frage erlaubt sei – denn in seinem Land wäre sie nicht erlaubt, erklärte er –, bekundete sein Bedauern, als er vernahm, dass sie nicht mehr lebte, und schwieg dann ein Weilchen. Er bedankte sich noch einmal auf zurückhaltende und noble Art für das Geld, das Glanzmann ihm gegeben hatte und machte sich auf den Weg. Interessiert sah er sich im Haus um, bewunderte die Glasmalerei im Treppenhaus und warf einen dezenten, aber keineswegs neugierigen Blick dahin und dorthin, als ihn Glanzmann in der Eingangshalle verabschiedete.

Glanzmann nahm sich vor, ihn das nächste Mal durchs Haus zu führen, da er sich offensichtlich für die Zürcher Jugendstilarchitektur interessierte.

Im Augenblick war ans Schreiben nicht mehr zu denken. Glanzmann beschloss, schon jetzt zur Bank zu gehen und ein paar Besorgungen zu machen. Sorgfältig kleidete er sich an und verliess, zum ersten Mal seit Wochen, sein Haus. Er fühlte sich rüstig, sicher und voller Tatendrang.

Schritt um Schritt, Kopf hoch, keine Vorlage! Glanzmann wiederholte innerlich die Worte seiner Physiotherapeutin, als er sich an seinen Stöcken auf den Weg zum Römerhof machte. Es lief heute wie am Schnürchen.

Am Bankschalter hob er fünftausend Franken ab und verlangte den Geschäftsführer zu sprechen. Dieser hatte den Überfall vor einem Jahr natürlich in Erinnerung. Professor Glanzmann war der Bank seit Jahrzehnten treu, und obschon der Banker wegen der hohen Hypothekarbelastung im Gegensatz zu seinem Kunden etwas besorgt war, deshalb demnächst ein diskretes Beratungsgespräch zu führen und vielleicht eine Neuschätzung der Liegenschaft an der Jupiterstrasse vorzuschlagen gedachte, zählte er den Professor noch immer zu den privilegierteren Kunden. Er bot deshalb wie gewohnt an, dass ein Bankbote ihm das Geld in einer Stunde nach Hause bringen würde.

Glanzmann verliess die Bank und ging ins Bürofachgeschäft. Er brauchte ein paar neue Filzschreiber.

«Es gibt verschiedene Strichbreiten, wollen Sie sie testen?», fragte die Verkäuferin.

«Nein, nicht nötig», erwiderte Glanzmann. Er probierte die Dinge stets zu Hause aus. Er liess sich von jeder Breite einen Stift in jeder Farbe geben. Sechs Farben gab es, vierundzwanzig Stifte also. «Oder geben Sie mir besser zwei von jedem», sagte er. «Und von den schwarzen noch zwei extra.»

Das waren fünfzig Stifte, zu viele, um sie in die Umhängetasche zu packen.

«Können Sie mir die nach Hause bringen?»

«Selbstverständlich.»

«Dann tun Sie noch Schreibmaschinenpapier dazu, wenn Sie schon vorbeikommen», trug er der Verkäuferin auf. Fürs Buchmanuskript, dachte er, wer weiss, ob noch genug Papier im Keller ist. «Zehn Kartons.»

Er schaute sich noch ein bisschen um im Geschäft. Es stach ihm ein kleiner, batteriebetriebener Apparat ins Auge, mit dem man Zeitungsartikel ausschneiden konnte, ohne dass man eine Schere zur Hand nehmen musste. Den legte er vor der Verkäuferin auf den Ladentisch.

«Sonst noch etwas?», fragte die junge Frau.

Es war Glanzmann etwas peinlich, dass es bei diesem mickrigen Einkauf blieb. Aber bei seinem letzten Besuch hatte er ja einen Papierwolf gekauft, ein handliches Gerät, das jetzt im Keller stand. Frau Engel schredderte damit Patientenakten und andere vertrauliche Papiere, die er entsorgte. Ausserdem hatte er ein Farbkopiergerät bestellt, das Fräulein hatte diese Bestellung hoffentlich noch in Erinnerung. Mit dem Gerät würde er Abbildungen aus wissenschaftlichen Büchern herauskopieren und seine selbst kreierten Schemata in Farbe vervielfältigen können, um sie an Interessenten abzugeben.

«Das wärs. Nein, noch etwas, fast hätte ichs vergessen: Farbkopien.» Da das neue Kopiergerät noch nicht geliefert worden war, hatte er die Illustrationen mitgenommen, die er bei seiner Präsentation am Samstag brauchte.

Glanzmann fiel ein, dass er Zangger noch gar nicht gesagt hatte, dass auch Frau Schimmel und vielleicht Herr Stein zu den Gästen dieses privaten Vortrags gehörten. Nun, das machte nichts, so würde es eben für alle Beteiligten eine Überraschung geben. Frau Schimmel wusste ja auch nicht, dass Zangger kam. Er war gar nicht dazu gekommen, es ihr zu sagen, als er mit ihr telefonierte. Sie hatte ihm wegen einer bevorstehenden Verbandssitzung die Ohren voll gequasselt. Dinge, die ihn überhaupt nicht interessierten. Aber sie hatte partout seine Meinung dazu hören wollen.

Er reichte der Verkäuferin die Vorlagen.

«Wie viel Kopien von jedem Blatt, Herr Professor?», fragte sie. «Eine, zwei?»

«Zehn», erwiderte Glanzmann reflexartig.

«Zehn Kopien von jedem Blatt?»

«Nein», sagte er, «warten Sie.» Glanzmann rechnete: Drei Zuhörer würden kommen, aber Zangger würde auch für seine Ausbildungskandidaten Kopien wünschen. Er führte an der Schule zwei Lehrgänge, einen Anfänger- und einen Fortgeschrittenenkurs, und in jedem waren fünfzehn oder mehr Kandidaten, er brauchte also mindestens dreissig Kopien. «Machen Sie fünfzig.»

«Von jedem Blatt fünfzig Kopien?», fragte die Verkäuferin und zählte die Blätter. Es waren zwölf. «Das wären sechshundert Kopien, das Stück zu einem Franken.» Sie sah ihn fragend an.

Professor Glanzmann nickte.

«Alles auf Rechnung, wie gewohnt», sagte er zufrieden. Man muss den Fachgeschäften im Quartier eine Chance geben, dachte er, als er den Laden verliess, sie haben den Umsatz nötiger als die in der Innenstadt.

Beschwingt nahm er den Nachhauseweg unter die Füsse. In seinem Haus angekommen, setzte er sich an den Schreibtisch.

In der Nacht hatte er wieder Träume. Steif wie ein Brett lag er, er konnte sich nicht bewegen.

«Halt», rief er, als man ihn wegrollen wollte.

«Ich lebe», musste er schreien, damit man ihn nicht bei lebendigem Leib kremierte. «Ich lebe!»

Er wachte auf.

«Schon wieder», murmelte er. «Verflixter Parkinson, was spielt er mir für Streiche.»

Er schluckte eine Tablette und schlief wieder ein.

Dann träumte er, ihm werde ein Preis verliehen. *Der* Preis genau genommen. In Stockholm. Sein Buch sei herausgekommen, träumte er, seine Allgemeine Lehre habe sich in Windeseile über den Erdball verbreitet und ihre Frieden stiftende Wirkung entfaltet. Seine Erkenntnisse über das Gehirn hätten die Wissenschaften revolutioniert. Er träumte, er verneige sich vor dem Schwedenkönig, und der sich vor ihm auch. Nur eine Spur tiefer.

Und dann stand er im Traum wieder vor Gericht, dieses Mal vor einer höheren Instanz. Lischen war da, die kleine Prinzessin, das Kleidchen weiss wie Schnee, die Haare schwarz wie Ebenholz. Sie hielt eine Spindel in der Hand und schaute ihn traurig an. Ihr Daumen war unverletzt, Gott sei Dank. Doch dann musste er mit Entsetzen sehen, wie sich auf ihrer weissen Brust ein Blutfleck ausbreitete. Der Fleck wurde rasch grösser und er wusste: Sie ist dem Tod geweiht. Eine Frau mit dem Gesicht von Frau Engel, halb Staatsanwältin, halb Hexe, klagte ihn an. Sie zeigte mit dem Finger auf ihn, denn wieder lag die Spindel auf einmal in *seiner* Hand. Aber

Lady Schimmel verteidigte ihn besser als der ungeschickte Ritter Lukas.

«Er hat viel Gutes getan», sagte sie einfach. «Für die Menschheit. Er ist ein guter Mensch.»

In stummer Dankbarkeit hörte er im Traum ihr Plädoyer.

«Freispruch», lautete das Urteil des allerhöchsten Gerichts. «Seine Schuld ist getilgt.»

Von allen Lasten und Sorgen befreit, von seiner Mission beseelt und von neuen Ideen beflügelt, stand Glanzmann am folgenden Tag in aller Frühe auf, nahm seine Vitamine und schrieb weiter.

Er musste, er konnte nicht anders.

14

Eigentlich war Zangger am Mittwoch nach der Sprechstunde einzig deshalb früher nach Hause gekommen, um mit Tina über das bevorstehende Seminar zu reden. Sexueller Missbrauch, das war ein Thema, das nach einer Frau als Dozentin rief. Aber Martha Mendez, die Therapeutin, die er als Seminarleiterin eingeladen hatte, hatte dieses Mal nicht kommen können. Zangger hatte sich deshalb entschlossen, das Seminar selber zu geben. Er fühlte sich dazu durchaus im Stand, denn er kannte Martha seit Jahren. Er hatte sie wiederholt in ihrem Family Institute in Philadelphia besucht, um ihr Behandlungskonzept kennen zu lernen. Und er hatte seither manche Patienten – missbrauchte Kinder, Frauen und Männer und oft auch deren Angehörige – nach ihrem Konzept behandelt. Gleichwohl dachte er, es würde ihm gut tun, am Feierabend mit seiner Frau über das heikle Thema ein paar Gedanken auszutauschen.

Doch daraus wurde nichts.

Tina fing ihn an der Haustüre ab.

«Heute musst du ein Machtwort sprechen», sagte sie, anstatt ihm wie gewohnt einen Kuss auf die Lippen zu drücken oder ihm Wange und Kinn zu streicheln.

Zangger sah sie amüsiert an. Früher hätte er allergisch auf den Satz reagiert, aber er hatte ihn seit Jahren nicht mehr von ihr gehört. Er glaubte deshalb im ersten Augenblick, sie scherze. Er fasste sie wie immer unter dem dichten, kurz geschnittenen schwarzen Haar im Nacken und wollte sie an sich ziehen. Doch dann sah er ihr verärgertes Gesicht. Er liess sie los.

«So geht es nicht mehr weiter», sagte sie aufgebracht. «Was glaubt die eigentlich?»

Zangger war sofort klar, dass sie von Mona sprach.

Mona hatte einen dubiosen Burschen über Nacht in ihrem Zimmer gehabt. Sie war in den vergangenen Tagen nach dem Nachtessen jeweils ausgegangen und immer erst frühmorgens nach Hause gekommen. Das gefiel ihnen zwar nicht, aber sie hatten nichts gesagt. Schliesslich war Mona erwachsen und musste selber entscheiden, wie sie ihr Leben gestaltete. Jedenfalls so lange, als die Eltern sich dadurch in ihrem Haus nicht gestört fühlten – auf diese Haltung hatte sich Zangger mit Tina geeinigt.

Aber heute früh – Zangger hatte das Haus längst verlassen und Tina war später als sonst dran gewesen – war Mona mit einem jungen Mann aus ihrem Zimmer geschlichen und hatte versucht, ihn klammheimlich aus dem Haus zu schmuggeln, als sie realisierte, dass ihre Mutter noch da war.

Die Zanggers hatten nie etwas dagegen gehabt, dass ihre Kinder Freundinnen und Freunde nach Hause brachten. Auch nicht, dass sie sie auf ihr Zimmer nahmen. Ebenso wenig, dass sie hie und da über Nacht blieben. Auch dann nicht, als sie älter geworden waren und anzunehmen war, dass es dabei nicht mehr nur platonisch zu und her ging. Im Gegenteil, da die jungen Leute, wenn sie sich liebten, früher oder später ohnehin miteinander schlafen würden, war es den Zanggers lieber, sie taten es zu Hause als sonst irgendwo.

Gar nicht ungern erinnerte sich Zangger jenes Sonntagmorgens vor drei, vier Jahren, als Claudia ihren Freund zum ersten Mal zum Frühstück herunterbrachte: Tina und er hatten sich über das verliebte Pärchen gefreut, Tom hatte einen anzüglichen Spruch gemacht und Fabian hatte die Szene leicht verlegen beobachtet. Mona war hin und her gerissen gewesen zwischen Bewunderung und Neid. Nicht viel später hatte Tom, der mittlerweile achtzehn geworden war, seinen Eltern ein Mädchen vorgestellt, das er bald darauf mit der grössten Selbstverständlichkeit über Nacht aufs Zimmer nahm. Die einzige Bedingung der Zanggers war, dass sie wussten, wer die Gäste waren, die über Nacht in ihrem Haus blieben, und dass sie sie zuvor von Angesicht zu Angesicht kennen gelernt hatten. Mona hatte früher hin und wieder Schulfreundinnen nach Hause gebracht, aber einen Freund hatte sie ihnen nie vorgestellt, und auch Studienkollegen waren kaum je bei Zanggers ein- und ausgegangen.

Tina hatte gerade noch gesehen, wie der junge Mann die Treppe hinunterhuschte und wie Mona die Haustüre hinter ihm schloss.

«Wer war das?», hatte sie wissen wollen.

«Jemand», hatte Mona zu Antwort gegeben und sich gleich wieder in ihr Zimmer verzogen. Tina war ihr nachgestiegen und hatte gesehen, welch unappetitliches Durcheinander in ihrem Zimmer herrschte.

«Hau ab!», hatte Mona geschrien, als sie sie zur Rede stellte. «Es geht dich einen Dreck an, wie es in meinem Zimmer aussieht.» Sie hatte ihre Mutter aus dem Zimmer geschubst und ihr die Türe vor der Nase zugeknallt. «Und wer bei mir übernachtet auch», hatte sie ihr hinterhergerufen.

Zangger beschloss, Mona eine Gardinenpredigt zu halten, wenn sie zum Nachtessen käme. Sie kam aber nicht. Es war ihr vermutlich bewusst, dass sie allein mit ihren Eltern bei Tisch sitzen müsste, da Tom mittwochs immer erst später kam. Natürlich war sie trotzdem das Thema, und an eine Besprechung des Seminars, auf die Zangger gehofft hatte, war überhaupt nicht zu denken, auch nicht, als sie sich nach dem Essen ins Wohnzimmer setzten.

Tina war überzeugt, den Drogensüchtigen angetroffen zu haben, den Mona während ihres Praktikums betreut hatte und von dem sie eine Zeit lang täglich erzählt, ja geschwärmt hatte – bis zu dem Tag, an dem Tina gefragt hatte, ob sie in ihn verliebt sei. Das hatte sie heftig bestritten, und seither hatte sie nichts mehr von ihm gesagt.

Tinas Ärger war auf einmal wie weggeblasen, sie machte sich bloss noch Sorgen um Mona. Wegen Aids und solchen Dingen. Dafür wurde Zangger immer wütender.

«Wer weiss, ob sie nicht selber Drogen nimmt?», sagte Tina. «Sie kommt mir in der letzten Zeit sehr seltsam vor. Vielleicht kifft sie, vielleicht nimmt sie auch …», holte sie aus.

«Wer soll kiffen? Mona? – Die doch nicht», sagte Tom, der im selben Moment hereinplatzte. Er hatte Tinas Bemerkung aufgeschnappt und geahnt, von wem die Rede war. Der hoch aufgeschossene Junge hatte seine Baseballmütze beim Eintreten wie gewohnt auf dem Kopf behalten, befreite sich von seinem Rucksack und liess ihn zu Boden plumpsen.

«Woher willst du das wissen?», fragte Zangger.

«Das merkt man doch, ob jemand kifft, Pa», sagte Tom mit einem mitleidigen Lächeln. Der Psychiater Zangger wiegte skeptisch den Kopf, aber in diesem Punkt musste er wohl den Expertenstatus seines Sohnes anerkennen. «Nein, die kifft leider nicht», doppelte Tom nach.

«Leider?», fragte Zangger.

«Ein bisschen Entspannung würde ihr gar nicht schaden», erklärte ihm Tom in gewohnt stoischer Manier. «So gestresst wie die in letzter Zeit tut. Megazickig.»

«Hat sie eigentlich einen Freund?», fragte Zangger weiter, da er von Tom eine verlässliche Information erwarten konnte.

«Freund? Ich weiss nicht», wich Tom aus. «Am besten fragst du sie selber, ob der Typ ihr Freund ist.»

«Welcher Typ? Wie heisst er?»

«Mirko.»

«Mirko – wie noch?»

«Keine Ahnung.»

«Was ist das für einer?»

«Frag sie doch selber, Pa. Vielleicht ein Jugo. Es ist mir egal, sympathisch ist er mir sowieso nicht. Er hat Fabian einmal eine Schwuchtel genannt. Ich versteh wirklich nicht, was Mona an ihm findet. Aber nicht einmal mit mir redet sie darüber.»

Dabei hatten Tom und Fabian stets einen guten Draht zu ihrer manchmal schwierigen älteren Schwester gehabt. Tina war bis anhin Monas Vertraute gewesen, erst in allerletzter Zeit war auch sie zur Zielscheibe ihrer Attacken geworden. Sonst hatte Mona ihre Launen in erster Linie an ihrem Vater ausgelassen.

«Okay, du kannst sie gleich selber fragen», sagte Tom. Man hatte die Haustüre ins Schloss fallen hören, jemand ging die Treppe hoch. Tom verzog sich in die Küche.

«Mona!», rief Zangger.

«Was ist?», rief sie aus dem Treppenhaus.

«Komm bitte ins Wohnzimmer.»

«Wozu?», quengelte sie.

«Tina und ich wollen mit dir reden.»

«Keine Lust.»

«Du kommst jetzt bitte ins Wohnzimmer», befahl Zangger. Er hasste es, diesen Ton anzuschlagen, aber es ging nicht anders. Er war entschlossen, sie zu dieser Aussprache zu zwingen, koste es, was es wolle.

Sie gehorchte halbwegs: Sie trat in den grossen Wohn- und Essraum, blieb aber im Esszimmerteil stehen, fünf Schritte von ihren Eltern entfernt. Sie lehnte sich gegen die Wand und strich sich scheinbar gelangweilt die langen, schwarzen Haare aus dem Gesicht. Ohrmuschel, Nasenflügel und Unterlippe waren gepierct. Auf Stirne und Wangen spriessten Pickel. Zangger räumte seinen Lehnsessel, um Mona Platz zu machen, und stellte sich neben Tina, die auf dem Sofa sass.

«Pass doch auf!», fuhr er Mona an. Sie hatte sich gegen das grosse, ungerahmte Bild hinter dem Esstisch gelehnt, einen Lohse. Das kostbare Exemplar konkreter Malerei war Zanggers ganzer Stolz. Seidenbast, der Antiquar und Mondrianliebhaber, hatte ihm zum Kauf des Bildes geraten, als Zangger von einer Tante etwas geerbt hatte. Zusammen mit den modernen Möbeln bildete es einen gewollten Kontrast zum schlichten alten Holzschrank und dem Gemäuer des Fachwerkhauses.

«Oh je, oh je», machte Mona und lehnte sich, als ob es wirklich nicht darauf ankäme, wo anders hin.

«Also», motzte sie dann, «was gibts?»

«Komm, setz dich», sagte Tina.

«Wieso? Ich stehe lieber. – Kommt schon, was ist?»

«Zwei Dinge», begann Zangger. «Erstens möchte ich, dass du deine Mutter anständig behandelst.»

Eigentlich fand er es selber daneben, dass er wie mit einem erziehungsbedürftigen Teenager sprach. Aber genau so präsentierte sie sich.

«Aaach Gottt», machte Mona, verdrehte die Augen und liess ostentativ Kinnlade, Schultern und Arme fallen, als ob ihr Zanggers Ansinnen jede Kraft raube.

«Und zweitens möchten wir wissen, wen du über Nacht in unser Haus bringst.»

Mona richtete sich wieder auf.

«Unser Haus, unser Haus! Das ist auch *mein* Haus, ich wohne schliesslich auch hier», wandte sie ein. Auf diese Diskussion wollte sich Zangger nicht mehr einlassen, die hatten sie schon einmal geführt.

«Also, wer war der junge Mann?», fragte er.

«Der junge Mann, der junge Mann», äffte Mona ihn nach.

Du meine Güte, das soll meine zwanzigjährige Tochter sein?, dachte Zangger. Obschon ausser Tina niemand zuhörte, war ihm ihre rotzige Art richtig peinlich.

«Wer war es – Mirko?» Zangger wollte die Prozedur abkürzen. Er schoss aus der Hüfte und traf ins Schwarze.

Mona sah ihn einen Augenblick verdutzt an.

«Und wenn schon?», sagte sie trotzig.

«Dann möchten wir deinen Freund gern kennen lernen, bevor er hier übernachtet.»

«Wer sagt, dass das mein Freund ist?»

«Willst du sagen, dass du einen Fremden über Nacht in dein Zimmer nimmst?»

«Es ist ein Bekannter. Und ihr seid so was von blöd. Ihr denkt gleich, ich weiss nicht was. Als ob man einen Bekannten nicht mal über Nacht mitnehmen könnte, wenn er keine Bleibe hat.»

«Das kommt doch überhaupt nicht in Frage», brauste Zangger auf, «dass du hier ohne unser Wissen Obdachlose beherbergst.»

«Obdachlose beherbergst! Blablabla. Es war ja nur einer, und er ist gar nicht obdachlos.»

«Du sagtest doch …»

«Ich sagte, er habe gestern Nacht keine Bleibe gehabt. – Ihr seid total unsolidarisch.» Nicht umsonst war sie Studentin an der Schule für Soziale Arbeit.

«Schöne Solidarität», bemerkte Zangger, «jemanden vor uns zu verstecken, anstatt zu ihm zu stehen», aber gleich bereute er die Argumentation.

«Als gut, dann steh ich dazu», sagte Mona herausfordernd. «Sie haben ihn zu Hause rausgeschmissen. Darf er jetzt hier wohnen?»

«Sei doch vernünftig, Mona», schaltete sich Tina ein. «So etwas muss man in aller Ruhe besprechen.»

«Da gibts nichts zu besprechen», sagte Zangger schroff. Er warf Tina einen unwilligen Blick zu: Jetzt lass mich reden, du wolltest doch, dass ich ein Machtwort spreche, sagten seine Augen.

«Dann frage ich eben Omi, die macht bestimmt nicht so ein Theater», sagte Mona, aber niemand ging darauf ein.

«Ist das der Patient, den du in deinem Praktikum betreut hast?», fragte Zangger streng.

«Das kann dir doch egal sein.»

Zangger hätte ihr am liebsten eine heruntergehauen.

«Ganz egal kann mir das nicht sein, Mona», sagte er stattdessen so ruhig wie möglich. «Weil du dich nämlich strafbar machst, wenn du dich mit einem Patienten auf eine intime Beziehung einlässt.» Das war etwas dick aufgetragen, aber es schien Wirkung zu zeigen. Mona sah ihn erschreckt an. «Unter Umständen jedenfalls», schwächte er ab. «Aber so oder so wäre es eine Art von Missbrauch.»

«Missbrauch», sagte Mona mit einem Würgen, als müsse sie sich übergeben. «Solches Zeug kannst du in deinen Seminaren predigen.»

Zangger war bass erstaunt, dass Mona überhaupt wusste, womit er sich in seinen Seminaren befasste.

«Übrigens: Seit wann missbrauchen Frauen denn Männer?», mokierte sie sich. «Missbrauch ist doch Männersache.»

Zangger driftete für einen Moment ab. Ist sexueller Missbrauch reine Männersache?, dachte er. Das wäre vielleicht ein brisantes Diskussionsthema. Mal sehen, wie ich das morgen einbaue.

«Er ist übrigens gar kein Patient mehr», hörte er Mona sage. «Ich helfe ihm einfach, das ist alles. Ist das etwa auch strafbar? Und eine intime Beziehung haben wir nicht, damit ihrs nur wisst.» Sie blickte halb verlegen, halb trotzig drein.

Jetzt war es an Zangger, verlegen dreinzublicken.

«Nun, wenn nichts zwischen euch ist, dann …»

«… dann geht dich das nichts an. Und wenn etwas wäre, auch nicht», fiel sie ihm ins Wort. «Wir tun, was wir wollen.»

Zangger trat den Rückzug an.

«Das ist kein Grund, deine Mutter derart unflätig zu behandeln.»

«Na gut: Tut – mir – leid», sagte sie gedehnt zu Tina. «Wegen heute früh, meine ich.»

Sehr von Herzen schien die Entschuldigung nicht zu kommen. Aber immerhin, dachte Zangger.

«Gut», sagte Tina. «Und wann lernen wir deinen Bekannten kennen?»

Typisch Tina, dachte Zangger, sie packt die Gelegenheit beim Schopf. Er selber hätte es nicht gewagt, diese Frage jetzt zu stellen.

Mona hatte sich zum Gehen gewandt.

«Ich weiss doch nicht», sagte sie kleinlaut.

«Bring ihn einfach einmal mit», sagte Tina.

«Gut, gut», sagte Mona und ging nach oben.

Als sie weg war, werweisste Zangger mit Tina, wie ernst es ihr mit der Bemerkung gewesen sei, ihre Grossmutter um Hilfe zu fragen. Dachte sie am Ende daran, den unbekannten Burschen bei ihr einzuquartieren? Das wäre eine Zumutung, denn Zanggers Mutter war über achtzig. Sie wohnte noch immer im Genossenschaftsreihenhäuschen, in welchem er aufgewachsen war, und bereitete sich darauf vor, ins Altersheim zu ziehen. Er und seine Brüder hatten in den letzten Monaten das Haus zu räumen begonnen. Zanggers Vater war vor einem Dreivierteljahr hochbetagt gestorben.

Schliesslich fand Zangger, sie werde sich schon selber wehren. Immerhin beruhigte es ihn zu wissen, dass Mona nicht alle Familienbande zu durchtrennen begann. Tinas Eltern lebten schon lange nicht mehr, aber den Grosseltern Zangger gegenüber hatte Mona immer eine besondere Anhänglichkeit gezeigt. Als Kinderarzt hatte Grossvater Zangger ein feines Gespür für die Nöte des schwierigen Enkelkinds gehabt.

Mit Rührung dachte Zangger an das Geschenk, das sein Vater wenige Wochen vor seinem Tod Mona zum Geburtstag gebastelt hatte: In einen Briefumschlag hatte er ein kleines Fenster geschnitten, das sich wie das Törchen eines Adventskalenders öffnen liess. In den Umschlag hatte er eine Zweihundertfrankennote gesteckt, und zwar so zusammengefaltet, dass der etwas sorgenvolle Blick von Charles Ferdinand Ramuz, dessen Porträt auf der Note war, den Empfänger des Umschlags traf, wenn er das Törchen öffnete. Neben das Törchen hatte er geschrieben: «Rat mal, wer da auf dich aufpasst?» Der Clou war, dass Ramuz‘ Augen, die aus dem Törchen schauten, Grossvater Zanggers Augen zum Verwechseln ähnlich sahen. Ausser dem Geldschein war wie gewohnt noch ein von Hand geschriebenes Gedicht im Umschlag gewesen, ein mehrstrophiger Limerick mit auf Mona gemünzten Pointen.

Jedes von Zanggers vier Kindern war darauf eingestellt gewesen, zum Geburtstag eine originelle grossväterliche Überraschung beschert zu bekommen. Mona hatte sich unbändig über das Geschenk gefreut, ganz im Gegensatz zu den meisten anderen Dingen, die sie bekommen hatte. Sie dachte offenbar nicht daran, die Zweihunderternote zu brauchen. Tina hatte festgestellt, dass sie den Umschlag mit samt dem Geldschein in ihrem Zimmer an eine Pinnwand geheftet hatte, so dass der grossväterliche Blick auf ihr ruhte, wann immer sie sich im Zimmer befand.

15

Es klingelte an der Haustüre.

Schon wieder!, dachte Glanzmann. Könnt ihr mich denn nicht in Ruhe arbeiten lassen? Es ist schon Freitag, morgen muss ich fertig sein. Da muss man mich arbeiten lassen.

«Vater?», rief Monika. Seine Tochter besass einen Hausschlüssel. Sie kam die Treppe hoch und trat in sein Arbeitszimmer. «Ich war in der Stadt, da wollte ich rasch vorbeischauen.»

«Lieb von dir», murrte Glanzmann.

«Sehr lange bleibe ich nicht. Um zwei muss ich zur Arbeit.» Sie unterrichtete Handarbeit für Knaben und Mädchen.

Gottlob, dachte Glanzmann.

«Wie gehts?», fragte sie.

«Blendend.» Zerzaust blickte er von der Schreibmaschine auf, seine Stimme klang brüchig. «Ich bin am Arbeiten.»

«Das sehe ich», sagte Monika. «Schon lange?»

«Den ganzen Tag.» Glanzmann sagte wohlweislich nicht, dass er um vier Uhr in der Früh aufgestanden war.

Sie runzelte die Stirn. «Muss das sein, Vater?»

«Allerdings.»

«Willst du es nicht allmählich etwas geruhsamer nehmen?», fragte sie. Es schwang mehr Vorwurf als Besorgnis in ihrer Frage mit.

«Ich muss etwas Wichtiges erledigen.»

«Was denn?»

«Nun, weisst du – etwas Wissenschaftliches.»

«Aha. Davon verstehst du nichts, soll das heissen, nicht wahr?», sagte Monika gereizt.

Glanzmann reagierte nicht.

Monika sah sich im Zimmer um.

«Höchste Zeit, dass hier jemand aufräumt. – Etwas frische Luft würde auch nicht schaden», meinte sie und riss die Fenster im Studierzimmer auf. «Nimmt mich bloss Wunder, was Margrit die ganze Zeit tut. Du hast sie schliesslich als Haushälterin angestellt, oder nicht?»

Glanzmann nahm seine Brille ab, betrachtete die verschmierten Gläser und setzte sie wieder auf, ohne sie zu reinigen.

«Igitt! Was ist denn das?», rief Monika. Sie zeigte auf das Glas mit dem Hirnpräparat auf dem Schreibtisch.

Rasch packte Glanzmann den Behälter mit beiden Händen, bückte sich und stellte ihn mit steifen Armen in eine Pappschachtel unter dem Schreibtisch.

«Wissenschaft», sagte er.

Monika verzog angewidert das Gesicht.

«Hast du noch mehr von diesen grässlichen Sachen?», wollte sie wissen.

Glanzmann tat, als habe er sie nicht gehört. Er dachte gar nicht daran, jemandem zu verraten, dass im Barockschrank eine ganze Anzahl solcher Gläser standen, schon gar nicht seiner Tochter – zumal sie die wunderschönen und hoch interessanten Organe, die darin waren, als grässliche Sachen bezeichnete. Noch viel weniger hätte er ihr sagen wollen, dass es sich um die Gehirne von Verbrechern, Selbstmördern und Geisteskranken, aber auch um das Gehirn einer jungen Mutter, das eines Kindes und das eines Gelehrten handelte – Leihgaben des Anatomischen und des Rechtsmedizinischen Instituts.

Denn dann hätte er ihr auch gestehen müssen, dass das Ausleihen der Präparate eine einseitige Angelegenheit gewesen und eigentlich ohne Einwilligung der Institute erfolgt war.

Er hatte nicht die Absicht, ihr zu sagen, dass er diese Gefässe mit ihrem kostbaren Inhalt oft mit Inbrunst betrachtete – ganz so, wie andere behutsam einen alten Bordeaux in die Hand nehmen, ehrfürchtig die Etikette studieren und die Flasche dann wieder zurücklegen. Nur länger, stundenlang. Er konnte ihr unmöglich sagen, dass er manchmal ein Gehirn aus dem Glasbehälter herausnahm, ein aufgeschnittenes Exemplar vor sich auf einen Teller legte und über den Hirnkernen, die für sein geübtes Auge an den Schnittflächen erkennbar waren, brütete, um nicht zu sagen meditierte. Er hätte ihr nicht erklären können, dass er ein aufgeschnittenes Hirn lesen konnte wie ein Musiker eine Partitur. Dass er die Gabe hatte, das Organ gewissermassen mit Röntgenaugen zu durchleuchten und sich sämtliche Nervenbahnen, auch die von Auge nicht erkennbaren neuronalen Verbindungen und Vernetzungen, ja selbst die neurochemischen Vorgänge vorzustellen, die im lebenden Organ einst abgelaufen waren. Kurz, dass er alles, was er jemals in Büchern und Fachzeitschriften über das Gehirn gelesen, alles, was er bei Operationen und Autopsien gesehen und alles, was er in Vorträgen und Kolloquien je gehört hatte, mit untrüglicher Sicherheit aus seinem Gedächtnis abrufen und bis ins letzte Detail visualisieren konnte, und zwar hauptsächlich dann, wenn er ein leibhaftiges, konserviertes menschliches Gehirn vor sich hatte und dessen Formalinduft einatmete – denn irgendwie musste dieser olfaktorische Reiz seine mnestischen und kombinatorischen Fähigkeiten stimulieren.

Er hätte ihr niemals erklären können, dass er über eine besondere Art der wissenschaftlichen Intuition verfügte: dass er bei diesen einsamen Studien, beim Betrachten und Durchleuchten eines Gehirns, schon die überraschendsten Zusammenhänge zwischen Menschenhirn und menschlichem Erleben, Denken und Verhalten erahnt und die kühnsten neurowissenschaftlichen Ideen entwickelt hatte, von denen sich die allermeisten im Nachhinein mit modernen wissenschaftlichen Verfahren hatten bestätigen lassen.

Es wäre sinnlos gewesen, sie davon überzeugen zu wollen, dass er über den Menschen sehr viel mehr wusste, seit er sich mit der Wissenschaft vom Gehirn befasste – unendlich viel mehr als er sich jemals mit psychologischen Theorien und mit seiner jahrzehntelangen Erfahrung als Psychotherapeut hatte aneignen können. Unnütz, ihr zu sagen, dass ihm seine frühere psychotherapeutische Arbeit ohne den wissenschaftlichen Boden, auf den er sie heute stellen konnte, im Rückblick als hochtrabende, eitle Gaukelei erschien, weil nämlich – davon war er inzwischen überzeugt – nicht *der* ein guter Psychotherapeut war, der sich in die Seele seines Patienten *einfühlen*, sondern der, der sich in sein Gehirn *hineindenken* konnte. Und dass er seine vor fünfzehn Jahren aufgegebene psychotherapeutische Praxis vor kurzem in aller Stille wieder eröffnet hatte, weil er Kranken, die es dringend brauchten, beispielsweise Herrn Hunger und seinem Kind und bald wohl auch Mirko Krautzek, *wirkliche* Seelenheilkunst angedeihen lassen wollte. Heilkunst, die im Einklang stand mit seinen wissenschaftlichen Erkenntnissen – die niederzuschreiben übrigens die dringliche Arbeit war, in welcher sie ihn gerade störte.

Nein, er hatte nicht die Absicht, ihr irgendetwas davon zu sagen. Sie hätte es nicht begriffen. Da brauchte er ihr auch nicht zu sagen, *wessen* Gehirn er eben weggestellt hatte. Und dass dieses nicht in den Barockschrank und schon gar nicht in eine Pappschachtel unter dem Schreibtisch, sondern an einen Ehrenplatz in der Biedermeierkommode im Schlafzimmer gehörte.

«Sag mal, Vater, hast du überhaupt schon gegessen?» Monika stand hinter ihm, das schwarze Haar mit den silbergrauen Fäden im Nacken zusammengebunden, den Blick ihrer dunklen Augen auf seinen Hinterkopf gerichtet.

Glanzmann zuckte zusammen. Verwirrt blickte er sich nach dem Küchenwecker um, der irgendwo stehen musste.

«Ich weiss nicht», gestand er.

«Das sieht dir ähnlich. Dabei weisst du doch, wie wichtig regelmässige Mahlzeiten für dich sind. – Ich koche dir etwas», entschied sie.

«Lass nur, ich esse später Brot und Käse», wehrte sich Glanzmann, aber er wusste natürlich, dass es nichts nützte. Nun würde sie bestimmt die Ordnung in der Küche beanstanden und wieder auf das Altersheim zu sprechen kommen.

Monika ging durch die Zimmer. Mit flinken Handgriffen schichtete sie Stapel auf, ordnete hier ein paar Sachen, staubte dort etwas ab, putzte den schlimmsten Schmutz in Küche und Bad weg, machte den Abwasch, warf verdorbene Lebensmittel und offensichtlichen Abfall weg. Sie hütete sich, Schränke zu öffnen, Schubladen aufzuziehen oder gar Akten zu sichten. Sie kannte ihren Vater: Da pochte er unerbittlich auf das Berufsgeheimnis, welchem er noch immer unterstehe.

Sie ging nach unten und warf einen Blick ins Sprechzimmer. Die Türen ins Büro und ins ehemalige Wartezimmer im Erdgeschoss liess sie zu. Sie wusste, was sie dort drinnen erwartete.

«Da blinkt ein Lämpchen», rief sie nach oben. «Muss das sein?»

Glanzmann kannte den Tick seiner Tochter: Sie musste jedes elektrische Gerät, auch wenn es bloss in Standbyfunktion war, abschalten – aus lauter Angst vor einer Feuersbrunst.

Wahrscheinlich habe ich vergessen, den Kopierer abzuschalten, dachte er.

«Nein», antwortete er, so laut er konnte, «stell es bitte ab», damit sie Ruhe gab.

Monika hantierte eine Weile im Sprechzimmer, schaltete Apparate und Geräte ab, deckte sie zu und zog zur Sicherheit die Stromstecker aus, dann ging sie wieder nach oben. In der Küche setzte sie Salzwasser auf, wärmte eine der tiefgefrorenen Saucenportionen, von denen sie ihrem Vater im letzten Sommer eine Anzahl zubereitet hatte, warf Teigwaren ins Wasser, deckte in der Küche auf und rief ihn zu Tisch.

«Wenns sein muss», meinte Glanzmann und schlurfte herbei. Er setzte sich und griff mit Heisshunger zu. Mit zittriger Hand schaufelte er sich die Teigwarenmuscheln mit einem Löffel in den bebenden Mund. Er hatte eine grosse Serviette umgebunden, denn selbst wenn er mit dem Löffel ass, liess sich ein Kleckern der dick eingekochten Sauce nicht vermeiden. Monika setzte sich ihm gegenüber und sah ihm zu.

«Du siehst nicht gut aus, Vater», sagte sie besorgt. «Müde. Du bist erschöpft, nicht wahr?»

Ich bin nicht erschöpft, dachte Glanzmann. Im Gegenteil, ich bin fit wie nie zuvor. Geistig fit, ich muss nur für eine gute Energiezufuhr sorgen, sagte er sich und schaufelte noch mehr Teigwaren in sich hinein.

«Was ist denn mit diesem Zahn?», fragte sie, als sie in seinen aufgesperrten Mund blickte.

Glanzmann setzte zu einer Antwort an. Dabei verschluckte er sich fürchterlich. Er hustete und hustete, bis Monika ihm auf den Rücken klopfte.

«Abgebrochen», sagte er endlich und fing wieder an zu husten. Als er sich erholt hatte, erzählte er vom Unfall am vergangenen Samstag. Er beschönigte die Geschichte ein bisschen, damit sie nicht allzu beunruhigend klang.

«Siehst du?», regte sich Monika gleichwohl auf. «Du mutest dir einfach viel zu viel zu.»

Glanzmann machte ein schuldbewusstes Gesicht. Sauce klebte an seinem Kinn. Sie wischte ihn sauber, er liess sie widerwillig gewähren.

«Denkst du manchmal an Mama?», fragte sie auf einmal liebevoll.

«Natürlich», sagte er. Tränen traten in seine Augen. «Sie fehlt mir. Manchmal rufe ich aus lauter Gewohnheit nach ihr. Gestern bin ich vom Studierzimmer hierher gehumpelt, um sie zu fragen, wo sie die Briefmarken hingetan habe.»

Sie schwiegen. Sachte berührte die Tochter die Hand des Vaters, die auf dem Tisch ruhte.

«Es ist schwer, ich weiss», meinte sie. «Aber ihr geht es jetzt gut, nicht wahr?»

Brüsk zog Glanzmann seine Hand zurück.

«Nein», sagte er, «ihr geht es nicht gut. Sie ist tot.»

«Aber Vater ...», wandte Monika ein.

«Es ist doch so», unterbrach er sie. «Sie lebt nicht mehr, wie solls ihr da gut gehen?»

«Aber glaubst du denn nicht, dass sie irgendwo ...»

«Nein», fiel er ihr erneut ins Wort, «das glaube ich nicht.» Die Vertrautheit, die zwischen ihnen eben noch geherrscht hatte, war wie weggeblasen. «Gar nichts dergleichen glaube ich. Es gibt kein Leben nach dem Tod, das ist ein Ammenmärchen. Reines Wunschdenken. Tut mir Leid.» Er blickte sie ungewohnt streng an und schüttelte den Kopf. «Wenn das Gehirn stirbt, stirbt der ganze Mensch. Endgültig», dozierte er. «Das ist zwar traurig, aber wahr.»

«Irgendwie lebt der Mensch weiter, seelisch meine ich – oder geistig, ich weiss auch nicht, wie man sagt. Das muss ich einfach glauben können», sagte Monika.

«Meinetwegen.»

«Und Mama hatte diesen Glauben auch.»

«Ich weiss», erwiderte Glanzmann resigniert.

Tragisch ist nur eines, dachte er. Sie konnte nicht mehr erkennen, dass sie einem Irrglauben aufgesessen war. Aber er hütete sich, den Gedanken auszusprechen. Der Glaube an ein Leben nach dem Tod – er musste den Gedankengang fortsetzen – ist eigentlich der einzige Irrtum, den der Mensch naturgemäss nicht mehr als solchen erkennen kann. Diese Erkenntnis muss ins Buch, dachte er.

«In meinem Herzen lebt Mama auf jeden Fall weiter», sagte Monika leise. Sie hob beide Hände an die Brust.

«Nein», entgegnete Glanzmann grimmig, «bestimmt nicht. Höchstens in deinem Gehirn», er deutete mit dem Löffel auf ihren Kopf, dann mit dem Stiel an seine Schläfe. «Und in meinem auch. – So kann man es sehen», fuhr er, auf einmal versöhnlich, fort. «In den Gehirnen der Lebenden lebt der Verstorbene weiter. So lange jemand an ihn denkt, lebt ein Mensch weiter. Als lebendige Erinnerung lebt er weiter.»

Er legte den Löffel in den Teller.

«Und in seinen Werken», fuhr er fort. «In seinen Werken lebt einer weiter. Goethe, Mann, Einstein, sie leben weiter in ihren Werken. So lange, als ein lebender Mensch ihre Bücher liest, als einer sich mit ihren Erkenntnissen befasst, so lange bleiben auch sie am Leben – gewissermassen. In diesem Sinn ist der Mensch unsterblich.»

Glanzmann zerrte an der Serviette herum, die im Nacken zusammengebunden war, aber es gelang ihm nicht, den Knoten zu lösen. Monika half ihm.

«Und in seinen Taten natürlich», hob Glanzmann noch einmal an und fuchtelte mit der Serviette, die er in der Hand hielt, vor Monikas Nase herum. «In seinen Taten lebt er weiter. Henri Dunant, Heinrich Pestalozzi, Maecenas. Solche Wohltäter sind unsterblich, jedes Kind kennt sie.»

«Maecenas, wer soll denn das sein?»

«Wie? Du kennst Maecenas nicht, den legendären römischen Gönner?», fragte Glanzmann. «Nun, macht nichts», meinte er und lächelte seine Tochter nachsichtig an, «ist ja auch Gymnasialstoff.»

Monika schluckte.

«Glaubst du überhaupt noch an Gott?», fragte sie ihn nach einem Weilchen.

«Gott?», fragte er zurück, als ob sie etwas ganz Absurdes gefragt hätte. «Gott sitzt hier», sagte er und tippte sich an die Stirn. «Hier drin, in diesem göttlichen Organ. Daran glaube ich. An dieses Göttliche in uns allen. Nur daran.»

«Denkst du denn nie ans Sterben?», erkundigte sie sich weiter. Es war nicht das erste Mal, dass sie mit ihm darüber zu reden versuchte.

«Freilich denke ich ans Sterben», meinte er. «Das ist doch unausweichlich: Es sterben ja rund herum alle. Die Zeitung ist voll von Todesanzeigen. Katja ist tot, Franz ist tot, vorige Woche ist Gertrud gestorben und eine Woche zuvor Professor Huber.»

«Nun, weisst du, ich meinte eigentlich …», setzte Monika zu einem weiteren Versuch an. «Ich wollte wissen, was wir veranlassen sollen, wenn du …»

«Es ist alles aufgeschrieben», log Glanzmann.

Keine Sorge, dachte er, ich werde bestimmt alles schriftlich festlegen, wenn die Zeit reif ist. Aber erst kommt das Buch dran.

«Einen Pfarrer müsst ihr jedenfalls nicht bestellen», fuhr er fort. «Und um einen Lebenslauf braucht ihr euch auch nicht zu kümmern.»

«Ach ja?», sagte Monika verwundert. «Wieso nicht?»

«Nicht nötig», sagte Glanzmann, denn wenigstens in diesem Punkt hatte er vorgesorgt.

«Wie stellst du dir das eigentlich vor, Vater?», hob Monika wieder an.

Jetzt kommts, dachte Glanzmann.

«Wie lange willst du noch allein in diesem grossen Haus wohnen?»

«Wer sollte denn hier mit mir wohnen wollen?», fragte er trotzig.

«So meine ich es doch gar nicht», sagte sie. «Aber jetzt, wo ich weiss, dass du im Studierzimmer gestürzt bist, mache ich mir doch zu Recht Sorgen, oder etwa nicht? Wäre es nicht bequemer für dich, wenn du in eine Alterssiedlung ziehen würdest? Dort würde man dir den Haushalt besorgen und das Essen zubereiten.»

Sie sagte Alterssiedlung, nicht Altersheim, aber es war nichts zu machen.

«Ich gehöre doch nicht zum alten Eisen», ereiferte sich Glanzmann. «Ich habe absolut keine Eile, mit dementen Patienten zusammenzuleben. Und überhaupt, ich brauche ein Studierzimmer und eine Bibliothek, das gibts in keiner Alterssiedlung.»

«Du bist so was von starrsinning, also wirklich!», rief Monika. «Richtig unflexibel.»

«Unflexibel?», lachte Glanzmann. «Was du nicht sagst.»

Er war nahe daran, ihr einen Vortrag zu halten über die schier unendliche Flexibilität des Geistes, die einherging mit der enormen Plastizität eines gesunden Gehirns.

Was solls, dachte er, davon weiss sie halt nichts.

«Es geht mich ja nichts an», sagte Monika ärgerlich, «aber die Hypothekarzinsen sind doch bestimmt viel höher als dein Einkommen. Und Margrit zahlst du wohl auch ein fürstliches Gehalt, nicht wahr?»

«Siehst du», erwiderte Glanzmann, froh um das Argument, «gerade wegen Frau Engel muss ich hier bleiben: Sie ist auf diesen Lohn angewiesen. Das bin ich Lischen doch schuldig.»

Darauf erwiderte Monika nichts.

«Du wirst ihr doch das bescheidene Entgelt nicht missgönnen?», erkundigte sich Glanzmann. «Wegen der Erbschaft brauchst du dir deswegen keine Sorgen zu machen, Kind», fuhr er heiter fort. «Es ist vorgesorgt.»

Monika schaute zu Boden. Dann erhob sie sich, ging zum Herd hinüber, kochte Kaffee und schenkte beiden eine Tasse ein.

«Du», eröffnete ihr Glanzmann, nachdem er von seinem Kaffee gekostet hatte, «stell dir vor: Kürzlich stand einer an der Tür, der sammelte Geld für ein Spitalprojekt in der Dritten Welt.»

«Und?», fragte Monika. «Was war das für einer?» Sie lehnte sich, die Tasse in der Hand, gegen den Küchenschrank und sah ihren Vater argwöhnisch an.

«Ein Neger», antwortete Glanzmann.

«Vater!», rief sie entsetzt. «Was sagst du da, ein *Neger*?»

«Jawohl, aus Afrika», bestätigte Glanzmann. «Was hast du denn? Das sind doch auch Menschen. Denen muss man genauso helfen wie unsereinem, wenn sie es brauchen.»

Seine Tochter seufzte.

«Denk doch an Albert Schweitzer», fuhr er fort. «Du weisst doch, der Urwalddoktor. Auch ein Unsterblicher», murmelte er. Er betrachtete seine Tochter. Sie sah ihn kopfschüttelnd an. «Nobelpreisträger», sagte er, nickte bedeutungsvoll und hob den Zeigefinger.

Monika verdrehte die Augen.

«Doch, doch, da bin ich mir ganz sicher: neunzehnzweiundfünfzig. Den Friedenspreis hat er bekommen, nicht den für Medizin.»

Da sie nichts mehr sagte, erzählte er ihr von der Begegnung mit dem schwarzen Doktor und von seinem Spitalprojekt in Zimbabwe, so weit er es verstanden hatte.

«Wer garantiert dir denn, dass der das Geld nicht einfach in die eigene Tasche steckt?»

«Na, na, na, jetzt denk doch nicht gleich so negativ», sagte Glanzmann. Ganz die Mutter, dachte er.

«Ich weiss nicht», sagte sie.

«Was machst du dir nur für Sorgen, Kind? Wer reich ist, muss doch auch geben.»

«Reich!», erwiderte Monika ärgerlich. «Ich finde, du solltest besser aufpassen, Vater. Du bist einfach zu gutgläubig. Denk nur an das Silberbesteck, das euch gestohlen wurde.»

«Das wurde doch gar nicht gestohlen.»

«Mama war sicher, dass es dein Patient war.»

«Ja, ja, ich weiss», sagte Glanzmann. «Aber was soll die Aufregung wegen ein paar Messerchen und Gäbelchen?»

«Was willst du dir denn noch alles stehlen lassen?», fragte sie giftig.

«Nichts. Ich lasse mir nichts stehlen.»

Oh nein, dachte er, gar nichts lasse ich mir stehlen. Schon gar nicht meine Ideen.

«Ich muss wieder an die Arbeit», sagte er, packte seine Armkrücken, stemmte sich hoch und liess seine Tochter stehen.

ZWEITER TEIL

Tod im Götterquartier

16

Marco rutschte in der Supervisionssitzung auf seinem Stuhl unruhig hin und her. Zangger konzentrierte sich auf Franziska, die einen Fall von Missbrauch vorstellte. Er nahm Marco deshalb nur am Rand wahr. Mehrmals machte es den Anschein, als werde er Zangger gleich ins Wort fallen. Plötzlich erhob sich Marco, blickte zornig zur Tür und stampfte wortlos hinaus.

Was soll denn das?, dachte Zangger ärgerlich.

Eine seiner Bemerkungen musste Marco erzürnt haben – er war in seinen Kommentaren manchmal bewusst provokativ –, aber deswegen einfach aus dem Seminar zu laufen, war ziemlich unverschämt. Natürlich kam es gelegentlich vor, dass jemand aus irgendeinem Grund den Raum verliess, aber dann geschah das mit einer kurzen Bemerkung oder einer entschuldigenden Geste. Marco aber war *demonstrativ* hinausgelaufen, so ein Affront!

Der schwarzhaarige junge Arzt hatte ihm einst das Leben schwer gemacht. Bis vor eineinhalb Jahren war Marco Vetsch ein schwieriger Kandidat gewesen, aber nach den Ereignissen mit Ellen McGraw hatte er sich radikal verändert. Ellen hatte die Ausbildung vorzeitig abgebrochen; er war geblieben und stand jetzt im letzten Ausbildungsjahr. Er hatte sich nicht nur fachlich, sondern auch menschlich von seiner besten Seite gezeigt. Es irritierte Zangger deshalb erst recht, dass Marco wieder mit einer unflätigen Aktion auf sich aufmerksam machte.

Schon wieder, dachte er. Fängt jetzt alles von vorn an? Die damaligen Probleme hatten begonnen, als Marco im Sexualität-Seminar eine anzügliche Bemerkung zu einer Kollegin gemacht hatte und dann von Zangger in die Mangel genommen wurde.

Zangger brachte die Supervisionssitzung mit Franziska zu Ende und schloss das Seminar ab. Wie immer würde er sich die vergangenen drei Tage später noch einmal durch den Kopf gehen lassen und mit Tina im Nachhinein über den einen oder anderen Aspekt des Seminars diskutieren. Aber beim Aufräumen der Seminarräume fiel ihm ein, dass er sich noch nicht entspannen konnte: Glanzmann erwartete ihn in seinem Haus an der Jupiterstrasse.

Muss das sein?, fragte sich Zangger.

Er fühlte sich ausgelaugt nach all den Missbrauchsgeschichten, die er zu hören bekommen hatte. Alles in allem war das Seminar gut verlaufen, aber die Störung durch Marco und die Aussicht auf das Gespräch mit Glanzmann vergällten ihm die Laune. Dabei hatte alles problemlos begonnen, auch der Vorspann, der in den letzten Jahren zur Routine geworden war: Seidenbast suchte ihn jeweils am Vorabend oder am frühen Morgen vor Seminarbeginn in seiner Praxis auf, um sich über das Seminarthema zu informieren und ein bisschen darüber zu reden.

Zangger unterrichtete in dem Haus, in welchem Glanzmann vor Jahrzehnten die Schule eingerichtet hatte. Der einzige Unterschied war, dass er darin auch noch seine Praxis betrieb, während Glanzmann seine Praxis zu Hause geführt hatte. Das Reihenhaus im englischen Baustil des vorletzten Jahrhunderts lag im Götterquartier, jenem Geviert zwischen Merkur- und Jupiter-, entlang von Neptun- und Minervastrasse im Zürcher Stadtkreis Hottingen. Die Seminare fanden in einem grossen, verwinkelten Raum neben seinem Sprechzimmer im Erdgeschoss statt. Die Bibliothek, ein kleinerer Seminarraum, die Teeküche und die Terrasse im Obergeschoss dienten ebenfalls der Schule für Psychotherapie. Seidenbast wohnte gleich um die Ecke.

Sie hatten vor dem Seminar einen Spaziergang in den kleinen Park neben Zanggers Haus gemacht und sich auf einer Bank niedergelassen.

«Sexueller Missbrauch? Oh –» Seidenbast erschrak, als Zangger ihm das Thema nannte.

Seltsam, dachte Zangger, traut er mir das etwa nicht zu?

«Ein heisses Eisen», meinte Seidenbast und steckte sich eine Zigarette an. «Gehört da auch Selbsterfahrung dazu?» Er sprach das Wort wie immer mit ironischem Unterton aus.

«Selbstverständlich», sagte Zangger, ohne auf den Ton zu reagieren. Seidenbast musste doch wissen, dass er vom Psychologenjargon auch nicht viel hielt. Auf manche Ausdrücke war er sogar richtig allergisch. Schon mit dem Sich-Abgrenzen hatte er seine liebe Mühe, Sich-selber-Sein, Sich-Verwirklichen und Seine-Mitte-Finden konnte er gar nicht mehr hören, und mit der Phrase vom Loslassen-Können trieb man ihn die Wände hoch. Über die Selbsterfahrung hatte sich Seidenbast schon oft lustig gemacht. Für Zangger war es ein sauberer Begriff, aber vielleicht würde er künftig doch besser von Eigentherapie reden.

«Da nimmt es mich aber Wunder», sagte Seidenbast, ohne Zangger anzuschauen, «wie du einen, der sexuell missbraucht wurde, dazu bringen willst, dir vor allen andern davon zu erzählen.»

«Ich will niemanden dazu bringen», sagte Zangger.

«Aber wie ...», setzte Seidenbast an.

«Ein missbrauchtes Kind oder eine missbrauchte Frau drängt man zu nichts. Auch einen missbrauchten Mann nicht. Erst recht nicht dazu, über ihre schlimme Erfahrung zu reden, wenn sie dazu nicht bereit sind», sagte Zangger. Es kam ihm selber fast so vor, als spreche Martha Mendez aus seinem Mund. «Man darf sie nicht dazu drängen, das wäre nur eine weitere Nötigung.»

Seidenbast hörte aufmerksam zu.

«Gut», sagte er nach einer Weile. «Das leuchtet mir ein. Das Opfer soll sich nicht bedrängt fühlen. – Dann möchte ich aber wissen, was es ihm bringen soll, *überhaupt* darüber zu reden.»

«Es soll erfahren, dass es am Missbrauch nicht selber schuld ist.»

Seidenbast sah überrascht auf. «Meinen denn alle, sie seien selber schuld?»

«Ja», sagte Zangger. «Immer. Selber schuld oder mitschuldig.»

«Und wie erfahren sie, dass es nicht so ist?»

«Ich sags ihnen.»

Seidenbast lachte, die Anwort schien ihm zu gefallen. Doch dann sah er ihn skeptisch an.

«Und?», fragte er. «Lassen sie sich ihre Schuldgefühle einfach so ausreden?»

«Nein. Nicht einfach so», sagte Zangger. «Zuerst wollen sie es nicht wahr haben, dass sie nicht schuld sind. Man muss es wiederholt und mit grossem Nachdruck sagen.»

«Du sagst ihnen, dass sie nicht schuld sind – wiederholt und mit grossem Nachdruck», resümierte Seidenbast, «bis sie es dir glauben?»

«Ja.»

«Und das nennst du Psychotherapie?»

«Natürlich», sagte Zangger, eine Spur von Trotz in der Stimme.

«Stark», sagte Seidenbast. Er drehte sich auf der Bank zu Zangger um und sah ihm ins Gesicht.

«Es gibt noch mehr gute Gründe, darüber zu reden», fuhr Zangger fort.

«Nämlich?»

«Sie brechen damit den Bann, den ihnen der Täter auferlegt hat.»

Seidenbast sagte wieder lange nichts. «Den Bann des Schweigens meinst du?» Er hatte heute eine etwas lange Leitung.

Zangger nickte.

«Ich habe verstanden», sagte Seidenbast. «Sie *müssen* nicht darüber reden, wenn sie nicht dazu bereit sind; das wäre nur eine weitere Nötigung. Aber sie *dürfen*. Der Täter verliert seine Macht über das Opfer, wenn dieses den Bann bricht – habe ich Recht?»

«Ja», bestätigte Zangger. «Aber oft dauert es lange, bis sie es wagen. Manche wagen es ihr Leben lang nicht – aus einem Gefühl der Bindung heraus, aus falscher Loyalität zum Täter, aus Angst und aus Scham.»

«Aus Scham», sinnierte Seidenbast und sah vor sich auf den Boden. «Als ob *sie* etwas Ungehöriges getan hätten, nicht wahr?», meinte er und blickte zu Zangger hinüber.

Zangger nickte.

«Es schämen sich eben fast immer die Falschen», sagte Seidenbast nachdenklich und zertrat den Zigarettenstummel. «Die, die etwas wirklich Unrechtes tun, schämen sich meistens nicht. Und die, die sich schämen oder schuldig fühlen, haben oft gar nichts Ungehöriges getan.»

Typisch Seidenbast, dachte Zangger, ein druckreifer Aphorismus. Muss ich mir merken, ich könnte es nicht besser sagen.

Das Fachsimpeln nahm für Zanggers Empfinden dieses Mal einen ungewohnten Lauf. Sonst musste er stets damit rechnen, dass Seidenbast ihm eine scheinbar naive, in Tat und Wahrheit aber durchtriebene Frage stellte, dass er etwas Selbstverständliches respektlos hinterfragte oder mit einem laienhaften, aber vor gesundem Menschenverstand strotzenden Argument aufwartete und ihn damit ins Schwitzen brachte. In einer eigenartigen Rollenumkehr fühlte sich Zangger in den Gesprächen mit seinem Freund mehr als Schüler denn als Lehrer, immer irgendwie auf die Probe gestellt. Und gerade deshalb suchte er diese Auseinandersetzungen. Er wusste, dass Seidenbast nicht im Sinn hatte, seine Kompetenz in Frage zu stellen oder ihn in Verlegenheit zu bringen. Nein, er liebte einfach das Streitgespräch. Im Übrigen behauptete er, diese Unterhaltungen seien, neben der Lektüre von Büchern, seine Art der Weiterbildung.

Heute schien es Zangger, Seidenbast sauge begierig ein, was er ihm sage. Von Hinterfragen oder intellektueller Streitlust keine Spur.

«Was ist eigentlich so schlimm an einem sexuellen Übergriff?», fragte Seidenbast unvermittelt.

Da ist sie, die naive Frage, dachte Zangger.

«Ich meine, wieso soll das etwas Schlimmeres sein als eine Ohrfeige oder eine Beschimpfung? Was ist an einer Vergewaltigung schlimmer als an einem Überfall, bei dem dem Opfer die Zähne ausgeschlagen werden? Und warum soll die erotische Verführung eines Kindes schlimmer sein als seine Züchtigung?»

Because it is an injury of the persons soul, much more than one of her body. Because it causes spiritual, rather than physical pain, hörte Zangger Martha Mendez antworten.

«Weil es ein Angriff auf Leib und Seele ist», sagte er, in diesem Augenblick wieder ihr Sprachrohr. «Ein Angriff auf die Person, nicht nur auf ihren Körper.»

Seidenbast sagte nichts mehr. Er schwieg nachdenklich.

Und auf einmal fiel es Zangger wie Schuppen von den Augen: Seidenbast musste als Kind selber missbraucht worden sein. *Deshalb* war er erschrocken, deshalb stellte er all die Fragen, deshalb berührte ihn das Thema.

Es blieb jedoch keine Zeit mehr, länger mit ihm darüber zu reden. Das Seminar begann.

Zangger stellte Martha Mendez' Theorie über sexuellen Missbrauch und Gewalt vor, dann beschrieb er in allen Einzelheiten ihre Behandlung von Opfern und ihre Arbeit mit Angehörigen, Mitwissern und Tätern. Er ahnte, dass sich niemand der klaren Haltung und der Kraft dieser Frau, die darin zum Ausdruck kam, entziehen konnte.

Tatsächlich: Nach seinem Vortrag, den er mit Fallbeispielen aus seiner Praxis illustriert hatte, fühlten sich die zukünftigen Psychotherapeuten ermutigt, über ihre eigenen schlimmen Erfahrungen zu reden. Für einzelne war es das erste Mal überhaupt, dass sie mit irgendeinem Menschen darüber sprachen.

«Unbewusst muss ich meinen Klavierlehrer wohl verführt haben», erklärte Angelika mit halb verlegener, halb schmollender Miene, als sie mit ihrer Geschichte zu Ende war.

Wo hat sie dieses Klischee denn her?, fragte sich Zangger im Stillen. Von mir jedenfalls nicht. Aber er sagte nichts.

Angelika war Ärztin im Drop-In, eine attraktive junge Frau mit einem Anflug von Verruchtheit, stets etwas nachlässig gekleidet. Der eine Halter ihres ziemlich durchsichtigen Tops war über ihre Schulter hinuntergerutscht, aber sie machte keine Anstalten, ihn wieder hochzuziehen.

«Ich war eben ein sehr frühreifes Mädchen», sagte sie.

«Das spielt keine Rolle», sagte Zangger. «Du warst ein Kind, er war ein erwachsener Mann.»

«Aber meine Eltern sagten, er sei ein anständiger Mensch.»

«Dann wusste er ja genau, was er tat», meinte Zangger trocken. «Er trug die volle Verantwortung. Nur er. Nicht du.» Er sah Angelika ins Gesicht. «Hörst du? Nicht *du* trugst die Verantwortung. *Er* trug sie, ganz allein.»

«Ich weiss nicht. Ein ganz klein wenig genoss ich ja auch, was mit mir passierte», wandte sie ein und machte ein schuldbewusstes Gesicht.

«Das tut nichts zur Sache», sagte Zangger rasch.

Angelika blickte überrascht auf.

«Überhaupt», fuhr sie fort, «er wandte ja keine Gewalt an.»

«Doch, er wandte Gewalt an, seelische Gewalt», sagte Zangger. «Die seelische Gewalt des Erwachsenen über ein Kind. – Und bei deinen Eltern fandest du kein Gehör in deiner Not. Das erschütterte dein Vertrauen in die Menschen.»

Angelikas Klavierlehrer, der ein Freund ihrer Eltern gewesen war, hatte nicht nur das Legato und Staccato ihres Spiels korrigiert, er hatte sich auch ihrer Körperhaltung angenommen: Erst musste er die Schultern, dann die Oberarme des Mädchens in die richtige Position bringen. In der nächsten Stunde fand er, ihr Rücken müsse gestützt, und auf die Brust, die bei dem Kind zu spriessen begann, müsse ein sanfter Gegendruck ausgeübt werden. Auf den Bauch ebenso. Nicht nur ihre Füsse, die richtig aufs Pedal gesetzt gehörten, auch ihre Schenkel musste der Klavierlehrer eigenhändig zurechtrücken.

Besondere Aufmerksamkeit widmete er dem korrekten Sitz. Er schob seine Hand unter ihr Gesäss, um zu prüfen, ob sie richtig sitze und liess sie die Hinterbacken im Takt des jeweiligen Stücks zusammenpressen, indem er mit den Fingern ein bisschen dagegendrückte. Das verbessere den Ausdruck ihres Spiels, erklärte er ihr.

Angelika war von ihren Empfindungen hin- und hergerissen. Sie mochte die Stimme und die Worte ihres Klavierlehrers, mit denen er ihr Spiel lobte – ihr Vater tat das nie –, und sie liebte den Druck seiner warmen Hände auf ihren Schultern. Es verwirrte sie, dass sie es auch mochte, auf seiner Hand zu sitzen und das rhythmische Spiel seiner Finger zu spüren. Und gleichzeitig ahnte sie, dass etwas nicht stimmte.

Um ihr den Effekt seiner Gesässschulung vor Ohren zu führen, forderte er sie auf, ihre Hand unter seinen Hintern zu schieben, während er ihr das Stück – mit und ohne rhythmisches Gesässspannen – vorspielte. Es sei besser, ermahnte er sie, niemandem von diesen Übungen zu erzählen. Schliesslich hätten alle Künstler so ihre geheimen Tricks, mit denen sie ihr Spiel verbesserten. Um ihre pianistischen Fertigkeiten weiter zu verfeinern, war es schliesslich unerlässlich, dass er seine Hand in ihr Höschen steckte. Umgekehrt musste sie die ihre – des einfacheren Zugangs wegen von vorne – in seine Hose schieben und dort die An- und Abschwellungen des Musikstücks nachempfinden. Einmal zog sie ihre Hand rasch zurück und betrachtete mit Ekel ihre klebrigen Finger. Der Klavierlehrer sah sie tadelnd an, sodass sie sich unwillkürlich entschuldigte.

«Macht ja nichts», beruhigte er sie dann, «aber erzähl deinen Eltern nichts davon. Die hätten gar keine Freude, wenn sie wüssten, dass dir das passiert ist. – Nur keine Angst, ich sage auch nichts», versicherte er ihr verschwörerisch.

Ihre Versuche, die Mutter ins Vertrauen zu ziehen, scheiterten kläglich. Klartext zu sprechen getraute sie sich natürlich nicht, aber eines Tages sagte sie, sie wolle nicht mehr in die Klavierstunde.

«Wieso denn plötzlich?», wollte Mutter wissen.

«Er drückt immer so an mir herum.»

«Jetzt tu nicht so», war Mutters ungeduldige Antwort. «Ein Klavierlehrer wird seinen Schülern wohl noch zeigen dürfen, wie man richtig Klavier spielt.»

So liess Angelika weiterhin geschehen, was offenbar unabänderlich war. Was Wunder, dass sie auch später im Leben alles Mögliche mit sich machen liess, und lange Zeit Dinge erduldete, die ihr zuwider waren.

Angelika sass im Kreis ihrer Seminarkollegen, den Blick zu Boden gerichtet. Zwar hatten Zanggers Aussagen sie etwas entlastet, aber das Erniedrigende des Erlebten wurde ihr nur noch deutlicher bewusst, und sie spürte die Enttäuschung über ihre Mutter. Sie weinte und es schüttelte sie, und Michaela, die neben ihr sass, nahm sie tröstend in die Arme. Das tat ihr gut, aber Zangger wollte sie nicht in diesem Zustand des missbrauchten Kindes lassen.

Er forderte sie auf, sich alles noch einmal vorzustellen – so, als wäre sie heute, als erwachsene Frau, Zeugin der widerlichen Szene im Klavierzimmer.

«Stell dir vor, du siehst durchs Fenster mit eigenen Augen, was da mit diesem Kind passiert.»

Angelika hatte die Augen geschlossen. Sie schüttelte sich. «Zum Kotzen», sagte sie halblaut vor sich hin.

«Jetzt stell dir vor, du betrittst den Raum. Was tust du?»

«Wenn ich als Erwachsene dabei gewesen wäre, hätte ich dem Mann …»

«Stell dir vor, es passiere eben jetzt.»

«Ich würde dem Kerl die Meinung sagen, ich würde …»

«Tu es. Sag ihm die Meinung! Stell dir vor, er sitze vor dir und müsse dich anhören.»

Da erhob sich Angelika, stellte sich in den Raum und herrschte den Mann an, als ob er vor ihr sässe.

«Was fällt Ihnen ein!», hob sie an, und dann las sie ihm die Leviten, dass ihm Hören und Sehen vergangen wäre.

Angelika stand aufrecht da, wie man sie noch nie gesehen hatte, sie wuchs buchstäblich über sich hinaus. Ohne ein Aufhebens davon zu machen, hatte sie ihre Kleidung geordnet und den hinuntergerutschten Träger ihres Tops hochgezogen. Empörung, nicht Scham stand ihr im Gesicht geschrieben. Sie war wie verwandelt.

Mit einer Frau, die vor einem halben Jahr vergewaltigt worden war, ging Zangger ganz anders vor. Es kam nicht in Frage, sie die Tat wiedererleben zu lassen. Im Gegenteil, er half ihr, sich so weit wie möglich davon zu distanzieren.

Vier andere Teilnehmer, Frauen und Männer, waren als Kinder oder Jugendliche verführt, belästigt, vergewaltigt oder sonst auf eine Art missbraucht worden. Eine weitere Frau war vor zehn Jahren von ihrem Psychotherapeuten verführt worden und litt noch heute unter dieser erniedrigenden Erfahrung. Der Therapeut hatte ihr weisgemacht, es sei für die Behandlung ihrer Minderwertigkeitsgefühle das Beste, wenn sie sich auf eine befriedigende Affäre mit ihm einlasse.

Allen räumte Zangger so viel Zeit ein, wie sie brauchten, um über ihre Erfahrungen zu reden. Er versuchte, ihnen ihre Schuld- und Schamgefühle zu nehmen oder sie sonst zu entlasten. Bei den einen kam es zu einem Durchbruch, bei anderen war wenigstens ein erster Schritt möglich.

17

Am letzten Seminartag fasste sich auch Susanna ein Herz. Susanna war Sozialarbeiterin in einer Rehabilitations- und Kurklinik. Sie war alleinstehend, Freunde hatte sie keine. Hin und wieder erzählte sie von ihren zwei Patenkindern, den Töchtern ehemaliger Schulfreundinnen. Sie trat zurückhaltend und bescheiden auf, kleidete sich farb- und fantasielos und wirkte auf die meisten Männer im Seminar in keiner Weise anziehend. Wenn sie etwas sagte, so trug sie ein beschwichtigendes Lächeln auf den Lippen.

«Du gehst mir echt auf die Nerven mit deinem Gesäusel», hatte Marco einmal zu ihr gesagt, als sie auf ihre schüchterne Art versucht hatte, ihm nach dem Mund zu reden, obschon sie nicht mit ihm einverstanden war. «Sag doch, was du meinst.»

«Entschuldige», lächelte sie verlegen.

«Verdammt noch mal», fuhr Marco sie an, «schon wieder! Du machst mich ganz verrückt. Fast wie Stefanie», entschlüpfte es ihm.

Zangger erinnerte sich, dass Marco einmal sein unbefriedigendes Liebesleben zum Thema gemacht hatte. Er hatte seine Freundin als zurückhaltend, um nicht zu sagen prüde und verklemmt geschildert. Einmal hatte er sich darüber mokiert, dass Stefanie ihre Verklemmtheit stets mit unangenehmen Erfahrungen erklärte, die sie als Kind gemacht habe.

«Man kann doch seine sexuellen Hemmungen nicht ein Leben lang mit Kindheitserfahrungen entschuldigen», hatte er gesagt. «Schliesslich ist man irgendwann erwachsen und für seine Einstellung selber verantwortlich.»

Es war an seinem Gesicht abzulesen, dass ihm Susannas Geschichte auf die Nerven ging, noch ehe er sie gehört hatte.

Susanna hatte als Jugendliche an Magersucht und als Erwachsene jahrelang an Brechsucht gelitten. Es hatte sie grösste Überwindung gekostet, über dieses beschämende Problem zu reden. Als sie es in Zanggers Seminar offenbart hatte, hatte sie angedeutet, dass der Ursprung ihrer Essstörung in einer Missbrauchserfahrung liege, nur hatte sie bis anhin nie davon erzählen wollen.

Susannas Mutter war eine übertrieben demütige Frau gewesen, unscheinbar und auf fast unerträgliche Weise aufopfernd. Ihr Vater war Beamter, ein stattlicher Mann, in aller Augen eine untadelige Autoritätsperson, in Tat und Wahrheit aber ein bigotter Mensch. Er war ehrenamtlicher Prediger in einer fundamentalistischen Sekte. Schon als Susanna noch ein kleines Mädchen war, klagte er ihr, dem ältesten Kind, Mama verstehe ihn nicht. Als sie älter wurde, vertraute er ihr an, Mama könne ihm seine sehnlichsten Wünsche nicht erfüllen. Das stimme ihn ganz, ganz traurig und mache es ihm schwer, ein guter Ehemann und Vater zu sein. Er bete zu Gott, dass ihm Hilfe zuteil werde, damit er Mama ein liebender und treuer Ehemann bleiben könne.

Sonntags hielt Vater die Predigt, aber Mutter musste in aller Frühe aufstehen, um alles für den Gottesdienst vorzubereiten. Das brachte es mit sich, dass Susanna jeweils am Sonntagmorgen ins noch warme Ehebett schlüpfen und Papa trösten durfte. Es dauerte nicht lange, und Papa hatte ihr genaustens erklärt, worin seine sehnlichsten Wünsche bestanden, und was die vom Herrgott auferlegte Pflicht seiner Ehefrau eigentlich gewesen wäre. Er gestand ihr auch, dass es der Herrgott nicht gern sehe, wenn ein unzufriedener Mann sein Wort verkünde. Vielleicht werde er vom Herrgott bald einmal aufgefordert, Mama, obschon er sie liebe, zu verlassen. Es sei denn, es gebe andere Wege, ihn zu trösten und glücklich zu machen.

Susanna war ein kluges Kind, und fromm war sie auch. Sie hatte bald begriffen, dass es nach Gottes Wille *ihre* Aufgabe war, an Mamas statt für Papas Glück zu sorgen. Diesen Liebesdienst zu leisten, war sie ihren Eltern und den Brüderchen schuldig. Denn was würde aus Mama und den Geschwistern werden, wenn Papa sie verlassen müsste?

Papa liess es Gott sei Dank zu, dass sie ihn von nun an am Sonntag zufrieden machte. Zwar stellte sie sich etwas ungeschickt an, Papa sagte mehrmals, Mama würde es, wenn sie nur könnte, anders machen, aber so wie sie es tue, sei es einstweilen auch recht. Nur ganz beiläufig meinte er, dass Mama bestimmt ein schlechtes Gewissen hätte, wenn sie erführe, dass Susanna zu ihm ins Bett schlüpfte, um ihn zu trösten. So sagte Susanna ihr nie etwas. Erst recht nicht, als Mama schwer krank wurde und sie am Tisch jeweils mit grossen Augen ansah, als wolle sie sagen: «Du armes Kind.»

Leider wurde Papa nicht wirklich glücklich, er wurde sogar je länger, je unzufriedener. Jedenfalls mit ihr. Obschon er sie liebte. Das hatte er ihr im Bett nämlich einmal ins Ohr geflüstert: «Ich liebe dich», und ein anderes Mal hatte er sie Schätzchen genannt. Aber am Esstisch oder auf dem Familienspaziergang nannte er sie eine eingebildete Gans oder eine dicke Pflaume.

«Sieh dich an», mokierte er sich, als sie zum ersten Mal ausgehen wollte, «glaubst du im Ernst, für dich interessiere sich einer? Mit deinem dicken Hintern?»

Mama hatte sie ermutigt, aufs Gymnasium zu gehen, und sie hatte die Aufnahmeprüfung mit knapper Not bestanden.

«Bilde dir bloss nichts ein», sagte Papa. «Man wird ja sehen, ob du nicht von der Schule fliegst.»

Einmal suchte er sie in der Waschküche auf und fragte:

«Welches sind deine Sachen? Zeig mal her.» Sie las ein paar ihrer Wäschestücke aus dem grossen Haufen heraus und streckte sie Vater entgegen.

«Pfui Teufel», sagte er, und wandte sich ab, «wie das stinkt. Nach Fisch», fügte er mit angewidertem Gesicht hinzu. «Nimm das scharfe Waschmittel.»

Eines Tages fehlten im Haushaltsportemonnaie fünfzig Franken.

«Susanna macht mir Sorgen», sagte Papa bei Tisch zu Frau und Söhnen, «sie stiehlt.»

Aber Susanna vermutete, man habe ihr beim Einkauf auf eine Fünfziger- statt auf eine Hunderternote herausgegeben. Es tue ihr Leid, nicht besser aufgepasst zu haben.

«Und sie lügt», sagte Vater betrübt. Fortan meinte er bei jeder sich bietenden Gelegenheit: «Mit der Wahrheit nimmt es Susanna nicht so genau. Man darf nicht alles glauben, was sie sagt.»

Mutter wurde krank und kränker, sie musste operiert werden. Danach wurde sie mit starken Medikamenten behandelt, die Haare fielen ihr aus. Nach einem Jahr war sie bis auf die Knochen abgemagert, ihr Gesicht glich einem Totenschädel. Papa bestimmte, sie müsse im Kinderzimmer gepflegt werden. Man liess einmal am Tag eine Pflegerin kommen, aber im Übrigen war es Susannas Aufgabe, für Mama zu sorgen. Und für Papa auch, nur anders.

«Schau gut zu Papa, wenn ich nicht mehr da bin», hauchte Mama, und Susanna kämpfte gegen die Tränen. «Denk an deine kleinen Brüder», mahnte sie, aber ihre Augen sagten: «Armes Kind. Ich kann nichts für dich tun. Du siehst ja, wie es um mich steht.»

Mamas Leichnam lag aufgebahrt im Kinderzimmer und Susanna sass weinend an ihrer Seite, als Papa sie ins Elternschlafzimmer rief. Sie war jetzt siebzehnjährig. Er wies aufs Ehebett, und sie legte sich hinein. Sie erstarrte, denn so, wie Papa jetzt getröstet werden wollte, hatte sie es noch nie tun müssen.

«Was ist?», fragte er.

«Mama, Mama», wimmerte sie.

Da schaute er sie vorwurfsvoll an.

«Was glaubst du denn, wie traurig *ich* bin?», fragte er und verschaffte sich seinen Trost.

Als es Vater bewusst wurde, dass in Susannas Gymnasialklasse nicht nur Mädchen, sondern auch Burschen sassen, mit denen sie auf dem Heimweg ab und zu einen Schwatz hielt, begann er sie eine Nutte zu nennen. Sie ass nichts mehr, und bald sah sie aus wie Mama am Ende ihres Lebens. Papa wurde es angst und bange um sie. Er schickte sie zum Dorfarzt, doch der empfahl, dass sie in der Stadt einen Psychiater konsultiere.

«So ist das also», fasste Papa am Esstisch zusammen. «Sie hurt herum, sie lügt und stiehlt, und sie ist krank im Kopf.»

Mit neunzehn verliess sie das Elternhaus. Vater hatte eine neue Frau gefunden, Susannas Trost war einstweilen nicht mehr nötig. Als er die neue Frau mit Susanna in der Küche stehen und plaudern sah, sagte er:

«Nett, dass du dich um sie kümmerst.» Dann raunte er, so dass Susanna es hören konnte: «Aber pass auf! Sie ist krank im Kopf, sie erzählt Lügengeschichten.»

«Jetzt wisst ihr alles», sagte Susanna, bleich wie ein Leintuch.

Viele der Zuhörer hatten Tränen in den Augen, aber Susanna sah es nicht. Sie wagte nicht, in die Runde zu blicken.

«Mir ist hundeelend», murmelte sie. «Ich hätte es nicht erzählen dürfen. Ich habe meinen Vater vor euch in den Dreck gezogen.»

Gehirnwäsche, dachte Zangger, lebenslange Gehirnwäsche. Du findest, du selber verdienst die Strafe, nicht dein Vater. Weil du das Geheimnis der schlimmen Tat preisgabst, nicht wahr?

«Ich schäme mich so», klagte Susanna. Sie beugte sich vornüber, und vergrub den Kopf in ihren Armen.

«Es schämen sich meistens die falschen», sagte Zangger. Dann schwieg er, bis Susanne kurz aufblickte. «Die, die etwas wirklich Unrechtes tun, schämen sich gewöhnlich nicht», fuhr er fort. «Und die, die sich schämen oder schuldig fühlen, haben meistens gar nichts Schlimmes getan.»

Seine, oder vielmehr Seidenbasts Worte schienen anzukommen. Susanna sah ihn an, verwundert, fast ungläubig. Die Wirkung war aber nicht stark genug.

«Vielleicht ist alles gar nicht wahr», sagte sie verzagt. «Vielleicht bin ich wirklich krank im Kopf. Vielleicht bilde ich mir alles bloss ein.»

«Nein», sagte Zangger ruhig und bestimmt, «du bildest dir nichts ein.»

Wie willst du das wissen? Er sah es ihren Blicken an, dass diese Frage den Teilnehmern auf der Zunge lag. Aber es fiel ihm nicht ein, die Frage der Glaubwürdigkeit von Susannas Geschichte auch nur zu erwägen. Lieber nahm er in Kauf, sich zehnmal eine übertriebene, eine durch die Erinnerung verzerrte oder gar eine erfundene Geschichte aufbinden zu lassen, als ein einziges Mal einen geschändeten Menschen dem Vorwurf der Unglaubwürdigkeit auszusetzen.

Es gab genügend andere Fälle, bei denen Skepsis oder wenigstens Zurückhaltung am Platz war. Vorige Woche zum Beispiel war eine langjährige Patientin mit vorwurfsvollem Gesicht in seiner Sprechstunde erschienen.

«Wieso haben Sie mir das nicht gesagt, Herr Doktor? All mein Elend kommt vom Missbrauch, den ich als kleines Kind erlitten habe.»

«Davon hatte ich keine Ahnung», sagte Zangger. «Sie haben nie davon gesprochen.»

«Konnte ich doch gar nicht», sagte die Frau. «Ich wusste ja selbst nichts davon.»

«Aber jetzt wissen Sie es?», fragte Zangger erstaunt. «Wie kommt das?»

«Familienaufstellung», war die Antwort. Sie hatte am vergangenen Wochenende einen Workshop besucht. «In der Aufstellung ist ganz klar herausgekommen, dass mein Grossvater mich missbraucht hat.»

«Na so was. Und Sie haben keinerlei Erinnerung daran?»

«Natürlich nicht», sagte die Frau.

«Gott sei Dank», sagte Zangger.

Die Patientin war mit dieser Einschätzung gar nicht einverstanden. Sie bestand darauf, dass das Trauma kuriert werde und liess sich fortan von der Therapeutin behandeln, die ihr den Missbrauch offenbart hatte.

Eine andere Frau hatte ihren Reisepass verlegt und musste dringend verreisen. In ihrer Not suchte sie einen Hypnotiseur auf. Sie staunte nicht schlecht, als der Scharlatan nach seiner Séance sagte, Hinweise auf den Standort des Reisepasses habe sie ihm in der Trance leider nicht offenbart, aber ob sie eigentlich wisse, dass es einmal einen schweren sexuellen Übergriff durch ihren Vater gegeben habe? Die Frau sagte, sie habe nichts dergleichen erlebt, aber das war in den Augen des Experten umso bedenklicher. Ihr Nicht-Erinnern war ihm Beweis dafür, wie tief die Verletzung sass. Er bot sich denn auch gleich als Therapeut für dieses Trauma an, und für den Fall, dass sie ihren nichts ahnenden Vater verklagen wolle, stehe er ihr gern als Berater zur Verfügung.

Einer von Zanggers Patienten, der an einer schweren Geisteskrankheit litt, besuchte regelmässig die Maltherapie. Er profitierte viel von der feinfühligen Arbeit seiner Therapeutin. Als diese einmal in den Ferien weilte, bekam er es mit einer Vertreterin zu tun. Diese konnte ihm anhand einer seiner Bilder auf den Kopf zusagen, dass er einst von einem Mann vergewaltigt worden sei: Er sei noch ganz klein gewesen, es sei in einem dunkeln Haus passiert, ein grosser Mann sei hereingekommen, er habe die Hose offen gehabt, und so weiter. – Der Mann wurde psychotisch, und die Maltherapeutin war zufrieden, denn jetzt könne er alles noch einmal durchleben und das Trauma endlich verarbeiten. Seine Geisteskrankheit könne damit an der Wurzel des Übels behandelt werden.

Händeringend sass Susanna da. Nein, da war sich Zangger sicher, sie hatte sich diese Dinge nicht eingebildet.

«Ich hätte es nicht sagen dürfen», schluchzte sie.

«Doch», sagte Zangger. «Du darfst sagen, was du erlebt hast. Du darfst sagen, wie schlimm es war.»

«Nein, ich hätte nichts erzählen sollen», beharrte sie. «Es macht alles nur noch schlimmer. Das war ein Blossstellen meines Vaters», fuhr sie fort. «Entwürdigend.»

«Das stimmt, entwürdigend war es», erwiderte Zangger, Susannas Aussage bewusst missverstehend. Sie sah erschreckt auf. «Dein Vater hat tatsächlich seine Würde verloren. Durch die Schändung hat er deine Würde verletzt und seine eigene verspielt.»

Zangger sah keine Möglichkeit, Susanna auf einen Schlag aus ihrer Not zu befreien, so wie es bei Angelika möglich gewesen war. Die Verletzung war viel zu gross. Aber das Wichtigste hatte sie bereits getan: Sie hatte den Bann gebrochen.

«Ich müsste ihm verzeihen können», sagte sie auf einmal, als habe sie die entscheidende Einsicht gehabt. «Sonst komme ich nie weiter.»

«Du musst gar nichts», sagte Zangger. «Schon gar nicht verzeihen.»

Die zukünftigen Psychotherapeuten staunten. Sie hätten erwartet, dass er Susanna hier zustimmen würde. Hatte er nicht erst kürzlich wieder gesagt, eines der Therapieleitziele sei es, mit Vater und Mutter innerlich ins Reine zu kommen?

Susanna stutzte. «Nicht?», fragte sie mit kindlicher Stimme. «Und wenn er einsähe, was er mir angetan hat? Müsste ich da nicht …»

«Das täte dir gut», unterbrach sie Zangger sachte, «nicht wahr?»

Susanna nickte stumm.

«Das wäre Balsam für deine Seele.»

Sie begann wieder zu schluchzen.

«Balsam wäre das», wiederholte Zangger. «Wenn er sagen würde: ‹Susanna, es tut mir leid›, wenn er von Herzen sagen könnte: ‹Ich weiss, ich habe dich in deiner Würde verletzt. Ich habe deine Seele verwundet. Es tut mir Leid, Susanna› – das täte dir zutiefst gut, nicht wahr?»

Jetzt weinte Susanna befreiende Tränen. Sie weinte und weinte.

«Es wäre heilsam», fuhr Zangger bedächtig fort. «Auch für ihn», sagte er zum Schluss.

Von Verzeihen sagte er kein Wort.

In der Pause sah er Marco mit ein paar andern bei Susanna stehen und mit ihr reden. Sie hatte im Seminarraum teilnahmsvolle und ermutigende Worte zu hören bekommen. Aufgewühlt, verweint, aber irgendwie gelöst stand sie jetzt auf der Terrasse, umringt von Kolleginnen und Kollegen. Marco schien sich auf einmal für sie zu interessieren. Oder für ihre Geschichte.

Das Seminar war schon fast zu Ende. Für die restliche Zeit war Supervision vorgesehen. Franziska stellte ihren Fall vor, und Zangger musste wieder einmal dreinfahren:

«Keine Namen!», sagte er barsch, denn als sie die Geschichte ihrer Patientin zusammenfasste, entschlüpfte ihr der Name der Therapeutin, bei welcher jene früher in Behandlung gewesen war. «Auch nicht von Therapeuten.»

Seine Kandidaten hielten sich zwar konsequent an die Regel, die Namen der Patienten, die sie in der Supervision vorstellten, für sich zu behalten. Aber auch die Berufskollegen mussten anonym bleiben. Sie sollten nicht kompromittiert werden, wenn ihre Arbeit zu Kritik Anlass gab. Ausserdem war nicht auszuschliessen, dass vom Therapeuten, wenn er einmal bekannt war, auf die Identität des Patienten geschlossen werden konnte.

Franziska hatte von einer jungen Patientin berichtet, die zuvor bei Frau Schimmel in Behandlung gewesen war. Die Patientin hatte den Eindruck gewonnen, diese nehme ihr nicht ab, was ihr widerfahren war. «Sind Sie sich ganz sicher, dass das so passiert ist?», soll Frau Schimmel gefragt haben. «Könnte Ihnen Ihre Erinnerung da nicht einen Streich spielen?»

Zangger konnte kaum glauben, dass einer erfahrenen Psychotherapeutin ein solcher Lapsus unterlaufen war.

Eigentlich war Franziska Gynäkologin. Sie besuchte Zanggers Seminar, um sich in Psychotherapie weiterzubilden, damit sie auch den zahlreichen Patientinnen beistehen konnte, die mit seelischen Problemen zu kämpfen hatten. Die junge Frau, von der sie eben berichtete, schien mit ihren Kindheitserlebnissen nicht fertig zu werden. Da sie sich von ihrer Psychotherapeutin nicht verstanden gefühlt hatte, hatte sie beschlossen, die Behandlung abzubrechen und ihre Probleme mit Franziska, ihrer Frauenärztin, zu besprechen.

Franziska schilderte, worin der Missbrauch bestanden hatte, und erörterte mit Zangger das therapeutische Vorgehen. An einer Stelle, erklärte sie: «Die Patientin sagt, sie habe diesen Mann sehr geliebt.»

«Das macht die Verletzung nicht kleiner, im Gegenteil. Es kommt ja noch der Verrat dazu. Der Verrat an der bedingungslosen Liebe eines Kindes.»

«Und sie glaubt im Ernst, auch er habe sie geliebt. Er habe ihr nichts Böses antun wollen.»

«Kann schon sein», kommentierte Zangger trocken. «Viele sagen, sie hätten aus Liebe gehandelt, wenn sie jemanden missbrauchten. – Vielleicht stimmt es sogar», sagte er und machte bewusst eine Pause. «Manchmal pervertiert die Liebe. Menschen werden aus Liebe gestreichelt, aus Liebe umarmt und aus Liebe erdrückt. Sie werden aus Liebe gelobt, aus

Liebe getadelt und aus Liebe erniedrigt. Aus Liebe umsorgt, aus Liebe beschützt und aus Liebe eingesperrt. Aus Liebe beschenkt und aus Liebe bedrängt und genötigt. Aus Liebe missbraucht und aus Liebe getötet. – Viel Schlimmes geschieht im Namen der Liebe», versuchte er es auf den Punkt zu bringen. «Aber für die, die erniedrigt, missbraucht oder umgebracht werden, ist es kein Trost, wenn sie hören, dass es aus Liebe geschieht.»

Das war vielleicht etwas gar pointiert gesagt, aber dass Marco an dieser Stelle davonlief, anstatt einen Einwand vorzubringen, war in Zanggers Augen eine ziemlich unflätige Reaktion gewesen.

18

Widerwillig machte er sich auf den Weg. Er hatte es noch nie gemocht, Glanzmann zu Hause zu besuchen. Er spürte eine Abneigung gegen sein Haus. Etwas in ihm sträubte sich dagegen, es zu betreten.

Schon im Voraus frustriert, dachte er an die bevorstehende Begegnung: Bestimmt würde Glanzmann ihm wieder neuste Ergebnisse der Hirnforschung auftischen. Konnte sein, dass viel Interessantes dabei wäre. Aber mit der enormen Tragweite dieser Erkenntnisse wäre es dann doch nicht so weit her. Die Bedeutung für die psychotherapeutische Arbeit, die Glanzmann so unermüdlich betonte, würde ihm vermutlich wieder nicht ganz einleuchten. Und wenn er ihn nach einer schriftlichen Fassung seiner Theorie fragen würde, würde er ihn einmal mehr auf später vertrösten.

Wieso habe ich bloss zugesagt?, ärgerte sich Zangger. Und erst noch nach einem Seminar wie diesem. Ach was, ich geh gar nicht hin, ich kneife, beschloss er und machte kehrt.

Wie konntest du nur!, würde Tina ihn tadeln.

Er war aus der Merkur- in die Neptunstrasse eingebogen und stand jetzt dort, wo diese mit der Minervastrasse zusammentraf. Zwiespältig ging er Richtung Arterpark zurück, da sah er auf dem gegenüberliegenden Gehsteig Frau Schimmel kommen. Sie eilte, die Lippen zusammengepresst, in die Gegenrichtung. Ihre Stöckelschuhtritte hallten durch die Strasse. Sie schien ihn nicht gesehen zu haben, und Zangger hatte nicht die geringste Lust, sie auf sich aufmerksam zu machen. Er würde sie noch früh genug sehen, am Montag war die Sitzung des Arbeitskreises. Da würde ihm eine Begegnung mit ihr kaum erspart bleiben.

Als sie vorbei war, blieb er stehen.

Nun gut, der alte Mann ist einsam, dachte er, das sehe ich ein. Er braucht einen, der ihm zuhört.

Er kehrte um.

Wieso missbraucht er mich als wissenschaftlichen Sparringpartner, wenn er menschlichen Kontakt sucht? Soll er mir doch mal etwas aus seinem Leben erzählen, da gäbe es einige Dinge, die mich brennend interessieren würden. Als Neurowissenschafter kann ich ihm ohnehin nicht das Wasser reichen. Aber was solls, ich lasse es noch einmal über mich ergehen. Ich werde es überleben.

Er überquerte die Klosbachstrasse erneut. Seine Gedanken kreisten unaufhörlich um das Gespräch, oder vielmehr den Vortrag, der ihn erwartete: Was ist, wenn ich mich täusche? Vielleicht lässt Glanzmann dieses Mal tatsächlich die Katze aus dem Sack. Er hat ja wie nie zuvor auf dem Treffen beharrt. Mit zahllosen Anrufen und skurrilen Briefen. Wartet er am Ende mit einer ganz neuen Theorie auf? Oder gar mit einem Buch? Gold wert, hatte Frau Schimmel gefunden, und Seidenbast hatte diese Einschätzung geteilt. Glanzmanns Ankündigungen klangen ganz so, als habe er den Stein der Weisen gefunden. Wird er wieder sagen, man wolle ihm seine Erkenntnisse stehlen?

Wissenschaftsklau! Was Glanzmann sich da einbildet, lachte Zangger vor sich hin. Aber er musste zugeben, dass derlei Dinge schon vorgekommen waren, wenn auch nicht unbedingt auf dem Gebiet der Psychologie.

Zanggers Frustration begann einer neugierigen Spannung zu weichen. Er war auf vier Uhr nachmittags mit Glanzmann verabredet, und vom nahen Kirchturm hatte es eben dreiviertel vier geschlagen. Er hatte also noch etwas Zeit. Er beschloss, auf seinem Weg durchs Quartier so vielen Göttern wie möglich die Ehre zu erweisen. Er machte einen Schlenker durch die Apollostrasse und nahm sich vor, über den Heliossteig und durch die Luna- an die Jupiterstrasse zu spazieren. Bedächtigen Schritts ging er den Steig hoch, als ihm ein Mann entgegenstürmte und ihn beinahe über den Haufen rannte. Zangger hatte ihn kommen hören und war stehen geblieben. Der Mann, der ihn angerempelt hatte, schien zu Tode erschrocken. Es war Marco.

«Hoppla», lachte Zangger. «Wo brennts?»

«Oh, ich – entschuldige», japste Marco, Panik in den Augen.

«Ist ja nichts passiert», sagte Zangger.

«Doch! Aber ich –», stammelte Marco, «ich muss –» Er stutzte. «Bist du …?»

«Ich bin unversehrt, glaub mir.»

Was ist denn los?, dachte Zangger. Verliert völlig die Fassung, bloss weil er mit seinem Lehrtherapeuten fast einen Zusammenstoss hat.

«Ist das Seminar noch im Gang?»

«Na, hör mal, Marco», beruhigte ihn Zangger, «das Seminar ist zu Ende. Aber mach dir bloss keine Sorgen deswegen.» War es Marco dermassen peinlich, dass er aus dem Seminar gelaufen war und dass er ihm jetzt unversehens unter die Augen trat?

Geschieht ihm Recht, dachte Zangger.

«Wirklich, kein Problem», beteuerte er. «Hörst du?», denn Marco schien völlig verdattert zu sein.

«Nein, nein», sagte Marco beflissen. «Ich meine, ja, ja.»

«Lass dich nicht aufhalten», meinte Zangger, winkte ihm zu und ging weiter.

Als er in die Jupiterstrasse einbog, sah er aus der Ferne jemanden aus dem Garten des Hauses Glanzmann treten. Die Person bewegte sich im Schatten der Bäume, sie eilte in der entgegengesetzten Richtung, zum Römerhof, davon. Zangger kam näher, öffnete das Gartentor, ging durch den Vorgarten und stieg die Stufen zur Haustüre empor.

Er läutete. Niemand antwortete. Zangger wartete.

Merkwürdig, dachte er, eben hat doch jemand das Haus verlassen.

Er läutete noch einmal. Keine Reaktion, Türöffner und Gegensprechanlage blieben stumm, die Türe liess sich nicht aufstossen.

Hatte Glanzmann die Türglocke überhört? Sass er, schon wieder in ein Buch vertieft, in seinem Sprechzimmer? Zangger überlegte, ob er ums Haus herumgehen und hineinspähen sollte, aber zuerst versuchte er etwas anderes: Einer Eingebung folgend, griff er nach dem messingenen Türknauf und drehte anstatt zu stossen.

Wie vor über vierzig Jahren. Derselbe Türknauf, dieselbe Drehung, dieselbe Beklemmung in der Brust. Wie damals. Damals, als er sechzehnjährig war.

Lukas steht vor der Haustür, sein Herz schlägt bis zum Hals. Er drückt auf den Klingelknopf, hört drinnen den schrillen Ton. Er solle nicht darauf warten, dass jemand öffne, hat sie ihm gesagt, er könne einfach hereinkommen, Papa habe heute keine Sprechstunde. Er fasst den Türknauf. Mit beiden Händen muss er zupacken und drehen, damit die Kette, die inwendig bewegt wird, das Türschloss öffnet. Dann steht er in der Halle des herrschaftlichen Hauses. Er ist jetzt zum dritten oder vierten Mal hier, aber das Haus ist ihm immer noch unheimlich: gross und vornehm, ganz anders als das Reihenhäuschen in der Genossenschaftssiedlung, in welcher die Familie Zangger wohnt.

«Komm rauf», ruft sie von ganz oben herunter und er steigt die Treppe hoch. Sie gibt ihm die Hand. Sie hat weisse Haut und schwarzes Haar. Blaue Augen. Und einen kleinen, roten Mund.

«Bin ich froh, dass du kommst», sagt sie, «ich schaffe das nämlich einfach nicht», und sie setzt sich wieder an die Lateinaufgaben. Ihre Freundin ist auch da, dabei hat sie ihn doch gebeten, *ihr* bei den Aufgaben zu helfen. Das andere Mädchen, Mägi, interessiert ihn kein bisschen, nur Lis interessiert ihn. Er ist glücklich, sie zu sehen und unglücklich, nein, eifersüchtig, dass er nicht allein ist mit ihr.

Lukas hilft den beiden, so gut er kann. Er ist in Latein selber keine Leuchte, aber er ist eine Klasse weiter und hat den Stoff einigermassen intus. Er beugt sich über die Mädchen, wenn er ihnen etwas erklärt. Er neigt sich mehr auf Lis' Seite. Ihr Haar lockt ihn, aber ihre Schulter weist ihn ab, so kommt es ihm vor.

Einmal muss er aufs Klo. Wie er zurückkommt, hört er die Mädchen tuscheln.

Bestimmt reden sie über mich, denkt er. Machen sie sich lustig?

Es wird Abend, bis die Übersetzung fertig ist. Frau Glanzmann fordert Mägi und Lukas auf, zum Nachtessen zu bleiben. Mägi kann nicht bleiben, sie muss nach Hause. Das ist

Lukas recht. Sie schaut ihn eigenartig an, als sie geht. Er weiss nicht, ob sie auch eifersüchtig ist oder ob sonst etwas los ist mit ihr. Es gibt ihm einen Stich, als er hört, wie Lis sich von ihr verabschiedet:

«Tschüss, Ängeli», sagt sie.

Ängeli!, denkt er. Habe ich da überhaupt eine Chance, wenn Mägi ihr kleiner Engel ist?

Sie sitzen im feudalen Esszimmer und warten. Der Esstisch ist eine riesige lange Tafel, aber es ist nur am einen Ende aufgedeckt. Die andere Hälfte des Tischs ist voll von Büchern, und auch sonst liegen überall Bücher, viel mehr als bei ihm zu Hause. Die Türglocke schrillt, man hört jemanden eintreten.

«Das ist Papa», sagt Lis. «Er kommt von der Uni.»

Frau Glanzmann geht nach unten.

«Was hast du wieder für teure Sachen gekauft, Scharli», sagt sie, als sie mit ihrem Mann die Treppe hochsteigt. Sie spricht leise, flüstert fast nur, aber man hört trotzdem jedes Wort. Sie klingt nicht aufgebracht, eher unglücklich. «Ich kann diese Dinge doch überhaupt nicht brauchen», flüstert sie. «Du wirfst das Geld zum Fenster hinaus.»

«Denk doch nicht immer so negativ», sagt Herr Glanzmann. Auch er klingt nicht ärgerlich, eher beruhigend. «Diese Saftpresse erspart dir eine Menge Arbeit. Und alle Tage ein Glas Fruchtsaft, das tut den Mädchen gut.»

Es ist das erste Mal, dass Lukas Herrn Glanzmann sieht. Er ist ein grosser, stattlicher Mann, aber im Vergleich zu seinem Vater, findet Lukas, sieht er ein bisschen wirr aus. Bis anhin hat er nur Frau Glanzmann kennen gelernt. Sie ist eine freundliche Person, vielleicht ein bisschen traurig, fast wie seine eigene Mutter.

«Guten Abend, Herr Doktor», sagt Lukas artig, erhebt sich und stellt sich vor. Herr Doktor, Herr Professor, Herr

Rektor, so spricht man im Gymnasium die Lehrer an. Herr Doktor, so sagt man zu seinem Arzt und zum Zahnarzt, so sagen die meisten auch zu seinem Vater. Lukas hat keine besondere Ehrfurcht davor, er weiss einfach, dass man Herr Doktor sagt, wenn einer ein Doktor ist, das ist selbstverständlich, es steht ja an der Haustüre angeschrieben.

«Oh, Sie müssen der grosse Lateiner sein, der unserem Lischen auf die Sprünge hilft», sagt Doktor Glanzmann in freundlichem Ton. «Das ist wirklich nett. Wie war Ihr Name? Lukas? Und wie noch?»

«Zangger.»

«Zangger? Und wie heisst Ihr Vater? Doch nicht etwa Karl?»

«Doch.»

«Karl Zangger? Was Sie nicht sagen! Ist er Arzt? Kinderarzt?»

«Ja», sagt Lukas, «aber sagen Sie ruhig Du zu mir.»

Frau Glanzmann duzt ihn auch, das ist ihm lieber.

«Kommt nicht in Frage», sagt Doktor Glanzmann.

Komisch, denkt Lukas. Kommt nicht in Frage, das sagt Vater nur, wenn er böse ist. Aber Doktor Glanzmann klingt nicht böse, nicht einmal streng. Er klingt sanft.

«Sie sind in der vierten Klasse, nicht wahr, da werden Sie in der Schule doch auch gesiezt. Aber wenn Sie wollen, nenne ich Sie beim Vornamen – Klaus, stimmts?»

«Nein, Lukas.»

«Ah so, Lukas, natürlich», sagt Doktor Glanzmann. «Und der Sohn von Karl Zangger, das ist ja allerhand. Wissen Sie, Ihr Vater und ich gingen zusammen aufs Gymnasium. In die gleiche Schule wie Sie, aber das ist – warten Sie mal – mindestens dreissig, fünfunddreissig Jahre her. Am zwanzigsten Maturitätsjubiläum sah ich ihn zum letzten Mal, wenn ich mich nicht täusche. Wie gehts ihm?»

«Gut», sagt Lukas. Er hat sich noch nie überlegt, wie es seinem Vater geht. Er ist ja nicht krank.

«Das glaube ich», sagt Doktor Glanzmann. «Er war ja immer eine Frohnatur.»

Eine Frohnatur?, denkt Lukas. Er ist doch ganz normal.

«Haben Sie Geschwister?»

«Ja, vier.»

«Heieiei, Sie sind zu fünft? Vier Brüder und Schwestern?»

«Nur Brüder.»

«Fünf Buben!», ruft Glanzmann. «Hast du das gehört, Katja?», und er schaut seine Frau vorwurfsvoll an. «Karl Zangger hat fünf Söhne. Sie müssen der Jüngste sein, habe ich Recht?»

«Nein, der Älteste.»

«Was Sie nicht sagen», sagt Doktor Glanzmann. Dann wendet er sich scherzend an seine Frau: «Dann hatte es Karl ja noch weniger eilig als ich, Vater zu werden. Wie alt ist denn der Jüngste?», fragt er.

«Sechs», sagt Lukas.

«Wir haben nur ein Dreimäderlhaus», sagt Doktor Glanzmann und setzt sich. Lukas versteht nicht, ob er nur drei meint oder nur Mädchen. Doktor Glanzmann deutet auf Lis und ihre zwei Schwestern, die mit am Tisch sitzen. «Aber das ist ja auch etwas, nicht wahr?»

Lukas fühlt sich unbehaglich. Es ist ihm nicht wohl, weil Doktor Glanzmann mit ihm spricht wie mit einem Erwachsenen.

«Unsere kleine Prinzessin geht aufs Gymnasium», sagt er zufrieden und schaut auf Lis. Sie ist die Jüngste. Die andern zwei, die weniger glücklich dreinblicken, schaut er auch ganz lieb an. «Aber wem sage ich das, das wissen Sie ja. – Sie wollen bestimmt Medizin studieren», meint er und schaut Lukas an.

«Das weiss ich noch nicht», erwidert Lukas.

«Gratuliere», sagt Glanzmann, als ob er ja gesagt hätte. «Das ist die einzig richtige Entscheidung, Sie werden es nicht bereuen. Haben Sie den Zauberberg gelesen?»

«Den was?», fragte Lukas.

«Den Zauberberg. Von Thomas Mann. Den müssen Sie unbedingt lesen, Klaus.»

«Lukas», murmelt Lukas.

«Unbedingt. Sie kennen doch Thomas Mann?»

Frau Glanzmann gibt ihrem Mann einen verstohlenen Wink. «Scharli!», raunt sie. Die Mädchen sind verlegen.

«Ja, schon», sagt Lukas. «Tonio Kröger haben wir gelesen.»

«Ein grosser Schriftsteller. Weltberühmt, schon zu Lebzeiten weltberühmt. Nobelpreisträger», sagt Doktor Glanzmann. Er macht ein wichtiges Gesicht, hebt den Zeigefinger und nickt bedeutungsvoll mit dem Kopf.

Lukas fühlt sich klein, kleiner als sonst. Obschon ihn Doktor Glanzmann fast wie einen Erwachsenen behandelt, und obschon er überhaupt nicht streng klingt. Sondern sanft.

«Ich beneide euch jungen Leute», sagt Doktor Glanzmann, er fasst aber nur Lis und Lukas ins Auge. «Zur Schule gehen und einfach nur lernen dürfen, das ist ein ganz grosses Privileg. Es gibt nichts Schöneres als Neues zu lernen, jeden Tag Neues. – Non scholae, sed vitae discimus, oder nicht?», sagt Doktor Glanzmann.

«Übersetz das mal», sagt Lukas zu Lis, und alle lachen.

«Dein Kamerad wird bestimmt ein guter Arzt», sagt Doktor Glanzmann. Er mustert seine Tochter. «Oder soll ich Freund sagen?»

Lis schaut verwirrt auf. Sie wird rot und blickt weg.

Lukas spürt einen freudigen Schreck.

Freund?, denkt er, vielleicht will sie ja gar nichts von mir wissen.

Alle ausser Lis schauen ihn an, freundlich, erwartungsvoll, neugierig. Er weiss nicht, ob er sich freuen oder ob es ihm peinlich sein soll.

19

Zangger trat ein. Die Eingangshalle war hell erleuchtet. Er warf einen Blick ins Sprechzimmer. Auch dort brannten Decken- und Ständerlampen.

«Herr Professor?», sagte Zangger ins Zimmer hinein.

Er sprach Glanzmann fast immer mit dem Professorentitel an. Er glaubte zu spüren, dass dieser die respektvolle Anrede und die Distanz schätzte. Glanzmann hingegen brauchte Zanggers Doktortitel nie. Manchmal, wenn er in aufgeräumter Stimmung war, liess er auch den «Herrn» fallen und sprach ihn mit «lieber Zangger» an. Aber er hatte nie Anstalten gemacht, ihm das vertrauliche Du anzubieten. Zangger fand es richtig, ein Gefälle bestehen zu lassen, da Glanzmann ihn schon als Burschen gekannt hatte. Ob sich Glanzmann überhaupt an die Begegnungen mit dem jugendlichen Lukas Zangger erinnerte, war eine andere Frage. Denn die damalige Bekanntschaft war von kurzer Dauer gewesen.

Jahrzehnte später, als Glanzmann, bereits im Pensionsalter, Kontakt zu seinem ehemaligen Schulkameraden Karl Zangger gesucht hatte, hatte er vernommen, dass dieser einen Sohn hatte, der Arzt und Psychiater geworden war. Er hatte ihn als Dozenten an seine Schule für Psychotherapie geholt. Ihre Beziehung war in all den Jahren rein beruflicher Natur geblieben. Glanzmann schien es nicht anders zu wollen, und Zangger war das ganz angenehm.

«Herr Professor», sagte er, lauter.

Nichts.

Das Sprechzimmer musste eben noch benützt worden sein: Alles war hergerichtet, alles stand bereit. Für eine Familientherapiesitzung, das sah er auf einen Blick.

Macht er das immer noch?, wunderte sich Zangger.

Aber auf dem Beistelltischchen neben den zwei Clubsesseln standen ein Kaffeekanne und zwei gebrauchte Tassen, das sah weniger nach Therapiesitzung aus. Es war niemand im Zimmer.

Die Türe zum ehemaligen Wartezimmer stand ebenfalls offen. Zangger streckte den Kopf hinein.

Welch ein Chaos!, dachte er, und die Veranda, du meine Güte, die reinste Brockenstube. Auch hier war niemand.

«Hallo», rief er, «Sind Sie da?», aber er spürte in diesem Augenblick bereits, dass etwas nicht stimmte. Er schickte sich an, nach oben zu eilen, um in sämtlichen Räumen Nachschau zu halten.

Schon vom Fuss der Treppe aus sah er ihn: Professor Glanzmann lag bäuchlings auf dem Treppenabsatz, den Kopf in einer kleinen Blutlache, in jeder Hand einen Krückstock, den rechten Arm weit ausgestreckt, den linken am Körper. Das rechte Bein wirkte verdreht. Glanzmann lag neben dem Treppenlift, der Sitz war aus der Schiene gekippt. Aus einem Plastikmäppchen mit Papierbogen waren ein paar Blätter herausgerutscht, sie lagen über die Treppenstufen verstreut.

Glanzmann musste vom Treppenlift gestürzt sein. Er machte keine Bewegung. Zangger hastete, zwei Tritte auf einmal nehmend, zu ihm hinauf. Seine allgemeinmedizinische Erfahrung lag fast dreissig Jahre zurück. Er hatte keine grosse Ahnung mehr davon, was im Notfall zu tun war. Er griff nach Glanzmanns rechter Hand und versuchte, die Finger vom Krückstock zu lösen. Es gelang nicht, Glanzmann hielt den Stock krampfhaft fest.

Tot, dachte Zangger. Er wollte den Puls fühlen, da schnappte Glanzmann plötzlich nach Luft.

Terminaler Atemzug, war Zanggers Diagnose.

Noch halbwegs in Jugenderinnerungen gefangen, kam ihm der allererste Patient in den Sinn, den er als Unterassistent im Landspital hatte sterben sehen. Dieser hatte, nachdem der Abteilungsarzt bereits sein Ableben festgestellt hatte, einen tiefen, schnappenden Atemzug getan. Da hatte die Oberschwester, eine Ordensfrau, die im Sterbezimmer zugegen gewesen war, dem alten Mann liebevoll, aber bestimmt mit einer Binde die Kinnlade hochgebunden, womit es mit dem Luftschnappen eine Ende gehabt hatte.

Er überlegte schon, ob er Glanzmann derselben Prozedur unterziehen müsse, da schlug dieser die Augen auf und machte: «Aaach.»

Zangger erschrak, aber lange konnte er sich nicht mit dem Gedanken befassen, weshalb er Glanzmann so voreilig als tot betrachtet hatte. Jetzt musste er sich um den Lebenden kümmern: Er brachte den Verletzten vorsichtig in Seitenlage. Mit dem offensichtlich gebrochenen rechten Bein war das ein heikles Manöver, aber es ging. Auf Glanzmanns Stirne klaffte eine Platzwunde. Das Blut auf der Stirne war eingetrocknet, doch jetzt begann die Wunde wieder zu bluten. Zangger wusste nichts Besseres, als ein Papiertaschentuch hervorzuziehen und es dem Professor vorsichtig auf die Stirne zu drücken. Glanzmann stöhnte und verzog das Gesicht. Zangger sah, dass ihm ein Zahn fehlte. Nach einer Weile hauchte Glanzmann mit dünner Stimme:

«Sie kommen wie gerufen.»

Zangger traute seinen Ohren kaum.

«Herr Professor», fragte er, «was ist passiert?»

Glanzmann schien zu überlegen. Er schaute Zangger staunend an.

«Erkennen Sie mich?», fragte Zangger.

Glanzmann staunte.

«Wo sind wir?», fragte Zangger weiter. Er wollte mit seinen Fragen Glanzmanns Orientierungsvermögen und seinen Bewusstseinszustand prüfen. Glanzmann schaute ihn verdutzt an und sagte lange nichts.

«Wo sind wir?», fragte Zangger noch einmal.

Glanzmann staunte.

«Jupiterstrasse, wo denn sonst», hauchte er dann auf einmal.

Nun war es an Zangger, verdutzt zu sein. «Erkennen Sie mich?», fragte er abermals.

Glanzmann nickte.

«Wer bin ich?»

«Der Götterbote», flüsterte Glanzmann. «Sie kommen wirklich wie gerufen.» Er holte tief Luft, dann brachte er heraus: «Ich bin nämlich in einer etwas verzwickten Lage.»

Der Götterbote?, wunderte sich Zangger.

Was wollte Glanzmann damit sagen? War das seine Art, ihm mitzuteilen, dass er im Sterben lag? Der Götterbote, welcher war das schon wieder? Hermes. Ach so, Hermes, der Götterbote der Griechen, das war bei den Römern der Gott Merkur: Glanzmann hatte auf Zanggers Praxisadresse angespielt.

Das ist ja nicht zu fassen!, dachte Zangger, der Mann erwacht aus dem Koma und versprüht humanistischen Esprit. Wenn er aber ihn, Zangger, als Merkur ansprach, dann musste Glanzmann sich selber logischerweise als Jupiter oder Zeus betrachten.

Aber Zangger war nicht geistesgegenwärtig genug für eine ebenbürtige Entgegnung. Er hätte etwas vom Göttervater oder vom Olymp sagen müssen.

«In einer verzwickten Lage, allerdings», sagte er stattdessen bloss. «Sie sind verletzt, Herr Professor. Sie sind mit dem Kopf aufgeschlagen, und ihr Bein sieht gar nicht gut aus. Ich glaube, es ist gebrochen.»

«Schenkelhalsbruch?», ächzte Glanzmann. «Meinen Sie? Sechs Wochen arbeitsunfähig, das fehlte gerade noch.»

Zangger schob die über die Treppe verstreuten Papierbogen ins Mäppchen zurück.

«Sie müssen vom Treppenlift gestürzt sein. Sie waren bewusstlos», sagte er. «Sie haben eine Gehirnerschütterung erlitten.»

«Commotio cerebri?», meinte Glanzmann. «Nein, nein, Herr Zangger. Es ist etwas anderes: Hypoglykämie.»

«Oh. Richtig, Sie sind Diabetiker, nicht wahr? Spritzen Sie Insulin? In diesem Fall …»

«Holen Sie mir bitte ein Glas Orangensaft», flüsterte Glanzmann. «Oben in der Küche hat es welchen.»

Zangger eilte nach oben, wählte am Küchentelefon die Nummer 144 und forderte eine Ambulanz an. Dann holte er Orangensaft aus dem Kühlschrank, ging damit hinunter, stützte Glanzmanns Kopf – auf der Stirne klebte noch immer das zusammengefaltete Papiertaschentuch – und flösste ihm den Saft ein.

«Spüren Sie die Wirkung?», fragte er nach einer Weile. Glanzmann nickte. «Dann müssen Sie mir jetzt sagen, wie das passiert ist.»

Glanzmann sah ihn unverwandt an. Endlich schien er die Frage zu begreifen. Er überlegte lange. Seine Augen blickten suchend hin und her, dann sah er wieder Zangger an.

«Ich weiss es nicht», antwortete er. «Ich weiss wirklich nicht, was passiert ist. Keine Ahnung.» Er verstummte. «Keine Ah-nung», wiederholte er nach einer Weile.

Retrograde Amnesie, dachte Zangger.

Glanzmann musste beim Sturz mit dem Kopf aufgeschlagen sein und eine Hirnerschütterung erlitten haben. Die Frage war nur, wie gross die Erinnerungslücke sein und wie lange sie andauern würde. Aber das war jetzt nicht von Belang.

Zangger beschloss, ihn nicht mit weiteren Fragen zu bedrängen.

20

Das Sanitätsfahrzeug traf ein. Eine Frau und ein Mann betraten das Haus und verbreiteten rasch eine Atmosphäre von Kompetenz und Zuversicht. Die uniformierte Frau, offensichtlich die Chefin, hatte sofort festgestellt, dass keine lebensbedrohliche Situation bestand. Sie schlug einen unbeschwerten Ton an, legte Glanzmann einen Kopfverband an und machte sich daran, ihn für den Transport vorzubereiten. Die eine Hälfte der auseinandernehmbaren Trage wurde wie eine Schaufel unter Glanzmann geschoben, das gebrochene Bein sorgfältig fixiert.

Dieweil schrieb sich der Sanitäter Zanggers Namen auf.

«Sind Sie ein Angehöriger?»

Zangger verneinte.

«Aber Sie wohnen hier?», fragte er weiter.

Zangger erklärte, dass er als Besucher gekommen sei und den Verletzten bewusstlos hier vorgefunden habe.

Der Sanitäter wandte sich Glanzmann zu: «Da haben Sie aber Glück gehabt, dass er gekommen ist», meinte er. Er notierte sich Glanzmanns Name und Geburtsdatum, dann fragte er: «Was soll ich bei Beruf schreiben? Pensioniert?»

«Nein, schreiben Sie: Professor, Wissenschafter und Buchautor», sagte Glanzmann.

«Professor, Wissenschafter und Buchautor», wiederholte der Mann und sah seine Kollegin an, ohne eine Miene zu verziehen. « ...und Buchautor. So, das hätten wir, alles notiert.»

Buchautor?, wunderte sich Zangger. Er nahm das Plastikmäppchen in die Hand, das auf dem Boden gelegen hatte.

«Allgemeine Theorie vom seelischen Gesund- und Kranksein», las er. «Von Prof. Dr. Dr. med. h.c. Charles Glanzmann.»

Nanu, da ist sie ja, seine neue Theorie!, stellte Zangger fest. Und er hat sie sogar zu Papier gebracht. Sieht nach einem wissenschaftlichen Artikel aus.

Er nahm die Blätter aus dem Mäppchen. Diskret blätterte er das Bündel durch, dieweil Glanzmann mit den Sanitätern sprach:

«Menschenhirn und Menschenseele», das klang sogar eher nach einem Buchtitel.

Er hat tatsächlich ein Buch geschrieben, dachte Zangger. Aber wo ist das Manuskript? Denn sehr viele Seiten waren es nicht, die er in den Händen hielt. Verstohlen blätterte er weiter.

«Mens sana in cerebro sano», stand auf dem nächsten Blatt, «Prolog: Der enthirnte Mensch. ‹Goddamned Son of a Bitch!›», auf dem folgenden. Darunter eine Seite maschinengeschriebenen Textes.

Ziemlich makaber, fand Zangger. Er erinnerte sich schwach an einen kürzlich erschienenen Bericht über eine radikale Hirnoperation, auf welche Glanzmann offenbar anspielte. Die Papierbogen sahen mehr nach einer Disposition für ein Buch als nach einem eigentlichen Buchtext aus. Auf jedem Blatt stand ein Titel, gefolgt von zwei, drei Dutzend Zeilen, vermutlich Kapitelzusammenfassungen.

«Drei Hirne im Kopf.»

Kenne ich, dachte Zangger. Typisch Glanzmann, eine seiner originellen Ideen.

Er blätterte weiter.

«Seelisches Kranksein heisst krankes Hirn», «Jedes Psychotrauma ein Hirntrauma», «Persönlichkeit, neurobiologisch erklärbar», «Emotionen: neurochemische Gewitter», hiessen die Kapitelüberschriften.

Ziemlich einseitige Betrachtungsweise, fand Zangger.

«Sozialverhalten, eine Frage der zerebralen Flexibilität.»

Ach ja?

«Wider das so genannt psychotherapeutische Denken.»

Olala, ziemlich provokativ. Da bin ich aber neugierig.

«Neuropsychotherapie: Entwurf einer neuen Behandlungsmethode.»

Klingt nicht gerade bescheiden, dünkte es ihn, aber verheissungsvoll. Wo ist denn der Buchtext? Er blickte um sich, doch weder auf dem Treppenabsatz noch auf den Stufen lagen weitere Blätter.

Zangger überblätterte die nächsten Seiten. Er warf noch einen Blick auf die hintersten.

«Eine höhere Dimension des Heilens: Hass ist heilbar, Liebe lernbar.»

Grosse Worte. Nimmt mich Wunder, was im Text steht, dachte Zangger, denn mehr als ein paar Stichworte standen nicht auf dem Blatt.

«Friede auf Erden: Denkbar? Nein: Machbar!»

Hoppla! Meint er das ernst? Oder ironisch?

«Die letzte Chance», stand auf dem hintersten Blatt. «Psychotherapie mit dem Skalpell.»

Du meine Güte, da geht er aber zu weit!, dachte Zangger.

Der Verletzte wurde für den Transport festgezurrt. Die Sanitäterin fixierte auch Glanzmanns Krücken auf der Bahre.

«Die brauchen Sie im Spital schon sehr bald wieder», sagte sie, um ihm Mut zu machen. Sie kniete sich neben ihn und stellte fest: «Sie frieren. – Kurt, hol eine zusätzliche Decke aus dem Wagen.»

Der Mann ging nach draussen. Als er wieder in der Eingangshalle war, hörte man ihn rufen.

«Hallo! – Hallo, was ist ..? Gopferdammi!»

«Was?», rief die Frau zu ihrem Kollegen hinunter.

«Nicht du», rief er zurück, dann hörte man ihn treppab statt treppauf eilen.

«Da liegt noch jemand!», rief er herauf.

Dann war es eine Weile still.

«Tot», stellte er mit halblauter Stimme fest.

Zangger rannte nach unten.

Am Fuss der Kellertreppe, neben dem Altpapier, lag eine Frau ausgestreckt auf dem Rücken, die Füsse auf der zweituntersten Treppenstufe, den Kopf auf dem Steinboden. Die Augen waren weit offen, auf der Stirn glaubte Zangger eine blutunterlaufene Stelle zu sehen. Er vertraute dem Urteil des Sanitäters, dass die Frau tot war. Jetzt erkannte er sie: Frau Engel, Glanzmanns Haushälterin.

«Sie haben doch nur *einen* Verletzten gemeldet», sagte der Sanitäter vorwurfsvoll. «Warum sagten Sie nichts von der Frau? Vor einer halben Stunde hat sie vielleicht noch gelebt.»

«Von ihr wusste ich nichts. Ich ging gleich auf die Suche nach dem Professor, als ich eintraf», sagte Zangger konfus. Er realisierte, dass es sich wie eine Rechtfertigung anhörte. Er fand den Sanitäter ziemlich anmassend. Der führt sich ja wie ein Gerichtsmediziner auf, dachte er.

Der Sanitäter sah ihn misstrauisch an.

«Dann wussten Sie also, dass er verletzt war?»

Zangger machte eine unwillige Handbewegung und ging ohne zu antworten nach oben. Er beugte sich über Glanzmann.

«Herr Professor, im Keller unten liegt Frau Engel.»

«Was Sie nicht sagen. Was tut sie denn dort?»

«Sie ist tot», sagte Zangger und wartete auf Glanzmanns Reaktion.

«Unmöglich», sagte dieser. Er schüttelte den Kopf. «Sie ging doch bloss Kaffee machen.»

Zangger versuchte sich auszumalen, was geschehen war. Plötzlich fiel ihm etwas ein: Er hatte jemanden das Haus verlassen sehen, als er gekommen war. Da war doch jemand aus dem Haus gekommen und im Schatten der Bäume auf der Jupiterstrasse Richtung Römerhof davongeeilt. War Glanzmann vielleicht gar nicht gestürzt? War Frau Engel erschlagen worden? Handelte es sich um Mord und Mordversuch?

«Herr Professor, jemand ist eben noch bei Ihnen gewesen, nicht wahr?», fragte er eindringlich. «Sie hatten Besuch. Wer war das?»

«Besuch? Nein», sagte Glanzmann. «Das heisst, ich weiss nicht. – Das ist mir sehr peinlich. Habe ich eine Amnesie? Vielleicht doch eine Commotio cerebri? Das wäre schlimm, sehr schlimm.» Er machte ein angestrengtes Gesicht. «Halt, jetzt fällts mir ein», sagte er plötzlich. «Jawohl, ich habe jemanden erwartet.» Er schien innerlich zu suchen. «Tut mir Leid, ich weiss nicht mehr wen. – Ja, so wars. Ich habe jemanden erwartet, und Frau Engel ist Kaffee machen gegangen.»

«Mich haben Sie erwartet, Herr Professor», sagte Zangger mit gedämpfter Stimme. «Sie hatten mich eingeladen, erinnern Sie sich?»

«Sehen Sie», erwiderte Glanzmann erleichtert. «Ich wusste es doch. – Natürlich, Sie sagen es: Sie habe ich erwartet. Und noch jemanden, glaube ich. – Da sind Sie ja», sagte er auf einmal freudig.

«Aber jemand ist bei Ihnen gewesen, bevor ich kam», versuchte es Zangger noch einmal.

«Was Sie nicht sagen», staunte Glanzmann wieder. «Daran erinnere ich mich gar nicht.»

«Die Leiche ist noch warm», raunte der Sanitäter seiner Kollegin zu, als er nach oben kam. «Sieht mir nicht nach Unfall aus, das ist ein Fall für die Polizei.» Er griff zum Handy, wählte die 117 und rapportierte: «Städtisches Sanitätskorps, Leupin. Wir haben hier einen Verletzten und eine

Tote.» Er nannte die Adresse und steckte sein Handy ein. «Wir warten, bis die Polizisten kommen.»

«Wollen Sie denn nicht zuerst den Verletzten ins Spital fahren?», wollte Zangger wissen. Mit Unbehagen stellte er fest, wie gereizt seine Stimme klang.

«Nein», erwiderte der Mann und sah ihn lauernd an, «wir warten auf die Polizei. Danach fahren wir ins Spital.»

Zangger, der neben Glanzmann gekniet war, erhob sich.

«Und Sie warten bitte auch», sagte der Sanitäter.

Zangger kochte. Was nahm sich der Kerl heraus? Plötzlich realisierte er, in welch ungemütlicher Lage er war. Er hielt noch immer Glanzmanns Papierbogen in der Hand.

Theorienklau!, durchfuhr es seinen Kopf.

Kalter Schweiss brach ihm aus allen Poren. Hätte er Glanzmanns Befürchtung ernst nehmen müssen? Hatte es jemand auf Glanzmanns Manuskript abgesehen? Mit einem Mal kam ihm das Papierbündel vor wie ein rauchender Colt. Er war versucht, es irgendwo zu verstecken. Er konnte später seinen Gedankengang nicht mehr nachvollziehen, aber in diesem Augenblick schien es ihm das Beste, das Manuskript, oder was davon übrig geblieben war, nicht in Glanzmanns Haus zu lassen. Dem Verletzten die paar Blätter ins Spital mitzugeben, dünkte ihn unpassend. Er faltete sie zusammen und steckte sie ein, als niemand hinschaute.

Die beiden Stadtpolizisten, die im Streifenwagen vorgefahren waren, hörten sich zuerst die Sanitäter, dann Zangger an. Der Ältere besah sich die Leiche im Keller, ohne sie zu berühren oder etwas zu verändern und meldete der Einsatzzentrale den Verdacht auf ein Kapitalverbrechen. Dann wies er die Sanitäter an, den Verletzten ins Spital zu fahren. Der Jüngere hatte Zanggers Personalien aufgenommen. Jetzt stellte er sich vor der Haustüre auf und kontrollierte die Ankommenden. Nach kurzer Zeit waren zwei Polizeifotografen da und machten sich an die Arbeit. Wenig später traf ein Hüne im Trenchcoat ein.

Der Kommissar, dachte Zangger. Er kam sich vor wie in einem Dienstagabendkrimi.

«Habermacher, Kantonspolizei», sagte der Mann und gab Zangger die Hand. Ihm war klar, dass er es mit dem Dienst habenden Offizier zu tun hatte.

«Bald werden wir das ganze Rösslispiel dahaben», raunte der ältere der uniformierten Polizisten Zangger zu. Tatsächlich verwandelte sich Glanzmanns Heim in ein Bienenhaus: Die Blitzlichter der Fotografen zuckten in einem fort, ein halbes Dutzend zivile Kriminalpolizisten und ein Hundeführer trafen ein. Habermacher gab ihnen Anweisungen und wandte sich zwischendurch mit ein paar Fragen an Zangger. Er schien sich rasch im Klaren zu sein, dass auf Zangger kein Verdacht fiel. Eine jüngere Frau trat hinzu, stellte sich neben Habermacher und setzte eine Miene auf, als wäre sie der Boss. Sie war Zangger sofort zutiefst unsympathisch.

«Ihre Assistentin?», wollte Zangger wissen.

«Oh pardon, das ist …»

«Nein, nicht die Assistentin», unterbrach die Frau, «ganz im Gegenteil.» Sie warf einen hochmütigen Blick auf Zangger und wandte sich ab.

Habermacher winkte einen Kriminalbeamten heran und sagte: «Das ist Herr Tobler vom Spezialdienst. Er ist ab sofort für diesen Fall zuständig. Bitte sagen Sie ihm noch einmal, was Sie hier vorgefunden haben.»

«Nehmen Sie einen Augenblick Platz», sagte Tobler und deutete in Glanzmanns Sprechzimmer hinein. «Ich komme gleich.»

Zangger vermutete, dass er weggeschickt wurde, um bei den Arbeiten am Tatort nicht im Weg zu stehen. Er setzte sich neben zwei abgewetzten Plüschtieren aufs Sofa. Von hier aus konnte er durch die offene Sprechzimmertüre beobachten, was im Flur und im Treppenhaus vor sich ging. Der Kellerabgang wurde abgesperrt, im Keller wurden Scheinwerfer aufgestellt. Auf dem Treppenabsatz, wo Glanzmann gelegen hatte, knieten zwei Kriminalbeamte, ein anderer untersuchte die Haustüre und zwei weitere nahmen sich die Räume im Erdgeschoss vor. Zangger sah, dass Habermacher den Hundeführer mit einem uniformierten Polizisten nach oben schickte. Immer wieder flitzte in nervöser Hektik die Frau durchs Bild, die neben Habermacher gestanden hatte.

Eine Viertelstunde später war der Gerichtsarzt da. Gleichzeitig traf Monika Glanzmann ein. Jemand hatte sie benachrichtigt. Sie war der Meinung, ihren verunfallten Vater hier vorzufinden.

«Wo ist er?», hörte Zangger sie aufgeregt fragen.

Sie wurde zu ihm ins Sprechzimmer geschickt. Monika und er waren sich nie besonders nahe gewesen, und seit Lis' Beerdigung vor vielen Jahren hatten sie sich kaum gesehen oder gesprochen. Aber er war hier im Augenblick der einzige ihr bekannte Mensch.

«Er ist im Spital», sagte Zangger.

«Was ist denn passiert?»

Zangger sagte ihr, was er wusste.

«Margrit ist tot? Das ist ja schrecklich», sagte sie. «Kann ich sie sehen?»

«Ich glaube nicht», sagte Zangger. Er hatte bemerkt, dass der Gerichtsmediziner zusammen mit der Frau, die nicht Habermachers Assistentin sein wollte, in den Keller gegangen war. Vermutlich untersuchte er die Leiche.

«Furchtbar, furchtbar», sagte Monika in einem fort und fing an, im Zimmer auf und ab zu gehen. Sie rückte einen Stuhl zurecht, schichtete einen Zeitungsstapel auf, knipste hier eine Lampe aus, betätigte da einen Schalter und zog dort einen Stecker aus.

Zangger, selber etwas benommen, beobachtete sie aus dem Augenwinkel. Ein Ordnungstick, dachte er, Angst vor Elektrobränden.

Sie ging um das Sofa herum, auf welchem er sass, und machte sich hinter seinem Rücken zu schaffen. Ihm war klar, dass sie sich in einem Ausnahmezustand befand.

«Ich will meinen Vater sehen», sagte sie, während sie weiterhantierte.

«Halt!», rief ein Kriminalpolizist, der in diesem Augenblick den Raum betrat, denn sie stand jetzt neben dem Beistelltisch und schickte sich eben an, das Kaffeegeschirr abzuräumen.

«Rühren Sie nichts an. – Spurensicherung», sagte der Mann und machte sich an die Arbeit.

Jetzt kam auch Tobler herein. Er fragte Monika verblüfft: «Wie sind denn Sie hereingekommen?», denn offenbar wurde die Haustüre immer noch bewacht.

«Sie ist mit dem Gerichtsmediziner gekommen», antwortete Zangger an Monikas Stelle. «Das ist Frau Glanzmann, die Tochter des Verletzten.»

«Ach so», sagte Tobler, und damit war die kleine Überwachungspanne entschuldigt. Dann setzte er sich Zangger gegenüber und liess sich seine Beobachtungen noch einmal schildern.

Tobler war ein gemütlicher, untersetzter Mann zwischen vierzig und fünfzig. Ruhig hörte er sich an, was Zangger ihm erzählte, stellte ein paar Fragen und machte sich bedächtig Notizen in ein kleines Wachstuchheft. Er klappte das Heft zu und steckte es in die Tasche seiner Lederjacke.

Der Hundeführer wurde im Flur sichtbar. Zangger hörte, wie er zu Habermacher sagte:

«Niemand oben. Nur ein Riesenchaos. Das stammt aber nicht von heute. Die Täterschaft ist nicht oben gewesen.»

«Und ums Haus?», fragte Habermacher.

«Nichts Verdächtiges bis jetzt. Wir suchen weiter.»

Tobler teilte Monika mit, dass das Haus versiegelt werde und dass sie nicht hier bleiben könne. Zangger dankte er für seine Auskünfte und bat ihn, sich am Montag früh für eine ausführlichere Befragung als Zeuge auf dem Polizeikommando einzufinden.

Sie erhoben sich und gingen aus dem Zimmer. In der Eingangshalle schaute sich Zangger noch einmal um: Auf dem Treppenpodest untersuchte ein Polizeitechniker den Treppenlift. Ein anderer Beamter schien sich für die kleine, eingetrocknete Blutlache zu interessieren, die von Glanzmann stammen musste. Unten an der Kellertreppe lag noch immer Frau Engels Leiche, ins gleissende Licht der Scheinwerfer getaucht. Der Gerichtsarzt hatte seine Untersuchung offenbar abgeschlossen. Er erhob sich und sprach mit der nervösen Frau, die ihn mit Fragen bombardierte.

Im Gehen warf Zangger einen Blick zurück in Glanzmanns Sprechzimmer.

Moment mal, dachte er, da stimmt doch etwas nicht. Er blieb stehen und schaute ins Zimmer hinein. Aber er konnte nicht sagen, was ihn irritierte.

«Ist was?», fragte Monika.

«Nein», sagte er. «Komm, wir fahren ins Spital.»

Als sie das Haus verliessen, fuhr der Leichenwagen vor.

«Erst gestern war ich noch bei ihm», sagte Monika bedrückt.

«Und?», fragte Zangger. «War da alles in Ordnung?»

«Er arbeitete wie verrückt. Das gefiel mir gar nicht. Aber sonst ...»

«Woran arbeitete er?»

«Ich weiss nicht. Mit mir spricht er nie darüber. Etwas Wissenschaftliches, sagte er. Etwas Wichtiges.»

Es dauerte eine ganze Weile, bis Zangger sich erinnerte, wo er am Morgen seinen Wagen abgestellt hatte: an der Neptunstrasse. Sie stiegen ein und fuhren auf den Zollikerberg. Unterwegs versuchte er herauszufinden, was ihn beim Blick ins Sprechzimmer gestört hatte.

Irgendetwas ist anders gewesen als es sein sollte, dachte er. Aber ihm fiel beim besten Willen nicht ein, was.

21

«Und jetzt?», fragte Tina, als Zangger alles noch einmal erzählt hatte. «Wie geht es weiter?»

Sie sassen beim Sonntagsbrunch. Bei frühsommerlichem Wetter hatten sie draussen aufgetischt. Claudia war gekommen; für Mona ein Grund, sich auch wieder einmal an den Familientisch zu setzen. Mit Claudia war es früher ab und zu auch schwierig gewesen, aber nie so wie mit Mona. Seit sie ausgezogen war, gab es überhaupt keine Probleme mehr mit ihr. Im Gegenteil, es freuten sich jedesmal alle, wenn sie kam. Mit ihrem Lachen und ihrer unkomplizierten Art brachte sie einen wohltuenden, frischen Wind ins Haus.

«Morgen muss ich zur Einvernahme aufs Polizeikommando», gab Zangger bekannt.

«Wieso denn das?»

«Als Zeuge», sagte Zangger. «Ich war ja der Erste, der Glanzmanns Haus nach dem Verbrechen betrat. Und ich sah, wie jemand sein Haus verliess und sich davonmachte.»

«Dann hast du möglicherweise den Mörder gesehen. Hast du ihn erkannt?», fragte Claudia.

«Eben nicht.»

«Und wenn sie dich verhaften?», fragte Tom.

«Spinnst du?», fuhr Mona auf.

«Wieso? Wäre doch möglich», sagte Tom und wandte sich wieder an seinen Vater: «Du sagtest, Glanzmann habe befürchtet, dass es jemand auf seine wissenschaftliche Arbeit abgesehen habe. Da könnte der Untersuchungsrichter doch auf die Idee kommen, dass du das warst.»

«Jetzt hör aber auf», sagte Mona. Sie klang fast verzweifelt. Es rührte Zangger, dass sie sich um ihn sorgte. Gleichzeitig dachte er an Glanzmanns Manuskriptblätter, die in seiner Schreibtischschublade lagen, und ihm wurde mulmig.

«Pa ist schliesslich vom Fach», insistierte Tom, «da könnten ihn die Dinge doch interessieren. Liesse sich Geld daraus machen?», fragte er.

«Ich weiss nicht.» Zangger rang einen Augenblick mit sich, ob er sagen solle, dass er das Überbleibsel des Manuskripts mitgenommen hatte. Wenn er es jetzt nicht tat, würde er es später erst recht nicht tun. Mit einem Schlag wurde ihm klar, wie man sich in ein Gewebe von Lügen und Verschweigen verstricken konnte. «Ich wüsste jedenfalls nicht, wie man die Ideen eines andern versilbern könnte. Ausser, es handle sich um eine Erfindung, die sich verkaufen lässt.»

«Oder um ein noch unveröffentlichtes Buch. Das könnte einer unter seinem eigenen Namen herausgeben», gab Claudia zu bedenken.

«Mhm», machte Zangger. Erneut fiel ihm Frau Schimmels Kommentar in der Felsentherme ein, ein Buch von Glanzmann wäre Gold wert.

«Aber erst, wenn der wahre Autor tot ist», wandte Tom ein. «Deshalb wollte der Gauner den Professor doch umbringen.»

«Und weshalb musste Frau Engel dran glauben?», fragte Claudia.

«Na komm, das ist doch sonnenklar», prahlte Tom. «Weil sie den Dieb überrascht hatte. Vielleicht versuchte sie ihn daran zu hindern, die wissenschaftlichen Papiere wegzuschaffen.»

«Schrecklich», sagte Tina, «die arme Frau. – Wie geht es übrigens Herrn Glanzmann?»

«Er wurde noch gestern Abend operiert. Schenkelhalsfraktur. Man sagte mir, er sei gut aus der Narkose aufgewacht.» Zangger hatte das Spital bereits früh am Morgen angerufen.

«Ist er gaga?»

«Thomas!», sagte Tina.

«Ich frage ja nur», sagte Tom. «Wo er doch keine Ahnung hat, was passiert ist.»

«Er leidet an einer Erinnerungslücke», erklärte Zangger. «Das ist die Folge seiner Gehirnerschütterung. Mit dieser Verletzung erinnert sich ein Mensch unter Umständen nicht mehr, was vor dem Unfall geschah.»

«Vielleicht tut er nur so», argwöhnte Tom.

«Blödsinn», sagte Mona, «das gibts wirklich, das weiss doch jeder. Der Chauffeur von Lady Di wusste auch nicht mehr, wie der Unfall passiert war. Er erinnerte sich bloss noch daran, dass sie eine halbe Stunde zuvor das Restaurant verlassen hatten.»

«Stimmt genau», bestätigte Zangger, froh darüber, Mona für einmal beipflichten zu können. «Manchmal ist eine Minute aus dem Gedächtnis gelöscht, manchmal eine ganze Stunde oder noch viel mehr, je nachdem, wie schwer das Gehirn verletzt wurde.»

Trotz der schockierenden Ereignisse und der nicht gerade erheiternden Gesprächsthemen fühlte sich Zangger nach dem Sonntagsfrühstück unerwartet gut. Niemand aus der Familie Zangger hatte Frau Engel mehr als flüchtig gekannt, und die Nachrichten über Professor Glanzmann klangen beruhigend. Aber Zanggers Wohlbefinden hatte mit etwas anderem zu tun: Es war seit längerer Zeit das erste Mal, dass sie als Familie einigermassen friedlich zusammen gewesen waren und sich unterhalten hatten. Wie früher. Ohne dass es gleich zu einem Krach mit Mona gekommen war.

«Das haben wir Claudia zu verdanken, glaube ich», sagte Zangger. Die Jungen hatten den Tisch mittlerweile verlassen, und er war mit Tina sitzen geblieben.

«Bestimmt», gab sie ihm Recht, «aber es gibt noch einen andern Grund: Wenn es echte Probleme gibt, dann haben Scheinprobleme keinen Platz. Du hast doch gemerkt, dass Mona Angst um dich hat, nicht wahr?»

Er nickte.

«Ich hoffe bloss, dass das alles gut kommt.»

«Was?»

«Befürchtest du nicht, in etwas hineingezogen zu werden, Luc? Sind Toms Bedenken wirklich aus der Luft gegriffen?»

«Mach dir keine Sorgen, Tina.»

Er schaute in die Ferne. Man hatte vom Sitzplatz hinter dem Haus einen fantastischen Ausblick auf den Greifensee und die Berge.

«Ich wollte noch etwas mit dir besprechen», sagte er nach einer Weile. «Ich möchte deine Meinung hören.»

«Worüber?»

«Das Missbrauchsseminar.»

«Ja?»

«Stell dir vor: Sieben oder acht der Seminarteilnehmer waren irgendwann missbraucht worden, fast die Hälfte der ganzen Gruppe», sagte er. Er schüttelte den Kopf. Dann resümierte er die therapeutischen Episoden mit den Teilnehmern.

«Du kannst Marthas Einfluss wirklich nicht verleugnen», sagte Tina. Zangger war es nicht unangenehm, dass sie den erkannte, im Gegenteil. Dann berichtete er über den Supervisionsfall, den Franziska vorgestellt hatte.

«Bedenklich», sagte Tina.

«Was?»

«Dass eine Psychotherapeutin so unsensibel mit einer Patientin umgeht. Den Missbrauch in Zweifel zu ziehen!, nein so was. Das muss eine Anfängerin gewesen sein.»

«Nein, das war Frau Schimmel», sagte Zangger, und Tina griff sich an den Kopf.

«Du, jetzt fällt mir etwas ein», sagte er.

«Nämlich?»

«Vielleicht hat sie das von Glanzmann.»

«Du machst mich neugierig.»

«Ja, das wäre ein Erklärung», sagte er nachdenklich. «Das war allerdings vor vielen Jahren.»

«Machs nicht spannend.»

«Also: Einmal, es war ganz am Anfang meiner Zeit an der Schule, diskutierten wir zu dritt über einen Fall von Missbrauch. Damals war das selbst in Therapeutenkreisen noch ein Tabu. Vielleicht ist das der Grund, dass ich mich daran erinnere. Ein Seminar zu diesem Thema gabs an der Schule jedenfalls noch nicht. Und Martha Mendez kannte ich auch noch nicht.»

«Klar nicht. Und?» Tina klang etwas ungeduldig.

«Ich bin mir nicht mehr sicher, aber ich glaube, es war Frau Schimmel gewesen, die das Thema angeschnitten hatte, vielleicht ging es um eine ihrer Patientinnen. Ich weiss bloss noch, was Glanzmann sagte: ‹Ach wissen Sie, Frau Schimmel, da wird oft ein bisschen übertrieben. Das darf man nicht immer so tragisch nehmen.› So ähnlich jedenfalls. ‹Manchmal wird von Missbrauch gesprochen, wenn es um etwas ganz anderes geht›, behauptete er.»

«Da war er in guter Gesellschaft», meinte Tina trocken.

«Wie meinst du das?»

«Freud, Jung und andere Grössen. Die praktizierten nach heutiger Auffassung doch alle sexuelle Übergriffe auf Patientinnen.»

«Stimmt. Und vielleicht hat sich Glanzmanns Haltung bei Frau Schimmel irgendwie festgesetzt. Sie hat ihm immer aus der Hand gefressen. Ich betrachtete seine Meinung ja selber als der Weisheit letzten Schluss. Bis ich Martha kennen lernte.»

«Wie hielt er es mit seinen Patientinnen? Weisst du das?»

«Du meinst, ob – ? Nein, das glaube ich nicht.»

«Mindestens eine hat er jedenfalls ...»

«Was?», rief Zangger. Er sah Tina entgeistert an. «Woher willst du das wissen?»

«Seine Frau, meine ich. Du erzähltest doch einmal, sie sei seine Patientin gewesen.»

«Ach so», Zangger entspannte sich. «Ja, ja, stimmt. Das hat er mir selber gesagt. Darin sah man früher kein Problem.»

«Trotzdem», meinte Tina. «Aber es ist eigenartig, ich hatte bei ihm nie ein schlechtes Gefühl. Auch jetzt mag ich ihm seinen damaligen Spruch nicht übel nehmen. Da stört mich der von Frau Schimmel viel mehr. Vielleicht einfach, weil er seine Bemerkung vor bald zwanzig Jahren machte und sie ihre heute. Na ja.»

«Ich habe noch etwas», sagte Zangger. Tina hatte geklungen, als wolle sie das Gespräch abschliessen. «Ein Problem mit einem Seminarteilnehmer. Marco Vetsch.»

«Schon wieder?», fragte Tina erstaunt. «Ich dachte, das sei vorbei.»

«Ich auch», sagte Zangger. Er erzählte ihr von dem Ärgernis im Seminar. Er versuchte, so wörtlich wie möglich zu wiederholen, was er am Schluss der Supervisionssitzung gesagt hatte. Er wollte Tinas Reaktion auf seinen pointierten Kommentar über die Perversionen der Liebe hören. Aber nichts von dem, was er gesagt hatte, irritierte sie. Sie konnte sich auch nicht erklären, weshalb einer deshalb aus dem Seminar gelaufen war.

«Irgendetwas stimmt nicht mit ihm», sagte Zangger. «Er war ganz aus dem Häuschen, als ich ihn später auf der Strasse traf.»

Tina sagte nichts dazu.

«Du», sagte er nach einer Weile, «noch etwas.»

Tina blickte auf. «Du bist ja völlig in deinem Seminar stecken geblieben. So kenne ich dich gar nicht. Also schiess los. Aber nachher ist Schluss, ja?»

«Ich studiere ständig daran herum, ob Marius als Kind sexuell missbraucht worden sein könnte.»

«Wieso denn das?»

Zangger erzählte ihr von dem Gespräch, das er mit Seidenbast vor dem Seminar geführt hatte.

«Er interessierte sich ganz anders als sonst für das Thema», fasste er zusammen. «Sonst provoziert er immer, dieses Mal war er eher verunsichert. Die Tatsache, dass eine missbrauchte Person die Schuld zuerst bei sich selber sucht, schien ihn zu beschäftigen. Und er konnte kaum glauben, dass die Betroffenen überhaupt über ihre Erfahrung reden. Da hatte ich auf einmal die Idee, er sei vielleicht selber missbraucht worden.»

«Wieso ist dir das überhaupt wichtig?», fragte Tina.

«Er ist mein Freund, oder nicht?»

«Wieso hast du ihn dann nicht einfach gefragt?»

«Wir sind nicht mehr dazu gekommen.»

«Typisch Männer», meinte Tina.

Der Rest des Tages verlief in Minne. Die Töchter spazierten mit den Eltern zum See hinunter, Claudia plauderte aus der Schule und über Knatsch in ihrer Wohngemeinschaft, und sie holte sich bei Tina Rat wegen eines schwierigen Zweitklässlers. Tina erzählte vom Projekt in Mosambik, für das sie Geldgeber suchte. Mona hörte interessiert zu, ohne selber viel zu sagen. Zangger und Tina hüteten sich, sie auszufragen. Immerhin tratschte sie mit Claudia ein bisschen über den Betrieb an der Schule für soziale Arbeit. Tom klemmte sich am Nachmittag sage und schreibe hinter seinen Maturitätsstoff, aber gegen Abend setzte er sich ab, um seine Freundin zu besuchen. Nach dem Nachtessen kam ein Anruf von Fabian.

«Wie spät ist es bei euch?», rief er in sein Handy.

«Halb neun Uhr abends.»

«Wow, schon? Hier ists noch nicht mal Mittag, ich habe noch den ganzen Sonntag vor mir. Wir gehen surfen.»

«Wer wir?»

«Louis und ich.»

«Louis, wer ist das?», fragte Zangger, aber Tina warf ihm einen vorwurfsvollen Blick zu und gab ihm ein Zeichen. Er deutete es richtig: «Ach so, Louis!», sagte er rasch, als ob er sich an ihn erinnere. Und tatsächlich wusste er im nächsten Augenblick wieder, wer es war: Der schwarze Junge, von dem schon ab und zu gesprochen worden war und den er einmal aus der Ferne mit Fabian gesehen hatte.

«Windsurfen?»

«Nein, Papa, Wellenreiten. Ein Megahit.»

«Hast du denn ein Surfbrett?»

«Hab eins gekauft. On sale, weisst du. Top deal.»

«Aber pass auf», sagte Tina, sie hatte Zangger den Hörer aus der Hand genommen. «Ich habe gehört, dass die Strömung gefährlich sein kann.»

«Weiss ich, Mamilein. Undercurrents.»

«Fabian, hör mal, ...»

«Don't worry, ich nehme keine Drogen. Nicht mal ein Bier gibts hier, wenn du nicht einundzwanzig bist. Und morgen geh ich wieder brav zur Schule. – Schluss jetzt, ich muss aufhören, der Akku ist leer. Bye-bye.»

22

Die Idylle fand am Montag vorerst ein Ende. Mit der Untersuchungsrichterin war nämlich nicht gut Kirschen essen.

Zangger hätte kein Problem damit gehabt, dem gemütlichen Kriminalbeamten Tobler noch einmal Red und Antwort zu stehen. Unangenehm war bloss, dass auch die Frau zugegen war, die ihm in Glanzmanns Haus durch ihre nervöse Hektik aufgefallen war. Tobler stellte sie als Frau de Quervain, Bezirksanwältin, vor. Er erklärte, sie sei Untersuchungsrichterin und für die Gesamtleitung der Untersuchung zuständig.

Da bin ich am Samstag ins Fettnäpfchen getreten, dachte Zangger. Das wird sie mir bestimmt nicht verzeihen.

Es schien Tobler genau so zu stören wie Zangger, dass die Dame beim Fenster stand, die Einvernahme von dort aus überwachte und sich immer wieder in die Polizeiarbeit einmischte. Sie war höchstens vierzigjährig, hatte glatt zusammengebundenes blondes Haar und trug eine schwarz gerahmte Brille mit winzigen rechteckigen Gläsern, die wie die Faust aufs Auge in ihr Gesicht passte. Sie hüstelte ständig, strich unnötigerweise immer wieder ihr Haar glatt und griff in einem fort an ihre Brille. Die Einvernahme schien nicht nach ihrem Gusto abzulaufen.

Unvermittelt fiel sie Tobler ins Wort und fragte, die Hand an der Brille, schneidend, ob Zangger das Opfer persönlich gekannt habe.

Er bestätigte, dass er Frau Engel gekannt habe, allerdings nur flüchtig. Sie habe ihm bei seinen seltenen Besuchen im Hause Glanzmann das eine oder andere Mal die Türe geöffnet und zwei-, dreimal Kaffee aufgetischt.

«Wurde sie umgebracht?», erkundigte er sich bei Tobler.

Doch Frau de Quervain verbot diesem mit einer Handbewegung die Antwort. Sie wollte wissen, wo Zangger sich am

Samstag zwischen ein und vier Uhr nachmittags aufgehalten habe. Sie hüstelte nervös.

«War das der Todeszeitpunkt?», fragte er.

«*Wir* stellen hier die Fragen, wenn Sie erlauben», sagte sie und strich sich über das glatte Haar. «Sie brauchen bloss zu antworten.»

Tobler zog einen Mundwinkel hoch und hob diskret die Schultern. – Entschuldigen Sie, so legte Zangger seine Botschaft aus, sie ist unsicher und unerfahren, darum gibt sie sich so arrogant. Ich kann mir aber keinen Einwand erlauben, ich bin ihr in dieser Angelegenheit unterstellt, und wie Sie sehen, habe ich bei ihr keinen grossen Kredit.

So, so, ein Seminar habe er geleitet, fuhr Frau de Quervain weiter, wo denn und was für eines, und wer das bezeugen könne. Zangger gab geduldig Auskunft.

Dann wollte die Dame wissen, wo die übrigen Teilnehmer der Konferenz geblieben seien.

«Konferenz?», fragte Zangger. «Welche Konferenz?»

«Sie waren zu einer Konferenz eingeladen, Herr Zangger. Das ist Fakt», hüstelte Frau de Quervain. «Hier stehts. Sechzehn Uhr, Wissenschaftskonferenz: Schimmel, Stein, Zangger.» Sie tippte mit dem Zeigefinger in eine Agenda, die sie von Toblers Pult genommen hatte und die offenbar Glanzmann gehörte.

Das gibts doch nicht!, dachte Zangger. Hat er tatsächlich diese beiden eingeladen, ohne mir etwas zu sagen?

«Keine Ahnung», sagte er. «Ich wusste nicht, dass Professor Glanzmann ausser mir noch jemanden erwartet hatte.»

Jetzt fiel ihm ein, dass ihm Frau Schimmel auf der Minervastrasse über den Weg gelaufen war, als er, bereits auf dem Weg zu Glanzmann, wieder kehrtgemacht hatte. Aber danach hatte er sie nicht mehr gesehen, und Stein war ihm überhaupt nicht begegnet. Er gab beides zu Protokoll. Tobler war mittlerweile zum blossen Schreiberling degradiert worden, aber es schien ihm nichts anderes übrig zu bleiben, als die Dame walten zu lassen.

«Doktor Mbagunde?», fragte sie.

«Wie bitte?»

«Ich sagte: Doktor Mbagunde. Sagt Ihnen der Name etwas?», fragte Frau de Quervain streng, den Zeigefinger auf der Agenda.

«Mbagunde? Seltsamer Name. Ein Afrikaner?»

Sie blieb stumm.

«Nie gehört», sagte Zangger.

«Hunger?»

Er schaute sie verdutzt an. «Wie bitte? Nein, ich –»

Tobler grinste.

«Frau oder Herr Hunger», wiederholte sie. «Sagt Ihnen der Name etwas?»

Sie war mit dem Zeigefinger in der Agenda etwas höher gerutscht.

«Ach so.»

Aber Zangger hatte keine Lust, ihr zu sagen, dass der Patient, den Glanzmann offenbar am Samstag um vierzehn Uhr eingeschrieben hatte – etwa bei vierzehn Uhr musste Frau de Quervains Finger jetzt Halt gemacht haben – neuerdings *sein* Patient war. Er war heute etwas pingelig und stellte sich innerlich auf den Standpunkt, dass das ohne ausdrückliche Entbindung von seiner ärztlichen Schweigepflicht nicht zulässig sei.

«Nun?», fragte sie bohrend.

Allerdings wollte er sie auch nicht direkt anschwindeln. Er konnte, wenn es sein musste, ein Pokergesicht aufsetzen. Er blickte mit abwesendem Blick ins Leere, führte gedankenverloren den gekrümmten Zeigefinger an die Lippen, was nach Konzentration aussah, und machte kleinste Kopfbewegungen, die ebenso gut Ja wie Nein oder sonst etwas bedeuten konnten.

«Nein?»

Jetzt blickte er ihr ins Gesicht und musterte sie, als mache er sich professionelle Überlegungen. Tobler beobachtete ihn amüsiert mit stillem Einverständnis.

Ihr dagegen wurde es sichtlich unwohl. «Haben Sie sonst etwas zu sagen, was von Bedeutung sein könnte?», fragte sie.

Hätte ich schon, dachte Zangger.

Er hatte Glanzmanns Brief, der ihm ins Hotel nachgeschickt worden war, mitgenommen, aber jetzt sah er davon ab, ihn vorzulegen oder auch nur zu erwähnen. Er nahm sich Toms Bedenken zu Herzen, dass der Verdacht punkto Theorienklau auf ihn selber fallen könnte – da wollte er Frau de Quervains Misstrauen nicht unnötig nähren. Und überhaupt war sein Bedürfnis, der Frau behilflich zu sein, begrenzt. Zwar hätte es ihn interessiert zu hören, ob Glanzmann tatsächlich attackiert und ob aus dem Haus irgendetwas gestohlen worden war, aber es war ihm längst klar geworden, dass er nichts erfahren würde.

«Nein?», fragte sie irritiert.

Doch, dachte Zangger.

«Wenn Ihnen noch etwas einfällt, rufen Sie mich an», sagte Tobler und reichte Zangger seine Karte.

«Mache ich», sagte Zangger, erleichtert, dass er offenbar entlassen war. Er erhob sich und wandte sich zum Gehen.

«Herr Zangger!», rief ihn Frau de Quervain zurück.

«Ja?»

«Falls Sie anrufen: An Fragen sind wir nicht interessiert.» Sie warf ihm einen geringschätzigen Blick zu, aber sie sah ihm nicht in die Augen. «Nur an Fakten.»

Zangger ging. Sicherheitshalber hatte er alle seine Vormittagsstunden abgesagt. Und am Nachmittag hatte er ohnehin keine Sprechstunde, da stand die Sitzung der Ausbildungsinstitute mit dem APPV auf dem Programm.

Grässlich, dachte er.

Dafür war die Einvernahme bereits um zehn Uhr vormittags vorbei.

Welch ein Luxus, hielt er sich vor Augen, fast fünf Stunden frei.

Er fühlte sich wie ein Urlauber auf Stadtbummel. Es war für die Jahreszeit ungewöhnlich warm, und Zürich zeigte sich von seiner allerbesten Seite. In der Bahnhofstrasse hing der süsse Duft der Lindenblüten. In welcher anderen Weltstadt, gross oder klein, gab es so etwas? Er schlenderte durch die Gassen, ging in einen Musikalienladen, hörte sich ein paar neue CDs an und kaufte zwei davon. Gegen Mittag setzte er sich, Inbegriff des Freizeitvergnügens, an der Limmat in ein Promenadencafé, bestellte ein Tonic und ein kleines Sandwich und las die Zeitungen. In der Sonntagspresse war nur kurz über den Vorfall an der Jupiterstrasse berichtet worden. In den Tageszeitungen hiess es, in einer Villa im Götterquartier sei eine Frau auf der Kellertreppe zu Tode gestürzt, und ein Greis sei mittelschwer verletzt worden. Die polizeiliche und gerichtsmedizinische Untersuchung, ob ein Verbrechen vorliege, sei noch im Gang. Es gab keine Angaben über die Identität der Opfer, und es wurde kein Zeugenaufruf erlassen.

Zangger schaute ins Wasser. Er hatte gehofft, die Gedanken an Glanzmann und an die Einvernahme vom Vormittag abschütteln zu können, aber es ging nicht.

Er dachte darüber nach, wieso er dem Kriminalbeamten Tobler alles erzählt hätte, was er wusste, sich bei Frau de Quervain aber störrisch stellte. So musste es einem Patienten gehen, der einem Psychotherapeuten gegenübersass, dem er nicht vertraute oder der ihm aus irgendeinem Grund unsympathisch war. Ein solcher Patient behielt alles, was wirklich wichtig war, für sich. Vielleicht zu seinem Nutzen, vielleicht aber auch zu seinem Schaden.

War es ein Fehler, diese Dinge zu verschweigen?, fragte er sich. Vielleicht. Vielleicht aber auch nicht. Tobler spürt bestimmt, dass ich mit dem Verbrechen nichts zu tun habe, aber die de Quervain hat mich aus irgendeinem Grund im Visier. Vielleicht wäre ich erst recht in der Bredouille, wenn ich ihr reinen Wein eingeschenkt hätte.

Zangger trug in Gedanken zusammen, was er wusste: Glanzmann hatte offenbar eine grundlegend neue wissenschaftliche Idee gehabt. Er befürchtete, jemand habe es auf seine Erkenntnisse abgesehen. Er hatte ihn, Zangger, dazu genötigt, vorbeizukommen und sich seine Theorie anzuhören. Er hatte geschrieben, er brauche ihn als Zeugen. Wofür? Für seine Urheberschaft? Was Zangger erst seit heute wusste, war, dass Glanzmann offenbar zwei weitere Leute eingeladen hatte, nämlich Frau Schimmel und Herrn Stein. Zufälligerweise war er, Zangger, im Hotel Therme Ohrenzeuge einer Unterhaltung geworden, in welcher Frau Schimmel ein Loblied auf Glanzmann gesungen hatte, während eine andere Person Anspielungen auf eine nicht ganz koschere Seite des alten Professors gemacht hatte. Frau Schimmel hatte ganz dezidiert die Meinung vertreten, ein Buch Glanzmanns, wenn er denn eines schreiben würde, wäre Gold wert. Glanzmann hatte offenbar tatsächlich ein Buch oder einen wissenschaftlichen Artikel verfasst, aber davon waren nur noch wenige Seiten übrig, und die befanden sich – aber das wusste niemand ausser er selber – in seiner, Zanggers, Schreibtischschublade.

Am Samstag hatte Glanzmann nicht nur eine «Wissenschaftskonferenz» geplant, er hatte zuvor noch einen Patienten, Herrn Hunger, und einen weiteren Besucher, einen Doktor Mugabe oder so ähnlich, eingeschrieben. Irgendjemand musste in Glanzmanns Haus gewesen sein, kurz bevor er, Zangger, dort angekommen war. Dieser jemand hatte wahrscheinlich Frau Engel umgebracht, vielleicht Professor Glanzmann niedergeschlagen und möglicherweise das Manuskript entwendet, von dessen Bedeutung er gewusst haben musste. Glanzmann wusste von alldem nichts mehr, denn er litt an retrograder Amnesie. Vielleicht hatte er, Zangger, den Täter vor dem Haus gesehen. Es konnte sich theoretisch um Frau Schimmel gehandelt haben – der Steinli fiel ausser Betracht, kleingewachsen war die Person nicht gewesen –, aber auch um Herrn Hunger, um den Doktor mit dem afrikanischen Namen oder um sonst irgendwen, denn die Person war im Schatten der Bäume aus der Ferne nicht zu erkennen gewesen. Wenn er es mit den Augen der Untersuchungsrichterin betrachtete, so war auch er selber verdächtig. Aber darüber wollte er sich nicht den Kopf zerbrechen. Falschaussagen hatte er keine gemacht, und verschwiegen hatte er nur Glanzmanns Brief, die Manuskriptseiten in seiner Schreibtischschublade und die Tatsache, dass er Hunger kannte – Dinge, die für die Aufklärung des Verbrechens kaum von Bedeutung waren.

Endlich konnte er abschalten. Er lehnte sich zurück, setzte die Sonnenbrille auf und drückte sich den federleichten, strohgelben Borsalino, ohne den er bei Sonnenschein das Haus nie verliess, in die Stirn. Die Krempe bog er so zurecht, dass er darunter hervorspähen konnte. Er gab sich ganz dem voyeuristischen Vergnügen hin, Menschen zu beobachten, einfach so, ohne jede psychiatrische Absicht.

Mittag war jetzt vorbei, die Sonne brannte, und er wähnte sich an der Riviera. Frische Farben, kurze Röcke, offene Schuhe. Da und dort zwar ein paar gehetzte Leute mit gestresstem Ausdruck und verkniffenem Mund, die Mehrzahl der Menschen aber locker und allem Anschein nach zufrieden. Man flanierte, plauderte, lachte, blieb stehen und liess sich am Quai nieder. Banker lockerten ihre Krawatten, öffneten ihre Hemdkragen und krempelten die weissen Ärmel hoch; zwei, drei Verwegene auch die schwarzen Hosenbeine. Junge

Frauen tranken alle paar Augenblicke aus ihren Wasserflaschen oder rapportierten via Handy irgendwem ihre aktuelle Befindlichkeit. Pärchen flirteten, Gymnasiasten machten am Fluss Kapriolen, Kinder schleckten ihr Eis.

23

«Wir äh Psychotherapeuten müssen, wenn wir weiterhin äh Patienten behandeln können wollen, dafür äh sorgen, dass wir in der Öffentlichkeit – und das heisst nicht nur von unserer äh Klientel, sondern auch von den Organen der äh Gesundheitsbehörden und der Krankenversicherung, namentlich aber von der akademischen Gemeinschaft – als Angehörige eines wissenschaftlich äh ernst zu nehmenden Berufsstandes äh wahrgenommen werden.»

Wie bitte?, fragte sich Zangger. Er hatte den Kampf gegen den Schlaf schon fast aufgegeben. Die vom Akademischen Psychologen- und Psychotherapeutenverband einberufene Sondersession des Schweizerischen Arbeitskreises der Ausbildungsinstitutionen für Psychotherapie war im Gang. Frau Schimmel sass am Vorstandstisch, hob den Blick und äugte durch dicke Brillengläser ins Auditorium.

«Äh wir müssen deshalb», fuhr sie fort, die Augen wieder auf ihren Papieren, «äh an diejenigen äh Ausbildungsinstitute, welche die Qualitätssicherung, für die wir uns seit Jahren einsetzen, noch nicht umsetzen, appellieren, äh ...»

Einsetzen, noch nicht umsetzen, appellieren – glänzend formuliert, dachte Zangger. Er war schon fast wieder wach. Der Vortrag begann ihn zu faszinieren.

«... die Konvention, welche wir in harten Verhandlungen, in denen ja alle Beteiligten Federn äh lassen mussten, erarbeitet haben, zu unterzeichnen.»

Lassen mussten, erarbeitet haben, zu unterzeichnen, wiederholte Zangger.

«Ich äh danke Ihnen», schloss die Rednerin.

Auf der rechten Seite des Saals wurde applaudiert, auf der linken blieb es still, die Mitte rang sich zu ein paar Klatschern durch. Frau Schimmel wollte aber noch nicht abtreten, sie fuchtelte Ruhe heischend mit ihren Papieren.

«Ich darf Ihnen, bevor ich an den äh Vorsitzenden, der anschliessend die Abstimmung, von der wir alle uns eine klare äh Entscheidung erhoffen, durchführt, zurückgebe, äh mitteilen, ...», hob sie noch einmal an, dann nahm sie einen Schluck Wasser.

Geradezu kunstvoll, lästerte Zangger innerlich. Hält sie so ihre Vorlesungen? Und wie redet sie wohl mit ihren Patienten? Dann lauschte er Frau Schimmels Mitteilung.

Sie habe, sagte sie, vor kurzem mit dem Doyen ihres Berufsstands, Professor Charles Glanzmann, gesprochen. Er sei leider aus gesundheitlichen Gründen verhindert, an der heutigen Sitzung teilzunehmen.

Zangger stutzte. Wann?, fragte er sich. Wann hat sie mit ihm gesprochen? Am Samstag? Oder früher? Ist Glanzmanns Wissenschaftskonferenz am Ende vorverschoben worden? Hat sie ohne mich stattgefunden?

Glanzmann befinde sich aber in bester geistiger Verfassung, sagte Frau Schimmel. Er unterstütze die vorliegende Konvention und empfehle sie zur Annahme.

Das würde mich wundern, dachte Zangger. Er interessiert sich doch überhaupt nicht mehr für Berufspolitik.

Applaus von rechts, Schweigen in der Mitte, ungläubiges Murren auf der linken Seite.

«Ich möchte Frau Professor Schimmels engagierte Worte hiemit bestens verdanken», sagte Doktor Stein. Er hatte sich, bis anhin in der Mitte der fünf Vorstandsmitglieder sitzend, erhoben, um ein bisschen besser gesehen zu werden, und streckte sein lächerliches Bärtchen in die Luft. Rechts von ihm sass bleich und bitter Madame Vuiperriez, die den stehenden Stein im Sitzen überragte, neben dieser der rosige, pausbackige Moll, selig lächelnd wie ein satter Säugling. Links von Stein war Frau Professorin Schimmels Platz, neben dieser sass Doktor Schwarzkopf, der Chefideologe des Verbands.

«Es dürfte hinlänglich bekannt sein», fuhr Stein fort, «dass Frau Professor Schimmel an vorderster Front für das Zustandekommen des Ihnen vorliegenden Agreements gekämpft hat. Halten wir uns vor Augen, dass es letztlich um Credibility and Trustworthyness geht. Jedes Ausbildungsinstitut – erlauben Sie mir dieses Summary des Ihnen hinlänglich bekannten Papers – muss die Wissenschaftlichkeit seiner Therapiemethode nachweisen und die Qualitätssicherung gemäss dem vorliegenden Agreement implementieren können, wenn es das Qualitätslabel unseres Verbands führen will.»

Das Vorstandsmitglied Doktor Schwarzkopf flüsterte Stein etwas zu.

«Ich korrigiere mich», sagte Stein, «Qualitätslabel unseres *Arbeitskreises* natürlich. Es dürfte ja hinlänglich bekannt sein, dass der Akademische Psychologen- und Psychotherapeutenverband lediglich die Infrastructure für die Activity des Arbeitskreises zur Verfügung stellt. Er will, was Inhalte angeht, in keinster Weise Einfluss nehmen. Nein, bestimmen müssen *Sie*, meine Damen und Herren, *Sie*, liebe Kolleginnen und Kollegen, *Sie*, die Delegierten der Ausbildungsinstitute. *Sie* bestimmen, ob Sie dieses Commitment eingehen wollen oder nicht. *Sie*, die Ausbildungsinstitute, haben es in der Hand, ob Sie in der Scientific Community ernst genommen werden oder nicht.»

Zangger spürte den Brechreiz wieder.

«Die Diskussion ist eröffnet», schloss Stein.

Das kann lange dauern, dachte Zangger. Er machte sich auf alles gefasst und lehnte sich auf dem unbequemen Stuhl zurück, so gut es ging.

«Wir wehren uns vehement gegen ein Diktat des Verbands», protestierte die Vertreterin der Alt-Freudianer, Doktor Steins Beteuerungen glattweg ignorierend. Sie rückte ihre John-Lennon-Brille zurecht und stellte die Opposition ihres Instituts gegen jede Reglementierung in Aussicht, welche nicht von der Basis mitgetragen würde. Sie müsse dem Leitungsgremium ihres Instituts die Einberufung einer Vollversammlung beantragen.

«So nicht!», wetterte der Delegierte des Neopsychoanalytischen Instituts, aber nicht etwa an Steins Adresse, sondern an diejenige seiner Vorrednerin. Er hatte sich erhoben, lange Haarfäden fielen auf den Kragen seines speckigen Manchesterkittels. Man habe die Sache nun seit Jahren diskutiert; die Haltung der Alt-Freudianer sei nichts anderes als pure Obstruktionspolitik unter dem Deckmäntelchen eines besonders ausgeprägten Demokratieverständnisses. Er konnte nicht umhin, ein paar tiefenpsychologische Vermutungen über die Motive dieser Verhinderungspolitik zu äussern, aber seine Widersacherin lächelte bloss darüber.

«Projektion», sagte sie halblaut.

Der Ausbildungsleiter des Jung-Instituts – schlohweisse Mähne, die Tabakpfeife zwischen den Zähnen – bedauerte in wohlgesetzten Worten, dass dieses Gremium einmal mehr zum Schauplatz von Diadochenkämpfen werde und bat seine Kollegen von der psychoanalytischen Fraktion, ihre Differenzen doch hausintern zu bereinigen.

Das «hausintern» stiess beiden Freudianern sauer auf: Auch wenn sie die gleiche Adresse im Arbeiterquartier hätten – die Neopsychoanalytiker im Hochparterre, die Alt-Freudianer im Kellergeschoss desselben Hauses –, seien sie zwei völlig unabhängige Institute. «Wir haben absolut nichts miteinander zu tun», brachte es die Erstvotantin auf den Punkt.

«Zum Inhalt, bitte», schaltete sich Stein ein. «Die Diskussion ist dem Inhalt des Ihnen vorliegenden Papers gewidmet. Nur Questions und Statements zum Content, bitte.»

«Ich habe da ein Unbehagen», vermeldete die Vertreterin des Instituts für ganzheitliche Gestalt- und Körperpsychotherapie und zog die Strickjacke enger. Sie spüre irgendwie, dass es den Prozess störe, wenn der Vorsitzende die Aufarbeitung von unerledigten Geschäften unterbinde.

Aber der Szondianer brachte namens des Instituts für Schicksalsanalyse einen Ordnungsantrag ein, und die Abstimmung hatte zur Folge, dass man nur noch über den Inhalt der Vorlage diskutierte.

Einen Passus der Konvention aufgreifend, warf der Verhaltenstherapeut scheinbar sachlich die Frage auf, wie es denn mit der Publikation von wissenschaftlich hieb- und stichfesten Wirksamkeitsstudien der analytischen Psychotherapie stehe. Der Vertreter des Adler-Instituts wollte, auf eine andere Stelle Bezug nehmend, den wissenschaftstheoretischen Standpunkt der Logotherapie und Existenzanalyse genauer erklärt haben. Die Daseinsanalytikerin brachte den Bioenergetiker ein bisschen in Verlegenheit, der Gesprächspsychotherapeut die Transaktionsanalytikerin. Die Unterlegenen schwiegen gewöhnlich bis zur nächsten Versammlung, dann revanchierten sie sich mit einer ebenso säuerlichen Frage oder einem unterschwellig hämischen Kommentar. Es gab in diesem Gremium nämlich eine ganze Reihe von Experten für Schwachstellen der Konkurrenzinstitute.

Die Institute, die es sich leisten konnten, hegten und pflegten Spezialisten für Erkenntnis- und Wissenschaftstheorie, Experten für Therapietheorie und Wirksamkeitsforschung und Fachleute für andere hochwissenschaftliche Teilgebiete.

Diese hatten die Aufgabe, nicht etwa die *eigenen*, sondern die theoretischen Grundlagen der *andern* Schulen unter die Lupe zu nehmen. Bei den übrigen Teilnehmern – die meisten Institute delegierten zwei oder drei Personen – handelte es sich um gewöhnliche Psychotherapeuten und um Lehrtherapeuten ohne wissenschaftliche Ambitionen. Diese zogen es vor zu schweigen, um sich nicht zu blamieren. Zangger gehörte zu dieser schweigenden Mehrheit. Er war der einzige Vertreter der Schule für Psychotherapie; seine Gastdozenten wollte er nicht dazu verpflichten, diesen Hahnenkämpfen beizuwohnen.

Mit der Zeit hatte er erkannt, worum es ging: Mit mehr oder weniger elegant geführtem Florett, manchmal auch mit dem Zweihänder, versuchten die akademischen Fechter und Gladiatoren den andern zu imponieren und ihre Gegenspieler zu demütigen.

Als vor Jahren Glanzmann und sein Kontrahent, der alte Brock, noch dabei gewesen waren, war es zu eigentlichen Titanenkämpfen gekommen. Die beiden waren sich nichts schuldig geblieben, aber das Zuhören war ein intellektueller Hochgenuss gewesen, selbst für Zangger, der bei weitem nicht alles, was an Argumenten vorgebracht worden war, wirklich verstanden hatte. Damals war es nämlich noch um die Sache, um Psychotherapie und Ausbildung, gegangen, nicht um berufspolitische Intrigen, nicht um die Verteidigung von Pfründen. Mittlerweile, aber das gestand niemand ein, ging es nur noch um das Überleben der privaten Schulen und um das Prestige der Universitätsinstitute.

Da Zanggers kleine Schule ganz gut lief – er konnte längst nicht alle Neuanmeldungen berücksichtigen –, wäre es nur logisch gewesen, wenn man ihn ein wenig bedrängt hätte, um ihm das Wasser abzugraben. Aber er galt als wissenschaftliches Leichtgewicht, man hatte von ihm keine Attacken zu befürchten und hatte ihn deshalb bis anhin in Ruhe gelassen. Dass Glanzmann sein Vorgänger gewesen war, daran dachte niemand mehr, denn Glanzmann war in diesem Gremium als Universitätsprofessor, nicht als Leiter seiner privaten Schule in Erscheinung getreten, und in jener Funktion war Frau Schimmel seine Nachfolgerin. Sie war mittlerweile ebenfalls zur Professorin für Psychologie ernannt worden. Sprechstunde für Privatpatienten hielt sie am psychologischen Institut.

Zangger schweifte innerlich ab, die ewig gleichen Dispute langweilten ihn. Wäre die Teilnahme an den Versammlungen nicht für obligatorisch erklärt worden, hätte er schon lange nicht mehr teilgenommen.

Die Ereignisse vom Samstag und die Einvernahme vom Vormittag holten ihn wieder ein. War Frau Schimmels Gestotter während ihres Referats Ausdruck einer ungewohnten Nervosität gewesen? Was wusste sie? Und falls sie etwas über das Unglück vom Samstag wusste, wie konnte sie dann so kaltschnäuzig von gesundheitlichen Gründen reden, die Glanzmann heute angeblich von der Teilnahme abhielten. Da stimmte doch etwas nicht! Glanzmann hatte ja seit Jahren nicht mehr an dieser dämlichen Sitzung teilgenommen, da hatte sich Frau Schimmel doch etwas aus den Fingern gesogen.

«Wir würden gern auch die Stellungnahme eines kleineren Instituts hören», sagte Doktor Schwarzkopf. Er stand am Vorstandstisch und blickte suchend über die Zuhörer. «Beispielsweise von der Schule für Psychotherapie.»

Zangger schrak auf, das hatte er nicht erwartet.

«Aber da bräuchte es vorgängig eine Klärung. Der Name Ihres Instituts sagt nämlich recht wenig über Ihr Ausbildungsangebot aus», wandte er sich an Zangger, als er ihn im Saal ausgemacht hatte.

«Finden Sie?», fragte Zangger. «Wir bilden Psychotherapeuten aus.»

Was soll das?, dachte er, schiessen sie sich jetzt auf mich ein? Da steckt Stein dahinter, ging es ihm durch den Kopf. Und Frau Schimmel. Das ist eine abgekartete Sache.

Stein war der heimliche Manager der Universitätslobby. Er war kein Psychotherapeut, sondern arbeitete als Schreibtischpsychologe in einem Staatsbetrieb. Daher blieb ihm eine Menge Zeit für seine Verbandsaktivitäten. Bei diesen hatte er sich ganz in den Dienst einiger Universitätsprofessoren gestellt, die sich die Hände nicht selber schmutzig machen wollten. Vielen von ihnen waren die privaten Ausbildungsinstitute nämlich ein Dorn im Auge. Die Universitäten hatten die Psychotherapie während Jahrzehnten vernachlässigt. Jetzt hatten sie die Marktnische entdeckt und wollten sich das Business unter den Nagel reissen.

In der Öffentlichkeit taten sie, als sei es eine Anmassung ohnegleichen, dass sich nichtuniversitäre Institute dieser Aufgabe widmeten. Dabei hatte die Ausbildung von Psychotherapeuten seit eh und je in den Händen privater Institute gelegen. Diese waren unter sich aber so zerstritten, dass sie dem als Wissenschaftsdiskussion getarnten Angriff der Universitäten wehrlos ausgeliefert waren, als sie ihn endlich erkannten. Nicht nur das, sie suchten ihr Heil darin, sich mit der Waffe des wissenschaftlichen Disputs gegenseitig die Köpfe einzuschlagen. Schwarzkopf war einer von Steins Gefolgsleuten, ein pomadiger alter Jüngling, der an der Universität gross geworden war und eine Dauerstelle als Forschungsassistent besetzte. Er trieb Psychotherapieforschung, aber von der Praxis der Psychotherapie hatte er keine Ahnung. Trotzdem wurde gemunkelt, er wolle demnächst eine Praxis eröffnen.

«Welchem Mainstream darf man Ihre Schule denn zuordnen?», fragte er säuselnd.

Diese Frage hasste Zangger ganz besonders. Als ob man nur psychotherapeutisch arbeiten könne, wenn man ein Glaubensbekenntnis auf eine bestimmte Therapierichtung abgelegt hatte.

«Keinem.»

«Ach so, stimmt. Die Schule für Psychotherapie vertritt einen *eklektischen* Ansatz, nicht wahr?», sagte Schwarzkopf. Er liess das Schmähwort auf der Zunge zergehen. «Das heisst, von allem ein bisschen», doppelte er nach, um allen vor Augen zu führen, welch billiges Ausbildungskonzept Zanggers Schule zu bieten hatte. Er schaute um sich wie der Staatsanwalt in einem Hollywoodfilm, der den Übeltäter gleich zu Beginn des Kreuzverhörs zur Strecke bringt.

«Ganz richtig», sagte Zangger. Für gewöhnlich war Eklektizismus als Vorwurf gemeint, aber Glanzmann hatte ihm einmal einen Zeitungsausschnitt geschickt, in welchem Goethe mit einer positiven Würdigung dieser Denkart zitiert wurde. Die hatte er sich gemerkt. «Wenn Sie Eklektizismus im Sinne Goethes verstehen, dann vertreten wir einen eklektischen Ansatz: Wir bilden Schulen übergreifend aus. Wir verknüpfen Verfahren anderer Richtungen mit unseren eigenen und erweitern unsere Theorie ständig mit Erkenntnissen anderer Lehren.»

Schwarzkopf war platt.

Eins zu Null, dachte Zangger.

«Nun», rappelte sich Schwarzkopf auf, «in einem Ihrer Papers steht, dass Sie sich unter anderem auf den Konstruktivismus berufen. Da würde es uns interessieren, welche Definition des Konstruktivismus ihrem Theoriegebäude zugrunde liegt. Können Sie uns darüber bitte aufklären?»

Klugscheisser, dachte Zangger. Er hatte keine Ahnung davon, dass es verschiedene Begriffsdefinitionen gab. Er zögerte mit einer Antwort.

«Ich will Sie nicht in Verlegenheit bringen, Herr Zangger», sagte Schwarzkopf rasch. «Sie können uns die Antwort das nächste Mal liefern. Das Gremium hat bestimmt Verständnis dafür, wenn Sie diesbezüglich noch einmal über die Bücher gehen. Aber vielleicht können Sie uns einstweilen über etwas anderes Auskunft geben», sagte er salbungsvoll. «Es dürfte Ihnen bekannt sein, dass unser Arbeitskreis ein qualifiziertes Manifest zu einer inter- und transdisziplinären Wissenschaft und einer methodikpluralen Forschung zu verfassen gedenkt. Nun hätten wir gern erfahren, von welchem wissenschaftstheoretischen Standpunkt aus sich Ihre Schule in den Diskurs um den Hegemonieanspruch divergierender Wissenschaftsparadigmata einbringen würde. Wie würden Sie sich, unter der Prämisse der Unverzichtbarkeit sowohl quantitativer wie qualitativer Forschung, zu einer okkasionellen Konnektivierung des nomothetischen mit dem idiographischen Ansatz stellen? Oder gehen Sie a priori von Intransigenz aus? Dazu können Sie doch bestimmt Stellung nehmen, nicht wahr?»

Potz Blitz!, dachte Zangger. Gescheit reden, das kann er, das muss man ihm lassen. Dass es Schwarzkopf einzig darum ging, einen missliebigen Konkurrenten als Wissenschaftsbanausen blosszustellen, war jedermann klar. Die Clique um Stein wollte der Öffentlichkeit weismachen, nur wer Forschung treibe und wissenschaftliche Papiere produziere, könne auch Psychotherapeuten ausbilden. Aber in dieser Hinsicht verglich Zangger seine Schule mit einem Landspital, nicht mit einer Universitätsklinik. Und an einem Landspital konnte ein junger Arzt sehr wohl etwas lernen. Das praktische ärztliche Handwerk nämlich.

«Nein, das kann ich nicht», sagte Zangger trocken. «Offen gestanden verstehe ich nicht einmal Ihre Frage.»

Schwarzkopf warf Stein einen Blick zu. Dieser nickte diskret.

«Wissen Sie was, Herr Doktor Schwarzkopf?», fuhr Zangger fort. Er hielt inne.

Schwarzkopf schien sich auf eine Attacke gefasst zu machen. Es war ihm anzusehen, dass er sich darauf freute. Er rechnete offenbar fest damit, sie diesmal parieren zu können und Zangger mit einer Konterattacke endgültig zu bodigen.

«Sie haben gewonnen», sagte Zangger ruhig.

Schwarzkopf blickte verdutzt drein.

«Doch», versicherte Zangger, «ich gebe mich geschlagen.»

Schwarzkopf rieb sich die Hände.

«Jawohl. Ich kapituliere.»

Schwarzkopf konnte sich ein befriedigtes Lächeln nicht mehr verkneifen.

«Ich bin nämlich bloss ein Praktiker», erklärte Zangger, «kein Theoretiker wie Sie», und jetzt kam er in Fahrt. «Ich kann zwar mit den Menschen so reden, dass sie mich verstehen, und ich glaube, ich bin ein ganz passabler Arzt und Therapeut. Ich kann meinen Kandidaten zeigen, was Psychotherapie ist, und ich kann ihnen verständlich machen, wann sie wie vorgehen müssen und warum. *Das* ist meine Aufgabe als Ausbilder. Auf meinem angestammten Gebiet bin ich theoretisch zwar ziemlich sattelfest. Aber bei diesen wissenschaftlichen Gefechten kann ich nicht mithalten. Da muss ich passen, das ist mir zu hoch. Da sind Sie mir überlegen, das gebe ich neidlos zu.»

Schwarzkopf wollte schon triumphieren, da realisierte er, dass er selber schachmatt war. Die Stimmung im Saal schien mit einem Mal umzuschlagen, die schweigende Mehrheit begann zu raunen.

«Meine Herren, ich bitte Sie», intervenierte Stein, sich auf die Zehenspitzen stellend. «Sie reden von Gefechten, von Sieg und Kapitulation – darum geht es doch nicht. Wir sind doch einzig am Konsens interessiert.»

Verschlagener Kerl, dachte Zangger. Insgeheim musste er der geschickt inszenierten Ranküne Respekt zollen. Nur, dass sie fürs Erste misslungen war. Doch Stein hatte die Stimmung im Saal intuitiv erfasst und versuchte, das Heft in die Hand zu nehmen.

«Herr Kollege Schwarzkopf ist bestimmt mit mir einverstanden, dass Herr Kollege Zangger ein paar klärungsbedürftige Marginalien zu unserer Zufriedenheit bereinigt hat. Lassen Sie uns das Time Management nicht vergessen, sehr verehrte Damen und Herren, liebe Kolleginnen und Kollegen. Wir sollten im heutigen Meeting wenn immer möglich zur Abstimmung über das Agreement schreiten können. – Doch nun brauchen wir alle einen Break. Im Foyer erwartet Sie eine kleine Erfrischung.»

Die Erfrischung, vom Akademischen Psychologen- und Psychotherapeutenverband spendiert, bestand aus Mineralwasser und Äpfeln.

Zangger hätte Frau Schimmel gern gefragt, wann und wo sie mit Glanzmann gesprochen habe. Und natürlich hätte er sie über die Ereignisse vom Samstag informiert, wenn sie noch nichts davon gewusst hätte. Aber sie war nirgends zu sehen. Auch Schwarzkopf war nicht im Foyer.

Ob sie sich zu einer Lagebesprechung zurückgezogen haben?, fragte sich Zangger.

«Alle Achtung, Herr Zangger», hörte er in seinem Rücken, «das war ein ganz respektabler Auftritt.»

Schon wieder, dachte er. Immer hinterrücks.

Da reckte sich Stein und versuchte, Zangger auf die Schulter zu klopfen. Zangger musste Richtung Apfelkorb ausweichen. Er griff sich einen Apfel und biss hinein.

«Danke», sagte er kauend.

«Eine wirklich gute Argumentation», doppelte Stein nach.

«Für den Apfel, meine ich», sagte Zangger.

«Ach so. Gern geschehen.»

«Wissen Sie, was ich denke?»

«Nein», sagte Stein, ziemlich verspannt.

Leck mich, dachte Zangger.

«Kommt fast an ein Diner im Hotel Therme heran», sagte er und hielt ihm den angebissenen Apfel unter die Nase.

24

Glanzmann lag mit offenem Mund schnarchend im Bett, als Zangger ihn im Spital besuchte. Die Zahnlücke war von weitem sichtbar, auf seiner Stirne waren Wundnähte zu sehen. Aber er sah auch sonst nicht gut aus. Auf dem Nachttisch lag ein Stapel von Fachbüchern und Zeitschriften.

«Wie gehts, Herr Professor?», fragte Zangger leise.

«Blendend», sagte dieser, wie von der Tarantel gestochen, und richtete sich auf. «Ich bin am Arbeiten.» Er kam zu sich. «Gedanklich, meine ich. – Oh, Herr Zangger! Das ist aber nett. Setzen Sie sich.» Er war jetzt einigermassen wach, lächelte ihn an und wies mit wackligem Arm auf einen Stuhl neben seinem Bett.

Zangger erfuhr, dass die Schenkelhalsfraktur erfolgreich operiert worden war und dass Glanzmann das Bett bereits für kurze Zeit verlassen konnte. Offenbar setzte man alles daran, den alten Herrn so rasch wie möglich zu mobilisieren. Bettlägerigkeit bedeutete in seinem hohen Alter unweigerlich den rapiden körperlichen und geistigen Zerfall.

Der Versuch, von Glanzmann etwas über die Ereignisse vom Samstag zu erfahren, scheiterte kläglich.

«Was Sie nicht sagen!», wunderte sich Glanzmann eins übers andere Mal, als Zangger ihm erzählte, was er in seinem Haus erlebt hatte. «Das ist ja eine ganz dumme Geschichte.»

Zangger merkte, dass Glanzmann nicht nur für die Zeit vor seinem Sturz eine Erinnerungslücke hatte, er hatte auch vollständig vergessen, was sich *danach* zugetragen hatte. Er erinnerte sich weder an sein Aufwachen aus der Bewusstlosigkeit auf dem Treppenpodest, noch an die Sanitäter, noch an Zanggers Versuche, etwas über andere Besucher von ihm zu erfahren. Er hatte keine Ahnung mehr davon, dass er Zangger den Götterboten genannt hatte, noch erinnerte er sich daran, dass Zangger ihm vom Tod von Frau Engel berichtet hatte. Zu der retrograden war also noch eine anterograde Amnesie gekommen. Glanzmanns Erinnerung setzte erst mit dem Aufwachen aus der Narkose wieder ein: Er wusste, dass er nach der Operation in diesem Zimmer aufgewacht und dass Monika bei ihm gewesen war. Er erinnerte sich, dass Monika ihm mehrere Mal hintereinander die Ereignisse erzählen musste, bis er das Wichtigste davon behalten konnte. Erst hier, in diesem Bett, hatte er vor drei Tagen bewusst zur Kenntnis genommen, dass ein Unfall oder ein Verbrechen geschehen war, dass er mit einem frisch operierten Schenkelhalsbruch im Spital lag und dass Frau Engel tot war.

«Eine ganz dumme Geschichte», fasste er zusammen.

«Was ist eigentlich mit Ihrem Buch?», fragte Zangger beiläufig. Er hoffte, auf die zwanglose, aber direkte Art am ehesten etwas zu erfahren.

«Mit meinem Buch?», fragte Glanzmann verwundert zurück. Er schien sich besinnen zu müssen. «Ach so, das Buch», sagte er dann. «Nun, es ist fertig, praktisch unter Dach und Fach. Danke für die Nachfrage.»

«Was ist es denn? Ein Lehrbuch?»

«Ach wissen Sie, nicht der Rede wert. Lehrbuch wäre zu viel gesagt. Bloss ein paar wissenschaftliche Betrachtungen. Zur Psychotherapie und so. – Ein kleiner Beitrag zu Vereinfachung der Dinge», lächelte er.

«Darf man wissen, wann es herauskommt?» Zangger bemühte sich, den unverbindlichen Gesprächston beizubehalten. Er durfte Glanzmann keinesfalls unter Druck setzen, auch nicht mit einem emotionalen Unterton. So bestand die beste Aussicht, dass er Erinnerungen ganz selbstverständlich abrufen konnte.

«Ja, wann kommt es eigentlich heraus?», überlegte Glanzmann. «Da überfragen Sie mich», sagte er, verlegen lächelnd.

«Ist das Manuskript schon beim Verlag?»

«Ob das Manuskript beim Verlag ist? – Warten Sie mal. Ich bin mir nicht sicher.» Glanzmann geriet ins Staunen und begann innerlich zu suchen, wie vor einer Woche, als er im Treppenhaus gelegen hatte. «Ich glaube nicht», sagte er dann. «Nein, noch nicht. Ganz bestimmt nicht. Ich habe es ja noch gar nicht abgeschickt.» Seine Miene hellte sich auf. «Natürlich nicht. Aber geschrieben ist es, sogar in *einem* Zug geschrieben. – Wie gesagt, weitgehend fertig, praktisch unter Dach und Fach», wiederholte er zufrieden.

«Wo ist denn das Manuskript?», fragte Zangger, als ob es ihn etwas anginge.

Glanzmann sah ihn lange an.

«Gute Frage», sagte er schliesslich. Er dachte angestrengt nach. «Zu Hause, glaube ich. Aber ich weiss nicht mehr wo. – Doch! Im Studierzimmer, auf dem Schreibtisch. Oder in einer Schublade. – Würden Sie für mich nachsehen?», fragte er unvermittelt.

«Wenn Sie darauf bestehen», antwortete Zangger zögernd, denn eigentlich hatte er absolut keine Lust, ins Haus an der Jupiterstrasse zu gehen. Doch dann fiel ihm plötzlich ein Stein vom Herzen. «Natürlich, gern», sagte er rasch. So würde er nämlich die Blätter in seiner Schreibtischschublade elegant wieder loswerden.

Auf einmal verdüsterte sich Glanzmanns Gesicht, eine Wolke schien über ihn wegzuziehen, es machte den Anschein, als erinnere er sich an etwas Unangenehmes. «Ich kann Ihnen doch vertrauen?», fragte er.

Was soll ich denn darauf antworten?, dachte Zangger, eigenartig berührt. Er hatte schon immer gefunden, dass es auf diese Frage nur eine einzige vernünftige Antwort gab: Nein, offenbar nicht.

«Es ist nämlich so», fuhr Glanzmann fort. «Ich habe im Augenblick gar nicht mehr daran gedacht, aber jetzt fällt es mir wieder ein: Ich muss mich in Acht nehmen. Man will nämlich … , jemand wollte …»

«Ja?»

«Etwas war sehr verdächtig. Sehr. Nämlich, äh, vor allem …» Der alte Mann verhedderte sich. «Ich wollte …»

«Sie wollten, dass ich das Manuskript suche, nicht wahr?», half ihm Zangger aus der Patsche.

«Ganz richtig», sagte Glanzmann. «Meine Frau – , ach, ich meine Frau Engel wird –. Nein, tut mir Leid, meine *Tochter*», Glanzmann schien nicht daran zu denken, dass Zangger Monika kannte, «meine Tochter wird Ihnen die Tür öffnen, sie ist jetzt die meiste Zeit im Haus. Wissen Sie, sie findet sich in der Welt der Wissenschaft nicht zurecht. Sie kennen sich da eher aus, Sie werden das Manuskript schon finden.»

Zangger spürte ein altes Unbehagen, er konnte es nur nicht einordnen.

«Sie müssen nur auf dem Schreibtisch und in der Schublade suchen – sie ist angeschrieben: Manuskript steht drauf, glaube ich, Sie werden ja sehen – sonst nirgends», sagte Glanzmann und schien auf Zanggers Bestätigung für diesen Auftrag zu warten.

«Alles klar», sagte Zangger.

Die Türe des Krankenzimmers ging auf, eine Physiotherapeutin kam herein. Resolut trat sie ans Bett und sagte: «So, Herr Glanzmann, dann wollen wir mal.»

«Moment», sagte Glanzmann, «zuerst meine Vitamine.» Er reckte sich, griff in die Nachttischschublade und warf sich mit erstaunlichem Geschick eine Tablette in den Mund. «Monika hat sie mir extra gebracht», sagte er zu Zangger.

Die Physiotherapeutin wollte Zangger hinauskomplimentieren, aber Glanzmann klärte Sie auf: «Herr Zangger ist Arzt.»

So war es selbstverständlich, dass er blieb, und sie fing an, den Patienten vorsichtig durchzubewegen. Dann half sie ihm aus dem Bett und forderte ihn auf, einige Schritte zu tun. Sie stützte ihn und reichte ihm die Krücken, die hinter dem Bett standen.

«Das sind nicht meine», sagte Glanzmann.

«Das sind Ihre neuen Stöcke, Herr Glanzmann.»

«Ich will aber die alten», insistierte er.

«Die waren viel zu schwer. Sie bekommen jetzt diese hier, die sind aus Kunststoff, die sind leichter.»

«Mit denen kann ich nicht gehen», murrte Glanzmann. «Bringen Sie mir lieber meine alten wieder.»

«Tut mir Leid, die haben wir weggetan.»

«Was soll das heissen?», fragte er und richtete sich entrüstet auf.

«Entsorgt, zum Altmetall geworfen. Sie hätten Sie längst auswechseln sollen», erklärte die Therapeutin geduldig. «Nehmen Sie jetzt die neuen, Sie werden sehen, es geht viel besser, Sie gewöhnen sich bestimmt rasch daran.»

Sie gab ihrem Patienten nur gerade so viel Hilfe, wie nötig war, dafür lobte sie ihn für jeden Schritt, den er tat: «Sehr gut, Herr Glanzmann. Ausgezeichnet. Noch einen Schritt.»

Sie war noch an der Arbeit, als ein Besucher klopfte. Er blieb unter der Türe stehen.

«Marius?», staunte Zangger.

«Sieh mal an, Lukas», sagte Seidenbast. «Grüss Gott, Herr Glanzmann. Ich komme später», meinte er, als er die Situation erfasste.

«Herr Seidenbast, wie nett», sagte Glanzmann. «Nein, kommen Sie nur. Wir sind doch fertig?», fragte er die Therapeutin.

«Ich gehe Kaffee trinken. In einer halben Stunde bin ich wieder da», stellte Seidenbast klar, bedeutete Zangger mit einer Geste, dass er rauchen gehen würde, und verschwand.

Als auch die Therapeutin gegangen war, sagte Glanzmann: «Die Herren kennen sich, nicht wahr?»

«Freilich. Ein alter Freund von mir.»

«Was Sie nicht sagen.» Er sah Zangger anerkennend an. «Das ist aber nett. Es ist doch schlimm, dass viele Leute etwas gegen solche Menschen haben», sagte er mit sorgenvollem Gesicht.

«Was für Menschen?»

«Nun, Sie wissen schon, Herr Seidenbast ist allein stehend, er ist – Sie wissen schon. Aber so ein Mensch gehört doch auch zu unserer Gesellschaft, nicht wahr? Den darf man deswegen doch nicht verurteilen. Das sind nämlich sehr sensible, wertvolle Menschen.»

Zangger wusste nicht, ob er den alten Professor rührend oder völlig daneben finden sollte.

«Abgesehen davon können sie ja nichts dafür. Die Aberration ist schliesslich neurobiologisch bedingt», dozierte Glanzmann und fing an, Zangger auseinander zu setzen, worin die Verirrung der Natur bestand und wo genau sie im Hirn zu lokalisieren war. Er hatte bis anhin einen eher wirren Eindruck gemacht, nun war er plötzlich klar.

Ganz der Alte, dachte Zangger, jetzt ist er in seinem Element. Aber er hatte keine Lust auf einen Vortrag oder eine Fachsimpelei, schon gar nicht auf diese.

«Woher kennen Sie ihn eigentlich?», lenkte er ab, als ob er es nicht schon wüsste.

«Er war mein Buchhändler und Berater», erklärte Glanzmann. «In Fragen der Literatur, wissen Sie. Für alles Antiquarische, Fachliteratur und anderes. Ein kultivierter Mensch. Äusserst belesen. Und aufgeschlossen, an allem Neuen interessiert, das habe ich gleich gemerkt. Aber mit der Beratung ist jetzt leider Schluss, ich kann ja nicht mehr in seinen Laden.» Glanzmann neigte den Kopf zu Zangger hinüber, der wieder neben seinem Bett sass. «Dafür leistet er mir jetzt auf andere Weise einen Dienst», flüsterte er.

«Oh?»

«Ich habe ihn engagiert. Als Mann des Wortes», sagte Glanzmann mit bedeutungsvoller Miene. Aber als habe er damit schon zu viel gesagt, ergänzte er: «Nur ein kleiner, unbedeutender Auftrag.»

Zangger hätte liebend gern erfahren, worum es ging, aber er hatte den Eindruck, Glanzmann wolle mit Seidenbast allein sein. Er verabschiedete sich, bevor dieser zurück war.

25

Sobald er Zeit fand, verabredete sich Zangger mit Monika Glanzmann im Haus an der Jupiterstrasse. Es war von der Bezirksanwaltschaft inzwischen entsiegelt worden. Mit zwiespältigen Gefühlen ging er hin. Er war froh, dass er nicht läuten oder den Türknauf drehen musste: Die Haustüre stand weit offen, Monika kam ihm mit umgebundener Schürze und rotem Gesicht entgegen.

«Grüss dich, Lukas. Komm herein», sagte sie. «Du bist ja nicht zum ersten Mal hier. Sieh dich ungeniert um», forderte sie ihn auf, als sie im Obergeschoss standen.

Er blieb im weiten Treppenhaus stehen. Sein Blick ging nach oben zu den Kinderzimmern. Er war erleichtert, dass ihn Monika nicht dort hinaufführte.

«Viel Glück», sagte sie mit bitterem Lachen und wies auf die Türe zum Studierzimmer. Es dauerte einen Augenblick, bis Zangger realisierte, dass er vor dem ehemaligen Esszimmer stand.

«Du meine Güte», entfuhr es ihm. Als er zwei Wochen zuvor hier gewesen war, war er ins Obergeschoss hinaufgerannt, um Orangensaft zu holen und die Ambulanz zu rufen. Umgesehen hatte er sich nur im Erdgeschoss. Aber das hier stellte das Durcheinander dort unten in den Schatten. Und in der Bibliothek sah es nicht besser aus. Wie in aller Welt sollte er hier das Manuskript finden?

Er hatte sich vorgestellt, ein paar Schreibtischablagen sichten und vielleicht zwei, drei Tischschubladen aufziehen zu müssen. Entweder fände er das Manuskript – ein Buchmanuskript war ja kaum zu übersehen –, dann würde er es Glanzmann ins Spital bringen. Oder er fände es nicht – und damit rechnete er eigentlich –, dann wäre es eben tatsächlich gestohlen worden. Aber jetzt sah es anders aus: Wenn er in diesem Tohuwabohu nichts finden sollte, so würde das noch lange nicht heissen, dass das Manuskript geklaut worden war. Sollte er unter diesen Umständen überhaupt mit der Suche anfangen?

Er setzte sich auf den Drehstuhl am Schreibtisch. Jetzt erkannte er, dass er am früheren Familienesstisch sass. Er hatte Hemmungen, irgendetwas in die Hand zu nehmen: Halb kam es ihm indiskret vor, halb war es ihm zuwider. Aber dann fiel ihm ein, dass das Manuskript, wenn es überhaupt noch da war, gar nicht weit sein konnte. Die Dinge lagen ja alle noch da, wo sie gelegen hatten, bevor Glanzmann überfallen worden oder verunfallt war. Es sei denn, die Polzei habe etwas Bestimmtes gesucht und mitgenommen. Aber wie es ausgesehen hatte, hatten sich die Kriminalisten in erster Linie fürs Treppenhaus, das Erdgeschoss und den Keller interessiert.

Zangger beschloss, vorerst nichts in die Hand zu nehmen, sondern an der Oberfläche zu suchen. So würde er genau die Dinge sehen, die am Unglückstag dagelegen hatten. Und er würde vermeiden, die Unordnung mit dem Umschichten von Stapeln oder dem Ausleeren von Schubladen zu verschlimmern. Er erhob sich, verschränkte die Arme auf dem Rücken, beugte sich über den Tisch und betrachtete die Papiere, die in Briefablagen, auf grösseren und kleineren Stapeln, in geordneten und ungeordneten Haufen und Häufchen oder als lose Einzelblätter auf dem Möbel lagen.

«Drei Hirne im Kopf», las er auf einem Blatt. Das kam ihm bekannt vor. Auf den zweiten Blick erkannte er, dass es nicht der Text war, den er schon gelesen hatte. Es ging zwar um den gleichen Inhalt, war aber anders formuliert.

Seinen Vorsatz schon durchbrechend, hob er das Blatt hoch, legte es aber gleich wieder hin, als er darunter eine Todesanzeige und ein Kondolenzschreiben sah. Nein, das war bestimmt nicht das Buchmanuskript.

Auf dem Stapel daneben lag zuoberst ein handgeschriebener Brief: «Sehr geehrter Herr Professor», begann das kurze Schreiben, und Zangger las ohne grosse Skrupel weiter, «ich darf Sie daran erinnern, dass die Überweisung für den Monat Juni noch aussteht. Ich wäre Ihnen für baldige Zahlung sehr verbunden. Mit freundlichen Grüssen, Roland Hunger.»

Was soll denn das?, dachte Zangger.

Auf dem Papier war ein roter Stempelaufdruck: «Eilt», doch der war nicht vom Absender, sondern vom Empfänger aufgedruckt worden. Der altmodische Stempel aus rot lackiertem Holz lag nämlich gleich daneben.

Er konnte es wieder nicht lassen, den Brief hochzuheben, um zu schauen, was darunter lag: ein Quittungsformular, auf dem der Empfang von Swiss Francs fivehundred dankend bestätigt wurde, und zwar – in schönster Handschrift, wie gestochen – von einem M.D. Mbagunde.

Olala!, dachte Zangger und werweisste mit sich, ob er die Information sofort an Tobler weiterleiten solle. Da kam ihm Frau de Quervain in den Sinn und er entschied trotzig, es eile nicht. Er kopierte beide Dokumente, steckte die Kopien ein und legte die Originale wieder hin.

Beim Kopierer stand eine Schachtel voll von kopierten Zeitungsausschnitten – genau die Artikel, die Glanzmann ihm kürzlich geschickt hatte.

Wem ausser mir waren die wohl zugedacht?, fragte sich Zangger und wühlte in der Schachtel herum. Es war aber nichts anderes drin als jene Artikel, alle dutzend-, wenn nicht hundertfach kopiert.

In der entfernteren Ecke des riesig langen Tischs lag ein beschriftetes Plastikmäppchen, darunter war ein Stapel maschinengeschriebener Textseiten zu sehen. Darauf stand eine gerahmte Fotografie der verstorbenen Frau Glanzmann. Zangger lehnte sich hinüber, stellte den Silberrahmen mit dem Bild weg und besah sich das Mäppchen.

«Präsentation Zangger. Wichtig», stand darauf. Das grosse rote «Zangger» war in zittriger Schrift ergänzt worden: «und Schimmel».

Na ja, dachte Zangger. Das Mäppchen war leer.

Er nahm den Stapel zur Hand: «Menschenhirn und Meschenseele», «Wider das so genannt psychotherapeutische Denken», «Seelische Krankheiten sind Hirnkrankheiten», «Psychotrauma bedeutet Hirntrauma», «Psychotherapie mit dem Skalpell», und so weiter, Zangger kannte die Kapitelüberschriften. Er blätterte die Seiten durch: «Hass ist heilbar,

Liebe lernbar», «Friede auf Erden? Machbar, nicht bloss denkbar», stand auf den letzten Seiten. Das war zwar nicht genau, aber nahezu der gleiche Text, den er zu Hause gehabt und jetzt wieder mitgenommen hatte. Nein, das konnte nicht das Buchmanuskript, das musste eine Variante der Zusammenfassung sein. Die meisten wissenschaftlichen Verlage legten Wert auf ein so genanntes Abstract, und Glanzmann hatte sich damit wohl besondere Mühe gegeben. Die Blätter waren weder nummeriert noch datiert. Er legte sie auf den Tisch zurück.

Zwischen den Bücher- und Zeitschriftenstapeln, den Papierstössen, Briefablagen, Blättern und Zetteln standen Ton- und Plastikbecher mit Kugelschreibern, Filzstiften und Injektionsspritzen, lagen Schachteln und Schächtelchen, teils mit, teils ohne Deckel, Tellerchen mit Tabletten, Büroklammern, Heftpflastern und Brosamen darauf, Filmdöschen, gefüllt mit Zuckerwürfeln, ein verschimmelter Apfel, eine batteriebetriebene Schere zum Heraustrennen von Zeitungsausschnitten, Gebrauchsanweisungen für elektronische Geräte, drei Brillenetuis, einige Wäscheklammern und ein Küchenwecker, und unter einem ethymologischen Wörterbuch guckte ein kariertes Taschentuch hervor.

Irgendwo lag ein Block mit Zitternotizen. «Zangger», stand da, darunter «Schimmel», «Stein», daneben Telefonnummern und bei der Nummer von Stein der Vermerk «Kommt nicht.»

Auf einem anderen, knallgelben Notizblock hiess es: «Umdenken!», «Tabula rasa!», «Fiat lux!», «Paradigmenwechsel!», «UZ, BZ-Proben!»

Was haben wohl die Urin- und Blutzuckerproben mit einem Paradigmenwechsel zu tun?, fragte sich Zangger. Er suchte weiter, graste die oberste Schicht auf dem Schreibtisch sorgfältig ab, aber das Buchmanuskript kam nicht zum Vorschein.

Er setzte sich wieder hin und schaute sich die zwei oder drei Dutzend Pappschachteln mit Ausziehfächern an, die reihenweise bis unter die Tischplatte aufeinander getürmt waren, die meisten mit buntem Filzstift beschriftet.

«Das Buch», stach ihm ins Auge.

Da war sie ja, die Schublade, die er gesucht hatte. Leuchtend rot beschriftet.

Zangger zog das Schubfach auf. Es lag ein Haufen von Briefen darin, deren Köpfe ihm irgendwie bekannt vorkamen. Er blätterte und sah, dass es die notorischen Spendenaufrufe waren, die stets ins Haus flatterten.

Falsche Schublade, stellte er fest.

«Tabuthemen 1: Geschlechtl. Abnormitäten», stand auf der nächsten.

Er zog das Schubfach heraus, zuoberst lag ein Zeitschriftenartikel, eine neurobiologische Erklärung der Homosexualität. Ärgerlich schob er das Fach zu.

«Tabuthemen 2: Der sog. Inzest»

Nein danke, dachte Zangger. Vielleicht hätte er sich vor dem Seminar mit dem Schubladeninhalt beschäftigt, aber jetzt hatte er das Thema für eine Weile satt.

Andere Pappschubladen lockten ihn schon eher. Durfte er sie öffnen? Nun, Glanzmann hatte ihn aufgefordert, auf dem Schreibtisch und in den Schubladen nachzusehen. Da einzelne Schubladen offensichtlich falsch angeschrieben waren, musste er sie wohl oder übel öffnen.

«Tagebuch. Persönlich»

Zangger zog die Schublade auf und sah ein schwarzes Wachstuchheft. Er rührte es nicht an, obschon es ihn juckte.

«Narzisstisches», so war die nächste Schublade beschriftet: Ein zehn Jahre alter Zeitungsartikel über Glanzmanns Ernennung zum Ehrendoktor. Darunter weitere Zeitungsausschnitte, die sich auf Jubiläen und Kongresse bezogen, an denen er referiert hatte, eine Ehrenurkunde des Akademischen Psychologen- und Psychotherapeutenverbandes, unterschrieben von einem gewissen Dr. Stein und eine Anzahl persönlicher Briefe, wahrscheinlich Fanpost.

«Nobelpreise»: Reportagen und Würdigungen, zuoberst eine über den Zürcher Neurophysiologen Walter Rudolf Hess, der das Zwischenhirn erforscht hatte, zwei über Schweizer Preisträger aus jüngerer Zeit, darunter liegend eine über Albert Schweitzer und eine über Thomas Mann.

Thomas Mann!, dachte Zangger, der stand bei ihm schon immer hoch im Kurs.

«Geld und Geist»: Ein offenbar von Glanzmann verfasster Text mit dem Titel «Wer reich ist, soll geben» und ein altes, unvollständiges Briefmarkenalbum.

«Negatives Denken»: Die ganze Schublade voll von kleinen, handschriftlichen Notizzetteln. Viele davon vergilbt, und alle beschrieben mit Beispielen negativer Denkmuster.

Vielleicht ein altes, nicht verwirklichtes Forschungsprojekt?, dachte Zangger.

Die nächste Schublade war nicht beschriftet. Es lag ein ansehnliches Bündel maschinengeschriebenen Textes darin. «Eine moderne Theorie des Verhaltens, Denkens und Erlebens» stand auf dem obersten Blatt. Zangger nahm die Blätter heraus, denn das musste das gesuchte Manuskript sein. «Neurowissenschaftliche Grundlagen von Psychotherapie und psychotroper Chirurgie» – vielversprechend!, dachte Zangger –, dann las er weiter: «Entwurf einer neuen Psychotherapie», «Von Prof. Dr. Dr. med. h. c. Charles Glanzmann», «Mens sana in cerebro sano», «Drei Hirne im Kopf», «Seelisches Kranksein, krankes Hirn», «Psychotrauma heisst Hirntrauma», «Emotionen sind steuerbar», «Hass ist heilbar, Liebe lernbar», «Friede ist machbar, nicht nur denkbar» und so weiter, im grossen Ganzen handelte es sich um die dritte oder vierte Ausführung der bekannten Zusammenfassung.

Was haben die x-fachen Varianten des Buchabstracts bloss zu bedeuten? Glanzmann hätte gescheiter eine Kopie des Originalmanuskripts gemacht, statt ein Dutzend Abstracts zu tippen und Zeitungsausschnitte hundertfach zu kopieren, dachte Zangger ärgerlich.

Er blätterte die Seiten nochmals durch und sah mitten drin eine Briefkopie, adressiert an Professor Manfred Pflug, Max-Planck-Institut, datiert mit dem 10. Oktober 1989.

Du meine Güte, dachte Zangger, wenn dieses Abstract aus jener Zeit stammt, dann schlägt er sich ja schon mehr als zwölf Jahre mit dem Manuskript herum.

Er erhob sich und studierte die Etiketten an den aufgetürmten Pappschubladen an der gegenüberliegenden Wand. Sie waren in etwa alphabetisch geordnet, begannen bei «Agnosie», führten über «Frontalhirn» zu «Hirnoperationen», dann über «Limbisches System» zu «Neurotransmitter» und endeten bei «Zyklothymie». Auf dem Fussboden lag ein Haufen von Zeitungsausschnitten, alle mit einer Wäscheklammer dran, auf welcher «Wichtig» stand. Sie interessierten Zangger im Augenblick wenig.

Die Sucherei hing ihm längst zum Hals heraus. Und doch spürte er die Versuchung, sie fortzusetzen. Es reizte ihn, in diesen Papierhaufen und Schubladen zu wühlen. Diese neugierige, nur halb legitime Beschäftigung mit einem andern Menschen hatte nichts zu tun mit dem voyeuristischen Vergnügen, dem er sich an der Limmat hingegeben hatte. Er kam sich vor wie ein Internetsüchtiger, der seinen PC eigentlich abstellen wollte, aber nicht konnte und immer tiefer ins Netz hineinsurfte. Es ging ihm nicht mehr um das Manuskript, es ging ihm um etwas anderes. Er wollte etwas über Glanzmann erfahren, und scheute doch davor zurück.

Zangger setzte sich wieder und las die Beschriftungen des zweiten Schubladenturms unter dem Tisch: «Intimes», «Schmerzliches», «Glanzmann-Familiensaga», «Katja», «Dreimäderlhaus», «Lischen†». Er schickte sich an, eine zu öffnen.

«Fündig geworden?», fragte Monika unter der Türe.

«Nein», sagte Zangger und zog seine Hand zurück. «Kein Buchmanuskript weit und breit.»

«Wundert mich überhaupt nicht», sagte sie aggressiv.

Es mopste ihn, dass er nicht ungestört weiterwühlen konnte, aber gleichzeitig war er froh, dass Monika sein Schnüffeln unterbrach. Er erhob sich. Die Blätter, die er am Samstag heimlich eingepackt und jetzt zurückgebracht hatte, nahm er wieder mit. Es machte ja keinen Unterschied, ob hier noch eine vierte oder fünfte Fassung des Buchabstracts herumlag oder ob er es behielt.

Sein Kopf brummte, als er draussen war. Er fühlte sich erschlagen, nein: vergiftet. Lange hätte er es in diesem Wirrwarr nicht mehr ausgehalten. Die chaotische, feudale Einsiedlerklause des Privatgelehrten Glanzmann hatte etwas Faszinierendes, aber auch etwas Verwirrendes, Krank- und Verrücktmachendes.

Nur weg von hier, dachte er.

Ein altes Gefühl beschlich ihn. Etwas wie Angst. Ein Gefühl, das er sonst nicht kannte.

Er musste etwas gegen das böse, dumpfe Gefühl tun. Er sehnte sich nach einem gesünderen Ort. Es zog ihn nach Hause, er hatte Heimweh. Es war ihm, als müsse er nachsehen, ob daheim noch alles stimmte. Aber Tina war um diese Zeit noch nicht zu Hause. Er musste mit irgendjemandem, nein, nicht mit irgendjemandem, mit jemand Vertrautem einige Worte wechseln.

Irgendetwas Vernünftiges, Normales reden, dachte er.

Er setzte sich ins Auto und fuhr zu seiner Mutter.

Erst unterwegs fiel ihm ein, dass er noch einen Blick in Glanzmanns Sprechzimmer hätte werfen sollen. Vielleicht wären ihm die Augen aufgegangen, was im Zimmer nicht gestimmt hatte, als er es am Unglückstag mit Monika verlassen hatte. Sie habe alles stehen und liegen lassen, wie sie es angetroffen habe, hatte sie gesagt. Sie hüte sich, im Sprechzimmer oder im Studierzimmer ihres Vaters aufzuräumen. Sie mache lediglich Küche und Bad sauber und miste den Keller aus, alles andere rühre sie nicht an.

26

Er war schon lange nicht mehr bei Mutter gewesen. Viel zu lange. Einen Vorwurf brauchte er deswegen nicht zu gewärtigen, er machte sich höchstens selber einen. Da war sie anders als die meisten Mütter. Sie freute sich einfach, wenn er kam.

Sie kniete im Wohnzimmer auf dem Fussboden und räumte den Wandschrank aus.

«Brauchst du Hilfe, Mutter?», fragte er.

«I wo», sagte sie, «lass nur.»

Mit Ach und Krach erhob sie sich.

Sie ist noch kleiner geworden, dachte Zangger.

Er hielt sie vorsichtig an den Schultern – ständig befürchtete er, es zerbreche etwas, wenn er sie zu kräftig anfasse oder umarme – und küsste sie auf beide Wangen. Sie roch sauber und gepflegt, nach der immer gleichen Gesichtscreme.

Sie ging in die Küche und machte Tee. Er setzte sich an den Küchentisch und sah ihr zu. Er sah die dünnen Ärmchen, die Hände mit den arthrotischen Fingern und den Rücken, der mit den Jahren krumm und krummer geworden war.

«Jetzt gilts ernst, nicht wahr?», sagte er.

«Bald», sagte sie, «noch sechs Wochen. Ja, ja, ein bisschen bange ist mir schon.»

«Wegen der Arbeit?»

«Nein, das nicht. Es war zwar viel zu tun, das stimmt. Ein ganzes Haus zu räumen, nach so vielen Jahren. Aber ich bin ja praktisch fertig, ihr habt alle so tüchtig zugepackt. Der Keller ist leer und oben ist fast nichts mehr zu tun. – Nein, nicht vor der Arbeit ist mir bange, vor der Nichtarbeit. Was mache ich dort bloss den ganzen Tag?»

«Im Lehnstuhl sitzen, natürlich. Däumchen drehen, stricken, Tee trinken.»

«Ach du», lachte sie.

Er hatte keine Sorge, er wusste, dass sie zwei der Bewohnerinnen kannte, und dass sie sich für das Seidenmalen und in der Volkshochschule für einen Spanischkurs für Fortgeschrittene angemeldet hatte.

Sie setzte sich, und er schenkte ein. Sie rührte in der Tasse, und er konnte sie in aller Ruhe betrachten. Ihre Augen lagen noch tiefer als früher, die Wangenknochen waren höher. Aber es waren Lach- und Schmunzelfältchen in ihrem Gesicht. Jetzt hob sie den Kopf, und aus ihren dunklen Augen strahlte eine tiefe Herzlichkeit. Früher hatte er gefunden, sie habe Zigeuneraugen – vielleicht war es auch tatsächlich so, man wusste es nicht so genau –, jetzt sah er einfach vertraute, eher kleine, warme, liebe Augen.

«Es ist nur gut», sagte sie, «dass Karl als erster sterben durfte. Findest du nicht? Es wäre schlimm gewesen für ihn, allein. Der Wegzug aus diesem Haus hätte ihm bestimmt zugesetzt.»

«Wahrscheinlich schon», sagte Zangger und streichelte ihren Handrücken. «Aber ich glaube fast, er hätte von dir das Gleiche gesagt.»

Sie lächelte und wiegte den Kopf.

«Wie lange hast du jetzt hier gewohnt?»

«Fast sechzig Jahre, das solltest du doch wissen», gab sie zur Antwort. Dann lachte sie plötzlich auf: «Du meine Güte, ist das wahr? Achtundfünfzig Jahre am gleichen Ort. Dann ist es jetzt aber höchste Zeit.»

Sie blieben sitzen und redeten über dies und das. Ganz normal, es tat ihm gut.

«Wie gehts Tina?», fragte sie.

«Gut.»

Sie sah ihn nachdenklich an.

«Du hast ein wunderbare Frau, Lukas. Weisst du das?»

Er hätte ihr um den Hals fallen mögen für diese Worte. Das war keiner dieser mütterlichen Kommentare, über die seine Patienten jeweils in der Sprechstunde klagten, da schwang kein unausgesprochener Vorwurf mit. Es war wahr. Und es war liebevoll gesagt. Aber aus lauter Verlegenheit sagte er bloss:

«Natürlich», und dann, weil es ihm eben einfiel: «Du, Mutter, hat sich Mona bei dir gemeldet?»

«Ja, hat sie. Es hat mich richtig gefreut.»

«Hat sie nach einem freien Zimmer gefragt?»

«Nein, wieso?», fragte sie erstaunt zurück. «Will sie denn ausziehen?»

«Nein, sie hat nur ...»

«Das würde sich doch gar nicht lohnen, für bloss sechs Wochen.»

«Stimmt», sagte Zangger und schwieg ein Weilchen. «Weisst du was?», sagte er dann. «Ich möchte noch durchs Haus gehen.»

«Ist gut, mach das», sagte sie und begann, das Geschirr wegzuräumen.

Zangger ging nach oben. Die Zimmer, die schon geräumt waren, kamen ihm kleiner vor als sonst. Zwei- oder dreimal hatte man das Haus renoviert. Jetzt war es wieder bitter nötig. Er stieg in den Estrich hinauf, den man einst ausgebaut hatte, um ein zusätzliches Zimmer zu gewinnen. Für ihn. Die Genossenschaft hatte es erlaubt, und Vater hatte es bezahlt.

Er setzte sich in der leeren Mansarde auf den Boden und lehnte sich gegen die Wand. Er blickte durch die kleine Lukarne. Wolken zogen am Himmel vorbei. Unten hatte Mutter das Radio angestellt, das klassische Feierabendprogramm. Die Mansardentüre stand offen, Musik klang durch das ganze Haus. Mozart. Er liess sich der Wand entlang zu Boden gleiten, bis er ausgestreckt dalag, und schaute an die Decke hinauf. Er spürte, wie sich das Wasser in seinen Augen sammelte.

Lukas liegt im Bett, Musik klingt durch das ganze Haus. Mozart. Vater hat unten im Wohnzimmer das Grammophon angestellt, das neue für die Langspielplatten. Das macht er immer am Sonntagmorgen, so weckt er alle sachte auf. Es klingt himmlisch, Lukas liebt diese Musik, er kennt jeden Ton. Vater hat sicher achtzehn oder zwanzig Langspielplatten, und Lukas kennt alle auswendig. Vivaldi: Die Vier Jahreszeiten; Bach: Die Brandenburgischen Konzerte; Mozart: Das Krönungskonzert mit Clara Haskil und das Violinkonzert in G-Dur mit Yehudi Menuhin – er kennt auch die Interpreten –, das sind die Sonntagmorgenschallplatten. Die andern, die von Beethoven, Schubert und Brahms, und die von Verdi werden manchmal am Abend aufgelegt, wenn die Kleinen im Bett sind. Und dann gibt es noch zwei, die hört Lukas nur, wenn er allein ist – nur er darf das Grammophon bedienen, wenn Vater nicht da ist –, die von Schubert: das Streichquintett mit Pablo Casals am ersten Cello, und die von Chopin: die Nocturnes mit Dinu Lipatti. Die hört er sich an, wenn er an das Mädchen denkt, das vielleicht gar nichts von ihm wissen will.

Lukas lauscht. Wird Vater seine Geige holen und das Violinkonzert spielen? Das tut er manchmal, wenn er gut aufgelegt ist. Nicht etwa begleiten, nein, den Solopart mitspielen! Das soll ihm mal einer nachmachen als Laienmusiker: mitspielen, ganz genau im Takt mit dem Violinisten auf der Schallplatte und ohne einen einzigen falschen Ton! Fast alle in der Familie musizieren, Lukas spielt Cello. Aber nicht besonders gut, und deshalb macht er auch nicht mit der gleichen Begeisterung Musik wie Koni und Georg. Koni spielt prima Klavier und Georg Geige, auch schon gut für sein Alter. Lukas geht in die Cellostunde, natürlich, und manchmal spielt er mit Vater und den Brüdern Trio oder Quartett. Aber er spürt genau, dass er es auf keinen grünen Zweig bringen wird, seine Finger machen einfach nicht mit. Er zieht deshalb das Musikhören vor. Er liebt Musik unendlich, aber nur, wenn sie perfekt gespielt ist. Und perfekt spielen, das kann er nicht. Vater kann es. Einmal hat er in der Kirche ein Bachkonzert gespielt, als Solist, begleitet von einem Kirchenorchester. Lukas hätte platzen können vor Stolz.

Nein, Vater holt seine Geige heute nicht.

Vielleicht packt er am Nachmittag dafür die Klarinette aus und geht im Keller jazzen. Das kann er nämlich auch. Mutter hat einmal erzählt, wo sie ihn kennen gelernt hat: in einem Studentenjazzkeller, vor zwanzig Jahren. Er spielte in einer Jazzband. Ein richtiger Sunnyboy sei er gewesen, hat sie gesagt.

Allmählich stehen alle auf. Es pressiert nicht. Am Sonntagmorgen pressiert es nicht, sonst schon. An den Werktagen herrscht immer ein Gehetze. Koni und Röbi sind richtige Träumer, sagen die Eltern – er findet: Lahmärsche –, die beiden andern tun immer dumm, deswegen gibts dann ein Gestürm. Vater ist längst weg, wenn Lukas aufsteht, er fängt früh an, macht zuerst Hausbesuche, dann geht er in seine Praxis. Mutter muss sich mit den Brüdern herumschlagen. Mit ihm nicht, er erledigt seine Sachen und geht zur Schule. Aber Mutter verzweifelt manches Mal fast, besonders wegen Hannes. Hannes sei ein schwieriges Kind, sagen die Eltern. Lukas findet, er tue bloss dumm und tue einem ständig etwas zuleide. Jähzornig ist er auch und er schlägt Sachen kaputt.

Wenn er etwas von seinen Sachen kaputtmacht, haut er ihm eine herunter, und dann gibts Zoff. Vater nimmt Hannes nämlich ständig in Schutz. Er schimpft fast nie mit ihm, selbst wenn er es verdient hätte. Nicht einmal, als sich Hannes während des Schulexamens in der vierten Klasse verkehrt herum auf sein Schülerpult setzte und die Eltern und Besucher angaffte, anstatt auf seinem Stuhl zu sitzen und wie alle andern an die Wandtafel zu gucken – nicht einmal da setzte es etwas ab. Im Gegenteil, Vater ging später an jenem Tag mit ihm in den Keller und liess ihn am Schlagzeug trommeln.

Aber heute ist Sonntag, es geht gemächlich zu. Die Musik ist bald zu Ende, Lukas erkennt die letzten Takte. Wenn die Musik zu Ende ist, steht das Frühstück auf dem Tisch. Vater macht das Sonntagsfrühstück, damit Mutter ausschlafen kann. Er tischt den Butterzopf auf, den Mutter am Vorabend gebacken hat, und Käse, Zwetschgenkonfitüre und Honig.

Die Stimmung ist heute anders als sonst.

«Wir wollen euch etwas sagen», sagt Vater, als alle am Tisch sitzen. Er klingt irgendwie feierlich. Fast, wie wenn er traurig wäre. Oder Angst hätte. Er sagt aber, er freue sich. «Etwas Schönes: Mutter bekommt wieder ein Kind.»

Mutter schaut Vater an, man kommt nicht draus, ob sie lächelt oder gleich zu weinen anfängt. Alle schauen irgendwie erschreckt drein, niemand freut sich richtig. Nicht einmal, als Vater sagt: «Wer weiss, vielleicht gibts ein Schwesterchen.»

Lukas findet, Mutter sei zu alt, aber sagen tut er es nicht.

Was werden seine Freunde sagen, wenn sie hören, dass seine Mutter schwanger ist? Auch die Brüder sagen zuerst nichts.

Nur Hannes sagt etwas.

«Wie soll das gehen?», fragt er. Nein, es platzt aus ihm heraus. Er weiss nicht, ob er wütend werden oder flennen oder davonrennen soll. «Für sechs Kinder ist hier doch viel zu wenig Platz!», ruft er, und seine Mundwinkel zucken.

Das stimmt, denkt Lukas. Er hat als Einziger ein eigenes Zimmer, die Dachkammer. Weil er der Älteste ist und aufs Gymnasium geht. Er hat mehr Hausaufgaben zu machen als die andern, auch darstellende Geometrie, das braucht Platz. Die andern vier teilen sich je zu zweit ein kleines Zimmer, Koni mit Hannes und Georg mit Röbi. Die Eltern schlafen im Wohnzimmer. Dort hat es ein Bett mit einem Klappbett darunter. Am Tag merkt man nichts davon, Mutter deckt alles zu, es sieht aus wie ein Sofa.

Vater stellt sich hinter Hannes, fasst ihn an den Schultern und massiert ihn. Das beruhigt ihn meistens.

«Wisst ihr was?», sagt er. «Heute Nachmittag gehen wir baden. Einverstanden?»

Er will uns aufheitern, denkt Lukas und ist froh darüber. Vater kann sie immer aufheitern. Oder beruhigen, oder ihnen Mut machen. Auch Mutter kann er aufheitern, wenn sie betrübt ist. Nur nicht immer.

Vater schaut Mutter an, sie lächelt und nickt.

«Aber nur die, die wollen.»

Das sagt er immer, wenn er möchte, dass alle mitkommen.

«Und heute Abend besprechen wir alles mit den Buben, nicht wahr?», sagt er zu Mutter. Sie nickt wieder. «Wir finden schon eine Lösung mit dem Platz.» Er hört mit dem Massieren auf und gibt Hannes einen Klaps. «Also, wer kommt mit ins Schwimmbad?»

Alle wollen, nur Lukas nicht.

Dabei verbrachte er schon als Knirps jede freie Sommerminute in diesem Schwimmbad. Die Sommerluft atmen, von ferne das Geschrei in der Badi hören – noch warten müssen, weil zuerst der Kies vor dem Haus gerecht, die Wäsche aufgehängt oder das Velo geputzt werden musste – dann endlich hinlaufen oder -radeln dürfen und die Freunde in der Badi treffen, das war schon für den Primarschüler das Grösste gewesen. Es ist ein altmodisches Schwimmbad, aber es gefällt ihm besser als alle andern Bäder. Es ist nämlich nicht eines dieser künstlichen Schwimmbecken mit Chlorwasser drin, man schwimmt im See. Die Anlage für die Nichtschwimmer besteht aus einer schwimmenden Holzkonstruktion mit einem Bretterrost als Boden. In diesem Geviert lernte er zuerst tauchen, später schwimmen. Wenn er tauchte, konnte er zwischen den Brettern hindurch auf den Seegrund sehen. Etwas machte ihm früher freilich ein bisschen Angst: Jedem wurde eingebläut, er dürfe auf gar keinen Fall von der Seeseite her unter diesem Bretterrost durchtauchen. Wer es nicht auf die andere Seite schaffe, so hiess es, der ertrinke jämmerlich.

Eigentlich dumm, den Kindern so etwas zu sagen, meinte Vater. Dann machen sie es erst recht. Wie mit den Weidenkätzchen, die sie genau darum in die Nase stopfen, weil die Eltern sie immer davor warnen.

Die Wagemutigsten machten es auch wirklich immer wieder: Sie tauchten und schwammen unten durch. Es ertrank nie einer. Er selber hat es nie versucht, bis heute nicht, obwohl er es wahrscheinlich könnte. Das war früher, jetzt redet man nicht mehr davon.

Er liebt die Badi: die Holzstege, auch wenn er sich schon oft mit einem Holzsplitter verletzte; das Steinmäuerchen, auf dem er am Ufer sitzt und die Beine baumeln lässt; die Steinstufen, die ins tiefe Wasser führen; das Einmeterbrett, von dem er den Kopfsprung, und das Dreimetersprungbrett, von dem er den Rückwärtssalto wagt, weil er dann nämlich nicht ins Wasser hinunterschauen muss; das Floss weit draussen, das er schon als Zehnjähriger erreicht hat; die Steinplatten, auf denen man im Liegen den Bauch wärmen und unter den Türen der Umkleidekabinen durchgucken kann; die Rasenflächen, auf denen er Federball spielt, und den Kiosk, an dem er sich Süssigkeiten oder eines dieser Heftchen holt.

Er liebt die Badi auch als Kantonsschüler noch, und die Kantonsschüler gehen sonst ins Wellenbad im Dolder oben.

«Was machst denn du heute Nachmittag?», fragt Vater.

«Ich muss jemandem helfen.»

«Am Sonntag? Wem? Was helfen?»

«Latein.»

«Latein? Das wusste ich gar nicht, dass du Nachhilfestunden gibst.»

«Nicht Nachhilfestunden», wehrt Lukas ab. «Ich helfe bloss einer bei den Hausaufgaben.»

«Oh, einem Mädchen?», fragt Vater augenzwinkernd.

Mutter macht ein erstauntes Gesicht, dann lächelt sie mit ihren schwarzen Augen.

«Wie heisst sie?», fragt Vater. «Darf ich das wissen?»

«Lis heisst sie. Lis Glanzmann.»

«Glanzmann? Jaa – an der Jupiterstrasse?», fragt Vater.

«Mhm.»

«Das muss Scharlis Tochter sein», sagt er zu Mutter. «Nein, so etwas, du kennst Glänzis Tochter! Der Glänzi, so nannten wir den Scharli Glanzmann im Gymnasium. Der Glänzi, verstehst du?», schmunzelt Vater. «Das war der Klassenprimus. Ein ganz Besonderer war das, der Sohn des Rektors. Aus Jux haben wir immer gesagt, er nehme einmal eine Gloria zur Frau. Glanzmann und Gloria, das haben wir ihm prophezeit. Und einen Nobelpreis.» Der Vater lacht. «Du wirst kaum wissen, wie seine Frau heisst, oder?»

«Nein, weiss ich nicht.»

«Also, machs gut», sagt Vater und klopft ihm auf die Schulter.

Aber irgendwie, denkt Lukas, wärs ihm lieber, ich würde mitkommen. Auch Mutter sähe es gern, wenn heute alle zusammen wären. Irgendwie spürt er das, aber er geht trotzdem nicht mit.

«Wenn du früher fertig bist», schlägt ihm Vater vor, «dann komm doch noch nach. Wir bleiben bestimmt bis gegen Abend. Das Wetter ist gut, das sollten wir ausnützen. Vielleicht essen wir im Schwimmbad.»

«Picknick?», fragt Georg.

«Nein, kein Picknick. Heute nicht. Mutter soll heute gar keine Arbeit haben. Wir essen in der Badibeiz.»

In der Gartenwirtschaft essen?, Lukas traut seinen Ohren kaum. So etwas hat Vater noch nie vorgeschlagen. Die Familie Zangger isst doch nie auswärts – mit fünf Kindern. Ein bisschen bereut er jetzt, dass er nicht mitgeht. Aber er kann nicht mehr zurück, es haben ja alle gehört, dass er Lis Glanzmann bei den Lateinaufgaben helfen muss.

«Gut», sagt Lukas. «Wenn ich früher fertig bin.»

27

Dass Mona ihren Freund, oder was immer er war, tatsächlich nach Hause brachte, war für Zangger eine echte Überraschung. Keine freudige, aber er versuchte anfänglich, gute Miene zum bösen Spiel zu machen.

Tom war zum Nachtessen nicht da. Tina und Zangger hatten bloss eine leichte Mahlzeit für zwei vorbereitet, denn

Mona hatte sich in den letzten Tagen abends nicht mehr gezeigt. Jetzt streckte sie den Kopf zur Küchentüre herein und fragte: «Kann er auch mit uns essen?»

«Wer?», fragte Tina.

«Eben, er», sagte sie. Es klang, als habe man gerade erst von jemand Bestimmtem gesprochen.

«Selbstverständlich», sagte Tina.

Zangger wollte Einwände machen, aber Tina verteilte im Handumdrehn die bereits aufgetischten Tomaten mit Mozarella und Basilikum auf vier Teller, streckte alles mit ein paar Salatblättern, stellte einen Topf auf den Herd und holte ein Paket Nudeln. Dann bat sie Zangger, aus den Pouletbrüstchen Würfel zu schneiden, anstatt sie zu grillieren, und briet für Mona zwei Eier.

«Das ist Herr Krautzek», sagte Mona, als sie mit ihm hereinkam. Das klang in Zanggers Ohren zwar etwas eigenartig, aber es entband ihn davon, dem Gast das Du anzubieten, wie er es bei Claudias Freund getan hatte.

«Sie sind Mirko, nicht wahr?», sagte Tina ungezwungen und reichte ihm die Hand. Das schien die Begegnung fürs Erste zu entkrampfen.

Herr Krautzek brachte den Namen Zangger den ganzen Abend nie über die Lippen, er vermied jede Anrede genauso wie jeden Augenkontakt. Selbst Mona sprach er nicht mit ihrem Namen an. Er sagte bloss «Du!» oder «Eh». Anfänglich dachte Zangger, er könne zu wenig gut Deutsch. Er sprach aber, wenn er überhaupt sprach, eine Art Schweizerdeutsch, wie sich im Lauf der kargen Konversation, die Mona mit ihm führte, herausstellte.

Für Zangger war es nie ein Problem gewesen, mit gehemmten Menschen ins Gespräch zu kommen, für Tina erst recht nicht. Er wollte auf keinen Fall den Eindruck erwecken, er gebe sich mit dem Gast professionelle Mühe –

daraus hätte ihm Mona einen Strick gedreht –, aber er versuchte redlich, über irgendetwas mit ihm zu reden. Es gelang ihm nicht, und Tina ebenso wenig.

Herr Krautzek kam in einer seltsamen Aufmachung daher, einer Mischung aus Skinhead und Punk. Es war nicht auszumachen, welcher Couleur er angehörte: Mal hörte man ihn «Sauschwaben» knurren, mal «Scheissschweizer», und auf seinen tätowierten Armen war nebst Rose, Anker und Drache etwas wie ein Hakenkreuz zu erkennen. Natürlich hatte er keinerlei Tischmanieren. Dabei waren Zanggers Erwartungen diesbezüglich nicht etwa hoch, er nahm Toms Umgangsformen zum Massstab. Der Gast schien die Einladung nicht im Geringsten zu schätzen, sondern eher als Zumutung zu empfinden. Als er seinen Teller leer gegessen hatte, hob er sein Hinterteil vom Stuhl und liess einen Furz fahren, dann gab er Mona mit dem Ellbogen einen Puff in die Seite, um ihr zu bedeuten, dass er gehen wolle.

Konsterniert blieben Zangger und Tina sitzen, als die beiden gegangen waren. Er musste akzeptieren, dass der Bursche möglicherweise über Nacht bei Mona blieb, das hatte er sich selber eingebrockt. Aber das war nicht das Schlimmste. Er hätte sich einfach nie gedacht, dass es jemals so weit kommen würde: dass er Sorgen oder Ärger haben könnte, weil seine Tochter einen unpassenden Mann nach Hause brachte. Tina und er hatten, als die Kinder noch klein waren, nie Vorbehalte gegen einen Spielkameraden geäussert; sie hatten nie etwas dagegen gehabt, wenn eines der Kinder mit einer Freundesfamilie in den Urlaub fahren oder einen Kumpanen in den Familienurlaub mitnehmen wollte; sie hatten nie die Nase gerümpft, wenn Schulfreund oder Schulfreundin in irgendeiner Hinsicht anders waren als Tochter oder Sohn; und sie hatten sich geschworen, ihren Kindern nie und nimmer bei der Wahl ihrer Freundin oder ihres Lebenspartners dreinzureden.

Zangger hatte sich in dieser Hinsicht für einen Ausbund an Toleranz gehalten – jetzt wurde ihm klar, dass er bisher bloss keinen Grund zum Einschreiten gehabt hatte. Jetzt hatte er ihn: Mit diesem Herrn Krautzek konnte er sich nicht abfinden.

«Vielleicht taut er noch auf», sagte Tina.

Daran glaubst du doch selber nicht, dachte Zangger.

«Vielleicht», sagte er.

«Er ist es vielleicht nicht gewohnt. Vielleicht sass er noch nie an einem Familientisch.»

«Bestimmt nicht.»

«Es ist doch gar nichts Festes», versuchte Tina sich selbst und Zangger Hoffnung zu machen. «Sie sagte ja, er sei nicht ihr Freund.»

«Hoffen wirs.»

«Und sonst wäre es Monas Angelegenheit», meinte sie tapfer. «Für *sie* muss es stimmen, nicht für uns.»

«Es stimmt aber überhaupt nicht. Für niemanden», behauptete Zangger. «Das kommt nicht gut heraus, das sage ich dir.»

Er kannte sich selber nicht mehr; jedem andern hätte er die Äusserung eines solchen Vorurteils zum Vorwurf gemacht.

Die folgenden Tage und Wochen waren kein Honiglecken. Nicht, dass der junge Mann regelrecht bei Mona eingezogen wäre – denn dann hätte ihn Zangger rausgeschmissen –, nein, er blieb mal über Nacht, mal lungerte er, wie sich im Nachhinein herausstellte, mit Mona einen Tag lang im Haus herum, wenn sie schulfrei hatte oder schwänzte. Mal sah man ihn eine Woche lang nicht und bildete sich schon ein, die Sache zwischen Mona und ihm sei zu Ende, dann war er wieder da und wurde von Mona an den Familientisch geschleppt, oder man hörte ihn spät nachts mit ihr eintrudeln und sich im Kühlschrank bedienen. Nie wurde klar, ob er wirklich Monas

Liebhaber war, und Zangger versuchte krampfhaft, sich nicht dafür zu interessieren. Manchmal hatte man den Eindruck, Mona behandle ihn als ihren Schützling, dann wieder sah es umgekehrt aus: als ob Herr Krautzek Monas Lehrmeister wäre, es war allerdings nicht erkennbar worin.

Tom nervte sich über den Besucher noch mehr als Zangger. Er ging ihm aus dem Weg und blieb weg, wenn er ihn zu Hause vermutete.

«Was meinst du, kifft er?», fragte Zangger einmal.

«Nein, der spritzt», sagte Tom. «Und ihr könnt froh sein, wenn er Mona nicht anfixt.»

Die Stimmung im Haus wurde mies und mieser. Tom fand, die Eltern sollten Krautzek das Haus verbieten. Er prophezeite, dass Fabian diesen Typen auf keinen Fall aushalten werde. Zangger kritisierte Tina, weil sie einmal Krautzeks Wäsche gewaschen hatte, die zusammen mit Monas Sachen im Wäschekorb gelegen hatte. Tina warf ihm dafür vor, dass er Krautzek am Tisch Wein angeboten, ja aufgezwungen habe, anstatt ihm von Mann zu Mann Manieren beizubringen.

Mona provozierte, wenn sie mit den Eltern allein war, Auseinandersetzungen, die stets irgendwann bei Herrn Krautzek endeten.

«Ihr mögt ihn einfach nicht», kreischte sie. «Von Anfang an habt ihr ihn nicht akzeptiert, das habe ich doch gleich gemerkt. Bloss, weil ihr meint, er sei ein Jugo, oder? Dabei hat er den Schweizerpass, damit das klar ist.»

Sie wandte sich dramatisch ab, dann blieb sie stehen und sah Tina böse an.

«Hast du übrigens wieder in meinem Zimmer rumgemacht?»

«Wieso sollte ich?», fragte Tina unwillig zurück. Sie hütete sich, in Monas Zimmer Ordnung zu machen.

«Weil der Umschlag nicht mehr da ist! Wo hast du ihn hingetan?»

«Nirgendwo habe ich irgendwas hingetan», sagte Tina. «Was für ein Umschlag überhaupt?»

«Welcher wohl? Der von Opa natürlich. Der an der Pinnwand. Wo ist er?»

Tina warf Zangger nur einen Blick zu.

Eines Abends nützte Tina die Gunst der Stunde. Mona war ausnahmsweise gut gelaunt, fragte in einer Sache um mütterlichen Rat und zeigte sich auch sonst zugänglich. Da sagte ihr Tina, was sie im Umgang mit Krautzek störte. Sie gab ihr zu verstehen, dass sie es schätzen würde, wenn er Guten Tag sagen und sich ab und zu fürs Essen oder sonst etwas bedanken würde. Sie versuchte, ihrer Tochter sachte beizubringen, dass sie sich von einem Mann nicht alles gefallen lassen dürfe und dass sie ein Anrecht habe auf anständige Behandlung, gleichgültig, ob es sich bei dem Mann um einen Klienten, einen Bekannten oder einen Freund handle.

Später gab es in Monas Zimmer einen heftigen Streit.

«Arschlöcher!, eh», hörte man Herrn Krautzek schimpfen, «Scheissspiesser», «Sturer Bock, eh!»

«Selber sturer Bock!», «Dann hau doch ab», tönte es von Mona zurück. Allmählich ebbte es ab: «Gar nicht so gemeint», «Versuchs doch mal.»

«Von mir aus, eh.»

Mona hatte Erfolg, wenigstens teilweise. Erstens zeigte sich ihr Begleiter seltener, was alle spürbar entlastete. Zweitens sagte er beim Nachtessen einmal: «Gutes Steak, eh!» Drittens gab er Mona einen Puff in die Seite und sagte: «Du!, *sie* hat Recht, eh», als Tina und sie über eine Kleinigkeit uneins waren. Viertens brachte er eine Flasche Kalterersee und ein Schweizerfähnchen mit, als sie am ersten August im

Garten hinter dem Haus grillierten. Und fünftens brachte er Tina ein Geburtstagsgeschenk.

Niemand war sehr erpicht gewesen darauf, dass Herr Krautzek an dem kleinen Anlass teilnahm. Er war auch gar nicht eingeladen worden, denn Mona hatte angekündigt, sie müsse an diesem Nachmittag an einem Kurs teilnehmen. Geburtstage wurden in der Familie Zangger am frühen Feierabend begangen: gemütliches Beisammensein bei Geburtstagskuchen mit Kerzen, ein paar bescheidene Geschenke.

Zangger kam früher nach Hause und brachte einen Blumenstrauss, Tom hatte einen Kuchen gebacken und den Tisch gedeckt, Fabian sandte genau zur richtigen Zeit per SMS seine Glückwünsche und entschuldigte sich, dass er nicht anrufe, weil der Akku bald leer sei. Tina blies eben die Geburtstagskerzen aus, da erschien Mona mit Herrn Krautzek im Schlepptau. Er trug jetzt Uniform: eine Art Wehrmachtskittel, Hosen in Tarnfarbe und Militärstiefel. Mona küsste ihre Mutter links und rechts auf die Wange und sagte, sie habe nicht früher kommen können. Dann überreichte sie ihr ein hübsch verpacktes Taschenbuch. Herr Krautzek stellte ein ebenso schönes Geschenkpäckchen vor sie hin. Es war leicht zu erkennen, dass Mona es verpackt hatte.

«Für Sie, eh», sagte er. «Zum Geburtstag.»

«Nein, wie schön!», rief Tina. «Das ist ja völlig unerwartet. Was ist es denn?»

«Pack es doch aus, Mama», sagte Mona.

Tina öffnete das Päckchen und erschrak.

«Nein, so etwas Kostbares», sagte sie. «Das ist doch ein viel zu grosses Geschenk.»

Herr Krautzek puffte Mona in die Seite.

«Sag du, eh.»

«Er hat es auf dem Flohmarkt gefunden, weisst du», sagte Mona, was Tina etwas beruhigte.

«Trotzdem», sagte sie. «Das ist ja wunderhübsch. Vielen Dank. Ich bin ganz gerührt.»

Herr Krautzek zuckte die Schultern und guckte auf seine Stiefelspitzen. Er sah zum ersten Mal zufrieden aus.

Tina reichte das Geschenk herum, damit alle es betrachten konnten.

«Ist das Horn?», fragte Zangger, als er die vier kleinen silbernen Messer und Gabeln in die Hand nahm, und deutete auf die Griffe. «Oder Elfenbein?»

«Weiss nicht, eh.»

28

Es war Tinas Vorschlag gewesen, Glanzmann eine kleine Freude zu machen und ihn am Sonntagnachmittag zum Kaffee einzuladen. Er war mittlerweile aus dem chirurgischen Spital entlassen und in eine Rehabilitationsklinik unweit der Stadt verlegt worden. Als Zangger noch zu Glanzmanns Dozenten an der Schule für Psychotherapie gehört hatte, waren Tina und er zwei, drei Mal von Frau Glanzmann zum Essen eingeladen worden. Er verspürte zwar einen Widerwillen gegen das Haus an der Jupiterstrasse, aber natürlich hatten sie die Einladungen angenommen und sich, ebenso selten, mit einer ähnlich formellen Einladung revanchiert. Es waren anregende, aber nie herzliche Begegnungen gewesen, und niemand vermisste sie, als sie nicht mehr stattfanden. Nachdem Glanzmann die Leitung der Schule an Zangger abgetreten hatte, blieb es bei gelegentlichen Sonntagnachmittagsbesuchen, zu denen die Zanggers die Glanzmanns im Götterquartier abholten. Aber auch diese Besuche hörten auf, unter anderem weil sich Zangger je länger, je mehr daran störte, dass er sich einen Vortrag anhören musste. Dass das Zangger ärgerte, verstand Tina nicht.

«Seine Ausführungen sind doch hoch interessant», hatte sie gefunden.

«Nicht, wenn du sie zum hundertsten Mal hörst», hatte Zangger entgegnet. «Und du weisst doch, dass ich Fachsimpeleien in meiner Freizeit nicht mag.»

In den letzten Jahren hatte man sich kaum noch privat gesehen. Nach Frau Glanzmanns Tod hatte es Tina für ihre Pflicht gehalten, sich ab und zu um den Witwer zu kümmern. Aber sie hatte bald den Eindruck gewonnen, der alte Professor fühle sich durch die Kontaktaufnahmen eher gestört, als dass sie ihn freuten.

Jetzt war es anders: Glanzmann hatte sich sehr über Tinas Anruf gefreut.

«Was Sie nicht sagen», hatte er mit brüchiger Stimme ins Telefon gesagt. «Das ist aber nett.»

Tom hatte vor vier Wochen, mitten in seinen Maturitätsvorbereitungen, die Führerprüfung abgelegt und nahm von Zangger gelassen den Auftrag entgegen, den gebrechlichen Gast in der Klinik abzuholen und hinter die Forch zu chauffieren.

«Hol ihn im Zimmer 211 ab, er kann nicht selber zur Rezeption herunterkommen», instruierte ihn Zangger.

«Easy.»

«Beim Gehen musst du ihn stützen. Und beim Ein- und Aussteigen musst du ihm helfen.»

«Klar.»

«Fahr aber nicht zu schnell mit ihm», sagte Tina.

«Okay.»

Als Tom eine Stunde später angefahren kam und vor dem Haus parkierte, gingen Zangger und Tina nach draussen.

«Du meine Güte, Glanzmann sieht aber schlecht aus», flüsterte Tina.

«Finde ich auch», sagte Zangger leise. «Schön, Sie zu sehen, Herr Professor. Wie geht es Ihnen?»

«Blendend», sagte Glanzmann und hob zur Demonstration seiner Standfestigkeit für einen Augenblick beide Krückstöcke in die Höhe.

«Können Sie bis ins Haus gehen?»

«Aber sicher», sagte Glanzmann und trippelte mit kurzen Schrittchen neben Tina her. «Es geht wieder wie am Schnürchen.»

Tom nahm seinen Vater beiseite.

«Du, Pa», raunte er, «das stimmt doch nicht, dass er mit dir zur Schule ging, oder?»

«Nein», lachte Zangger, «natürlich nicht. Wieso?»

«Er hat gesagt, er sei mit dir aufs Gymnasium gegangen.»

«Mit *Vater* ist er aufs Gymnasium gegangen, nicht mit mir. Mit Opa. Da ist ihm etwas durcheinander geraten.»

«Ist das die Erinnerungslücke?», fragte Tom flüsternd.

«Nicht die vom Unfall.»

«Dann ist er eben doch ein bisschen gaga», konstatierte Tom.

Vielleicht, dachte Zangger.

«Er hat nämlich noch etwas gesagt», flüsterte Tom weiter.

«Ja? Was?»

«Er hat gesagt, der Mensch habe drei Hirne im Kopf. Das ist doch gaga.»

«Nein, das ist seine Theorie.»

«Dass der Mensch drei Gehirne habe? Wie soll das gehen?»

«Hat er es dir nicht erklärt?»

«Doch, aber ich habe kein Wort verstanden. Er redet und zittert ja wie der Papst. Und er bewegt sich auch genau so, ich …»

«Bitte Tom», sagte Zangger, denn Glanzmann war stehen geblieben und hätte sie hören können. «Aber wenn du willst, erkläre ichs dir ein anderes Mal.»

«Okay», sagte Tom. Glanzmann betrat mit Tina eben das Haus. «Sag doch nicht immer Herr Professor zu ihm, Pa. Das tut doch kein Mensch.»

«Ich weiss, da bin ich altmodisch.»

«Also *ich* sage Herr Glanzmann», erklärte Tom.

«Klar», sagte Zangger.

Die Sessel vor dem Cheminée waren für den Gast nicht geeignet. Tina führte Glanzmann deshalb ins Esszimmer, und sie setzten sich an den Tisch.

Zuerst sprach man über seine Operation, über Frau Engel und über das Unglück, von dem keiner wusste, was es gewesen war. Zangger merkte bald, dass Glanzmanns Amnesie für den Unfall- oder Tathergang unverändert war. Da er keine Erinnerung an den Unglückstag hatte, war es für ihn, wie wenn Frau Engel weit weg, im Urlaub, ums Leben gekommen wäre: tragisch zwar, aber ohne dass er davon berührt gewesen wäre wie einer, der dabei gewesen war. Und was mit ihm selber geschehen war, beschäftigte ihn offenbar nicht mehr als eine Zeitungsnachricht.

Zangger konnte es nicht lassen, sich wieder nach dem Buch zu erkundigen. Er hatte das Abstract ein weiteres Mal gelesen und erneut den Eindruck gehabt, es lasse auf ein hervorragendes Buch schliessen. Die vollständigen Kapitel mit den fertig ausformulierten Theorien und Zukunftsvisionen würden in der Fachwelt bestimmt auf grosses Interesse stossen. Es wäre ein Jammer, wenn das Manuskript nicht mehr zum Vorschein käme, denn so wie es jetzt aussah, wäre Glanzmann nicht in der Lage, das Buch zu rekonstruieren. Die Operation war zwar erfolgreich verlaufen, aber es ging mit ihm bergab, auch wenn er selber es anders erlebte.

«Wenn das Manuskript nicht zum Vorschein kommt», sagte Glanzmann, «dann schreibe ich das Buch eben noch einmal – in *einem* Zug. So weit geht die Amnesie denn doch nicht.

Da drin ist alles noch gespeichert.» Er tippte sich an die Schläfe. Ruckend und zuckend drehte er sich zu Tom um. «Gespeichert und gesichert, so sagt man doch, habe ich Recht, junger Mann? Das schnappt einem so leicht keiner weg, nicht wahr?»

Tom lächelte.

Glanzmann wandte sich wieder an Zangger.

«Keine Sorge, ich werde das Manuskript schon finden. Man muss mich nur suchen lassen.» Sein Gesicht verfinsterte sich. «Dazu müsste ich aber ins Haus dürfen.»

«Das dürfen Sie doch», sagte Zangger. «Die Polizei hat es längst entsiegelt. Ich war ja kürzlich selber drin.»

«Aber meine Tochter», sagte Glanzmann, «meine Tochter will mich nicht lassen.»

«Sie macht sich Sorgen», meinte Tina.

«Grundlos», murrte Glanzmann. «Ich komme gut zurecht, das sehen Sie ja selber.» Sein Gesicht hellte sich auf, und er drehte seinen wackelnden Kopf zu Tina. Durch schmierige Brillengläser sah er sie an. «Könnten Sie meine Tochter vielleicht überzeugen? Es ist nämlich höchste Zeit, dass ich wieder an die Arbeit gehe. Sonst kommt das Buch nie heraus. Würden Sie ein gutes Wort für mich einlegen?»

Mit viel Takt und Fingerspitzengefühl gelang es Tina, diesen Auftrag abzuwenden, sich aus der Glanzmannschen Familienangelegenheit, die sich da abzeichnete, herauszuhalten und zum Kaffee überzugehen. Sie schenkte ein und bot Glanzmann ein Stück Kuchen an.

«Oh, vielen Dank», sagte Glanzmann. «Aber ich bin Diabetiker.»

«Das weiss ich doch», lächelte Tina. «Er ist mit Fruchtzucker gemacht.»

«Was Sie nicht sagen. Das ist aber nett», freute sich Glanzmann. «Dann nehme ich gern ein Stück.»

Tina hatte ihm die Tasse wohlweislich nur halb gefüllt. Er hielt sie mit beiden Händen fest und führte sie zitternd zum Mund, beugte sich gleichzeitig vor und stülpte die Lippen der Tasse entgegen. Zangger hielt den Atem an, so dramatisch sah das Unterfangen aus. Dann zerkleinerte Glanzmann das Kuchenstück, versuchte es anzustechen und, als dies nicht gelang, auf die Gabel zu laden. Es fiel aber immer wieder auf den Teller und schliesslich zu Boden.

«Sehen Sie», sagte er entschuldigend zu Tina, «deswegen gehe ich nicht mehr auf Besuch. Aber vor Ihnen brauche ich mich nicht zu genieren. Sie kennen das ja», sagte er zu Zangger. Dann fragte er Tina: «Dürfte ich einen Löffel haben?»

Tina brachte ihm einen Löffel, tat, als sei nichts dabei, und auch Zangger sah geflissentlich darüber hinweg, wie Glanzmann den Kuchen ass. Tom, der angekündigt hatte, er bleibe nicht lange sitzen, beobachtete fasziniert, wie Glanzmann den zerbröselnden Kuchen löffelte. Als das Schauspiel zu Ende war, verabschiedete er sich. Glanzmann entspannte sich, legte den Löffel auf den Tisch und untersuchte verwundert die Gabel, die er in der Hand gehabt und wieder hingelegt hatte, und das kleine Messer neben dem Teller, das er gar nicht angerührt hatte.

«Da sind sie ja», sagte er auf einmal. «Ich habs doch gewusst.»

«Was meinen Sie?», fragte Tina.

«Die Messerchen und Gäbelchen. Katja meinte, sie seien gestohlen worden, aber ich habe immer gewusst, dass sie wieder zum Vorschein kommen. – Da, sehen Sie, hier sind sie», triumphierte er.

Tina sah verdutzt zu Zangger hinüber.

«Wie? Was ist mit dem Besteck?», fragte dieser.

«Ach wissen Sie», sagte Glanzmann mit verlegenem Lächeln und griff sich an den Kopf, «ich bin wohl ein bisschen durcheinander. Ich dachte für einen Augenblick, ich sei zu Hause. – Dabei bin ich ja bei *Ihnen*.» Er lächelte seine Gastgeber an. «Es war wirklich nett von Ihnen, mich einzuladen. Vielen Dank nochmals.»

«Das Besteck, Herr Professor», insistierte Zangger. «Was ist damit?»

«Nichts. Das kann ja gar nicht unser Besteck sein, das ist Ihres, es sieht nur gleich aus wie unseres», konstatierte er. «Unseres ist verschwunden.»

«Wie verschwunden? Wann?», fragte Zangger.

«Ja, wann war das? Warten Sie. Ach ja, kurz bevor meine Frau starb. Das war nämlich so», sagte er, und er erzählte die ganze Geschichte. Es schien ihn zu freuen, dass er etwas zur Unterhaltung seiner Gastgeber beitragen konnte. «Sie werden bestimmt wieder zum Vorschein kommen. Zwölf Messerchen und zwölf Gäbelchen. Und zwölf Löffelchen. Die können ja gar nicht einfach so verschwinden. Frau Engel wird – ach so, nein. Tut mir Leid», schloss er und schüttelte den Kopf.

«Was ist denn mit dem jungen Mann?»

«Diagnostisch?», fragte Glanzmann zurück. Seine Augen leuchteten. «Wenn man es neuropsychologisch betrachtet, ...»

«Nein, ich meine ...»

«Ach so, Sie meinen therapeutisch. Da wäre bestimmt etwas zu machen. Psychotherapeutisch vielleicht nicht, aber neurochirurgisch. Sie erinnern sich sicher an die Hypothese, die ich Ihnen ...»

«Entschuldigen Sie», unterbrach ihn Zangger, «ich wollte eigentlich wissen, ob Sie den jungen Mann wieder gesehen haben.»

«Leider nein, in letzter Zeit nicht mehr. Er kam zwar einmal vorbei, aber Frau Engel schickte ihn dummerweise weg. Leider. Der arme Kerl.»

Glanzmanns Kopfschütteln hörte gar nicht mehr auf.

29

Zwei Tage später wurde Krautzek festgenommen und in Untersuchungshaft gesetzt. Mona packte ihre Sachen und verschwand, niemand wusste wohin.

Sie hatte eine fürchterliche Szene gemacht und Zangger hatte geglaubt, es sei wieder ein Sturm im Wasserglas. Aber weder Tina nach Tom hatten sie zurückhalten können, selbst Claudia nicht, die sie zu Hilfe gerufen hatten. Mona hatte die Zusammenhänge genau kapiert, auch wenn Zangger nach seinem Besuch auf dem Polizeikommando gesagt hatte, er habe das Diebesgut melden *müssen*, sonst hätte sich Tina der Hehlerei schuldig gemacht.

Er hatte vor Tobler nicht nur diese, sondern auch alle andern Karten auf den Tisch gelegt: Er hatte Glanzmanns Brief, die Kopie von Mbagundes Fünfhundert-Franken-Quittung und diejenige von Hungers Brief an Glanzmann und das Abstract des Buchmanuskripts mitgebracht, das er in Glanzmanns Haus eingesteckt hatte.

«Sie kommen aber reichlich spät damit, Herr Zangger», hatte Tobler gesagt.

«Professor Glanzmann war erst gestern bei uns zu Besuch», erklärte Zangger.

«Ich meine die da», sagte Tobler und zeigte auf die Papiere.

«Ich hatte diese Dinge ganz vergessen», log Zangger. «Erst gestern kam mir alles wieder in den Sinn.»

«Ach so. Da kann man Ihnen natürlich keinen Vorwurf machen», sagte Tobler. «Wenn Sie es vergessen haben.» Er sah ihn schräg an. «Dann werden wir uns jetzt schleunigst um die Herren kümmern.»

«Kennen Sie sie?», fragte Zangger.

«Hunger nicht, aber wir werden mit ihm reden.»

«Und Doktor Mbagunde?»

«Der kommt mir irgendwie bekannt vor. Seltsam, dass ich nicht schon früher daran gedacht habe.» Er erhob sich und schickte sich an, das Büro zu verlassen. «Wissen Sie, ich bin erst seit einem Jahr beim Kapitalverbrechen, zuvor arbeitete ich auf einer anderen Abteilung», sagte er an der Türe und ging hinaus.

Nach einer Viertelstunde war er zurück.

«So wars: Vor drei, vier Jahren war er das letzte Mal da. Er reist jeweils am Zürichberg von Villa zu Villa und sucht sich gut betuchte Spender. Michael Daniel Mbagunde, er macht sich nicht mal die Mühe, den Namen zu wechseln. Arzt ist er übrigens nicht. Er weist sich zwar stets mit dem Ausweis eines Londoner Krankenhauses aus, aber das ist ein Patienten-, nicht ein Ärzteausweis. Man hat nichts gegen ihn in der Hand, er tut nichts Strafbares. Sehen Sie, er stellt für die Gaben ja sogar eine Quittung aus. Aber uns interessiert er jetzt im Zusammenhang mit diesem Totschlag.»

Tobler kratzte sich am Kopf.

«Denken Sie denn nicht, dass dieser Krautzek …?», fragte Zangger.

«Um den kümmern wir uns sowieso. Ich habe mich auch nach ihm erkundigt. Man kennt ihn: Drogendelikte, Entreissdiebstähle und solche Dinge. Aus unserer Sicht Bagatellen. Aber jetzt wissen wir, dass er mehrmals in Glanzmanns Haus war, dass er dort offensichtlich einen Diebstahl begangen hatte und dass er, wie Sie sagten, einmal vom Opfer abgewiesen wurde. Ich muss sagen, ich wäre eher überrascht, wenn Frau de Quervain keine U-Haft beantragen würde.»

«Dann ist Krautzek der Hauptverdächtige?»

«Wir müssen jede Spur verfolgen. Es gibt jetzt mehrere Verdächtige. Mindestens drei oder vier. Mindestens», wiederholte Tobler.

«Sie sagten Totschlag. Wurde Frau Engel ...?»

«Treppensturz. Genickbruch.»

«Haben Sie die Tatwaffe?»

«Für den Genickbruch?», lachte Tobler.

Zangger schaute leicht verlegen drein, jetzt hatte er sich – als Arzt – blamiert.

«Sie haben natürlich recht», sagte Tobler, «im Zweifelsfall müssen wir von einem Verbrechen ausgehen. Wie es zum Treppensturz kam, wissen wir nicht. Aber es sieht ganz danach aus, dass jemand nachgeholfen hat.»

«Haben Sie eigentlich auch mit Frau Schimmel ...?»

«Wissen Sie was, Herr Zangger?». Er sah ihn mit hochgezogener Braue an. «Frau de Quervain hatte Recht: Sie fragen etwas viel. Wir sind doch kein Auskunftsbüro.» Aber als wolle er ihn nach diesem Tadel wieder zum Verbündeten machen, fügte er diskret an: «Ja, haben wir.»

Komische Käuze, diese Kriminalpolizisten, dachte Zangger. Oder raffiniert?

«Aber eine Tatwaffe haben wir noch nicht. Obschon wir sehr intensiv gesucht haben.»

Zangger ging es nicht gut in diesen Tagen.

Wegen Mona plagten ihn Gewissensbisse, und Mirko Krautzek tat ihm auf einmal Leid. Er machte sich Gedanken über Mbagunde und Sorgen um Hunger. Frau Schimmel war ihm plötzlich verdächtig, Glanzmanns Unfall und Frau Engels Tod waren ihm ein Rätsel, und Tobler erschien ihm ziemlich undurchsichtig.

Mehr als einmal setzte er sich mit Seidenbast zusammen, erzählte ihm die ganze Geschichte und wälzte alle seine Fragen und Zweifel und Verdächtigungen mit ihm: Krautzek war ein Gauner, so viel war klar. Aber war er gewalttätig? Immerhin hatte nicht *er* Glanzmann eins auf den Kopf gehauen, sondern umgekehrt. War das ganze am Ende ein Racheakt? Hatte er, Zangger, Hunger gegenüber die Schweigepflicht verletzt? Der Patient war zwar noch zum zweiten, aber nicht mehr zum dritten Termin erschienen, den sie vereinbart hatten. Ob auch er verhaftet worden war? War es Mbagunde gewesen, den er vor Glanzmanns Haus gesehen hatte? War es denkbar, dass Frau Schimmel es auf Glanzmanns Buch abgesehen hatte? War die Polizei dem Manuskriptdiebstahl überhaupt nachgegangen? Konnte man wissen, ob Frau Engel wirklich das Opfer eines Totschlags war? Hatte sie jemand die Kellertreppe hinuntergestossen? Wenn ja, wer? Und warum? Was hatte Toblers dubiose Schlussbemerkung über die Tatwaffe bedeutet? Und wieso hatte er sich nicht dazu geäussert, ob Glanzmann überfallen worden war oder nicht? Hatten der Spitalarzt oder der Gerichtsmediziner aus der Platzwunde auf der Stirn des Professors keine Schlüsse gezogen? Auch Frau Engel hatte eine Verletzung auf der Stirn gehabt. Was hatte diese Parallele zu bedeuten?

Dummerweise konnte er es nicht lassen, auch mit Tina darüber zu reden. Nach ein paar Tagen hatte sie die Nase voll.

«Du bist ja nicht mehr auszuhalten, Luc. Anfänglich machte *ich* mir Sorgen, und du warst sorglos. Und jetzt? Bist du eigentlich Psychiater oder Kriminalkommissar? Wie willst du deinen Patienten helfen, wenn dein Kopf ständig voll ist von all dem Zeug? Du führst dich auf wie ein Privatdetektiv, aber ein schlechter. Wieso nicht wie ein Vater? Oder wie ein Ehemann?»

Zangger wollte etwas sagen, aber Tina liess ihn nicht.

«Ich weiss, du machst dir Sorgen um Mona. Aber so hat sie nichts davon. Und Claudia auch nicht, wenn du weisst, was ich meine. Sie möchte vielleicht auch ab und zu ein paar Worte mit ihrem Vater wechseln. Wenn Tom dich etwas fragt, dann hörst du gar nicht hin, schon x-mal hat er sich nach derselben

Sache erkundigt. Sogar wenn Fabian anruft, muss man dich regelrecht bitten, überhaupt mit ihm zu reden. So geht es nicht mehr weiter.»

Sie holte Luft.

«Jetzt ist Schluss damit. Wenn du dich um Glanzmann kümmerst, ist das in Ordnung. Aber mit der Suche nach seinem Buch hörst du auf. Das geht dich überhaupt nichts an.»

Das war ein schlagendes Argument, Zangger musste ihr innerlich Recht geben.

«Und wenn ein Verbrechen passiert ist, dann überlass die Aufklärung der Polizei.»

Sie sah ihn an. Er spürte, der Ausbruch war vorbei, ihr Blick wurde weicher.

«Mich gibts schliesslich auch noch», sagte sie. Sie fuhr mit dem Handrücken über seine eine, dann mit den Fingerspitzen über seine andere Wange. Dann strich sie über sein Kinn und zog ihn an sich. Das hatte sie schon lange nicht mehr getan. Oder hatte er es bloss nicht wahrgenommen?

«Komm ins Bett», sagte sie leise. «Schlaf mit mir.»

Das hatte sie schon lange nicht mehr gesagt. So direkt nicht. Oder hatte er es bloss nicht gehört?

Am Wochenende schlug Tina vor, Seidenbast wieder einmal einzuladen.

«Der tut dir doch immer gut», sagte sie.

Zangger war sofort einverstanden, aber Seidenbast war nicht zu haben.

«Kommt nicht in Frage», sagte er. «Ihr kommt zu mir.»

Widerspruch war zwecklos.

«Aber nur, wenn du keine Umstände machst», sagte Tina.

«Keine Sorge», sagte Seidenbast «es gibt nur etwas Kleines. Etwas sommerlich Leichtes.»

«Ja, ja», sagte Tina ahnungsvoll.

Zangger lachte, als sie aufgehängt hatte. «Was meinst du, kocht er italienisch? Oder chinesisch?»

Es gab etwas Kleines, sommerlich Leichtes, und das sah so aus: Zur Vorspeise Auberginenröllchen, gefüllt mit kühlem Chèvre und provenzalischen Kräutchen, dann ein Seeteufelchen an Absinthsauce auf ein klein wenig delikatestem lauwarmem Fenchelkompott, zur Erfrischung ein herrliches kaltes Gurkensüppchen, abgeschmeckt mit Minze, als Hauptgang ein klitzekleines, zartrot gebratenes Taubenbrüstchen, daneben einige Tröpfchen wunderbaren Rotweinthymianjus, dazu ein paar ganz wenige Bratkartöffelchen und ein Löffelchen feinster Ratatouille. Zum Abschluss ein Käseplättchen, aber mit nicht mehr als drei Weichkäsen darauf, die eben zu zerfliessen begannen.

Seidenbast hatte seine Gäste in seiner nicht mehr ganz neuen, aber eleganten Jugendstilwohnung an der Neptunstrasse empfangen. Zum Aperitif hatte er ihnen ein Gläschen eines jungen Condrieu offeriert, zu den ersten Gängen wurde ein Fläschchen Côte du Rhône Villages Blanc geöffnet, der nur ganz kurz im Holzfass gelegen hatte. Zum Täubchen schlug der Gastgeber ein Tröpfchen Vacqueyras «Les Garrigues» vor, und zum Käseplättchen kredenzte er einen kleinen Château Rayas Châteauneuf-du-Pape 1990.

«Ihr seht», gab er den Gästen seine Idée de manœuvre bekannt, «wir bewegen uns heute durchs Rhonetal, und zwar von Norden nach Süden.»

Tina leistete nur geringen Widerstand, und Zangger liess sich das Verwöhnen seiner Sinne von allem Anfang an gefallen. Der Tisch war Weiss in Weiss gedeckt, weisses Tischtuch, weisses Geschirr, weisse Servietten, als einzige Farbtupfer auf jedem Teller eine königsblaue Blüte. Die Platzierteller passten perfekt zum Dekor des Raumes. Zwei Kerzen standen auf dem Tisch.

Seidenbast scheute weder Aufwand noch Mühe, seine Gäste zu verwöhnen. Aber er schätzte es auch, wenn man seine Küche lobte und die Weine aus seinem Laden würdigte. Es gehörte zum Komment solcher Einladungen, dass man über das Essen und den Wein sprach und Seidenbast das eine oder andere kulinarische Geheimnis zu entlocken versuchte.

«Da ist bestimmt noch was anderes drin als Chèvre», sagte Tina, als sie sich eines der Röllchen auf der Zunge zergehen liess. «Oder doch nicht?»

«Doch, doch, du hast Recht: Schlagrahm, kalt geschlagen. Gleich viel Rahm wie Chèvre musst du nehmen. Und die Auberginen hauchdünn schneiden. Nur kurz braten, ohne Öl.»

«Du bist grossartig, Marius», sagte Zangger, bevor er das letzte Taubenbisschen in den Mund schob. «Selbst der Chef der Therme-Küche hätte gegen dich einen schweren Stand. Wie du das Taubenbrüstchen hingekriegt hast, unglaublich. Bei Niedertemperatur gegart?» Er tupfte seine Mundwinkel ab.

«Bravo, stimmt genau», sagte Seidenbast. Er tischte den Käse auf und schenkte den dekantierten Wein ein.

«Der Rayas ist eine Wucht», fand Zangger. Punkto Degustiersprache war er nicht ganz auf der Höhe. Er nahm einen weiteren Schluck. «Ist das Syrah? Oder Mourvèdre?»

«Keine Spur», klärte ihn Seidenbast auf. «Ein fast reiner Grenache. Jetzt staunst du, was?»

Tina hörte der Männerkonversation entspannt zu. Sie war erleichtert darüber, dass Zangger vom Thema der letzten Tage und Wochen lassen konnte. Sie hatte ein Auge zugedrückt, als die beiden zu Beginn des Abends die aufregenden Ereignisse noch einmal hatten Revue passieren lassen, aber irgendwann hatte sie Zangger einen diskreten Wink gegeben. Als das Gespräch dann auf Mona gekommen war, hatte sie ihre eigenen Gedanken und Sorgen genau so geäussert wie er.

«Ihr werdet sehen, die kommt schon wieder», hatte Seidenbast sie beruhigt. Die Zanggers waren es gewohnt, von Seidenbast derartige Vorahnungen zu hören zu bekommen, und mit der Zeit hatten sie gelernt, ihnen zu vertrauen.

«Aber es wird etwas dauern», hatte er noch gesagt. «Und ob die Probleme dann vorbei sind, dessen bin ich mir nicht so sicher.»

Die Zanggers hatten sich etwas besorgt angeschaut.

«Dessertchen gefällig?», fragte Seidenbast.

Mitternacht rückte näher.

«Nein danke. Ich kann nicht mehr», wehrte Tina ab.

«Ich sollte besser nicht», sagte Zangger.

«Gut», sagte Seidenbast, «nur ein halbes Portiönchen.»

«Du hast mich überredet.»

«Lavendeleis mit frischer Feige», verkündete Seidenbast und stellte den grossen, weissen Teller mit dem Klacks Eis und der aufgeschnittenen Frucht vor ihm auf den Tisch. Ein paar Lavendelblüten waren über den Teller gestreut.

Nach dem Essen sassen sie in Seidenbasts karg, aber auserlesen möbliertem Wohnzimmer in den Sesseln aus schwarzem Leder. Seidenbast hatte einen nicht ganz leichten, aber dafür um so süsseren Beaume de Venise geöffnet, an dem Tina kaum nippte. Auf den Beistelltischchen aus Chromstahl und Glas standen Tellerchen mit Friandise, die niemand anrührte.

Die Augen der beiden Männer waren schon etwas glasig. Seidenbast rauchte. Es kam eine vertraute, fast intime Stimmung auf. Man sprach von früher.

Seidenbast machte Espresso. Zangger nahm ausnahmsweise auch einen.

«Eins musst du mir noch sagen, Lukas.»

Seidenbast hatte natürlich gemerkt, dass die Ereignisse um Glanzmann mittlerweile bei Zanggers kein willkommenes Thema mehr waren. Er sah zu Tina hinüber, sie sass entspannt da.

«Damals im Gymnasium, etwa in der dritten oder vierten Klasse, hattest du doch für kurze Zeit ein wenig für diese Lis Glanzmann geschwärmt. Nur heimlich, ich war wohl der Einzige, der es mitgekriegt hatte. Oder hatte ich mir da etwas eingebildet?» Er wartete.

Zangger wurde es unwohl.

Was kommt jetzt?, dachte er. Er schwieg.

«Weisst du», holte Seidenbast aus, «nach allem, was ich von dir in den letzten Wochen hörte, ist mir eins klar geworden: Du hast Angst vor Glanzmanns Haus.»

Zangger war tief in seinen Sessel hineingerutscht, jetzt richtete er sich langsam auf. Er spürte die Beklemmung wieder, genau wie vor der Haustüre an der Jupiterstrasse.

«Ich mag das Haus nicht, das stimmt. Ich habe eine Abneigung dagegen.»

«Nenn es meinetwegen Abneigung. Aber wenn du mich fragst, dann hat deine Angst nicht viel mit diesem Unfall zu tun oder mit dem Verbrechen, wenn es eins war. Das hat mit früher zu tun», sagte Seidenbast. «Mit damals.»

Zangger schwieg. Es war ihm vollkommen klar, dass Seidenbast ihn nicht in Verlegenheit bringen wollte. Er wollte ihm helfen. Er wollte ihn befreien.

«Nur habe ich keine Ahnung was», fuhr Seidenbast fort. «Ist denn irgendetwas Schlimmes passiert?», fragte er von Freund zu Freund.

Zangger zuckte zusammen.

«Ja», sagte er, «es ist etwas Schlimmes passiert.»

Es lief ihm kalt den Rücken hinunter.

30

Es ist etwas Schlimmes passiert. Es ist etwas Schlimmes passiert, dröhnt es in Lukas‘ Kopf. Es ist etwas Schlimmes passiert.

Er rennt nach Hause.

Eben ist er noch mit Lis zusammengewesen. Will sie überhaupt etwas von ihm wissen?

Ja, sie will.

Nein, sie will nicht. Es ist etwas Schlimmes passiert.

In seinem Kopf dreht sich alles.

Er wird nicht schlau aus ihr.

Was ist eigentlich passiert?

Er hat das Tram zum Römerhof genommen und ist an die Jupiterstrasse geeilt. Dann steht er vor der Tür. Er klingelt, dreht mit beiden Händen den Türknauf und steigt in ihr Zimmer hinauf. Zwei Stufen auf einmal, die letzten Schritte langsam, scheinbar lässig. Aber mit klopfendem Herzen. Er hofft, dass Mägi nicht da ist, nicht wie das letzte und das vorletzte Mal. Lis beugt sich über das Lateinheft. Sie ist allein. Wunderschön. Sie schaut auf und sieht ihn an. Mit blauen Augensternen. Und beugt sich wieder über ihr Heft. Mit abweisender Schulter, wenn er sich zu ihr neigt, um ihr etwas zu erklären. Dafür nimmt er den Duft ihres langen, schwarzen Haares wahr, wenn er sich zu ihr hinüberlehnt. Unbeschreiblich, unwiderstehlich. Er hat auch schon an Mägis blondem Haar gerochen, aber das hat nicht besonders geduftet.

Es ist etwas Schlimmes passiert.

Sie sind früh fertig, schon nach ein, zwei Stunden, und er könnte gut noch ins Schwimmbad gehen. Mit den andern essen gehen in der Badibeiz. Aber er will hier bleiben, ihretwegen. Um ihre blauen Augen, ihre roten Lippen und ihre zierlichen Öhrchen zu sehen, ihr Haar zu riechen und vielleicht einmal die weisse Haut ihrer Arme zu berühren. Und um sie zu küssen. Wenn möglich. Wenn sie es zuliesse. Nein, wenn er sich trauen würde. Anstatt bloss an sie zu denken, bei Chopinmusik.

Es ist etwas Schlimmes passiert.

Lukas rennt. Er ist geblieben, bei ihr geblieben, sonst nichts.

Doch! Nein. Fast nichts.

Es ist etwas Schlimmes passiert.

Lis hat ein eigenes Zimmer, obschon sie die Jüngste ist. Mit hohen Wänden, nicht abgeschrägt, und grossen Fenstern. Auch Monika hat eines, und Erika sowieso, sie ist die älteste. Lis legt eine Schallplatte auf – sie hat einen eigenen Plattenspieler im Zimmer – Schlagermusik, aber das macht ihm nichts aus. Lukas setzt sich auf den runden Lederhocker, sie sich aufs Bett. Dann streckt sie sich halb auf den grossen Kissen aus, die auf dem Bett liegen. Lukas versucht zu flirten. Nur mit den Augen, das kann er nämlich. Er hat selber entdeckt, wie es geht. Deshalb bilden sich seine Mitschüler ein, er sei ein ganz Toller. Aber das stimmt gar nicht, mehr als mit den Augen flirten kann er nicht. Sie schaut ihn auch an und lächelt dazu ein wenig. Er rutscht auf dem Hocker nach vorn, sein Knie berührt ihr Knie. Da setzt sie sich gleich wieder auf, bolzengerade.

«Wie ist eigentlich dein Vater?», fragt er. Mehr um etwas zu sagen, als weil er es wissen will.

«Er ist lieb», sagt Lis und schaut zu Boden.

«Nicht streng?»

«Nein.»

«Wird er nie böse?»

«Nein, er ist eigentlich immer lieb.»

«Mit allen?»

«Ja. Aber mit mir besonders.»

«Das glaube ich. Du bist auch lieb», sagt Lukas.

Sie schaut ihn erschreckt an. Ihr Augen blicken oft ängstlich, scheu. Obwohl ihr Mund und die Öhrchen so keck aussehen.

Er berührt sie am Unterarm, sie zieht ihn nicht zurück. Er fährt mit dem Zeigefinger ein bisschen auf und ab.

Es ist etwas Schlimmes passiert.

Sie hat Hühnerhaut gekriegt.

Er rennt, rennt nach Hause.

Er rückt ganz allmählich näher. Und zwar von der Seite, damit sie nicht ausweichen kann. Dann wagt er es. Er legt den Arm um sie, zieht sie ein bisschen zu sich und küsst sie. Einfach so, er glaubt es selber fast nicht, dass es so einfach geht. Er hat noch nie ein Mädchen geküsst, nicht seit dem Bethli im Kindergarten. Und jetzt hat er es getan. Wenn sie den Kopf abgedreht hätte oder sonst wie ausgewichen wäre, hätte er es nie mehr versucht, das weiss er. Er hat es getan, er hat ihre Lippen berührt und richtig gespürt, und in seinem Kopf hat sich alles gedreht.

Ich habe sie geküsst!, denkt er.

Es ist etwas Schlimmes passiert.

Alles ist durcheinander.

Hätte er es nicht tun dürfen?

Sie hat sich ja nicht gesträubt! Sie hat ihn ja auch geküsst. Nur kurz, aber sie hat ihn geküsst. Aber dann hat sie ihn wieder ängstlich angesehen.

«Was ist?», fragt er. «Ist etwas?»

«Nein», sagt sie. «Aber ich sollte nicht.»

Er rennt. Er keucht. Er hat Angst.

Es ist etwas Schlimmes passiert.

«Wieso?», fragt er.

«Einfach. Ich will einfach nicht», sagt sie . «Das heisst, ich will schon. Es ist … ich muss dir etwas sagen. Mein …»

Da legt er ihr den Finger auf den Mund und küsst sie noch einmal.

Es ist etwas Schlimmes passiert.

Die Tür von Lis' Zimmer öffnet sich. Lis erschrickt, er auch. Sie rückt von ihm weg, er von ihr auch. Frau Glanzmann steht unter der Türe und schaut beide mit grossen Augen an. Als ob sie etwas ganz Furchtbares getan hätten.

«Lukas», sagt sie, «du musst sofort nach Hause. Dein Vater hat angerufen. Es ist etwas Schlimmes passiert.»

Lukas rennt. Er rennt zum Hegibachplatz, der ist näher als der Römerhof, und es geht bergab.

Tram Nummer elf, denkt er, aber es kommt keines, jedenfalls ist keines in Sicht. Es ist Sonntag, das kann lange dauern. Er rennt zum Kreuzplatz. Kein Elfer.

Stadelhofen, Bellevue? Am Bellevue den Neuner! Er kennt die Stadt, er kennt die Tramlinien, er ist Kantonsschüler.

Nein, denkt er, direkt in die Enge. Er rennt die Kreuzstrasse hinunter zum See. Er rennt der Promenade entlang zur Quaibrücke. Weiter zum Bürkliplatz. Durch die Parkanlage rennt er, vorbei an flanierenden Menschen. Die Menschen lachen, lärmen, schäkern. Er sieht es und sieht es nicht. Er sieht den Neuner neben sich, er könnte ihn einholen. Es bringt nichts, in der Enge braucht er den Siebner. Menschen mit Badetaschen kommen ihm entgegen.

Was ist passiert? Vater! Was ist passiert?

War das Schwimmbad zu? Das wäre allerdings schlimm.

Nein, jetzt weiss er es: Vater musste zu einem Notfall. Er hat angerufen und Frau Glanzmann gesagt, es sei etwas Schlimmes passiert. Eben, ein Notfall.

Lukas rennt.

Er weiss, dass das, was er denkt, nicht stimmt.

Mutter hat das Kind verloren! Das ist es. Im Schwimmbad. Das Badetuch voller Blut. Er weiss, wie es war, als sie zu Hause ein Kind verlor: Er musste ihr Frotteetücher durch die Badezimmertüre reichen, er, der Älteste, denn Vater war im Militärdienst. Sie sagte, er solle die Sanität rufen. Die Tücher waren alle rot, und sie war ganz weiss im Gesicht, als die Sanitäter sie auf der Bahre wegtrugen. Er hielt die Kleinen zurück und Mutter schaute alle aus ihren dunkeln Augen an und sagte Adieu, wie wenn sie sich nie mehr sehen würden. Eine halbe Stunde länger geblutet, hiess es später, und sie wäre gestorben.

Ist sie tot? Nein, Vater ist ja nicht im Militärdienst, er ist ins Schwimmbad mitgegangen.

Lukas rennt weiter. Er keucht, aber er spürt nichts.

In der Enge steht der Siebner. Er fährt an, als Lukas dahergerannt kommt. Der Tramführer sieht ihn und fährt ab.

«Sauhund!», ruft Lukas.

Dann spurtet er los. Er weiss wie es geht, es ist ein Kantonsschülersport. Verboten, aber jetzt darf, nein, muss er, er muss den Siebner erwischen, sonst kommt er nie nach Hause: Er rennt hinter dem Tram her, erreicht den Anhänger, kriegt mit der Linken den Handlauf beim hinteren Einstieg zu fassen und rennt neben dem Tram her, es ist schon fast in voller Fahrt. Dann stösst er ab und springt aufs Trittbrett, fasst gleichzeitig mit der Rechten den vorderen Handlauf. Noch ein Tritt, und er ist auf der Plattform. Zwei Knirpse staunen ihn an, als wäre er ein Zirkusartist Die Erwachsenen werfen böse Blicke und schütteln die Köpfe. Der Billeteur kommt nach hinten und schimpft:

«Mach das nie mehr, Bürschchen! So kommt man unters Tram.»

Was kümmert mich das, denkt Lukas.

Es ist etwas Schlimmes passiert.

Er prustet und keucht, erst jetzt merkt er, dass er am Ende seiner Kräfte ist.

Im Morgental tut er es wieder: Vor der Haltestelle ist eine Kurve, das Tram kreischt in den Schienen, er springt vom fahrenden Wagen. Der Billeteur droht mit dem Finger, Lukas rennt in die Genossenschaftssiedlung hinauf.

Er rennt durch den Vorgarten. Frau Knobel im Nachbarhaus verschwindet vom Fenster, als er kommt, und zieht den Vorhang.

Die Haustüre ist offen, also ist jemand da.

Er geht ins Haus. Es ist mäuschenstill.

Sonst ruft er immer «Hallo», wenn er heimkommt, jetzt ruft er nicht. Er atmet schwer, aber die Beklemmung, die er spürt, ist nicht vom Rennen.

Er geht in die Küche.

Leer.

Ins Esszimmer.

Leer.

Durch die Schiebtüre ins Wohnzimmer.

Da sitzt Mutter auf einem Stuhl und näht, den Kopf über das Nähzeug gebeugt.

Er wirft einen Blick unter den Stuhl.

Gott sei Dank, denkt Lukas, kein Blut.

«Mutter», sagt er.

Sie näht ja, denkt er, so schlimm kann es gar nicht sein.

Sie hebt den Kopf, sieht ihn aus tiefen, verweinten Augen an. Jetzt erst merkt er: Sie schluchzt. Sie weint nicht, sie schluchzt.

«Mutter, was ist?»

«Setz dich», schluchzt sie und weist auf den Stuhl neben ihr. Er kann sich nicht setzen, will nicht.

«Was ist passiert?»

«Hannes ist tot», bringt sie nur heraus.

«Nein», sagt er. «Wo ist er? Wo sind alle?»

«Er ist ertrunken.»

«Nein», sagt Lukas. «Sind sie noch in der Badi?»

Mutter schüttelt den Kopf.

Jetzt weiss er, was los war: Es gab Ärger, vielleicht Streit. Deshalb weint sie. Sie weint fast immer, wenn es Streit gab.

«Gabs Ärger, Mutter? Sag, hattet ihr Streit?»

Sie schüttelt den Kopf. Dann nickt sie, schüttelt wieder den Kopf. Sie schluchzt. Er merkt, sie muss seit Stunden so geschluchzt haben.

Ist es doch wahr? Hannes tot? Ertrunken?

«Man muss ihn wiederbeleben», sagt Lukas. Wieso versucht man es nicht?, denkt er wütend. Das muss man doch versuchen, wenn einer untergegangen ist. «Beatmen, weisst du. Wo ist er?»

Sie schüttelt den Kopf. Sie schluchzt. Unaufhörlich. Und ihre Hände nähen.

Lukas weiss nicht was tun.

Vater ist nicht da, die Brüder auch nicht. Hannes nicht, niemand. Und Mutter schluchzt und kann nichts sagen.

Auf einmal hat er einen furchtbaren Gedanken.

«Unter dem Bretterrost?», fragt er.

Mutter nickt. Sie schluchzt. Sie schluchzt und nickt und presst die Lippen zusammen. Auf einmal schüttelt es sie, die Lippen können es nicht mehr zurückhalten. Es kommt tief aus ihr heraus, ein lautes, schluchzendes Weinen.

Lukas setzt sich neben sie, er kann nichts tun. Mutters Weinen geht ihm durch Mark und Bein. Er selber kann nicht weinen. Er getraut sich nicht, sie zu berühren, er bleibt einfach neben ihr sitzen.

«Doch, es hat Ärger gegeben», sagt sie schliesslich, schluchzend und bebend. Sie erzählt ihm alles, nach und nach, geschüttelt von Weinkrämpfen. Und mit den Händen näht es, es näht und näht.

Jetzt weiss er: Es hat Ärger gegeben.

Die Eltern sassen am Tisch in der Badibeiz, die Buben holten das Essen am Buffet. Einer trug die Gläser, einer zwei Flaschen Süssmost, ein anderer das Besteck. Hannes wollte unbedingt das grosse Tablett tragen mit dem Riz Casimir drauf für alle. Irgendeiner neckte ihn wegen der Art, wie er es trug oder wie er ging. Er wurde zornig, blieb stehen, stampfte auf den Boden und kippte plötzlich alles ins Gras. Diesmal wurde Vater böse. Er schrie ihn an, Mutter schimpfte, und alle waren wütend auf ihn. Die anderen Badigäste gafften. Hannes lief davon. Im Zorn, dachten sie. Lasst ihn nur, bloss nicht beachten, das war die Devise in solchen Fällen. Also liess man ihn laufen.

Es gab ein Palaver wegen des Essens, die einen fürchteten schon, Vater wolle die Übung abbrechen und nach Hause gehen. Aber er beruhigte sich wieder.

«Jetzt gibts halt bloss eine Bratwurst», sagte er und ging mit Georg Bratwürste mit Senf holen, sechs Stück. Dann ass jeder seine Wurst, für Hannes lag eine auf dem Tisch bereit, eingepackt in ein Papier, damit sie heiss blieb. Die Brüder verstanden zwar nicht, dass Hannes auch eine bekommen sollte, aber Vater sah es anders.

«Wo ist er eigentlich?», fragte Mutter, als die Würste gegessen waren. Einer hatte ihn zu den Steinstufen laufen sehen, die ins Wasser führen.

«Ist recht», sagte Vater, «soll er sich abkühlen.»

Hannes war ein guter Schwimmer, er war ja auch schon zwölf, der mittlere von den fünfen. Aber als er nach einer weiteren Viertelstunde nicht zurück war, wurde Vater nervös. Er ging ihn suchen, zuerst an Land, denn er dachte, er sei längst vom Schwimmen zurück. Er fand ihn nicht, und jetzt schickte er alle aus, ihn zu suchen: Er selber schwamm aufs Floss hinaus, Mutter suchte mit den zwei Kleinen in den Garderoben und in der Toilette, Koni suchte das Ufer ab. Da gab es ihm Nichtschwimmerabteil plötzlich ein Geschrei.

«Hilfe!», schrie jemand, «Badmeister! Da ist jemand. Ein Kind! Es bewegt sich nicht. Da unten, unter den Brettern.»
Koni lief mit dem Badmeister hin.

Lukas will sich nicht vorstellen, wie es weiter ging. Er sitzt an seinem Pult. Sein Kopf ist voll. Oder leer, er kann es nicht sagen. Seine Brust tut weh. Er ist nicht traurig, wenn er an Hannes denkt. Wenn er an Hannes denkt, spürt er gar nichts. Höchstens Wut.

Dieser Knallkopf! Unter dem Bretterboden durchschwimmen, wo er doch genau weiss, dass man das nicht darf! Er weiss es ganz genau, ich habe es ihm ja selber gesagt. Vielleicht hat er es sogar extra gemacht! Das wäre ihm zuzutrauen, diesem Knallkopf.

Auch wenn er an die andern Brüder denkt, spürt er nicht viel. Er kann sich nicht vorstellen, wie das für sie ist. Röbi, der Kleinste, weint natürlich. Einfach, weil etwas Schlimmes passiert ist. Georg weint vielleicht auch, aber vielleicht macht er auch dumme Sprüche, wie immer, wenn etwas passiert ist. Koni ist der Empfindlichste der Brüder, das sagen alle. Und ausgerechnet er hat ihn finden müssen. Er hat ihn tot unter dem Bretterboden treiben sehen.

Lukas weiss nicht, wie es den Brüdern geht. Er weiss nur, dass Koni bei Tante Sofie ist. Sie ist Konis Patin und hat ihn gleich zu sich genommen, als sie vom Unglück hörte. Und Georg und Röbi sind bei Tante Ida und Onkel Ernst.

Wenn er an Mutter denkt, ist Lukas verzweifelt. Weil sie verzweifelt ist. Das erträgt er nicht. Es zerreisst ihn schier, wenn er sieht, wie es sie schüttelt. Er hält ihren Schmerz fast nicht aus.

Knallkopf, blöder. Dummer Siech! Der Mutter solche Sorgen machen!

Und Vater? Er weiss nicht, wie es um Vater steht. Er ist im Spital, beim toten Hannes, hat Mutter gesagt.

Lukas hat Angst davor, Vater zu sehen. Es ist unvorstellbar, ihm unter die Augen zu treten. Am Mittag hat Vater noch «Machs gut» gesagt. Und heute Abend wollte er es besprechen, das wegen dem Platz.

Und jetzt? Was ist jetzt, Gopferdammi!

Das hast du angerichtet, du Knallkopf! Du bist schuld.

Nein. Auf einmal ist ihm klar: Ich bin schuld. Ich, ich, ich.

Nie, denkt er, niemals hätte ich Hannes sagen dürfen, dass man nicht unter dem Bretterrost durchschwimmen darf. Ich habe ihn gewarnt, von mir hat er das gewusst, von niemandem sonst.

Ich hätte mitgehen sollen, denkt er, den Kopf auf der Pultplatte. Dann wäre es nicht passiert. Ganz bestimmt nicht. Es wäre alles anders gekommen. Ich hätte das Essen geholt, nicht Hannes. Und ganz sicher hätte ich an den Bretterrost gedacht. Mir hat man das eingebläut. Es wäre nicht passiert, wenn ich dort gewesen wäre.

Wäre ich nicht in dieses Haus gegangen, denkt Lukas und rauft sich die Haare, wäre ich nicht in dieses verfluchte Haus gegangen, dann wäre es nicht passiert. Nur weil ich bei diesem Mädchen war, nur weil ich sie unbedingt küssen wollte, ist es passiert.

31

Zangger sass in seinem Sessel. Er weinte. Noch nie hatte er darüber geweint, jetzt weinte er. Seidenbast hatte seine Zigarette ausgedrückt, ohne sie fertig zu rauchen. Er sah seinen Freund an und schwieg. Tina hatte Tränen in den Augen. Sie hatten beide gewusst, dass einer seiner Brüder als Kind gestorben war, aber *das* hatten sie nicht gewusst. Er hatte es nie erzählt.

Tina rückte in seine Nähe. Sie versuchte nicht, ihn zu trösten. Sie liess ihn weinen. Sie berührte nur einmal seinen Arm, um ihn spüren zu lassen, dass sie da war.

Irgendwann sagte Seidenbast:

«Jetzt verstehe ich deine Angst.»

Zangger hatte sich inzwischen beruhigt. Er fühlte sich erschöpft, erschöpft und erleichtert zugleich. Das Weinen hatte ihn befreit.

«Ich glaube, du musst noch einmal hingehen», fuhr Seidenbast fort.

«Ins Haus? Wieso meinst du?»

«Du musst etwas lösen, etwas loswerden.»

Zangger sah ihn verwundert an. An ihm ist wirklich ein Therapeut verloren gegangen, dachte er. Auch Tina hörte ihm aufmerksam zu.

«Das ist doch eine dieser magischen Verknüpfungen. Du selber hast mir einmal von solchen seelischen Knoten erzählt. Das Haus bringt mir Unglück, so dachtest, nein, fühltest du immer. Seit jenem Tag, nicht wahr?»

Tina und Zangger nickten.

«Und irgendwie denkst und fühlst du immer noch so. Das sitzt in dir fest, obschon dein Verstand weiss, dass es nicht stimmt.»

Er hat alles ganz genau erfasst, dachte Zangger.

«Du musst eine neue Erfahrung machen, damit die alte ihre magische Kraft verliert.»

«Im Grunde genommen hast du Recht», sagte Zangger. «Aber weisst du, so wichtig ist es gar nicht, dass ich dieses Gefühl loswerde. Glanzmann wird nicht mehr zurückkehren, ich werde mit dem Haus nichts mehr zu tun haben. Und deshalb spielt meine Abneigung keine Rolle mehr. Sie ist kein Hemmnis mehr für mich.»

«Trotzdem», sagte Seidenbast nur, «geh noch einmal hin.»

«Mal sehen», sagte Zangger. «Vielleicht. Vielleicht gehe ich noch einmal hin.»

Sie schwiegen eine ganze Weile.

«Weisst du was?», sagte Tina. «Erzähl weiter.»

Erstaunt schaute Zangger sie an. Dann sah er auf die Uhr.

«Spielt keine Rolle», sagte sie und nickte aufmunternd.

«Was soll ich noch erzählen?»

«Alles. Alles, was dir wichtig ist: Lis, Mutter, Vater, deine Brüder. – Du selber», fügte sie an. «Und Glanzmann vielleicht.»

«Nichts war mehr so wie es vorher war», sagte Zangger. «Der Tod von Hannes war wie ein Erdbeben.»

Das Grammophon verstummte, Vaters Geige und Klarinette verstaubten. Weder Bach noch Mozart am Sonntagmorgen, kein Jazz mehr am Nachmittag. Kein selbstgemachter Butterzopf und auch keine Picknicks mehr. Kein dummes Getue, kein Hetzen und Quengeln beim Aufstehen, kein Johlen, kaum mehr Gezänk unter den Brüdern, Jähzornanfälle schon gar nicht mehr. Ihre Spiele, wenn sie überhaupt spielten, waren gedämpft. Sie machten ihre Schulaufgaben, übten bedrückt auf ihren Instrumenten und halfen beflissen im Haus. Sie warfen scheue Blicke auf Vater und Mutter: War ihr Schmerz noch da? Begann er zu verheilen?

Karl Zanggers Frohnatur war verwelkt, aufheitern konnte er niemanden mehr. Am allerwenigsten sich selbst. Er gab sich alle Mühe, ein guter Vater zu sein, aber er tat es mit Ernst, nicht mehr mit Lust und Freude. Er machte keine Wanderungen mehr, Geschenke und Mitbringsel blieben aus. Wenn er das Haus verliess, dann nur für seine Arbeit. Er wurde arbeitssüchtig, von Schuldgefühlen getrieben: Voller Hingabe kümmerte er sich fortan um die Zappelphilippe und kleinen Tunichtgute, die gescheiten Schulversager und aggressiven

Angsthasen, die aufsässigen Tagträumer und jähzornigen, genialen Kerlchen mit den zwei linken Händen unter seinen Patienten – lange bevor die Fachwelt griechische und englische Fachausdrücke für sie kannte. Er war für ihre Eltern da und für die Lehrer, denen diese Kinder das Leben nicht nur schwer, sondern manchmal zu Hölle machten.

Mutter stand lange am Rande der Schwermut, nur die neue Schwangerschaft hielt sie am Leben. Als Benjamin zur Welt kam, blühte sie für kurze Zeit auf – ein verhaltenes Blühen, überschattet von einem stillen Schmerz. Wellen von Melancholie suchten sie heim. Sie rettete sich ins Putzen und Räumen, sie rackerte sich gnadenlos ab. Lukas wurde im Stillen immer wütender auf sie. Lange Zeit war ein Schlucken und Würgen in der Familie. Die Trauer verkam zu einem kranken, vorwurfsvollen Leiden, Schweigen und Grollen. Schuldgefühle machten sich breit, bei allen, nicht nur bei Vater, Mutter und Lukas.

Am dritten Jahrestag von Hannes' Tod stellte Mutter einen Strauss von acht Sonnenblumen auf sein Grab. Und als ob sie sich dabei gesagt hätte, jetzt sei es genug, setzte sie am folgenden Tag das Grammophon in Betrieb. Sie war es, die dafür sorgte, dass mit den Jahren Leben und Farbe in das Reihenhäuschen zurückkehrten. Sie zog Rosen im Garten hinter dem Haus, dann fing sie an, im Keller alte Holzmöbel zu restaurieren. Schliesslich lernte sie Spanisch und schleppte ihren Mann, als Beni grösser war, auf Reisen nach Andalusien und Madrid, einmal sogar nach Peru. Wenn er sich sträubte, verreiste sie mit einer Freundin. Sie liess ihm keine Ruhe, bis er das alte Motorrad mit dem Seitenwagen wieder flottmachte und mit ihr, wie damals, als sie zwanzig und dreissig waren, über den Klausen- und den Sustenpass fuhr. Als Karl das Pensionsalter erreichte, drohte sie ihm mit der Scheidung, wenn er seinen Beruf nicht innert zweier Jahre an den Nagel hänge.

Das nahm er ihr erst schrecklich übel, dann dankte er es ihr für den Rest seines Lebens.

«Und du?», fragte Seidenbast. «Was war mit dir nach Hannes' Tod?»

«Ich?», sinnierte Zangger. «Ich entwickelte eine Art Grössenwahn.»

«Grössenwahn?»

«Ja. Wenn ich nicht da bin, dann passiert etwas Schlimmes, das war meine heimliche Überzeugung. Ich darf nicht weg, ich muss bleiben, um es abzuwenden. Den andern passiert etwas, wenn ich weg bin: Mutter und Vater, nicht mir. Natürlich war sie mir nie ganz bewusst, es war mehr ein vages Empfinden. Es wirkte wie ein selbst auferlegtes Verbot, das Elternhaus zu verlassen. Ich wurde ein Stubenhocker. Ich wohnte übermässig lange in meinem Dachzimmer, während des ganzen Studiums. Konrad war längst Musiker, Georg Architekturstudent, und beide waren ausgezogen, als ich immer noch dort hauste. Robert wohnte noch etwas länger bei Mutter, aber er ist ja auch zehn Jahre jünger als ich. Beni ging in die vierte Klasse, als ich endlich auszog.»

«Hast du diese Wahnidee immer noch?», fragte Seidenbast unverfroren.

«Nein. Aber erst mit dreissig wurde es anders. Ich wurde zum Globetrotter, wie um mich selber zu überzeugen, dass nichts Schlimmes passiert, wenn ich weg bin.»

«Und Lis?», fragte Tina. «Wie gings mit ihr weiter?»

«Lis sah ich nie wieder.»

Lukas sah Lis nie wieder. Er liess das Mädchen sitzen, nein, fallen wie eine heisse Kartoffel. Feige, ohne sich ein weiteres Mal zu zeigen oder mit ihr zu reden. Dann vergass er sie, er verdrängte sie aus seinem Gedächtnis. Die Erinnerung an Lis war verknüpft mit der Katastrophe in seiner Familie. Darum musste er sie vergessen. Ein Fluch lastete auf ihrer Begegnung.

Und ein Fluch lastete auf seinem ersten Kuss. Wenn man ein Mädchen küsst, dann passiert etwas Schlimmes: Das dachte er, nein, das war eine weitere versteckte Gewissheit, mit der er sich das Leben schwer machte. Nicht von den Eltern auferlegt, nicht Folge puritanischer Erziehung, nein: selber gesponnen. Es dauerte lange, bis er es wieder wagte, sich mit einem Mädchen einzulassen.

Die erwachsene Lis hätte er vielleicht gar nicht wiedererkannt. Sie hatte sich verändert – das sagten ihm später ihre Schwestern –, hatte geheiratet und ein Kind bekommen. Ihr Mann, nach aussen ein Charmeur, war ihr gegenüber ein rücksichtsloser Mensch: Er betrog sie nach Noten und steckte sie mit HIV an. Lis schämte sich, den Eltern oder Schwestern etwas zu sagen. Erst als sie todkrank war, merkten sie, was mit ihr los war. Einzig ihrer besten Freundin hatte sie sich anvertraut. Diese ermutigte sie, sich scheiden zu lassen. Lis lebte danach mit ihr zusammen: mit Margrit Engel.

Das erfuhr Zangger erst, als Lis tot war. Er war Dozent an Glanzmanns Schule, als man sie beerdigte, und er ging aus Anteilnahme an die Beerdigung.

Erika, die aus Kanada angereist war, und Monika erinnerten sich genau an ihn.

«Du bist doch der, den Papa nach dem Zauberberg fragte, nicht wahr?»

Sie wussten noch, wie peinlich es Lis gewesen war, als ihr Vater sie darauf ansprach, ob Lukas ihr Freund sei.

«Warst du ihr Freund oder nicht?», wollte Monika wissen. Sie gab ihm zu verstehen, Lis sei eine Zeit lang sehr unglücklich gewesen, als er sich nicht mehr zeigte. Er gab eine ausweichende Antwort. Jedes Ja oder Nein wäre eine kleine Lüge gewesen, aber alles erzählen, was damals vorgefallen war, das wollte er an Lis' Beerdigung nicht.

Um das Haus an der Jupiterstrasse machte Lukas einen grossen Bogen. Vielleicht hörte er sogar bloss deshalb mit den Cellostunden auf, weil sein Lehrer an der Böcklinstrasse unterrichtete, nur ein paar Häuser weiter. Mit der Familie, ja mit dem Namen Glanzmann kam er nicht mehr in Berührung, bis zu jenem denkwürdigen Anruf vor fast zwanzig Jahren.

«Zangger», meldete er sich.

«Hier Glanzmann.»

Zangger erschrak.

«Herr Glanzmann? *Professor* Glanzmann?»

«Ja, ja, ganz richtig. Hören Sie, lieber Herr Zangger, Sie werden mich zwar nicht persönlich kennen, aber ich kenne Ihren Vater. Es ist nämlich so ...»

Für einen Augenblick war Zangger versucht, einfach so zu tun, als kenne er ihn wirklich nicht persönlich.

«Wir kennen uns, Herr Professor», sagte er indessen, ohne lange zu überlegen. «Es ist lange her, aber ich war einige Male in Ihrem Haus. Als Gymnasiast, erinnern Sie sich? Lateinaufgaben mit Lis.»

Die eigenartige Reminiszenz schmerzte nicht einmal, so unerwartet war sie aufgetaucht.

«Was Sie nicht sagen! Wirklich? Wie nett. Ja, ja, jetzt erinnere ich mich, jetzt, wo Sie es sagen. Natürlich, Sie gingen noch zur Schule, nicht wahr? Lateinaufgaben, nicht wahr? Ja, ja. Helfen Sie mir: Wie war Ihr Vorname? Warten Sie – Klaus, nicht wahr?»

«Lukas.»

«Richtig, Lukas. Natürlich, Ihr Vater sagte es ja: Lukas Zangger. Es ist nämlich so ...» Er erzählte, dass er seinen Schulkameraden Karl Zangger nach Jahrzehnten wieder getroffen und mit ihm ein Kolloquium besucht habe. Da habe er erfahren, dass Karls Sohn auch Arzt sei, und zwar Psychiater. Nun sei es so, dass er, Glanzmann, in Zürich ein kleines Ausbildungsinstitut betreibe, die Schule für Psychotherapie.

Von der Schule für Psychotherapie hatte Zangger schon gehört, aber er hatte keine Ahnung gehabt, wer sie leitete.

Er suche einen neuen Dozenten, fuhr Glanzmann fort, und es wäre ihm sehr willkommen, neben den nichtärztlichen auch einen ärztlichen Dozenten an seine Schule zu verpflichten. Ob er daran interessiert sei?

Zangger war sehr überrascht und sehr interessiert.

«Eins muss ich noch wissen, Herr Zangger, bevor wir zusammenkommen und über alles reden. Ich weiss, Sie sind Psychiater, aber sind Sie auch Psychotherapeut?»

«Ja. Ich bin Psychiater und Psychotherapeut.»

«Darf ich fragen, welche Richtung?»

Zangger sagte ihm, welche Richtung und gab ihm einen Abriss seines Werdegangs.

«Das trifft sich gut», sagte Glanzmann. «Ich kenne alle diese Ausbildungsstätten persönlich, auch die in Amerika. Wir müssen uns unbedingt treffen.»

So kam die Zusammenarbeit zwischen Zangger und Glanzmann zustande.

«Wart ihr ein gutes Team?», wollte Seidenbast wissen.

«Team? Keine Spur. Er machte seine Arbeit, ich machte meine. Die Schule war ja für alle ein Nebenamt, wir führten beide unsere Praxis. Das brachte es mit sich, dass wir kaum Zeit zusammen verbrachten. Er hatte die Leitung und erstellte das Konzept für die Ausbildung. Ich führte meine Seminare, er seine, die Schimmel und die andern führten ihre.»

«Keine Anerkennung?»

«Doch, jede Menge. Er fand einfach alles grossartig, was ich machte. ‹Gute Idee, machen Sie nur, das kommt bestimmt gut an, Herr Zangger.› ‹Sehr gute Rückmeldungen gabs für Ihr Seminar, lieber Zangger›, so ging es die ganze Zeit. Nein, über mangelnde Anerkennung konnte ich mich nicht beklagen. Sehr gehaltvoll war sie freilich nicht. Fastfood, nicht Vollwertkost.»

Seidenbast schmunzelte. «Und er?»

«Was?»

«Konnte er sich auch nicht über mangelnde Anerkennung beklagen?»

«Er vielleicht schon. Wahrscheinlich muss ich mich da an der Nase nehmen. Seine Arbeit als Therapeut konnte ich zwar nicht wirklich beurteilen. Und in allem andern war er für mich einfach der grosse Gelehrte. Es stand mir irgendwie gar nicht zu, ihn zu loben oder zu kritisieren. Umgekehrt hätte es nichts geschadet, wenn er auch mal den Chef markiert hätte.»

«Ich dachte, er nerve dich mit seinen Belehrungen», wunderte sich Seidenbast.

«Erst später. Seit zehn, zwölf Jahren, seit er sich mit seiner Forschung beschäftigt. Aber in der Schule, da war er schwammig. Es war, als ob er auf keinen Fall jemanden verägern wollte: keine Anweisungen, keine Korrekturen, schon gar keine handfeste Kritik.»

«Bist du sicher, dass du die ertragen hättest?», fragte Tina und hob skeptisch eine Braue.

Zangger lachte.

«Wie ging es weiter mit Glanzmann?»

«Ach, den Rest kennt ihr doch. Und es ist schon spät.»

«Nein, warte, eins noch», sagte Seidenbast. «War Lis nie ein Thema gewesen? Auch für ihn nicht? Hatte er nichts davon mitbekommen, dass sie litt, als du plötzlich wegbliebst?»

«Von Lis, dem Mädchen, war nie die Rede. Er sprach nie von damals, und mir war das im Grunde genommen recht.

Wenn ich einmal auf jene Zeit zu sprechen kam, schien ihn das nicht zu interessieren, er sagte höchstens ‹Ja, ja› oder ‹Eben, eben› und fing von etwas anderem an. Er sprach von Lis nur in der Gegenwart: ‹Armes Lischen›, sagte er, sie war ja todkrank. Sie starb zwei Jahre, nachdem ich in seiner Schule angefangen hatte. Danach wurde nie mehr von ihr gesprochen.»

Seidenbast nickte. Jetzt sah auch er auf die Uhr.

«Nach ihrem Tod beschäftigten die Glanzmanns dann ihre Freundin als Haushälterin an der Jupiterstrasse», begann Zangger seine Erzählung abzurunden. «Eben, Frau Engel. Ich kannte sie eigentlich gar nicht. Sie öffnete bei den Besuchen jeweils die Türe, das ist alles. Eine ziemlich missmutige Person. Blickte immer mürrisch drein und grüsste kaum. Aber sie muss ihre guten Seiten gehabt haben. Offenbar hatte sie eine Zeit lang die Obhut über Lis' Kind, ich glaube, weil der Vater ein Taugenichts war. Sie …»

«Und ich glaube, es ist jetzt genug, Luc», sagte Tina und erhob sich. «Nimms mir nicht übel, aber um Frau Engel möchte ich mich jetzt nicht kümmern. Sie ist beerdigt. Sie gehört ja auch gar nicht in deine Geschichte. Findest du nicht?»

32

In den folgenden Tagen und Wochen machte Zangger seine Arbeit, so gut es ging. Seminare brauchte er keine zu halten, in der Schule für Psychotherapie war Sommerpause. Mit der Sprechstunde hatte er seine liebe Mühe: Er arbeitete mit seinen Patienten wie gewohnt, ertappte sich aber immer wieder dabei, dass er nur mit halbem Ohr hinhörte; er führte Gespräche mit Paaren, die in Schwierigkeiten steckten, aber auf die zänkischen und die, die sich anderswie das Leben schwer machten, reagierte er ungeduldiger als sonst; er beriet Eltern, die mit ihren halbwüchsigen Kindern Probleme hatten, doch kamen ihm seine eigenen Sorgen mit Mona dabei in die Quere.

Mona meldete sich nie. Tina und er hatten keine Ahnung, wo und mit wem sie lebte. Nur Seidenbasts Zuversicht hielt sie davon ab, sie bei der Polizei als vermisst zu melden. Auf Umwegen erfuhren sie schliesslich, dass sie irgendwo in der Ostschweiz ihr zweites Praktikum absolvierte. Eines Tages stellte Tina fest, dass ein paar von Monas Sachen fehlten. Und dass Noodle gekämmt und gebürstet und sein Futternapf frisch gefüllt war. Mona musste sich ins Haus geschlichen haben, als niemand daheim gewesen war. Das schmerzte zwar, aber es beruhigte. Dass Mona sich nicht mehr zeigte, um die Eltern für ihren Verrat zu bestrafen, war allen klar. Krautzek sass offenbar noch immer in Untersuchungshaft. Über weitere Verhaftungen in Sachen Jupiterstrasse war nichts zu hören oder zu lesen gewesen. Zangger wusste nicht, ob der Fall gelöst, ob die Untersuchung ins Stocken geraten oder ob sie eingestellt worden war.

Ende August rief Monika Glanzmann an. Sie berichtete, dass ihr Vater wieder im Spital liege. Er habe das gesunde Bein auch noch gebrochen und sei erneut operiert worden.

Glanzmann habe, ohne in der Reha-Klinik etwas zu sagen, ein Taxi bestellt und sich an die Jupiterstrasse fahren lassen. Dabei habe sie ihm doch ausdrücklich untersagt, allein ins Haus zu gehen. Alles deute darauf hin, dass er etwas gesucht habe. Seine Krücken hätten im Studierzimmer, er selber habe bewusstlos im Korridor gelegen. Allem Anschein nach sei er mit gebrochenem Bein noch aus dem Zimmer gekrochen und habe dann das Bewusstsein verloren. Wäre sie an jenem Abend nicht noch einmal ins Haus gegangen, wäre er an Unterzuckerung gestorben.

Sie bat Zangger, ihren Vater bald zu besuchen. Nach Glanzmanns erstem Unfall war Zangger für Monika zu einer Art Vertrauensperson geworden, die sie um Rat und Hilfe bitten konnte, wenn es um ihren Vater ging. Es gab ja sonst niemanden: Erika hatte zwar gesagt, sie komme sofort herüber, wenn es Vaters Zustand erfordere, aber so weit war es nicht; und Lis' Tochter liess nie etwas von sich hören.

Zangger fuhr am nächsten Tag hin.

«Bin ich ein Mörder?», fragte Glanzmann.

Er versuchte sich aufzurichten. Mit schüttelndem Arm streckte er die Hand aus. Zangger streckte ihm seine entgegen, Glanzmann packte sie und liess sie nicht mehr los. Er brachte seinen Kopf etwas näher, grösste Anstrengung im Gesicht. Neben den alten Runzeln und Fältchen waren zwei tiefe Furchen über der Nasenwurzel entstanden. Die Augenbrauen und die ganze Stirnhaut lagen in Falten: nicht Sorgen-, sondern Angst- und Spannungsfalten. Seine Lippen formten sich unter Zittern und Beben zu einem spitzen Mäulchen, und es schien ihm die grösste Qual zu verursachen, die Worte hervorzubringen.

«Sagen Sie, Herr Zangger, bin ich ein Mörder?»

«Nein», sagte Zangger, ganz Psychiater. «Sie sind kein Mörder.»

«Habe ich Lischen umgebracht?», fragte Glanzmann, als habe er Zangger nicht gehört, Anstrengung und Angst im Gesicht.

«Nein», sagte Zangger, «Sie haben Lis nicht umgebracht.»

«Sind Sie sicher?» Glanzmanns Stirne verspannte sich noch mehr.

«Ich bin sicher», sagte Zangger auf die gleiche, ruhige Art. «Lis ist an Immunschwäche gestorben.»

«Habe ich Katja umgebracht?» Glanzmanns Augen waren voller Angst.

«Nein», sagte Zangger, «Sie haben Ihre Frau nicht umgebracht.»

«Sind Sie sicher?» Glanzmanns Brauen berührten sich über der Nase, so angestrengt zog er sie zusammen.

«Ich bin sicher», sagte Zangger. «Ihre Frau ist im Spital gestorben.»

«Habe ich Frau Engel umgebracht?» Glanzmann spitzte, ohne es zu wollen, die Lippen, als müsse sein Mund zum Rüssel werden.

«Nein», sagte Zangger. «Sie haben Frau Engel nicht umgebracht.»

«Sind Sie sicher?» Glanzmanns Hand liess nicht locker.

«Niemand ist sicher, was passiert ist», sagte Zangger. «Aber Frau Engel ist die Treppe hinuntergestürzt, das ist sicher. Sie hat das Genick gebrochen.»

Er dachte an Mirko Krautzek, erwähnte ihn aber nicht.

Glanzmann liess Zanggers Hand los. Seine Stirne glättete sich etwas, die Brauen entspannten sich. Die Lippen gingen in die Breite, das Spitzmäulchen verschwand. Die Angst wich aus den Augen, wenn auch nicht ganz. Er sank ins Kissen zurück.

«Dann ist es ein Albtraum gewesen», sagte er und schüttelte den ohnehin wackelnden Kopf. Verlegen lächelte er Zangger an. «Wissen Sie, ich habe Albträume. Ziemlich dumme sogar, und immer wieder die gleichen.» Es dauerte eine Weile, bis er sich beruhigt hatte und wieder zurecht fand.

«Sie haben zu Hause bestimmt das Manuskript gesucht, nicht wahr?», fragte Zangger betont arglos, anstatt den Patienten einer Befragung über das Wie und Warum des neuen Unfalls zu unterziehen. «Haben Sie es gefunden?»

«Eben nicht. Und dann bin ich ausgeglitten», sagte Glanzmann. «Irgendetwas Dummes lag auf dem Fussboden. Ein Plastikmäppchen oder so etwas.»

Keine Amnesie für dieses Ereignis, stellte Zangger fest.

Glanzmann erholte sich zu jedermanns Überraschung auch dieses Mal. Nicht ganz, aber einigermassen. Jedenfalls schien es so. Er musste länger das Bett hüten als nach der ersten Operation, das Gehtraining war harziger, die Parkinsonsymptome wurden schlimmer, der Blutzucker geriet ausser Kontrolle. Zeiten von geistiger Klarheit wechselten ab mit Episoden von Dämmrigkeit und Verwirrtheit. An eine Verlegung in die Reha-Klinik war nicht zu denken.

Das Spital lag an Zanggers Arbeitsweg, so konnte er den Patienten zwei bis drei Mal in der Woche auf der Heimfahrt besuchen. Mehr aus psychiatrischem als aus detektivischem Interesse – er hatte sich Tinas Standpauke zu Herzen genommen – fragte Zangger das eine oder andere Mal nach dem Buch.

«Ja, das Buch», sagte Glanzmann einmal, als er eben mit der Physiotherapie fertig war, «das gibt einen Eclat, wenn es herauskommt. Sie werden Bauklötze staunen. Und Frau Schimmel auch.»

«Ach, das Buch», winkte er, im Lehnstuhl sitzend, ein andermal ab, «das ist doch nicht der Rede wert. Es verdient eigentlich gar nicht gedruckt zu werden.»

«Wissen Sie», vertraute er ihm beim nächsten Mal an, und jetzt lag er wieder im Bett, «das Buch ist längst vergriffen. Ich habe etwas Neues in petto», aber er wollte nicht damit herausrücken, was es war.

«Sind die Schweden da?», fragte Glanzmann eines Abends. Sein Blick war verwirrt. Er sass auf dem Stuhl neben seinem Bett und wartete auf die Krankenschwester.

«Nein», sagte Zangger, «es sind keine Schweden da.»

«Nein?» Glanzmann klang enttäuscht. «Aber ist Herr Seidenbast da?»

«Nein.» Zangger und setzte sich neben ihn. «Möchten Sie, dass er kommt?»

«Ja», sagte er. «Bitte rufen Sie ihn.»

«Gut», sagte Zangger. «Ich rufe ihn.»

Da geschah etwas mit Glanzmanns Gesicht. Angst und Schrecken schienen sich breit zu machen.

«Nein», rief er, «warten Sie! Sagen Sie ihm, es habe Zeit. Sagen Sie ihm, es eile nicht. Erst kommt etwas anderes. Ist Lischen da?»

Zangger schüttelte den Kopf.

«Und das Kind?»

«Welches Kind?»

«Lischens Kind. Ich muss mit ihm reden. Ich muss ihm etwas Wichtiges sagen.»

«Nein, das Kind von Lis ist nicht da», sagte Zangger.

Glanzmann wiegte bedauernd den Kopf. Dann passierte wieder etwas mit ihm. Er neigte den Wackelkopf zu Zangger hinüber, dieser beugte sich zu ihm hin und hörte ihn geheimnisvoll flüstern.

«Ich habe eine Entdeckung gemacht», raunte ihm Glanzmann ins Ohr. «Rein durch Nachdenken. Eine Entdeckung von allergrösster Bedeutung für die Menschheit.»

«Was für eine?», erkundigte sich Zangger.

«Punctum saliens», flüsterte Glanzmann.

Zangger sah ihn erstaunt an.

«Kennen Sie den nicht?»

Zangger war halb befremdet, halb amüsiert: Der kranke alte Professor prüfte seine humanistische Bildung!

«Doch», sagte er. «Aristoteles: Der springende Punkt.»

Er wusste sogar noch, dass Aristoteles mit dem springenden Punkt die kleine rote Stelle im Hühnerei gemeint hatte, in welcher er den Ursprung des Lebens vermutete. Aber so weit wollte er nicht gehen, dass er Glanzmann die vollständige Antwort schülerhaft aufsagte.

«Richtig», sagte Glanzmann. Aber nicht wie ein Lehrer, der mit der Antwort des Schülers zufrieden ist. Er klang beunruhigt und schaute mit angstvollen Augen nach links und nach rechts, als ob unbefugte Ohren mithören könnten. «Den muss es auch im Gehirn geben: Nucleus saliens, das ist mir jetzt klar. So muss es sein.»

Er nickte mit dem Kopf, anstatt ihn zu schütteln, sicher ein Dutzend Mal, wie um die folgenschwere Bedeutung der eigenen Aussage zu unterstreichen.

«Nucleus saliens? Der springende Kern? Wo liegt dieser Hirnkern?», fragte Zangger.

Ganz wohl war es ihm bei dieser quasi wissenschaftlichen Frage nicht. Schliesslich durfte er den Wahn des Patienten nicht noch schüren.

«Im Zwischenhirn», sagte Glanzmann. «Ich könnte Ihnen an einem Präparat ganz genau zeigen wo.»

«Und seine Funktion?»

Glanzmann beugte sich auf seinem Stuhl noch weiter vor.

«Lebensquell», flüsterte er. «Wenn man ihn zerstört, dann ...», er hielt inne. Wie um Zangger die Gelegenheit zu geben, die Schlussfolgerung selbst zu ziehen.

«... stirbt der Mensch?»

Glanzmann nickte.

«Und wenn man ihn reizt, wenn man ihn elektrisch stimuliert, dann ...»

«... bleibt er am Leben, meinen Sie? Lebt er ewig weiter?»

Glanzmann nickte, dann lehnte er sich zurück.

«Könnten Sie das Professor Taylor sagen?», fragte er. «Er muss sich überlegen, wie man einen Schrittmacher ...»

«Dem Neurochirurgen? Ich glaube, es wäre besser, wenn Sie selber mit ihm reden würden.»

«Ja, da haben Sie Recht. Ich werde ihn rufen lassen.»

Als er draussen war, hing Zangger eine Weile der Frage nach, was Glanzmanns grandiose Entdeckung mit Seidenbast zu tun habe. Er hatte sich nicht dazu berechtigt gefühlt,

Glanzmann darüber auszufragen. Dann werweisste er mit sich, was wohl in dem alten Mann vorging, dass er Lis am Leben wähnte. Und ob das Wichtige, das er ihrem Kind zu sagen hatte, etwas mit der Realität zu tun hatte.

Lange verweilten Zanggers Gedanken auf dem Nachhauseweg nicht bei Glanzmann. Er dachte wie immer an Mona.

«Hat sie angerufen?»

Das war täglich die erste Frage, wenn er nach Hause kam, manchmal noch bevor er Tina einen Kuss gab. Und wenn er ihr die Frage nicht stellte, dann stellte Tina sie ihm.

Aber Mona blieb verschollen.

«Ich bin ein schlechter Mensch», sagte Glanzmann beim nächsten Besuch. Er war mittlerweile bettlägerig geworden. «Mea culpa. Ich habe schwere Schuld auf mich geladen.» Er schaute Zangger an, die Augen weit, die Lippen gespitzt, die Stirne verkrampft.

Zangger schwieg. Er ahnte, dass er durch Widerspruch Glanzmanns wahnhafte Überzeugung verstärken würde. Er fand es eigenartig, dass Glanzmann lateinische Floskeln brauchte.

Katholisch ist er ja nicht, dachte er.

«Lis gegenüber», sagte Glanzmann mit dem Ausdruck des gepeinigten Sünders. «Mea culpa.»

Und Katja gegenüber, dachte Zangger, ich weiss. Und Frau Engel gegenüber.

«Und Katja gegenüber», sagte Glanzmann, ebenso gequält wie zuvor. «Mea culpa.»

Zangger sagte nichts.

«Und Frau Engel gegenüber. Mea culpa.»

«Was haben Sie ihnen denn getan?»

«Miss.., wie sagt man?», stammelte er. «Misshandelt – nein, das ist es nicht – *missachtet* habe ich sie. Das ist es. Ich habe sie missachtet, jede auf andere Art. Respektlos behandelt.

Und rücksichtlos. Daran sind sie gestorben. Ich bin ein schlechter Mensch. Ich bin ein Mörder. Mea culpa.»

Zangger schwieg.

«Sie verachten mich», sagte Glanzmann, «nicht wahr?»

Zangger staunte über diese Frage. Er wollte etwas entgegnen.

«Wissen Sie», flüsterte Glanzmann in beschwörendem Ton, ohne auf Zanggers Antwort zu warten, «jetzt werde ich bestraft. Ich werde nämlich ausgesaugt. Ja, man saugt mich aus. Gedanklich, verstehen Sie. Man raubt mir meine Gedanken. Ich bin völlig leer hier», er tippte sich an den Kopf.

Zangger nickte stumm.

Glanzmann fuhr mit der Hand langsam über seinen Hals bis zur Brust.

«Ich habe eine Leere», sagte er und lächelte hilflos, «eine vollständige Hirn- und Seelenleere.»

Zangger lächelte zuerst auch, doch nach einer Sekunde war ihm klar: Das war kein geistreiches, das war ein unfreiwilliges Wortspiel gewesen.

Glanzmann liess seine Hand bauchwärts gleiten.

«Nicht nur da oben, auch da unten saugt man mich aus», sagte er und griff nach der Bettdecke. «Zur Strafe, verstehen Sie? Das ist ein ungewohntes Gefühl für einen alten Mann. Aber das ist die Strafe. Sehen Sie selbst.»

Zangger konnte gerade noch verhindern, dass er die Bettdecke zurückschlug.

Hat er das Bett genässt?, fragte er sich. Oder meint er es anders?

«Ich bin ein Mörder», sagte Glanzmann. «Ein Doppelmörder. Ich habe Lis und Katja umgebracht. Und Frau Engel auch. Ich bin ein dreifacher Mörder.»

«Das sind Albträume, Herr Glanzmann», sagte Zangger. «Sie haben Albträume. Das haben Sie mir selber gesagt.»

33

Zangger sass in seinem Lehnsessel und schielte über den Zeitungsrand zu Tina hinüber. Tina hatte es sich auf dem Sofa bequem gemacht. Sie lag ausgestreckt da und reckte sich nach der Fernbedienung für den CD-Player. Es war neun Uhr abends.

Billie Holiday, dachte er, gleich wird Billie Holiday zu hören sein. Oder vielmehr hoffte er es. Denn wenn Tina um diese Zeit die Lady des Blues hörte, dann war eine romantische Fortsetzung des Abends nicht auszuschliessen.

Das Telefon klingelte. Tina fuhr in die Höhe.

«Das ist Mona», sagte sie.

Aber es war nicht Mona, es war Monika Glanzmann. Tina reichte Zangger den Hörer.

Muss das sein?, dachte er. Trotzdem nahm er den Hörer entgegen.

Monika wollte von ihm hören, was er vom Zustand ihres Vaters halte. Sie selber finde, es stehe schlecht um ihn.

«Es steht schlecht um ihn, das stimmt», sagte Zangger.

«Er sagt, er werde morgen operiert.»

«Davon weiss ich nichts. Er hat keine operable Krankheit.»

«Er bekomme einen Schrittmacher eingepflanzt.»

«Hat er Herzprobleme? Das ist mir neu.»

«Keinen Herzschrittmacher, einen Hirnschrittmacher. Er sagt, Professor Taylor werde ihn morgen untersuchen und dann gleich operieren.»

«Ach, du mein Trost», sagte Zangger und erzählte Monika von Glanzmanns vermeintlicher Entdeckung.

Monika bat ihn, dabei zu sein, wenn Professor Taylor ihren Vater untersuche. Dass Taylor morgen früh ans Krankenbett komme, das habe ihr die Stationsschwester bestätigt.

Tina sah ihn fragend an, als er aufgehängt hatte.

«Er leidet im Wechsel an Versündigungs- und Grössenideen», erklärte Zangger.

«Grössenideen schon, das habe ich gehört», sagte Tina, denn die Sache mit der Entdeckung eines Hirnkerns, dessen Stimulation den Eintritt des Todes verhindere, hatte sie mitbekommen, als Zangger mit Monika sprach. «Aber Versündigungsideen?»

«Er hält sich für einen Mörder. Er glaubt, er habe seine Frau umgebracht. Und Lis. Und Frau Engel.»

«Solche Dinge bilden sich sonst doch nur schwer Depressive ein, nicht wahr?»

«Ja. Manchmal wirkt er auch tatsächlich schwer depressiv. Aber das scheint mir eher die Folge, nicht die Ursache dieser Wahnideen zu sein. – Ich vermute, dass es sich bei seinem Wahn um eine Auswirkung der Parkinsonkrankheit handelt. Vergiss nicht, die spielt sich im Gehirn ab. Oder um eine Nebenwirkung der Medikamente, denn die greifen auch in den Hirnstoffwechsel ein. Beide, die Krankheit und die Behandlung, können psychotische Zuständen auslösen. Deshalb bekommt er zusätzliche Medikamente, die dem entgegenwirken sollen. Nur greifen sie noch nicht. Glanzmann sprach von Albträumen, die immer wieder kommen. Vielleicht überfallen ihn die Wahnvorstellungen in der Nacht.»

«Bist du sicher?»

«Was sicher?»

«Dass man das alles psychiatrisch betrachten muss. Versündigungsideen, Grössenwahn. Auswirkung der Hirnkrankheit, Nebenwirkung der Medikamente?»

«Nein, sicher bin ich nicht. Es ist nur die wahrscheinlichste Erklärung. Woran denkst du?»

«Dass er Angst hat vor dem Sterben und …»

«Er sprach bis anhin nie vom Sterben, hat Monika gesagt, nicht ein einziges Mal. Auch nicht darüber, was nach seinem

Tod geschehen solle. Er habe immer getan, als sei er unsterblich.»

«Eben», sagte Tina. «So kann sich die Angst vor dem Sterben doch auch zeigen.»

«Vielleicht», sagte Zangger.

«Er hat Angst vor dem Sterben», wiederholte Tina, «und etwas plagt ihn. Etwas belastet ihn. Etwas, das er im Leben noch abladen möchte. Eine Schuld vielleicht.»

«Genau das hat er gesagt», staunte Zangger. «Er hat gesagt, er habe schwere Schuld auf sich geladen. ‹Mea culpa›, wiederholte er unablässig. Ich hielt das für eine wahnhafte Versündigungsidee.»

«Kann sein, dass es bloss eine verrückte Idee ist. Aber vielleicht ist auch etwas Wahres dran. Dann wäre es gut, wenn er darüber reden könnte, findest du nicht?»

«Doch», sagte Zangger, den roten Kater auf seinen Knien streichelnd. «Das wäre gut.»

Noodle hatte sich wieder einmal an seinem Lehnsessel die Krallen gewetzt und sich dann schnurrend auf seinen Knien niedergelassen.

Sie werweissten, was Glanzmann so bedrücken könnte. Sie waren sich einig, dass es mit seiner Frau zu tun habe. Oder mit seinen Töchtern. Vielleicht auch mit Frau Engel, da auch sie in seinen wahnhaften Gedanken vorkam. Aber sie kamen zu keinem Ergebnis.

«Wir müssen es auch gar nicht wissen», stellte Tina fest. Sie streckte sich wieder aus.

«Stimmt», sagte Zangger.

Er stand auf, legte ihr Noodle in den Schoss und holte aus dem alten Holzschrank eine Flasche Whisky, einen Scotch Single Highland Malt.

«Du auch?», fragte er, die Flasche in der Hand.

Tina schüttelte den Kopf. Sie drückte auf die Fernbedienung. Nie gehörte Musik erklang. Billie Holiday war das nicht. Eine andere Frauenstimme, sinnlich, voller Verve und gleichzeitig voller Wehmut, begleitet von zwei Gitarren.

Zangger lauschte.

«Wer ist denn das?», fragte er nach einer Weile leise.

«Das ist Mariza», sagte Tina.

«Was singt sie?»

«Fado.»

«Das geht ja mitten ins Herz.»

«Das soll es auch.»

Da schenke ich mir etwas anderes ein, dachte Zangger. Er stellte den Whisky in den Schrank zurück und holte einen uralten Port hervor, von dem sie noch nie getrunken hatten, einen zwanzig Jahre alten Tawny.

«Mir bitte auch», sagte Tina jetzt, und Zangger schenkte beiden ein.

«Weisst du noch?», fragte sie, und dann schwelgten sie ohne viele Worte in Erinnerungen: Kurz bevor sie geheiratet hatten, waren sie in einem alten VW-Bus nach Portugal gefahren, als dort eben die Nelkenrevolution zu einem glücklichen Ende gekommen war. Sie waren durch Korkeichenwälder gewandert und hatten am Meer campiert, waren durch Lissabons alte Quartiere gestreift und in Fado-Kneipen eingekehrt. Aber das war lange her, und die Sängerin, die sie jetzt hörten, war damals bestimmt noch nicht aufgetreten. Die gehörte einer neuen Generation an.

«Ja», sagte Zangger. «Und du, weisst du noch?», fragte er zurück. Er hatte sich neben Tina auf das Sofa gesetzt. Er erinnerte sie daran, wie sie nach Porto gefahren waren und sich von der Melancholie dieser Stadt hatten bezaubern lassen. Und dass sie damals zum ersten Mal Portwein getrunken hatten.

«Lange her», sagte Tina.

Sie schlürften den alten, süssen Wein. Die Musik war verklungen, die traurigschöne Stimmung blieb.

Zanggers Gedanken gingen ihre eigenen Wege. Er musste an Seidenbast denken, vielleicht wegen seiner weinseligen Gemütslage. Von Seidenbast gingen sie wieder zu Glanzmann. Aus irgendeinem Grund dachte er an das Gespräch in der Felsentherme, das er vor Monaten unfreiwillig gehört hatte. Die Unbekannte hatte Frau Schimmel gegenüber Andeutungen gemacht, dass Glanzmann etwas auf dem Kerbholz haben könnte. Sie hatte sich auf Glanzmanns Haushälterin berufen, also auf Frau Engel. Ob das etwas mit der Sache zu tun hatte, über die Glanzmann noch müsste reden können?

«Woran denkst du?», fragte Tina.

«An nichts Besonderes», log Zangger. «Einfach an früher.»

Er konnte den Gedankensprung selber nicht nachvollziehen, aber plötzlich fiel ihm jene irritierende Unstimmigkeit in Glanzmanns Sprechzimmer ein, damals, am Tag des Verbrechens. Er versuchte, sich den Raum, so wie er ihn an jenem Tag gesehen hatte, genau vorzustellen: Alles stand für eine Therapiesitzung bereit. Kaffeegeschirr war aufgetischt, was eher ungewöhnlich war. Beim Gehen, beim Blick zurück, war etwas anders gewesen. Etwas fehlte oder war umplaziert. Etwas Bedeutsames, sonst hätte es ihn nicht so irritiert. Und trotzdem war es leicht zu übersehen gewesen. Er kam sich vor wie ein Kind, das über einem Finde-den-Unterschied-Bild brütete. Jeder andere hätte ihn vielleicht sofort entdeckt, aber er konnte ihn einfach nicht sehen. Er riss sich von dem Vexierbild los, denn Tina konnte ihn jeden Augenblick wieder fragen, woran er denke. Er kehrte zum Ausgangspunkt seines weinseligen Sinnierens zurück: Seidenbast. Irgendetwas lief zwischen Seidenbast und Glanzmann, aber was? In irgendeiner Hinsicht steckten die beiden unter einer Decke. Unpassendes Bild, dachte er. Sehr unpassend. Seine Gedanken drehten sich weiter.

«Was meinst du, Tina, ist dieser Louis Fabians Freund?»
«Ich denke schon.»
«Ich meine *Freund.*»
«Ich weiss nicht. Kann sein», sagte Tina. «Wieso fragst du?»
«Nur so. Woher ist er eigentlich?»
«Sein Vater ist aus Trinidad, so viel ich weiss. Ich glaube Tanzlehrer», sagte sie. «Oder Aerobic- oder Fitnesstrainer, irgend so etwas. Und Louis ist ein ausgesprochen netter Junge.»
Jetzt stand die Richtung von Zanggers Gedanken fest.
«Wo treibt sich eigentlich Tom herum? Ich habe ihn schon lange nicht mehr gesehen.»
«Er treibt sich nicht herum, er kommt mittwochs doch immer spät heim. *Du* treibst dich herum, in deiner Praxis und deiner Schule», sagte Tina. Schmunzelnd, nicht vorwurfsvoll. «Und in deiner Gedankenwelt, nicht wahr?», lachte sie und gab ihm einen Nasenstüber. «Deswegen siehst du ihn kaum. Komm früher nach Hause und schweif innerlich nicht immerzu ab, dann triffst du ihn schon wieder. Er wollte schon lange mit dir reden.»
«Worüber?»
«Ich glaube, er wollte längst etwas Fachliches von dir wissen. Die Theorie der drei Gehirne.»
«Ach ja, stimmt. Glanzmann hatte ihm den Floh ins Ohr gesetzt. Gut, ich werds ihm erklären», sagte er, und damit war er beim nächsten Kind. «Mona hat also nie angerufen?», fragte er unvermittelt. Er sah den Kater an.
«Nein, eben nicht. Das hätte ich dir doch längst gesagt. Ich mache mir Sorgen, Luc», sagte Tina bedrückt.
«Ich weiss. Mal mache ich mir Sorgen, mal du dir.»
«Was meinst du, kommt sie zurück? Oder meldet sie sich wenigstens?»

«Ganz bestimmt», sagte Zangger, aber innerlich war er nicht ganz so sicher. «Schon wegen Noodle.»

Sie machten sich Gedanken darüber, wie es ihr wohl gehe, wo sie sich aufhalte und was sie von ihren Eltern denke. Aber auf einmal war Zangger innerlich wieder bei Seidenbast. Und bei Glanzmann. Und bei dem verfluchten Haus. Und beim verschwundenen Buchmanuskript. Und bei der toten Frau Engel. Aber er hütete sich, Tina etwas davon zu sagen.

34

Es war Zangger von vornherein klar gewesen, dass Glanzmann kein neurochirurgischer Fall war. Aber Glanzmann hatte Professor Taylor rufen lassen und gewünscht, dass er ihn untersuche. Das hatte dieser getan, mit Prüfung der Reflexe, der Sensibilität, des Augenhintergrundes und allem.

«Was zeigt das EEG?», fragte Glanzmann mit schwacher Stimme. «Und das MRI? Und was ist mit dem Computertomogramm?»

Taylor sah ihn an, Laborbefunde und Beckenröntgenbild, von dem er nichts verstand, in den Händen, denn Glanzmann hatte darauf bestanden, dass er sich alles anschaue.

«Sie meinen – ?», fing er an, aber Glanzmann war schon wieder eingedöst.

«Ihr Vater ist verwirrt, Frau Glanzmann.» Taylor sprach leise mit Monika, die neben dem Bett stand. «Er bildet sich ein, wir hätten alle diese aufwendigen Untersuchungen gemacht. Aber die würden leider auch nichts helfen.» Er schüttelte bedauernd den Kopf. «Es steht nicht gut. Nicht wahr, Herr Kollege?»

Zangger nickte. Taylor und er entfernten sich ein wenig vom Krankenbett und zogen Monika sachte weg, um mit ihr zu reden.

«Vergessen wir nicht, er ist neunzig Jahre alt», sagte Taylor. Sein Deutsch war perfekt, aber der englische Akzent war unüberhörbar. «Er leidet an einer schweren Form der Parkinsonkrankheit, sein ganzes Nervensystem ist mitgenommen. Er hat Diabetes. Er hat eine schwere Gehirnerschütterung, vielleicht eine Gehirnprellung erlitten. Drei Knochenbrüche innert eines Jahres, zwei Narkosen. Die vielen Medikamente haben natürlich auch ihre Nebenwirkungen.»

«Diese auch?», fragte Monika. «Die haben doch keine Nebenwirkungen, oder?» Sie zog die Nachttischschublade auf und nahm die Pillen heraus, die sie ihrem Vater von zu Hause gebracht hatte.

«Was ist denn das?», fragte Zangger und nahm die Packung in die Hand. «Die nimmt er doch nicht, oder?»

«Seine Vitamine», sagte Monika. «Doch, natürlich, die nimmt er immer. Sind die nicht gut?»

«Vitamine?», sagte Zangger. «Das sind Amphetamine, keine Vitamine. Aufputschmittel. Du meine Güte, seit wann nimmt er die?»

«Seit Jahren», sagte Monika.

«Das gibts doch nicht. Woher hat er sie denn?»

«Sie wurden ihm verschrieben, ich weiss nicht mehr von wem», antwortete Monika.

Taylor und Zangger sahen sich an. Das erklärte eine ganze Menge, nicht zuletzt die psychotischen Zustände, die Paranoia. Glanzmann war nicht nur durch seine Krankheiten verändert und geschwächt. Er hatte sich mit den einen Medikamenten gedämpft und mit den andern wieder aufgepeitscht. Damit hatte er sein Gehirn malträtiert, vielleicht schon weitgehend zerstört.

Glanzmann hob mit einem Ruck den Kopf vom Kissen.

«Nun?», fragte er laut.

Die drei traten an sein Bett.

Aber Glanzmann war mit seiner Kraft schon wieder am Ende.

«Herr Kol-le-ge», brachte er mühsam heraus. Dann holte er Luft: «Was – schla-gen – Sie – vor?»

Er klang wie ein Roboter.

Taylor nahm seine Hand.

«Sie – o-pe-rie-ren, nicht – wahr?», hauchte Glanzmann.

Taylor schüttelte den Kopf.

«Man – muss – o-pe-rie-ren», presste Glanzmann heraus.

«Nein», sagte Taylor. «Man muss nicht operieren. Man *kann* nicht.»

«Doch. Bit-te – o-pe-rie-ren – Sie!», flehte Glanzmann. Er versuchte sich aufzurichten. Er bedeutete Taylor, dass er ihm etwas ins Ohr sagen wolle.

Taylor beugte sich über ihn.

«Nu-cle-us – sa-li-ens», flüsterte Glanzmann.

«Nucleus saliens?» Taylor sah in halb gebückter Stellung zu Zangger auf, der neben dem Bett stand, und zuckte mit den Schultern.

Zangger war versucht, sich mit dem Zeigefinger diskret an die Schläfe zu tippen. Aber er liess es bleiben, Taylor hatte auch so verstanden.

«Den – Schritt-ma-cher», hauchte Glanzmann. «So-fort. Es – eilt.» Er atmete schwer. «Das – ist – ein – Not-fall.»

Taylor richtete sich wieder auf und fasste Glanzmann an beiden Händen.

«Es ist gut, Herr Glanzmann», sagte er ruhig. «Keine Angst, es wird jemand bei Ihnen sein.» Er wies mit dem Kopf auf Monika. «Ihre Tochter ist da», sagte er. «Die Schwester kommt, wann immer Sie sie brauchen. Und der Arzt wird Sie auch regelmässig besuchen. Sie bekommen Medikamente, wenn es nötig ist.»

Glanzmann war wieder eingedöst.

Taylor hielt immer noch seine Hände.

Da schlug Glanzmann die Augen auf. Er hob den Kopf und starrte den Professor böse an.

«You goddamned son of a bitch!», stiess er hervor. Nicht stammelnd. Laut und deutlich.

Taylor wich zurück, liess Glanzmanns Hände fahren. Er sah Zangger konsterniert an.

Monika war zusammengefahren und fing an zu weinen.

Glanzmann war in die Kissen zurückgesunken. Er atmete schwer, lag starr in seinem Bett, die Augen geschlossen.

Professor Taylor drückte Monika stumm die Hand. Dann verabschiedete er sich von Zangger

«Danke, dass Sie gekommen sind», sagte Zangger. «Es war Herrn Glanzmann wichtig gewesen.»

«Tut mir Leid», sagte Taylor, «ich kann nichts mehr tun», und ging.

Zangger blieb bei Monika. Sie sass an Glanzmanns Bett, er ein bisschen entfernt.

«Erika ist unterwegs», sagte sie.

«Gut», sagte Zangger. «Wann kommt sie an?»

«Morgen früh landet sie in Kloten.»

«Soll ich sie abholen?»

«Das wäre lieb von dir.»

«Gut, ich hole sie und bringe sie gleich hierher.»

Sie sagten lange nichts mehr und schauten auf den Kranken in seinem Bett. Er lag reglos da. Nicht entspannt, eher wie ein Gefesselter. Oder wie ein Erstarrter, Erfrorener, Arme und Hände steif auf der Bettdecke.

Sie sassen etwa ein Stunde da, vielleicht zwei.

Zangger fühlte sich verpflichtet, zu bleiben. Monika, nicht Glanzmann gegenüber.

Auf einmal fuhr sie von ihrem Stuhl hoch.

«Er bewegt die Lippen.» Sie beugte sich zu ihm nieder, hielt ihr Ohr an seinen Mund.

«Was sagt er?», fragte er.

«Nichts», sagte sie. «Horch du mal.»

Zangger beugte sich über Glanzmanns Gesicht. Er lauschte angestrengt.

Nichts.

Doch, jetzt war ihm, er höre ein Flüstern. Er hielt sein Ohr noch näher.

«Was sagt er?», fragte jetzt Monika.

«Halt», antwortete Zangger. «Er sagt: Halt.»

«Und?»

Zangger lauschte. Er hörte den alten Glanzmann leise flüstern:

«Ich lebe», flüsterte Glanzmann.

Ein leises Zittern ging durch seinen steifen Leib. Es machte den Anschein, er wolle die Arme bewegen.

«Ich lebe!»

Nein, das war kein Flüstern, es war ein Rufen. Ein Schreien mit leiser Stimme.

Dann war Stille.

Es waren Glanzmanns letzte Worte gewesen.

Am nächsten Morgen holte Zangger Erika am Flughafen ab und fuhr sie ins Spital. Als er am übernächsten wieder kam, traf er im Spitalkorridor auf Monika, die zu Hause etwas geschlafen hatte. Sie kam zurück, um ihre Schwester am Krankenbett abzulösen. Aber Glanzmanns Krankenzimmer war abgesperrt. Sie fanden Erika im Besuchszimmer der Spitalabteilung sitzen.

«Er ist vor zwei Stunden gestorben», teilte sie ihnen mit.

«Das tut mir Leid», sagte Zangger.

«Ich bin froh», meinte Monika. «Nur traurig, dass ich nicht da war.»

«Ja», erwiderte Erika.

«Ist er noch einmal aufgewacht?»

«Nein.»

«Kann ich ihn sehen?»

«Gleich. Er wird noch gewaschen und hergerichtet.»

Die Frauen wirkten gefasst. Es flossen keine Tränen.

Eine Pflegerin kam herein. «Es ist so weit, Sie können kommen.»

«Du auch, Lukas», sagte Monika. «Komm bitte mit.»

Vor dem Zimmer standen sie einen Augenblick still. Monika trat als Erste ein und blieb wie angewurzelt stehen.

«Was ist?», raunte Erika, die hinter ihr stand.

«Geh», sagte Monika und drängte sie wieder hinaus. «Das ist das falsche Zimmer.»

Die Pflegerin stutzte.

«Sie wollen doch Herrn Glanzmann sehen?»

«Ja. Herrn *Glanzmann*.»

«Das ist sein Zimmer», sagte die Pflegerin. Sie war perplex. «Das ist Herr Glanzmann. Da liegt er.»

«Nein», sagte Monika. «Das ist nicht mein Vater.»

Verwirrt traten Erika und Zangger ein und betrachteten den Leichnam. Hätte er nicht die Hände des Toten und auf dem Nachttisch Glanzmanns Brille gesehen – Zangger hätte auch kehrt gemacht. Das Gesicht des Toten war nicht wiederzuerkennen: Nicht etwa friedlich, nicht erlöst, nicht entrückt oder verklärt, weder jünger noch älter – keine von all den Veränderungen, auf die er gefasst gewesen war. Nein, *anders*, vollkommen anders als Glanzmann im Leben ausgesehen hatte, sah der Tote aus: Die Stirne glatt, bis auf die senkrechte Furche über der Nase, die Brauen hoch geschwungen; die Augenlider gross und schwer; die Wangen flach, das Kinn erhaben, fast herrisch; die Nase lang und gross und trotzdem wohlgeformt; der Mund ein wenig hart und breit, und auf der Oberlippe ein silberner Schimmer, es begann ihm im Tod ein Schnurrbart zu spriessen; die Ohren, die Zangger nie zuvor wahrgenommen hatte, auf einmal sichtbar. Das ganze Gesicht schien grösser und klarer als das des Lebenden. Es war, wie wenn etwas von innen her Zusammengezogenes losgelassen, etwas lange Eingeschnürtes entbunden worden wäre. Etwas Verkniffenenes und Verbissenes, etwas Irres und Wirres war weggefallen, etwas Verrücktes wieder an seinem Platz. Es war Würde in diesem Gesicht. Würde und Strenge.

«Er sieht anders aus, das stimmt», flüsterte Erika. «Wie Grossvater. Fast wie sein eigener Vater sieht er aus.»

35

«Komm», sagte Zangger, «ich glaube, wir sind etwas spät. Es läutet schon.» Tina beschleunigte ihren Schritt. Zangger drückte sich den Filzhut in die Stirn und schlug den Mantelkragen hoch. Es war Herbst geworden. Die Feier fand in der Abdankungskapelle im Friedhof oberhalb des Götterquartiers statt. Er hatte gewusst, dass es keine kirchliche Abdankung geben würde. Deshalb hatte er eigentlich damit gerechnet, dass er, weil es kein Pfarrer tun würde, Glanzmanns Töchtern bei der Vorbereitung helfen müsse. Aber Monika hatte ihm gesagt, ein Freund ihres Vaters kümmere sich um alles.

Die meisten Trauergäste waren schon in der Kapelle. Das war Zangger recht, so würde er sich mit Tina hinten hinsetzen können. Er wäre ungern vorne bei den Angehörigen gesessen.

«Guten Tag, Herr Zangger», sagte jemand. Ein Mann in dunkler Lederjacke. «Frau Zangger? Freut mich. Tobler.»

«Herr Tobler? Ich wusste gar nicht, dass Sie Herrn Glanzmann persönlich kannten», sagte Zangger.

«Das ist beruflich. Ich schaue mich um, wissen Sie. An Abdankungen wird man oft fündig. – An Frau Engels Beerdigung sind Sie nicht gewesen, nicht wahr», stellte er fest.

Zangger staunte.

«Aber ich», sagte Tobler und drückte das rechte Auge zu.

«Wer war das?», fragte Tina im Weitergehen.

«Ein Kriminalbeamter. Er versucht, den Fall zu lösen.»

Die Kapelle war übervoll, Zangger konnte gerade noch zwei Plätze in der hintersten Bank ergattern, später Kommende begannen sich den Wänden entlang aufzustellen. Die Feier begann, das Glockengeläut war verklungen, Orgelspiel setzte ein. Zangger hatte bemerkt, wie in den vordersten Bänken die Köpfe zusammengesteckt und mit Handzeichen Regieanweisungen gegeben wurden, aber mittlerweile war alles still. Er konnte nicht sehen, wer für die Leitung der Feier die Fäden in der Hand hielt.

Dass keine Kirchenlieder auf dem Programm standen, wunderte ihn nicht, aber er war angenehm überrascht, dass auch keine Ave-Maria-Bearbeitung gespielt wurde. Er kannte Glanzmanns musikalischen Geschmack nicht, aber das intonierte Bach-Präludium war für den Beginn der Feier genau das Richtige.

Doch was dann kam, war ein Schock: Doktor Stein.

Es gab vorne Unruhe. Es schien Zangger, jemand wolle Stein am Zipfel seines schwarzen Anzugs zurückhalten, aber dieser ging nach vorn und pflanzte sich neben dem Sonnenblumenstrauss auf.

«Liebe Trauergemeinde», hob er an. «Meine lieben, leidgeprüften Hinterbliebenen. Geschätzte Freunde, Bekannte, Kolleginnen und Kollegen des Verblichenen. Meine sehr verehrten Damen und Herren.» Er machte eine kunstvolle Pause. «Wir sind hier versammelt, um von einem grossen Gelehrten, einem herausragenden Wissenschafter, einem begnadeten Psychotherapeuten und vortrefflichen Lehrer Abschied zu nehmen. Professor Charles Glanzmann, Doktor der Philosophie und Doctor honoris causa der Medizin. Geboren …», er hängte, als ob er in offizieller Mission dort stünde, Geburts- und Todesdatum an, dann pausierte er wieder. «Aber», fuhr er pathetisch fort, «mit Professor Doktor Charles Glanzmann ist nicht nur ein herausragender Wissenschafter, ein begnadeter Psychotherapeut und vortrefflicher Lehrer von uns gegangen. Wir verlieren in ihm nicht nur einen grossen Gelehrten und ein honorables und hochgeschätztes Ehrenmitglied unseres Verbandes, nein, mit ihm hat uns auch ein grossartiger Mensch verlassen. Der Mensch Charles Glanzmann. Ein Freund.»

Kunstpause. Zangger wurde es leicht übel.

Schmalz, dachte er. Das hat Glanzmann nicht verdient. Er musste weghören.

«… Ihnen die Stationen des universitären und ausseruniversitären Werdeganges des verehrten Verstorbenen in Erinnerung zu rufen», vernahm er irgendwann, und dann hörte er Stein ein komplettes akademisches Curriculum herunterleiern, wie es pompöser und unpersönlicher gar nicht ging.

Als er fertig war, gab es vorne erneut eine verhaltene Auseinandersetzung ab. Jemand schien mit dem Ablauf der Feier nicht einverstanden zu sein. Drei Musiker hatten sich zum Spiel bereit gemacht und mussten sich noch einmal zurückziehen. Denn Stein hatte es durchgesetzt – bei wem, war nicht zu erkennen –, dass jetzt Frau Schimmel das Wort erhielt.

Bald war Zangger klar warum. Von den Psychologen abgesehen wusste hier niemand, wer Stein war. Er hatte sich den Anwesenden ja nicht gut vorstellen können. Er musste also einen Dreh finden, wie er mit Namen, Doktortitel und Funktion genannt werden konnte, denn darauf war er, das war allgemein bekannt, dringend angewiesen. Frau Professor Schimmel verdankte Herrn Doktor Stein, dem Vorsitzenden des Akademischen Psychologen- und Psychotherapeutenverbandes, denn auch mehrmals seine Würdigung des Verstorbenen, ehe sie selber zu einer solchen ansetzte.

Zangger fand es mühsam, ihren abgelesenen, verschachtelten Sätzen zu folgen und sich nicht durch ihr Gestotter irritieren zu lassen, aber er war nicht in der Stimmung, sich schon wieder über sie aufzuregen. Denn *was* sie sagte, war dem Anlass angemessen, und einige ihrer Anekdoten und Erinnerungen an Glanzmann waren sogar ganz rührend. Sie bezogen sich auf die Zeit, in welcher sie mit Glanzmann an seiner Schule und später an der Universität zusammengearbeitet hatte.

Frau Schimmel fand einen Schluss und Zangger war mit der Feier schon fast versöhnt. Und mit Frau Schimmel auch.

So schlimm ist die ja gar nicht, dachte er. Dass sie Glanzmann in irgendeiner Weise übel gewollt haben könnte, das konnte er sich nicht mehr vorstellen. Ihretwegen ist Tobler bestimmt nicht gekommen, sagte er sich.

Wenn jetzt noch ein, zwei schöne Musikstücke gespielt werden, dachte er, wenn vielleicht Glanzmanns alter Freund, der da Regie führt, noch ein paar Worte sagt, und wenn danach ein stimmiges Orgelausgangsspiel kommt, dann war das eine kurze, aber würdige Abschiedsfeier. Schliesslich hat es Glanzmann genau so gewollt: Kein Pfarrer, kein Gesang und kein Gebet, hat Monika gesagt.

Die Kapelle war schlicht und schön geschmückt: Die Sonnenblumen standen seitlich auf den Stufen, die zum altarartigen Holztisch hinaufführten. Ein einziges, dichtes Gesteck aus roten Rosen stand auf diesem Tisch. Alle Blumenspenden und Kränze, die in einem geschlossenen Raum rasch etwas Erdrückendes haben, waren vor der Kapelle sorgfältig abgelegt worden, sodass alle sie sehen konnten, ehe sie der Friedhofsgärtner aufs Grab brachte.

Ein Streichtrio, Zangger vermutete Berufsmusiker, spielte ein Andante von Mozart. Wunderschön.

Kein Largo, Gott sei Dank, dachte er.

In der vordersten Reihe erhob sich einer, trat ein paar Schritte vor und drehte sich um: Seidenbast.

Zangger rieb sich die Augen. Tina sah ihn fragend an, er hob die Schultern.

Seidenbast war wie immer tadellos gekleidet, aber heute klassisch, nicht schick. Sein anthrazitgrauer Anzug und die Krawatte in tiefem Blau mit den diskreten silbernen Streifen waren genau richtig. Er wirkte weder pfarrherrlich noch übertrieben feierlich. In Stilfragen war er unschlagbar.

Er stand auf der untersten Treppenstufe und schaute auf Glanzmanns Töchter, die in der vordersten Bank sassen. Er wartete, bis beide ihren Blick hoben und ihn ansahen.

«Sie haben mich darum gebeten», sagte er mit voller, ruhiger Stimme, «heute über meine Begegnungen mit Ihrem Vater zu erzählen. Das freute mich zuerst, doch dann wurde mir bange. Ich kenne ihn doch viel zu wenig, dachte ich. Dann wurde mir klar, dass ich Ihnen bloss weiterzuerzählen brauche, was er mir erzählte. Das tue ich gern.»

Nun wandte er sich allen zu.

«Wissen Sie», sagte er und trat eine Stufe höher, neben den Tisch, damit er alle, auch die zuhinterst, sehen konnte, «ich befasse mich mit Büchern. Und Charles Glanzmann liebte Bücher über alles. So kamen wir ins Gespräch. Ich hörte, woran er gerade arbeitete – es interessierte mich brennend, das können Sie sich bestimmt vorstellen –, er fragte umgekehrt nach dem, was mich gerade beschäftigte. Mit der Zeit begann er mir Dinge aus seinem Leben zu erzählen. Warum, das weiss ich nicht genau. Freunde waren wir nicht, noch nicht, damit kann ich mich nicht brüsten. Aber er spürte wohl, dass mich seine Geschichten berührten.»

So ist das!, dachte Zangger. Dieser Tausendsassa. Er war sein Vertrauter geworden. Mir hat Glanzmann in zwanzig Jahren nichts Persönliches erzählt.

Tina sah ihn an, er erwiderte ihren Blick. Das wird gut, bedeutete der Blick. Zangger entspannte sich und versuchte, es sich auf der harten Bank etwas bequemer zu machen.

«Warum erzähle ich Ihnen die Dinge weiter, die er mir erzählte? Weil ich glaube, dass dieses Erzählen eine Form des Abschiednehmens ist. Viele meinen, Abschied nehmen heisse sich abwenden. Das stimmt nicht. Wenn wir uns abwenden, dann ist der Abschied schon vorbei. Oder er hat überhaupt nicht stattgefunden. Abschied nehmen heisst berühren. Anfassen, noch einmal festhalten. Hinsehen und anschauen. Das ist Abschied nehmen.»

Tina und Zangger sahen sich wieder an. Beide nickten.

«Ich erzähle Ihnen drei oder vier Begebenheiten aus Charles Glanzmanns Leben. Eine aus der Kindheit, eine aus der Jugend und eine oder zwei aus dem Leben des Erwachsenen. Ich habe sie aus all den Erinnerungen, die er mir erzählte, ausgewählt. Nicht weil sie *mir*, sondern weil sie *ihm* besonders wichtig schienen. Er sagte, sie hätten ihn geprägt.

Ich erzähle alles so, wie er es mir vor gar nicht langer Zeit erzählt hat. Nicht als historische Wahrheit. Nicht, um ihm gerecht zu werden. Nicht, um irgendjemanden anzuklagen. Sondern als das, was er erlebt hatte. So, wie er es in Erinnerung gehabt hatte. Auf diese Weise schauen wir uns den Verstorbenen, nein, den Lebenden noch einmal an. Wir sehen ihn, so hoffe ich, noch einmal vor uns: ein Mensch aus Fleisch und Blut, und fassen ihn gewissermassen noch einmal an. Wir halten ihn noch einmal fest. Dann lassen wir ihn gehen.»

Man sah einzelne Frauen und Männer die Taschentücher zücken oder sich mit der blossen Hand über die Augen fahren.

Wie macht er das bloss?, fragte sich Zangger.

Seidenbast tat ein paar Schritte, ging auf die andere Seite des Holztischs und begann zu erzählen.

36

Charles Glanzmanns Mutter schickte den Jungen, als er klein war, in die Sonntagsschule und nahm ihn mit, wenn sie an den Missionsbazar ging. Einmal, als sie zusammen im Kirchgemeindehaus waren, sah Scharli auf einem Tisch ein Menschlein stehen. Ein Menschlein aus Ebenholz, kleiner als ein Kind. Ein schwarzes Menschlein mit Augen wie schwarze Kirschen auf leuchtend weissen Tellerchen. Ein Menschlein mit gekraustem Haar und einem grossen, feuerroten Mund. Das schwarze Menschlein trug einen Lendenschurz, sonst war es nackt. Der kleine Charles war hingerissen.

«Was ist das?», fragte er.

«Das ist ein Negerkind.»

«Es lebt aber nicht, oder?»

Die Mutter schüttelte den Kopf.

«Was tut es da?»

«Es sammelt Geld für die richtigen Negerkinder. Siehst du hier, in diesen Schlitz kann man Münzen hineintun. Das ist dann für die Negerkinder in Afrika.»

«So sehen die aus!», rief Scharli entzückt, denn von Afrika hatte das wissbegierige Kind schon gehört. Scharli wusste vom Nil, er wusste von der Wüste, von Palmen, von Löwen und Krokodilen, aber von den Negern hatte er sich nie eine Vorstellung machen können. Das Kind war ganz und gar begeistert von diesem schwarzen Menschlein.

«Wofür brauchen sie das Geld? Sie haben keine Kleider, nicht wahr? Frieren sie?»

«In Afrika friert man nicht. Aber sie haben Hunger. Und sie haben keine Kirchen. Deshalb schicken wir ihnen Geld. Sie brauchen es nötiger als wir.»

Das leuchtete dem kleinen Charles vollkommen ein. Er war glücklich darüber, dass er die Münze, die ihm die Mutter zusteckte, in den Schlitz stecken durfte.

Das Negerkind nickte mit dem Kopf.

«Lebt es doch?», fragte Scharli verwundert.

«Nein», sagte die Mutter. «Es ist aus Holz. Es sagt danke, weil du etwas gegeben hast. Es sagt danke für alle Kinder in Afrika.»

Wieder zu Hause, ging ihm das Negerkind nicht aus dem Sinn. Er musste es noch einmal sehen. Er schlich sich aus dem Haus und ging hin. Es war niemand mehr im Kirchgemeindehaus, aber die Türe war offen.

Scharli betrat den Vorraum, wo das Negerkind auf dem Tisch stand. Er schaute es lange an. Er sah seine bittenden Hände und spürte seinen flehenden Blick. Er hatte kein Geld, das er dem Negerkind hätte geben können. Er hätte alles gegeben, wenn er etwas besessen hätte.

Auf einmal überfiel ihn ein Glücksgefühl. Er spürte eine unsägliche Kraft in sich, nicht eine körperliche Kraft, etwas anderes. Er spürte auf einmal, dass er diesem Negerkind und allen Negerkindern zusammen helfen konnte. Er konnte ihnen etwas geben, selbst wenn er kein Geld besass.

Er zog einen Schemel heran und stellte sich darauf, sodass er gleich hoch stand wie das Negerkind auf dem Tisch. Oder ein klein wenig höher. Dann stieg er noch einmal hinunter und holte von der Garderobe ein altes Halstuch, das jemand dort gelassen hatte. Er legte sich den Schal wie eine priesterliche Stola um den Nacken, stieg wieder auf den Schemel und streckte seine kleinen Hände aus. Segnend hielt er sie über den Kopf des Negerkindes.

Seine Eltern waren Protestanten, aber einmal hatte ihn jemand in die katholische Kirche mitgenommen. Er war tief beeindruckt gewesen und lag seinen Eltern seither in den Ohren, ob sie nicht katholisch werden könnten.

Ergriffen stand er auf dem Schemel und segnete das schwarze Menschlein auf dem Tisch und mit ihm alle Negerkinder in Afrika. Er wartete darauf, dass es nicken würde.

«Du Bengel! Was machst du da?», schrie es hinter ihm.

Er fuhr herum und sah ins erzürnte Gesicht des Hauswarts. Im gleichen Augenblick bekam er eine Ohrfeige, so heftig, dass er vom Schemel fiel.

«Ich will dir!», drohte der Hauswart. «Wolltest du das Geld stibitzen?»

Scharli war starr vor Schreck. Er wollte etwas sagen, er wollte etwas erklären, ein fürchterliches Missverständnis aus dem Weg räumen.

Er brachte kein Wort heraus.

«Mach, dass du fortkommst!», schrie ihn der Hauswart an. «Und nimm den Lumpen da mit», rief er ihm hinterher, das Halstuch schwenkend.

Scharli rannte hinaus. Er rannte heim, er versteckte sich in seinem Zimmer. Er sagte niemandem etwas. Dem Vater aus Angst nicht. Der Mutter nicht, damit sie dem Vater nicht sagen musste, dass sie ihm die Münze zugesteckt hatte.

Charles Glanzmann war in einem wohlhabenden Haus aufgewachsen. Der Vater war ein mausarmer Student gewesen, als er heiratete, aber die Mutter hatte ein Vermögen mitgebracht. Sie war eine liebe Frau, sensibel, hilfsbereit und bescheiden, trotz ihres vielen Geldes. Sie hielt sich ganz im Hintergrund und überliess das Zepter und das Vermögen dem Gatten. Dieser war ein strenger Mann, gross und stattlich.

Glanzmann brachte einmal eigens eine Fotografie mit, um sie Seidenbast zu zeigen. Er wollte unbedingt, dass dieser sich ein Bild von seinem Vater machen könne. Auf der alten Fotografie war ein strenges, würdevolles Männergesicht zu sehen: Ein imposanter Schnurrbart; Augen mit schweren Lidern und hoch geschwungenen Brauen; eine grosse, etwas lange und trotzdem schöne Nase; unter dem Schnurrbart ein strenger Mund, darunter ein herrisches Kinn. Er hatte einen Zwicker auf der Nase. Darüber war eine tiefe, senkrechte Furche auf der sonst glatten Stirn. Furchteinflössend.

Und so war es: Der Vater flösste seinem Sohn Angst ein, Charles fürchtete ihn lebenslang. Nicht nur, solange sein Vater lebte, nein, viel länger. Er verehrte ihn. Er gehorchte ihm. Er versuchte es ihm recht zu machen und ihn nicht zu enttäuschen. Aber er fürchtete ihn so sehr, dass er ihn zeitweise hasste. Schon als Kind beschloss er, dass er nie so werden wolle wie er: Nicht so hartherzig; nicht so knauserig; nicht so herrisch; nicht so streng und unerbittlich; vor allem aber nicht so Furcht einflössend. Da wollte er lieber so werden wie die Mutter: Sie konnte man lieben; sie musste man nicht fürchten; sie flösste niemandem Angst ein. Sie hatte ein weiches Herz und warme Hände. Sie nahm ihn zu sich, wenn er es brauchte. Sie erzählte ihm das Märchen von Hans im Glück, so oft er es hören wollte. Sie hielt mit beiden Händen sein Gesicht, wenn er traurig war oder Schmerz litt – aber immer nur, wenn der Vater es nicht sah. Denn sie fürchtete ihn auch.

Ein enormer Wille zu helfen, ein eigentliches Sendungsbewusstsein, blieben Charles Glanzmann nach der kindlichen Erfahrung mit dem Negerkind erhalten. Zeitlebens. Damals setzte sich in ihm die Überzeugung fest, es müsse einer *im Geheimen* helfen. Es sei gefährlich, seinen Helferwillen zu zeigen. Er könnte missverstanden werden. Es könnte Schläge absetzen, wenn man einen beim Helfen ertappe. Als Pädagoge und als Psychotherapeut wurde er später für viele zu einem

Helfer in der Not. In der Abgeschiedenheit seines Sprechzimmers half er ihnen, sich selber zu helfen.

Charles wurde Gymnasiast. Das war selbstverständlich, sein Vater hatte es nicht anders erwartet, er hätte keinen anderen Weg geduldet, und Charles selber hätte nicht im Traum an etwas anderes gedacht. Denn der Vater war Professor für alte Sprachen, Rektor am Humanistischen Gymnasium. Am glanzmannschen Familientisch wurde an gewissen Tagen Lateinisch, an andern Griechisch gesprochen. Nur zwischen Vater und Söhnen natürlich, denn woher hätten Mutter und Schwester Lateinisch oder Griechisch können sollen?

«Ich will Arzt werden», verkündete Charles eines Tages.

Das war keine Laune, das war das Ergebnis einer langen und gewissenhaften Prüfung. Er war überzeugt, dass der Vater sich freuen würde. Er war sich sicher, für diesen so frühzeitig und bestimmt geäusserten Berufswunsch Vaters Lob zu ernten. Willenskraft und Zielstrebigkeit standen auf dessen Werteskala ganz oben.

Der Vater ass stumm seine Suppe.

«Das wäre grossartig», sagte die Mutter, und die Schwester schaute zu ihm hoch.

«Vielleicht Missionsarzt.» Er stellte sich vor, dass diese Ankündigung erst recht auf Gegenliebe stossen müsse.

«Wie dieser wunderbare Urwalddoktor?», fragte die Mutter. «Bestimmt hast du neulich im Kirchenboten über ihn gelesen, stimmts? Doktor Schweitzer heisst er, oder?»

Charles nickte.

«In Afrika, nicht wahr?»

«Ja», bestätigte Charles. «In Lambarene.»

Der Vater schöpfte sich Kraut und Siedfleisch.

«Quod licet Iovi, non licet bovi», brummte er.

Charles zog unwillkürlich den Kopf ein.

«Das wäre eine edle Aufgabe», sagte die Mutter. Sie wertete den Spruch ihres Gatten als Aufmunterung. «Aber das Medizinstudium ist lang und hart», gab sie ihrem Sohn zu bedenken.

«Das macht mir nichts aus», sagte Charles, den Kopf vorsichtig wieder reckend. Er hoffte auf Vaters Beifall.

Der Vater nahm einen Schluck aus seinem Glas. Darin waren zwei Fingerbreit Rotwein, verdünnt mit Wasser.

«Aus dir wird bestimmt ein grosser Arzt», sagte die Mutter. «Du wirst den Menschen helfen, wenn sie in Not sind.» Sie warf einen Blick zum Vater hinüber. Sie wollte seine Zustimmung.

«Das kommt nicht in Frage», sagte er.

Charles sass da wie vom Donner gerührt.

«Wieso?», fragte die Mutter.

«Es ist nicht das Richtige.»

Nun glaubte Charles, sein Vater traue ihm das Studium nicht zu. Zum ersten Mal wagte er zu widersprechen.

«Ich bin ein guter Schüler, das weisst du doch», versicherte er, obwohl er sich sonst hütete, damit zu prahlen. «In der Klasse sagen sie, ich sei der Primus.» Dass sie ihn auch einen Streber nannten, sagte er nicht.

Der Vater wischte sich den Mund.

«Karl Zangger will auch Medizin studieren. Wenn er es kann, kann ich es auch. Das schaffe ich ganz bestimmt.»

«Darum geht es nicht.»

«Worum denn?»

«Wir sind den Geisteswissenschaften verpflichtet», sagte der Vater mit Grabesstimme, «nicht den Naturwissenschaften.»

Dem konnte Charles nichts entgegnen. Wir, das waren die Männer in der Familie. Sein Bruder studierte Geschichte des Altertums.

«Arzt ist doch eine angesehener Beruf», setzte sich die Mutter für ihn ein. «Etwas Vornehmeres und Sinnvolleres gibt es doch gar nicht, als den Kranken zu helfen.»

«Ich sehe nichts Vornehmes darin, mit den Krankheiten der Menschen Geld zu verdienen.»

Diese Gelegenheit packte Charles beim Schopf. Er versuchte, einen Trumpf auszuspielen.

«Ein Missionsarzt verdient aber gar kein Geld. Er hilft und heilt nur.»

«Dann studier zuerst Theologie. Wie dieser Pfarrer aus dem Elsass, dieser Albert Schweitzer», war Vaters Antwort. Er rührte im schwarzen Kaffee. «Obschon ich davon nicht sonderlich begeistert wäre», fügte er hinzu.

«Es wäre doch gut, einen Arzt in der Familie zu haben.» Selbst die Schwester versuchte, den Vater umzustimmen.

«Das fehlte gerade noch», donnerte dieser. «Wozu auch? Sieh mich an. Schaut mich an. Bin ich je krank gewesen? Nein. Und ich gedenke auch nicht, es zu werden. Wenn man will, bleibt man gesund.»

Er legte die Serviette neben den Teller und stand auf.

«Es bleibt dabei: ein Studium der Geisteswissenschaften», sagte der Vater zum Sohn und ging hinaus. «Oder gar keins», drohte er unter der Tür.

Glanzmann stellte im Alter mit Verwunderung fest, dass er, ohne sich dessen ganz bewusst gewesen zu sein, das Verdikt des Vaters befolgt und gleichzeitig Mutters Hoffnungen und Erwartungen erfüllt hatte, jedenfalls fast: Er hatte das Studium der Medizin bleiben lassen und eines der Geisteswissenschaften durchlaufen. Und doch war er so etwas wie ein Arzt geworden, ein Helfer in der Not.

Mit einem Studium der Geisteswissenschaften hatte der Vater in erster Linie Altphilologie gemeint, aber gegen Philosophie hatte er nichts einzuwenden. Dass der Sohn sich auch für neumodische Pädagogikvorlesungen einschrieb, gefiel ihm weniger. Wie er aber merkte, dass Charles auch Anthropologie belegte, wurde er böse. Und als er vernahm, dass er sich in Wien Vorträge eines gewissen Sigmund Freud anhörte, Vorträge eines Arztes, von dem er nur Suspektes gehört hatte, drehte er ihm den Geldhahn zu.

Für den Studenten war es kein Problem, sich durchzuschlagen. Aber dann kam die karge Zeit des Doktorierens, der harzige Anfang der psychotherapeutischen Praxis und der Beginn der Universitätslaufbahn, die sein Vater nicht zur Kenntnis nahm. Seine Frau bekam ein Kind, dann noch eins. Er war überglücklich. Nur reichte sein Einkommen nirgends hin, und seine Frau hatte kein Geld in die Ehe gebracht.

«Es ist nichts mehr da, ich kann die Miete nicht bezahlen, nicht einmal Milch und Brot kaufen», sagte Katja eines Tages. «Und ich bin schwanger. Wir bekommen ein drittes Kind.»

Bis anhin hatte ihm die Mutter heimlich Geld geschickt, wenn er darum gebeten hatte. Aber jetzt ging das nicht mehr, der Vater war dahinter gekommen. Er verwaltete das Familienvermögen mit eiserner Hand, und irgendwann war er zum Schluss gekommen, Charles könne nicht mit Geld umgehen. Er verbot seiner Frau, ihm welches zu geben.

«Wenn er etwas braucht, dann muss er mich fragen. Dann regeln wir das, wie es sich gehört. Schon aus Gründen der Gerechtigkeit den Geschwistern gegenüber.»

Charles trat den Gang nach Canossa an: Er ging zu seinem Vater und bat ihn um Geld. Er bat um fünfhundert Franken. Das war zwar kein Vermögen, aber auch kein Pappenstiel.

Der pensionierte Rektor stand in seinem Arbeitszimmer, in Weste, Kragen und Schlips, die goldene Uhrenkette über dem Bauch, den Schnurrbart gezwirbelt, den Zwicker aufgesetzt. Er öffnete, als Charles im Zimmer stand, den Tresor in der

Wand und nahm eine Fünfhunderternote heraus. Charles hatte noch nie eine in der Hand gehabt. Dann nahm der Vater einen gelben Bankumschlag, steckte die Note hinein und legte den Umschlag vor sich auf das Pult. Er zündete eine Kerze an, hielt den Siegellackstift darüber und versiegelte den Umschlag mit dem tropfenden Lack. Er wartete und drückte dann mit dem Ring an seiner Hand das Familienwappen darauf. Er zog einen Quittungsblock aus der Pultschublade, setzte sich hin und schraubte umständlich seine Füllfeder auf. Er füllte das Quittungsformular aus und hiess seinen Sohn unterschreiben. Dann stand er wieder auf. Endlich streckte er ihm den Umschlag entgegen, Charles wollte ihn nehmen. Aber der Vater liess den Umschlag nicht los. So standen sich die zwei Männer gegenüber, Aug in Aug. Streng der eine, demütig, fast unterwürfig der andere. Beide hielten sich am Umschlag fest.

«Das ist das erste und letzte Mal, dass ich dir mit Geld aus der Patsche helfe», sagte der Greis. «Du könntest längst Gymnasiallehrer sein, sogar Hauptlehrer wie dein Bruder. Aber du hast es partout anders gewollt. Löffle in Zukunft die Suppe, die du dir eingebrockst, selber aus.»

Charles fühlte sich klein und nichtig. Wie er sich sein Lebtag gefühlt hatte, wenn er dem Vater gegenüberstand. Er spürte das Verlangen, sich zu erklären, sich zu entschuldigen oder wenigstens um Verständnis zu bitten.

«Wir sind in Verlegenheit, Vater», sagte er, «Katja ist schwanger, weisst du», als ob die Ebbe im Haushaltsportemonnaie damit erklärt wäre.

«Gerade deshalb muss ich dir ins Gewissen reden», sagte sein Vater. Er klang eine Spur milder. «Ich habe längst bemerkt, dass du mehr ausgibst, als du einnimmst. In dieser Hinsicht fehlt dir das Mass. Jetzt hast du Frau und Kinder. Pass also auf, dass dir nicht alles zwischen den Fingern zerrinnt. Erst recht, wenn du einmal erbst. Sonst fürchte ich, dass deinen Töchtern nichts von dem bleibt, was du eines Tages von deiner Mutter bekommst. Wir haben Mutters Erbe Sorge getragen, verstehst du? Wir haben es gehütet und vermehrt – für euch Kinder wohlverstanden. Tu es ebenso!»

Damit liess er den Umschlag los.

Diese Erfahrung zeichnete Glanzmann mehr, als er wahrhaben wollte.

Nie, sagte er sich, nie mehr will ich so etwas erleben. Und nie, schwor er sich, gar nie werde ich jemandem eine solche Demütigung zumuten. Weder meinen Kindern noch sonst jemandem.

Irgendwann – viel, viel später, er war schon alt – erkannte er, dass es sein Vater vielleicht tatsächlich gut gemeint hatte. Dass er ihn auf seine Art und Weise vor etwas bewahren wollte. Aber damals erlebte er die Übergabe des Geldes als Erniedrigung. Er konnte nur eines denken: So will ich nicht werden. Bei allem Respekt vor dem Vater dachte er: Das ist nicht meine Art. Das ist nicht mein Weg. Ich gehe meinen eigenen. Koste es, was es wolle.

37

Seidenbast hatte während seiner Rede mit Erika und Monika Glanzmann immer Augenkontakt gesucht. Als ob er sich vergewissern wollte, dass er mit der Wiedererzählung von Glanzmanns Erinnerungen seinen Töchtern nicht zu nahe trat. Zangger konnte ihre Gesichter nicht sehen, aber offenbar hatte Seidenbast keine Zeichen von Unbehagen wahrgenommen.

Jetzt rundete er seine Erzählung auf stimmige Art ab. Die Beklemmung, die nach der letzten Episode spürbar war, wusste er mit einer heiteren Anekdote aufzulösen. Dann leitete er geschickt in die jüngste Zeit über. Er sprach von Frau Engel und vom Unglück, das Glanzmann und sie getroffen hatte. Er brachte das Kunststück fertig, ohne Pathos darüber zu reden. Zum Schluss wandte er sich wieder an die Töchter. Mit schlichten Worten sprach er von der Mutter, die im vergangenen Jahr gestorben war. Und von der jüngsten Schwester Elisabeth, Lis genannt, die als Letzte zur Welt gekommen, aber Vater und Mutter als Erste wieder genommen worden war.

Das Trio spielte noch einmal, und nach dem Orgelausklang gingen alle hinaus, die Angehörigen zuerst.

Erika und Monika Glanzmann standen am Fuss der Treppe vor der Kapelle und nahmen die Beileidsbezeugungen entgegen. Zangger hatte sich mit Tina in ihrer Nähe aufgestellt, aber so, dass man sie nicht für Angehörige hielt. Seidenbast gesellte sich zu ihnen.

«Du hast sehr schön gesprochen», sagte Zangger.

«Danke», sagte Seidenbast. «Es war das erste Mal. So etwas habe ich noch nie gemacht.»

Zangger stieg eine Stufe höher, in den Schatten einer Säule, und verschaffte sich einen Überblick über die Reihe der Kondolierenden. Tobler war etwas diskreter postiert, aber Zangger erblickte ihn trotzdem. Er stand so, dass er Angehörige und wartende Trauergäste im Auge hatte, aber auch diejenigen sah, die gleich verschwanden. Zangger vermutete, er sei gar nicht in der Kapelle gewesen, sondern habe die ganze Zeit den Eingang überwacht.

Stein und Frau Schimmel hatten sich ganz zuvorderst angestellt. Stein blieb, nachdem er die Pflicht des feierlichen Händedrucks absolviert hatte, in der Nähe von Glanzmanns Töchtern stehen und präsentierte sich den noch anstehenden Trauergästen. Delegierte der Ausbildungsinstitute waren da, Zangger erkannte einige Gesichter von Universitätsprofessoren verschiedener Fakultäten, von Chefärzten und Klinikdirektoren. Auch Roland Hunger war zu sehen. Und, zwischen zwei jungen Frauen, Marco Vetsch.

Was tut denn der hier?, fragte sich Zangger. Hat er Glanzmann gekannt?

Zangger stellte sich wieder neben Tina und Seidenbast.

«Das mit Doktor Stein war grober Koks, nicht wahr?»

«Allerdings.»

«Was war da eigentlich los?», fragte Tina.

«Ich hatte Glanzmanns Lebenslauf vorbereitet», erklärte Seidenbast mit leiser Stimme, «auch den beruflichen Teil. Aber Stein kam heute vor der Abdankung und behauptete, Glanzmann habe *ihn* damit beauftragt. Er drängte sich einfach vor. Wir konnten nichts machen.»

«Wie ist denn Monika auf dich gekommen?»

«Das war so: Glanzmann hatte ihr gesagt, er habe schriftliche Anordnungen für den Todesfall getroffen. Aber sie hat nichts gefunden. Nur einen Umschlag, auf dem stand ‹Lebenslauf›. Darin war ein Zettel, auf dem hiess es: ‹Seidenbast fragen›. Das war alles. Aber für mich war das Auftrag genug.»

Angehörige, Freunde und solche, die sich Glanzmann verbunden fühlten, sassen dann im «Friedhöfli» bei einem Imbiss und einem Glas Wein zusammen.

«Setzt euch bitte an unseren Tisch», bat Monika.

Seidenbast und die Zanggers setzten sich zu ihr.

«Und du natürlich auch», sagte sie zu einer jungen Frau, die sich in der Nähe herumdrückte. «Du gehörst doch zu uns. Das ist Stefanie Tozzi, unsere Nichte.»

Zangger erhob sich und gab ihr die Hand.

«Frau Tozzi?», wiederholte er. Er hatte sie in der Reihe der anstehenden Kondolierenden gesehen.

«Lis' Tochter», erklärte Monika.

«Oh. Freut mich sehr, Frau Tozzi», sagte er, und jetzt erkannte er in ihrem Gesicht die Ähnlichkeit mit Lis.

Wieso stand sie denn nicht bei den Angehörigen?, wunderte er sich. Dort hätte sie doch hingehört.

Tina wechselte mit ihr ein paar freundlich Worte.

«Nochmals vielen Dank, Herr Seidenbast», sagte Monika. «Das war ein würdiger Abschied. Auch die Musik und die Blumen. Alles sehr, sehr schön.»

«Ich habe es gern getan.»

Wie bei einem Leichenmahl üblich, löste sich die feierliche Stimmung auf, und am Schluss ging es schon fast lustig zu. Man stiess auf den Verstorbenen an. Man tauschte Erinnerungen aus: Respektvolle und bewundernde, liebenswürdige und belanglose, mit denen man dem Verstorbenen seine Reverenz erweisen, eine seiner Charakterseiten hervorheben, eine Stärke betonen oder auf freundliche Weise eine kleine Schwäche erwähnen wollte. Zangger plauderte mit Stefanie Tozzi über ihren Grossvater. Über ihren Vater wollte Stefanie nichts sagen, und mit ihr über ihre Mutter, über Lis, zu reden, dazu fühlte sich Zangger zu befangen.

«Sagen Sie, Herr Seidenbast», fragte Erika, nachdem die meisten gegangen waren, «hat Vater Ihnen diese Dinge wirklich erzählt, damit Sie sie an seiner Abdankung vortragen?»

«Er hatte mich, solange wir im Gespräch standen, zur Diskretion verpflichtet. Aber ich weiss, dass das, was er mir erzählte, nicht bloss für meine Ohren bestimmt war», sagte Seidenbast diplomatisch.

Zur Diskretion verpflichtet?, dachte Zangger. Sogar mir gegenüber? Deshalb also die dauernde Geheimniskrämerei.

«Hat er Sie *dafür* engagiert?», insistierte Erika. «Für einen Nekrolog?»

«Nun, ich glaube fast, er hatte noch gar nicht damit gerechnet zu sterben.»

«Er hat *nie* damit gerechnet, das stimmt», unterbrach Monika bitter. «Oder besser gesagt», murmelte sie vor sich hin, «er hat fest damit gerechnet, ewig zu leben.»

«Ich vermute», nahm Erika das Gespräch wieder an sich, «er hat Sie mit etwas anderem beauftragt, nicht wahr?»

«Woran denken Sie?»

«Ein Buch über ihn zu schreiben, stimmts? Seine Biografie zu verfassen.»

Seidenbast lächelte. «*So* deutlich hatte er es nicht ausgesprochen. Aber er wollte die Gespräche unbedingt weiterführen, auch im Spital. Viel hat leider nicht mehr dabei herausgeschaut.»

So also hatte der alte Herr sich das gedacht, staunte Zangger: mich als Zeugen für die Urheberschaft seiner Theorie und Seidenbast als Biografen.

«Ach, Vaterchen», sagte Erika. «Ich würde mich ja nicht wundern», meinte sie lachend und gleichzeitig weinend zu Monika, «wenn er diesem Doktor Stein tatsächlich auch einen Auftrag erteilt hätte.»

Eine Weile war es still.

«Wer war eigentlich der hagere Herr im gelben Mantel?», wollte jemand wissen.

«Das war Professor Zunderfinger», sagte Zangger.

«Zunderfinger? Nobelpreis für Medizin?», fragte Seidenbast.

«Jawohl.»

Da sahen sich die beiden Schwestern an, nickten zum Scherz bedeutungsvoll mit dem Kopf, sagten unisono mit feierlicher Stimme: «Ein Nobelpreisträger!» und hoben gleichzeitig den Zeigefinger. Dann brachen sie in ein Gekicher aus.

«Ach, Vaterchen», sagte Erika wieder, Tränen in den Augen. «Das hätte dich bestimmt gefreut.»

Auf der Heimfahrt sagte Tina:

«Diese Frau Tozzi wirkt ziemlich mitgenommen, findest du nicht? Ob ihr der Verlust des Grossvaters so zusetzt? Hast du mit ihr gesprochen?»

«Ein bisschen. Sie erinnert mich an eine Patientin.»

«An welche?»

«Keine bestimmte. Ich meine, sie kommt mir krank vor, behandlungsbedürftig.»

«Ja, ziemlich beunruhigend, finde ich.»

«Dafür ist etwas anderes beruhigend: Sie kommt bald zurück, das spüre ich.»

«Frau Tozzi?», fragte Tina irritiert.

«Nein, Mona natürlich. Es geht keine drei Tage mehr.»

«Seit wann spürst du denn solche Dinge?»

«Seit heute, seit ich Tobler gesehen habe.»

Tina sah ihn verständnislos an.

«Das ist mehr als ein Hoffnungsschimmer, glaub mir, das ist praktisch sicher. Dass Tobler an der Abdankung herumspionierte, bedeutet doch, dass man den Täter noch nicht überführt hat. Mirko Krautzek kommt bestimmt bald frei, vielleicht wurde er sogar schon aus der Haft entlassen. Entweder weil man ihm nichts nachweisen kann oder weil er es gar nicht war. Wir werden Mona schon bald wieder haben», sagte er.

Tina sass am Steuer. Er lehnte sich hinüber und gab ihr einen Kuss auf die Wange.

Im Scheinwerferlicht sahen sie Tom vor der Haustüre stehen. Er hatte seine Daunenjacke an und eine Wollmütze über die Ohren gezogen. Sein Rucksack stand neben ihm auf dem Boden.

«Ich ziehe aus», sagte er.

«Mach keine Witze», sagte Zangger.

«Nein», erwiderte Tom. «Mir ist es ernst, ich kann da nicht mehr wohnen. Ich halte den Typen nicht aus.»

«Was soll das heissen?», fragte Zangger. Ihm schwante Böses.

Sie gingen ins Haus. Drinnen standen Papiertaschen und Plastiksäcke herum. Oben hörte man es rumoren.

«Shit, eh! Wo ist der Scheiss?», tönte es aus dem Entrée.

«Schau doch selber, eh», war die Antwort von oben.

Zangger traute seinen Ohren kaum.

«Ehrlich, du. Jetzt komm mal runter, eh.»

«Blöder Sack.»

«Aber subito, du!»

«Mongo», schimpfte Mona und trampelte auf den Absätzen die Treppe hinunter, dass das ganze Haus erzitterte. Zangger erkannte sie fast nicht wieder. Sie trug entsetzliche Kleider und unmögliche Stiefel. Die Haare hatte sie sich in einem undefinierbaren Violettton gefärbt, auf der einen Seite fast ganz abgeschnitten, auf der andern baumelten sie ihr über das Gesicht.

«Da!», sagte sie. «Habs doch gesagt, du Arsch.» Sie schubste einen der Säcke mit dem Stiefel um, sodass der Inhalt über den Fussboden kollerte, und trampelte wieder nach oben.

«Schlampe», rief er ihr nach. «Ehrlich, du! Shit, eh», brummte er vor sich hin, das herumliegende Zeug in die Tragtasche zurückschiebend. Da sah er die Zanggers vor sich stehen.

«Du!», schrie er hinter Mona her. «Eh!»

Sie hielt oben an der Treppe an und drehte sich um.

«Er wohnt jetzt da», sagte sie und ging in ihr Zimmer. Herr Krautzek nahm zwei Tragtaschen und stieg ihr nach.

DRITTER TEIL

Nachspiel: Zanggers Fund

38

Zangger hatte einen guten Grund, länger in der Praxis zu bleiben: Das nächste Seminar stand bevor. Ein schlechtes Gewissen brauchte er nicht zu haben, Tina blieb heute auch länger fort. Auch bei ihr hatten sich die abendlichen Verpflichtungen in letzter Zeit auffallend gehäuft.

Seidenbast hatte ein Knebelbrot und ein Schüsselchen Oliven mitgebracht, dazu eine Flasche Pinot Grigio aus dem Friaul. Sie setzten sich oben im Pausenraum an den Tisch. Von der angrenzenden Teeküche öffnete sich eine Glastüre auf die kleine Terrasse. Aber dort war bereits alles zusammengeräumt und für den Winter hergerichtet.

«Suizidalität? Du lieber Himmel», rief Seidenbast. «Warum setzt du nicht etwas Leichteres aufs Programm?»

«Die Themen sind weit im Voraus festgelegt.»

«Ich an deiner Stelle könnte jetzt etwas so Morbides nicht brauchen. Du hattest in der letzten Zeit doch genug mit Tod und Verderben zu tun.»

«Du reagierst genau wie die Kandidaten. Die meinen auch immer, beim Thema Suizidalität gehe es um Sterben und Tod.»

«Und stimmt das etwa nicht?»

«Nein.»

Seidenbast sah ihn an.

«Das überrascht mich. Aber irgendwie gefällt mir deine Antwort. Ich weiss nur noch nicht warum.»

«Für den Patienten geht es ums Sterben. Aber der Therapeut darf sich davon nicht hypnotisieren lassen. Für ihn muss es ums Leben gehen.»

Seidenbast brach vom Brot ab und schenkte ein, aber er hörte aufmerksam zu.

«Prosit», sagte er und stiess mit Zangger an.

«Auf das Leben», sagte Zangger.

«Ich höre», sagte Seidenbast. «Es geht bei der Suizidalität also nicht um den Tod und auch nicht ums Sterben.»

«Nein. Tote sind nicht suizidal. Und Sterbende auch nicht. Nur Lebende, und es geht darum, dass sie am Leben bleiben.»

«Sterbende auch nicht?»

«Nein.»

«Und Todkranke?»

Zangger hatte geahnt, dass diese Frage kommen würde. Sie kam immer, auch in den Seminaren. Immer, wenn es darum ging, ob der Mensch sich selber töten dürfe oder nicht.

«Auch nicht», sagte er. «Das ist etwas anderes. Es geht in diesem Seminar nicht um den Freitod von unheilbar Kranken. Es geht auch nicht um echt ausweglose Situationen. Ob einer sich umbringen solle, um der Folter zu entgehen oder das Leben seiner Kinder zu retten und solche Dinge. Das hat nichts mit Suizidalität zu tun, das ist etwas anderes.»

Seidenbast begriff das sofort.

«Menschen wollen sich aus viel nichtigeren Gründen umbringen», sagte Zangger. «Das ist das Problem.»

«Du kennst mich, ich muss provozieren», sagte Seidenbast. Dann holte er aus. «Woher nimmst du dir als Arzt das Recht, einen von der Selbsttötung abzuhalten? Dir mögen seine

Gründe nichtig erscheinen, aber es sind *seine* Gründe. Wenn einer diesen Weg wählt, ist das doch sein gutes Recht. Das ist sein freier Wille, sein autonomer Entscheid, da darfst du ihm nicht einmal dreinreden.»

«Stimmt genau», sagte Zangger.

Jetzt war Seidenbast baff.

Zangger setzte seine rhetorischen Mittel ein, als ob er schon im Seminar wäre.

«*Wenn* es sein freier Wille ist», fuhr er fort. «Wenn sich jemand aus freiem Willen, aus einem autonomen Entscheid heraus töten will, dann rühre ich keinen Finger.»

Seidenbast sah ihn schockiert an.

«Nur kommt das überhaupt nicht vor. Es steckt kein autonomer Entscheid hinter einem suizidalen Vorhaben. Nie. Das *meint* einer vielleicht, aber es kommt ihm bloss so vor. Suizidale erleben die Dinge verzerrt, sie verfügen nicht über ihren Willen, sie können keinen wirklich freien Entscheid treffen», sagte er kategorisch.

«Du meine Güte, da beisst sich die Katze aber in den Schwanz», sagte Seidenbast. «Einer will sich umbringen; das beweist schon, dass er über keinen freien Willen verfügt, dass er keinen autonomen Entscheid treffen kann. Also muss man ihn davon abbringen. Habe ich das richtig verstanden? – Das ist ein ganz böser Zirkelschluss, Lukas.»

Zangger war nicht aus dem Konzept zu bringen.

«Du hast völlig Recht. Das ist nur meine Annahme, eine Arbeitshypothese. Aber sie gründet auf meiner Erfahrung als Psychiater. Und bis zum Beweis des Gegenteils halte ich daran fest.»

«Was soll das jetzt heissen?»

«Wenn einer in Gefahr ist, sich umzubringen, dann gehe ich davon aus, dass er nicht frei entscheiden kann. Ich betrachte ihn mehr oder weniger als krank.»

«Und?»

«Und ich tue alles, was mir möglich ist, damit er am Leben bleibt. Ich versuche, ihn von seinem Vorhaben abzubringen.»

Seidenbast sinnierte.

«Sag mal, Lukas, hat deine Haltung mit deiner Lebensgeschichte zu tun?» Er fragte liebevoll, nicht herausfordernd. «Mit dem Tod von Hannes?»

«Vielleicht», sagte Zangger. Er stand auf und trat ans Fenster. Draussen war es schon fast dunkel. Er ging zum Schalter neben der Türe und machte das Licht an. Dann setzte er sich wieder. Schweigend assen sie Oliven.

«Wieso wollen sich Menschen eigentlich umbringen?», fragte Seidenbast. Manchmal fragte er wie ein Kind.

«Die einen sind einfach schwer krank. Schwerste Depression, weisst du, oder Geisteskrankheit. Aber dann ist es weniger ein Sich-Umbringen-Wollen, mehr ein -Müssen. Da ist Psychotherapie nicht das richtige Mittel.» Zangger sah seinen Freund an. «Ich glaube, du wolltest etwas anderes wissen, nicht wahr?»

«Ich meinte aus welchen Motiven.»

«Weil sie verzweifelt sind und keinen Ausweg sehen. Weil sie sich unwert fühlen. Weil sie etwas Unersetzliches verloren haben und ihren Schmerz nicht mehr aushalten.»

«Und sonst?»

«Weil sie sich schuldig fühlen oder schrecklich schämen.»

«Das hatten wir schon einmal», sagte Seidenbast.

«Ja, genau. Weil Schande über sie kommt. Weil sie sich entehrt fühlen. Entwürdigt. Gedemütigt. Oder nur schon, weil sie fürchten, etwas von alledem könne eintreten.»

«Gibt es auch andere Motive?»

«Ja. Es gibt auch ganz andere.»

«Welche?»

«Die weniger bewussten.»

«Nämlich?», drängelte Seidenbast.

«Manche wollen, vielleicht ohne es selber voll und ganz zu merken, den andern eins auswischen. Die sollen es büssen, verstehst du?»

«Ich weiss, was du meinst. ‹Jetzt haben sie den Dreck›, das ist ihr letzter Gedanke, nicht wahr? Sie wollen sich auf schreckliche Weise rächen.»

Zangger nickte stumm. «Oder sie wollen keine Last sein», sagte er dann. «Sie wollen sich selbst aus dem Weg räumen, damit andere es leichter haben.»

Seidenbast sah ihn schweigend an.

Zangger kamen die Tränen. Er blieb am Tisch sitzen.

«Oder sie wollen endlich geliebt werden», sagte er.

«Das verstehe ich nicht.»

«Die Hinterbliebenen sollen trauern, sie sollen sich darüber grämen, dass er oder sie tot ist. Das ist fast wie geliebt werden.»

«Posthum.»

«Ja, wenigstens *danach* wollen sie Liebe bekommen. Als ob sie etwas davon hätten, wenn sie tot sind.»

«Und dieses Verlangen treibt sie in den Tod?»

«Sagen wir so: Es kann mitspielen. Ein kindhafter, wenig bewusster, magischer Wunsch.»

«Wie bei Tom Sawyer und Huckleberry Finn.»

«Wie?»

«Weisst du nicht mehr? Man wähnte die zwei Bengel tot, im Mississippi ertrunken. Dabei hockten sie oben im Gebälk des Kirchendaches. Von dort verfolgten sie ihre eigene Abdankung und genossen es unendlich, wie man um sie trauerte und wie schön man über sie redete. Nur Gutes, dabei waren sie zuvor von allen verteufelt worden.»

«Muss ich mir merken. Das ist Seminarstoff, danke.»

«Wie gehts zu Hause?», fragte Seidenbast unvermittelt.

Die Frage kam Zangger nicht gelegen, er dachte ohnehin ununterbrochen daran. Er hatte gehofft, mit der Seminarvorbereitung seine Gedanken an Zuhause für eine Weile loszuwerden. Tom war tatächlich für ein paar Tage weg gewesen und hatte bei Louis Unterschlupf gefunden. Aber dort hatte er nicht bleiben können und war auf Zusehen hin wieder heimgekommen. Tina hatte versucht, mit Mona ins Gespräch zu kommen, war aber abgeblitzt.

Das Pärchen, wenn es denn eins war, schaltete und waltete, wie es ihm beliebte. Nicht, dass man sie sehr viel gesehen hätte. Sie hatten ihren eigenen Rhythmus und schliefen meistens, wenn die andern wach waren. Nachmittags standen sie auf und liessen ihren Dreck liegen, abends, wenn die Normalfamilie heimkam, gingen sie weg. Es war ratsam, die abendliche Heimkehr etwas hinauszuzögern, wenn man den beiden nicht begegnen wollte. Trotzdem waren sie allgegenwärtig.

Zangger versuchte, sich selber und den andern Normalität vorzugaukeln, aber es ging nicht. Doch auch wenn er sich der Realität stellte, war er ausserstande, etwas dagegen zu tun. Er war wie gelähmt. Die zwei liessen ihn spüren, dass er der Bösewicht war, der am Unrecht, das Mirko Krautzek widerfahren war, die Schuld trug. Das Problem dabei war: Er glaubte es selber auch. Aus diffusem Schuldgefühl und aus der Angst heraus, Mona erneut, und vielleicht ganz, zu vergraulen, nahm er alles hin. Dafür hatte er jetzt auch Tina und Tom gegenüber ein schlechtes Gewissen. Dass Fabians Heimkehr unmittelbar bevorstand, machte die Sache auch nicht einfacher. Fabian hatte angekündigt, auf Beginn des Wintersemesters zurück zu sein. Tom hatte seinen Eltern die Hölle heiss gemacht: Der Typ müsse weg sein, bevor Fabian ankomme, notfalls samt Mona.

Niemand hatte eine Ahnung davon, ob Mona noch zur Schule ging oder nicht. Wenn man dort anfragte, dann zierten sich diese Paragraphenreiter, verwiesen auf den Datenschutz und gaben keine Auskunft. Es war geplant, dass man Familienrat halte, allerspätestens, wenn Fabian zurück war. Aber Zangger hatte sich verbeten, in diesen Tagen vor Entscheidungen gestellt zu werden; er musste zuerst das Seminar über die Bühne bringen.

«Frag mich was anderes», sagte er.

«Verstehe», sagte Seidenbast. Er nahm noch eine Olive, trank einen Schluck Wein.

«Also gut: Wie verhinderst du einen Suizid?»

«Ich kann ihn nicht verhindern», antwortete Zangger ohne zu überlegen.

«Diese Antwort habe ich erwartet», sagte Seidenbast. «Allmählich kenne ich meinen Pappenheimer. Ich habe ja auch nur so gefragt. Aber was sagst du deinen Kandidaten? Die fragen das ja auch.»

«Ich sage ihnen, dass man sich als Therapeut nie einbilden dürfe, man könne einen Suizid verhindern. Nicht mit Worten, nicht mit Beruhigungsmitteln, nicht mal mit Einsperren.»

«Und?»

«Und dass man trotzdem alles nur Erdenkliche tun müsse, um den Patienten von seinem Vorhaben abzubringen.»

«Und wie geht das?»

«Na hör mal, jetzt überschätzt du mich aber. Das kann ich dir doch nicht in drei Sätzen sagen. Ich bin froh, wenn es mir gelingt, in drei Seminartagen das Allerwichtigste zu vermitteln.»

«Ist mir klar. Aber sag mir wenigstens eins», bettelte Seidenbast. «Gelten im Umgang mit Suizidalen die allgemeinen Grundsätze der Psychotherapie?»

«Selbstverständlich. Nur *noch* strenger.»

«Immer?»

Typisch Seidenbast, dachte Zangger und zwang sich, über die Frage nachzudenken.

«Nein, nicht immer», war sein Schluss.

«Wann nicht?»

«Da muss ich ein Beispiel erfinden. Warte. Also – aber das sauge ich mir jetzt aus den Fingern, das ist völlig unausgegoren – angenommen, ein Mensch will sich das Leben nehmen, er schreckt bloss deshalb davor zurück, weil er fürchtet, als Strafe für den Selbstmord in der Hölle zu landen, dann ..., dann ...», Zangger zögerte.

«... dann würdest du seine Höllenangst und seine Schuldgefühle schüren, auch wenn du das sonst nie und nimmer tätest, nicht wahr?»

«So etwa», bestätigte Zangger, aber ganz wohl war ihm nicht dabei.

«Ich habs verstanden: Das wäre wie ein Luftröhrenschnitt mit einem rostigen Messer.»

Zangger sah Seidenbast fast belustigt an.

«Na ja», versuchte sich dieser zu erklären, «eine Operation mit einem rostigen Messer ist ein Kunstfehler, oder nicht? Aber wenn du nur ein rostiges Messer hast und den Patienten nur mit einem Luftröhrenschnitt vor dem Ersticken retten kannst, was sollen dann die Skrupel wegen des Kunstfehlers?»

Zangger widersprach nicht.

«Und wenn jetzt ...?», fragte Seidenbast weiter.

«Wirklich, Marius, jetzt reichts.»

«Gut, gut», sagte Seidenbast mit gespielt beleidigter Miene. Er steckte ein Stück Brot in den Mund. «Aber», sagte er kauend, «ich habe noch eine *andere* Frage.»

«Ich weiss schon.»

Seidenbast sah ihn verblüfft an.

«Du willst wissen, ob sich je einer meiner Patienten umgebracht hat.»

«Donnerwetter, stimmt genau. Woher wusstest du ...»

«Ich bin eben manchmal auch ein bisschen hellsichtig», witzelte Zangger. «Nein, Spass beiseite: Die Frage wird immer gestellt. Das ist sozusagen die Gretchenfrage zum Thema.»

«Und wie lautet die Antwort?»

«Es hat sich einmal ein ehemaliger Student umgebracht, ein Jahr nach Abschluss der Ausbildung. Das war schlimm genug.»

«Und Patienten?»

«Vielleicht solche, die früher mal bei mir waren.»

«Keine, die bei dir in Therapie standen?»

«Nein.»

«Fühlst du dich deshalb so sicher in dieser Materie?»

«In der Materie bin ich sattelfest. Als Lehrer. Aber als Therapeut bin ich nicht sicher. Überhaupt nicht. Ich wurde bloss bisher verschont. Ich hatte Glück. Ich hoffe natürlich, dass es so bleibt. Dass sich nie jemand umbringt. Aber ich bin nicht gefeit, ich muss immer damit rechnen. Es kann jederzeit geschehen», sagte Zangger ernst. «Heute. Morgen. Jederzeit.»

39

Die Seminarteilnehmer sassen im Kreis. Wie immer waren einzelne früh gekommen, um einen der bequemeren Sitze zu besetzen, die im Kursraum mit den Fenstern zum Hinterhof standen. Andere waren im letzten Moment eingetrudelt.

Zangger sass in seinem gewohnten Sessel neben der Flipchart. Er sah auf die Uhr: neun Uhr. Es fehlten noch zwei oder drei Teilnehmer.

Er blickte in die Runde der Frauen und Männer, die miteinander plauderten. Psychologen, Ärztinnen, Sozialarbeiterinnen und Pfarrer. Es war auch schon eine Krankenschwester oder ein Gymnasiallehrer darunter gewesen. Dass Zangger nicht nur Universitätspsychologen als Kandidaten akzeptierte, war für die Herren Stein und Schwarzkopf ein grosses Ärgernis. Gegen die Ärzte wagten sie nichts einzuwenden, obschon sie nichts von ihnen hielten, aber alle anderen waren in ihren Augen von vornherein des Psychotherapeutenstandes unwürdig.

Es war fünf nach neun.

«Susanna ist krank. Sie lässt sich entschuldigen», rief jemand.

Zangger sah noch einmal im Kreis herum.

«Was ist mit Franziska?», fragte er.

«Sie ist in den Ferien», kam die Antwort. «Hat sie letztes Mal gesagt.»

Das hatte Zangger vergessen.

«Und Marco?»

Keine Reaktion. Ein paar schauten um sich.

«Nicht da», sagte jemand. Offenbar hatte niemand etwas von ihm gehört.

«Aber, aber», frotzelte einer. «Schon wieder.»

Tatsächlich, jetzt kam es Zangger in den Sinn: Marco hatte auch im September gefehlt. Die dreitägigen Seminare fanden jeden Monat statt, ausser im Juli und August, da war Sommerpause. Das letzte Seminar, an dem er teilgenommen hatte, war Ende Juni gewesen, und da war er davongelaufen. Seither hatte er ihn nicht mehr gesehen, ausser, von weitem, an Glanzmanns Abdankung.

Es klopfte.

Die Teilnehmer klopften nie, und für Patienten, wenn einmal einer versehentlich an einem Seminartag kam, war der Seminarraum Tabu, genau wie die Kandidaten das Sprechzimmer nicht betraten.

Zangger sah zur Tür. Sie blieb zu. Es klopfte wieder, energisch.

Das gibts doch nicht, dachte Zangger. Der Postbote legt die Briefe sonst immer draussen hin.

Die Türe ging auf, Seidenbast streckte seinen Kopf herein.

«Entschuldige», sagte er und winkte Zangger zu sich.

«Es ist Seminar. Wir fangen gleich an.»

«Ich weiss», sagte Seidenbast. «Ein Notfall.»

Zangger stand auf. «Bin gleich wieder da», sagte er zur Seminargruppe und ging hinaus.

Im Windfang sah er die völlig aufgelöste Stefanie Tozzi stehen. Seidenbast flüsterte ihm zu, es sei ernst. Sie habe heute früh an seiner Türe geläutet. Wegen seiner Rede an der Trauerfeier ihres Grossvaters habe sie ihn für einen Psychotherapeuten gehalten. Er habe eine Stunde lang mit ihr gesprochen und gemerkt, dass sie professionelle Hilfe brauche.

«Ich kann nicht», flüsterte Zangger zurück. «Das Seminar hat schon begonnen. Du musst den Notfallpsychiater …»

«Lukas», sagte Seidenbast leise, «du musst mit ihr reden.»

«Dann muss sie warten bis zur Mittagspause.»

«Nein», sagte Seidenbast. «Jetzt.»

Zangger gab nach. Wenn Seidenbast so insistierte, musste er einen triftigen Grund haben. Er führte Frau Tozzi ins Sprechzimmer, das dem Seminarraum gegenüberlag. Seidenbast sagte, er warte oben.

Ich mache es kurz, dachte Zangger. Die paar Minuten muss das Seminar warten.

Das Gespräch mit Frau Tozzi dauerte allerdings etwas länger. Sie war verzweifelt, sie fühlte sich von Gott und der Welt verlassen. Niemand liebe sie, alle liessen sie im Stich. Ihre Mutter, Lis Glanzmann, war gestorben, als sie erst zehn Jahre alt war. Ihr Vater, Toni Tozzi, hatte nach der Scheidung wieder geheiratet, hatte sich ein zweites Mal scheiden lassen und hatte sich nach dem Tod der Mutter kaum um sie gekümmert. Sie wusste nicht einmal, ob er noch lebte. Frau Engel, die wie eine Mutter zu ihr gewesen und ihr in all den Jahren als Einzige wirklich nahe gewesen war, war auf brutale Weise ums Leben gekommen. Die Grossmutter, die sie geliebt hatte, war vor einem Jahr gestorben. Und der Grossvater, den sie als Kind verehrt hatte, war jetzt auch tot. Ihre Tanten wollten nichts von ihr wissen, so kam es ihr vor. Das Schlimmste aber war, dass auch ihr Freund fort war. Sie sei mutterseelenallein. Sogar ihre Therapeutin sei nicht erreichbar, sie weile in den Ferien. Die junge Frau heulte.

«Ihr Freund ist fort, sagten Sie. Weit fort? Für lange?», fragte Zangger.

«Ich weiss es nicht. Er ist verschwunden.»

«Hat er Sie verlassen?»

«Ich weiss nicht. Ich weiss nicht, wo er ist», sagte Stefanie. «Ich habe Angst um ihn. Es ging ihm gar nicht gut in der letzten Zeit. Er hat ganz dumme Sachen gesagt.»

«Hat er davon gesprochen, sich etwas anzutun?»

Stefanie nickte. Sie schneuzte sich die Nase.

«Ich dürfte eigentlich gar nicht mit Ihnen darüber reden. Deshalb ging ich zu Herrn Seidenbast, aber der hat gesagt, ich solle mit Ihnen reden.»

«Aber eigentlich wollen Sie nicht mit *mir* über ihren Freund sprechen?»

«Nein. Er wollte das nicht. Er hats mir verboten. Ich weiss schon warum: Er will keinen schlechten Eindruck machen. Er möchte, dass Sie eine gute Meinung von ihm haben.»

Zangger stutzte.

«Wer ist denn Ihr Freund? Kenne ich ihn?»

Stefanie nickte.

«Wie heisst er?»

«Marco.»

«Marco?» Zangger erschrak. «Marco Vetsch?»

Sie nickte wieder.

Da erinnerte sich Zangger plötzlich an die Menschentraube, die sich nach der Abdankung vor der Kapelle gebildet hatte: Marco war zwischen zwei Frauen gestanden, eine davon war Stefanie Tozzi gewesen. Und Tobler war dort gewesen und hatte sie beobachtet.

«Seit wann ist er verschwunden?», fragte Zangger. Nicht empathisch. Nicht wie ein Therapeut. Eher wie ein Kriminalkommissar.

«Seit drei Tagen.»

«Haben Sie eine Vermisstmeldung gemacht?»

«Nein», sagte Stefanie verschüchtert.

«Wann hat er das erste Mal von Selbstmord gesprochen?», fragte Zangger. Ohne Federlesen. Wie ein Inquisitor.

«Ich weiss es nicht mehr. Diesen Sommer. Aber Sie schmeissen ihn deswegen nicht raus, nicht wahr?», flehte sie.

«Nein.»

«Wenn er überhaupt noch lebt», schluchzte sie.

«Ja, eben. Und wann das letzte Mal?»

«Kürzlich, bevor er verschwand. Aber viel schlimmer.»

«Ich muss noch etwas wissen, Frau Tozzi: War er mit Ihnen auch an der andern Beerdigung? An der von Frau Engel?»

«Natürlich.»

Jetzt war ihm alles klar. Zangger war sich sicher, wo Marco war.

«Warten Sie bitte einen Augenblick», sagte er und führte sie in den Vorraum hinaus. Einige Seminarteilnehmer standen herum. Zangger rief Seidenbast herunter, ging mit ihm ins Sprechzimmer und sagte ihm, was er vorhatte. Dann griff er zum Telefon und wählte die Nummer der Bezirksanwaltschaft. Er liess sich mit Frau de Quervain verbinden.

«Es geht um den Fall Engel und Glanzmann.»

«Ja, Herr Zangger?»

«Sitzt ein gewisser Vetsch, Marco Vetsch, in Untersuchungshaft?», fragte er ohne Umschweife.

«Herr – Zangger», sagte Frau de Quervain gedehnt. «Ich habe Ihnen doch ausdrücklich gesagt: Keine Fragen, nur Fakten. Im Übrigen sollten Sie doch wissen», fuhr sie fort und erteilte ihm eine Belehrung in Sachen Amtsgeheimnis.

«Sie hätte genau so gut ja sagen können», sagte Zangger zu Seidenbast, als er aufgehängt hatte. Aber zur Sicherheit wählte er das Polizeikommando und verlangte Tobler.

«Herr Zangger! Halloo.» Tobler begrüsste ihn wie einen alten Bekannten.

«Herr Tobler, eben habe ich mit Frau de Quervain gesprochen. Wegen Marco Vetsch. Aber natürlich habe ich keine Auskunft gegeben. Ich stehe da unter Arztgeheimnis, Sie verstehen ...»

«Absolut», lachte Tobler. «Ganz und gar.»

«Er steht bei mir in Ausbildung, das werden Sie ja wissen. Das mit dem Arztgeheimnis stimmt nicht ganz, er ist ja nicht mein Patient. Die Aufklärung Ihres Falles liegt mir am Herzen. Ich bin da irgendwie persönlich betroffen. Also, wenn es irgendetwas gibt, womit ich Ihnen ...»

«Danke, Herr Zangger. Wir kommen auf Sie zu, wenn wir Sie brauchen.»

«Gut. Besteht noch Kollusionsverdacht? Ich meine, darf man ihn besuchen?»

«Hat Ihnen das Frau de Quervain nicht gesagt?», fragte Tobler zurück. «Nun, wir werden bald sehen. Wir sind auf der Zielgeraden. Wir ziehen die Daumenschrauben etwas an, wissen Sie, hahaha.»

«Ach, noch etwas», sagte Zangger. «Das sage ich Ihnen jetzt als Arzt, ganz im Vertrauen: Ich halte den Häftling für suizidgefährdet. Passen Sie auf ihn auf. Nicht, dass Sie morgen in der Zeitung stehen, hahaha. – Uff», sagte er, als er aufgelegt hatte.

«Schlitzohr», sagte Seidenbast.

Zangger war entschlossen, Marco da herauszuhauen. Dass er unter Mordverdacht stand, bloss weil er an den beiden Abdankungen teilgenommen hatte, gab ihm zu denken. Weshalb sollte einer dem Grossvater oder der Ersatzmutter der Freundin nach dem Leben trachten? Zangger begann an Toblers Kompetenz zu zweifeln. Mit Krautzek hatte die Polizei offensichtlich den Falschen erwischt. Daran war er, Zangger, allerdings nicht ganz unbeteiligt gewesen. Aber mit Marco lagen sie jetzt völlig daneben. Marco war unschuldig, er war nicht der Typ des Gewalttäters, das stand für ihn fest. Zwar hatte er ihn vor einiger Zeit – in einer ganz anderen Angelegenheit – selber einmal einer Gewalttat verdächtigt. Gerade deshalb musste er ihm jetzt aus der Patsche helfen.

Jetzt ging es darum, Stefanie mitzuteilen, wo Marco war. Das dürfte ihre Krise noch verschärfen, er konnte ihr ja nicht gut sagen, sie brauche sich um ihn keine Sorgen zu machen. Zangger beschloss, Seidenbast für diese Mission einzuspannen.

«Marius, –», fing er an, da klingelte das Telefon. Er hob nicht ab, denn noch länger durfte er die Seminarteilnehmer nicht warten lassen. Er liess es klingeln, bis sich der Beantworter einschaltete, dann hörte er die Meldung mit. Erika Glanzmann war dran. Sie klang alarmiert. Sie bat Zangger, ins Haus an der Jupiterstrasse zu kommen.

«Monika dreht völlig durch», rief sie ins Telefon.

«Nimm doch ab», sagte Seidenbast. «Das ist ernst, das hörst du doch.»

«Ich kann jetzt nicht», widersprach Zangger nervös. «Verstehst du das denn nicht?»

Seidenbast sah ihn vorwurfsvoll an.

«Ich melde mich dann in der Mittagspause bei ihr.»

Zehn Uhr war mittlerweile vorbei.

Es klingelte wieder. Seidenbast forderte Zangger mit einer Handbewegung auf, den Anruf dieses Mal entgegenzunehmen.

«Verdammt», sagte Zangger, fügte sich aber und hob widerwillig ab. Es war nicht Erika Glanzmann.

«Luc», sagte Tina, «du musst nach Hause kommen. Es ist etwas passiert. Es ist ...»

Nach Hause?, dachte er im ersten Augenblick, ist sie denn zu Hause?, ehe ihm einfiel, dass heute ihr freier Tag war. Wieso ruft sie überhaupt an?, fragte er sich fast gleichzeitig, sie muss doch wissen, dass jetzt das Seminar läuft. Im nächsten Bruchteil der gleichen Sekunde packte ihn ein riesiger Schreck. Grosser Gott!, durchfuhr es ihn, es ist etwas passiert. Kommt jetzt die schlimmste aller Nachrichten? Die, die jeder Vater am allermeisten fürchtet? Warum musste ich gestern bloss den Teufel an die Wand malen?

Er starrte Seidenbast an, ohne ihn zu sehen. Der guckte erschreckt zurück.

«Luc?», sagte Tina. «Hörst du mich?»

«Ist es wegen – Mona?», fragte Zangger verzagt.

«Ja, aber ...»

«Ist sie – ? Was ist mit ihr?»

«Schwanger ist sie, aber darüber will ich jetzt gar nicht ...»

Bloss schwanger? Er hätte jauchzen mögen.

«Schwanger?», sagte er. «Jetzt haben wir die Bescherung», denn es dauerte keine Nanosekunde, und die Relationen waren wieder zurechtgerückt. Was eben noch nach Engelszungen klang, war schon zur Hiobsbotschaft geworden.

«Mach mich nicht verrückt, Luc», rief Tina zornig ins Telefon. «Hier ist der Teufel los, und du klopfst Sprüche.»

«Tut mir Leid, Tina. Ich bin eben selber ein bisschen gestresst. Ich sollte längst am Suizidseminar sein, der Anrufbeantworter ...»

«Jetzt hör mir zu, Luc. Die Burschen haben die Sache selber in die Hand genommen», sagte sie. Sie klang vorwurfsvoll, und der Vorwurf galt ihm, nicht den Söhnen. «Aber es ist noch nicht ausgestanden.» Und dann erzählte sie ihm, was los war.

Fabian war heute früh wie angekündigt angekommen. Tom hatte ihn am Flughafen abgeholt. Louis hatte ihn begleitet und war mit nach Hause gekommen, um Fabians Heimkehr zu feiern. Es war im Obergeschoss, wo die Zimmer der Jungen waren, etwas laut zu und her gegangen, obschon die richtige Welcomeparty erst für den Abend vorgesehen war. Mona und Krautzek waren aufgewacht.

«Verdammte Scheisse, eh», reklamierte Mona, vor ihr Zimmer tretend. «Kann man uns nicht schlafen lassen?»

Bevor irgendwer in den Ton verfallen konnte, der sich in den vergangenen Wochen eingebürgert hatte, ging Fabian auf sie zu.

«Mona!», rief er. «Grüss dich. Schön dich zu sehen. Wie gehts?»

Er war zwar gehörig erschrocken, als er sie sah, aber er war von Tom vorbereitet worden. Als ob alles noch so wäre wie vor einem halben Jahr, ging er auf sie zu, umarmte sie, verschlafen und ungewaschen wie sie war, und küsste sie auf beide Wangen.

Mona war völlig perplex. Sie setzte sich an Ort und Stelle auf den Boden und fing an zu heulen.

«Scheisse, Scheisse, Scheisse gehts», heulte sie, herzzerreissend, und barg den Kopf in den Armen.

Fabian setzte sich neben sie und legte den Arm um ihre Schultern.

«Seit wann?»

«Shit, eh. Seit ich schwanger bin», schluchzte sie.

Tina hatte nachsehen wollen, was oben vor sich ging, und war auf der Treppe stehen geblieben, als sie ihre Kinder auf dem Boden sitzen sah. Was sie hörte, schockierte sie. Aber gleichzeitig war sie erleichtert, denn es schien ihr, Mona sei durch die unerwartete Begegnung mit Fabian von einem Bann befreit worden. Nur schon, dass sie überhaupt etwas sagte, war eine Erlösung.

«Von wem?», fragte Fabian unverfroren.

«Von wem wohl? Von dem da», sagte sie und deutete mit dem Kopf ins Zimmer hinein.

Herr Krautzek war mittlerweile aus dem Bett gekrochen und zeigte sich unter der Türe. Er hatte seine Uniformkluft halbwegs angezogen und war in die Stiefel geschlüpft.

«Eh – lass die in Ruhe!», sagte er.

«Spinnst du? Das ist meine Schwester.»

Fabian und Krautzek waren sich im Frühjahr einmal auf der Strasse begegnet. Fabian wusste genau, wer sein Gegenüber war, und der kannte ihn auch, er hatte ihn früher schon einmal angepöbelt.

«Verpiss dich, du!», brüllte Krautzek.

Er trat mit dem Fuss nach Fabian, der am Boden sass.

«Pass auf, was du machst!», drohte Fabian. Er war kleiner und feiner gebaut als sein Zwillingsbruder, aber er war ein sportlicher, beweglicher Typ. Und ein gut trainierter Kung-Fu-Kämpfer.

«Eh, komm rein, du!», sagte Krautzek zu Mona.

Sie blieb sitzen.

«Dumme Kuh, du. Hab doch gesagt, sollst nix sagen, du.»

«Du bist mir ein schöner Freund», sagte Fabian.

«Halts Maul, du», kläffte Krautzek ihn an.

Fabian zeigte ihm den Mittelfinger.

«Schwule Sau, du!», schrie da Krautzek. «Negerficker!», und setzte wieder zu einem Fusstritt an. Diesmal zielte er gegen Fabians Kopf. Aber da lag er schon am Boden. Fabian war nicht einmal aufgestanden, er hatte bloss blitzschnell ein Bein ausgestreckt und Krautzek gefällt.

«Niggerschwuchtel, verdammte!», schrie Krautzek, denn Louis war auf ihn gekniet und hielt ihn am Boden fest.

Da gab Tom ein Zeichen, die drei Burschen packten Krautzek am Kragen und schleppten ihn die Treppe hinunter. Er strampelte und schrie wie irr.

«Scheissschweizer», schrie er, «Schweinenigger» und «Faschisten!» Er tobte und schlug um sich wie ein Besessener.

Sie setzten ihn vor die Haustüre und warfen ein paar seiner Sachen, die sie greifen konnten, hinter ihm her.

«Jetzt verpiss *du* dich», sagte Tom. «Aber subito. Und lass die Finger von unserer Schwester! Capito? Hau ab!»

Krautzek stand auf und trollte sich tatsächlich.

«Scheissschwester!» rief er über die Schulter zurück. «Hab eh genug von der. Verdammte Schlampe, das, eh!»

«Das ist ja –», stammelte Zangger ins Telefon. «Ich weiss gar nicht, was ich sagen soll.»

Ihm schwindelte. Das war etwas viel auf einmal. Er wusste noch gar nicht, ob er sich über die Aktion seiner Söhne freuen oder sich um Mona sorgen solle. Nein, die Sache war noch nicht ausgestanden. Nirgends, auch hier nicht.

«Tina», sagte er. «Ich muss …»

Ja, was musste er eigentlich? Draussen wartete Stefanie Tozzi, Glanzmanns Enkelin, von der er noch nicht wusste, ob sie seine Patientin war oder nicht; drüben wartete seit eineinhalb Stunden eine Seminarrunde; an der Jupiterstrasse wartete Erika, denn Monika war am Durchdrehen; im Gefängnis wurden einem Unschuldigen die Daumenschrauben angezogen, und zu Hause war der Teufel los.

Es klopfte an der Sprechzimmertüre.

«Himmelarsch, was ist denn jetzt?», fauchte Zangger. «Entschuldige», sagte er ins Telefon. «Es klopft.»

Er legte den Hörer auf den Tisch. Aber da ging die Türe schon auf, und ein Teilnehmer streckte den Kopf herein.

«Pardon, Lukas. Aber da draussen sitzt immer noch diese Frau. Sie weint.»

«Dann kümmert euch gefälligst um sie, verdammt nochmal», schrie Zangger ihn an. «Ihr wollt doch Psychotherapeuten sein.»

Der Kandidat zog sich verdattert zurück.

Seidenbast zupfte sich am Ohrläppchen.

Zangger nahm den Hörer wieder: «Tina?»

«Hör mal, Luc», sagte sie bloss. «Ich habs mir überlegt. Ich glaube, es ist besser, du kommst erst am Abend.» Sie legte auf, ehe Zangger noch etwas sagen konnte.

«Faszinierend», sagte Seidenbast.

«Was denn, zum Teufel?», raunzte Zangger.

«Dass du die Nerven verlieren kannst. Wusste ich gar nicht.»

«Gib mir eine Zigarette», verlangte Zangger und streckte die Hand aus.

Seidenbast griff nach seiner Zigarettenpackung. Doch dann zog er die Hand zurück.

«Fällt mir gar nicht ein», sagte er und verschränkte die Arme.

40

Die Nerven verlieren? Das ging Zangger an die Ehre. Er hatte sich immer etwas darauf eingebildet, in Krisensituationen ruhig zu bleiben. Er war einmal Offizier gewesen, da hatte er nichts lieber gehabt als Belastungen, unter denen er zeigen konnte, dass er trotz Müdigkeit, Hunger, Nässe und Kälte handlungsfähig und souverän blieb. Als Leitender Arzt war er, auch wenns brenzlig wurde, für Patienten und Mitarbeitende der ruhende Pol gewesen.

Sein Chefarzt am Landspital, an dem er als Medizinstudent sein Praktikum absolviert hatte, hatte es ihm vorgelebt: Der alte Doktor war nicht aus der Ruhe zu bringen gewesen. Einmal, Zangger durfte mit dem erfahrenen Arzt zusammen Nachtdienst leisten, kam mitten in der Nacht die Meldung, ein Berghotel stehe in Flammen. Man musste mit einer grossen Zahl von Verletzten rechnen. Mit Knochenbrüchen, denn einzelne Gäste waren aus dem Fenster gesprungen, mit Verbrennungen und Rauchvergiftungen. Am kleinen Spital wurde Grossalarm ausgelöst, man rief Ärzte und Operationsschwestern, die zu Hause schliefen, herbei. Die Ambulanzen fuhren los, der Operationssaal wurde hergerichtet, Beatmungsgeräte und Blutkonserven wurden bereitgestellt. Man wartete auf die Verletzten. Mitten in dem Getümmel nahm der Chefarzt den Unterassistenten Zangger beim Arm.

«Kommen Sie», sagte er und führte ihn durch die dunklen Gänge des Spitals. Es ging in den Keller hinunter. Zangger dachte schon, der Chefarzt wolle vorsorglich die Leichenkammer inspizieren – da hielten sie vor einer Türe, die er nicht kannte. Der Chefarzt zog den Schlüsselbund aus der Tasche seines weissen Kittels, sah Zangger mit einem verschwörerischen Blick an und schloss auf. Er trat ein und machte Licht – sie standen in der leeren, blitzblank geputzten Spitalküche. Durch eine Hintertüre waren sie in das verbotene Reich eingedrungen. Der Alte ging auf die Suche – Zangger dachte, er suche nach Notrationen für die vielen Verletzten –, öffnete Vorratskammern und Kühlschränke, zog Schubladen auf. Endlich hatte er alles beisammen. Er legte die Sachen, die er sich unter den Arm geklemmt hatte, auf einen Tisch, zog zwei Schemel heran, setzte sich hin und bedeutete Zangger, auch Platz zu nehmen.

«Sooo», sagte er seelenruhig. «Jetzt essen wir erst einmal etwas.» Er schnitt Brot ab, strich Butter darauf und machte sich über Wurst und Käse her.

So will ich auch werden, hatte sich der junge Zangger damals gedacht. Und jetzt verlor er wegen zwei, drei Telefonanrufen die Nerven.

«Komm», sagte er zu Seidenbast. Er stieg mit ihm ins Obergeschoss hinauf, vorbei an den verdutzt dreinblickenden Kandidaten, die sich vor dem Seminarraum die Füsse vertraten. Er schenkte zwei Tassen Kaffee ein, der für die Seminarpause in Thermoskrügen bereitstand, und nahm eines der süssen Maisbrötchen mit Rosinen, die jemand mitgebracht hatte. Für Seidenbast holte er die restlichen Oliven und das angetrocknete Brot vom Vorabend hervor, denn der hatte kaum je Lust auf Süsses.

«Sooo», sagte Zangger, setzte sich hin und begann zu kauen. Er fühlte sich auf einmal vollkommen ruhig. Vielleicht gaukle ich es mir zwar bloss vor, dachte er. Aber was macht das schon für einen Unterschied?

«Kaffee und Oliven, warum auch nicht?», sagte Seidenbast und griff zu.

Sie berieten, was zu tun sei. Zangger bat Seidenbast, mit Stefanie Tozzi zu reden. Er solle ihr schonend beibringen, dass ihr Freund Marco in Untersuchungshaft sitze. Er, Zangger, werde sich morgen nach dem Seminar um ihn kümmern. Über Mittag werde er nachsehen, was mit Monika Glanzmann los sei. Er erzählte Seidenbast, was zu Hause passiert war. Seidenbast bot an, Tina anzurufen, um zu sehen, ob vielleicht doch Notstand herrsche.

«Tu das», sagte Zangger. «Und sag mir am Mittag, wie es steht. Je nachdem gehe ich dann nach Hause anstatt an die Jupiterstrasse.»

Dann endlich begann er mit dem Seminar.

Die Mittagspause war wegen des verspäteten Starts erst gegen zwei Uhr und sollte bis halb vier Uhr dauern. Zangger und Seidenbast setzten sich ins Sprechzimmer. Seidenbast rapportierte, dass sich die Familie Zangger beruhigt habe. Tina erwarte ihn am Abend zum Essen. Claudia werde da sein, es gebe einen kleinen Empfang für Fabian. Und morgen könnten sie in Ruhe alles bereden, was es wegen Mona zu bereden gebe, liess Tina ausrichten.

«Und Frau Tozzi? Wie stehts mit ihr? – Nur kurz, das Seminar geht gleich weiter.»

«Sie hat eine Krise, das kannst du dir ja vorstellen.»

«Ist sie …?»

«Nein», unterbrach Seidenbast. «Suizidal ist sie nicht, wenn du das meinst. So weit ich es beurteilen kann», fügte er bescheiden hinzu.

«Dann bin ich beruhigt», lachte Zangger. Er wusste selber nicht wieso, aber er traute Seidenbasts Einschätzung. Und doch hätte er aus lauter Neugier gern gefragt, wie Seidenbast zu diesem Schluss gekommen sei.

«Sie ist zwar verzweifelt. Aber sie ist ganz darauf fixiert, ihren Freund frei zu bekommen», fuhr Seidenbast fort. «Da kann sie sich ja nicht gleichzeitig den Tod wünschen.»

Es klingelte an der Haustüre.

Was ist jetzt schon wieder?, wollte Zangger auffahren. Wie er aber merkte, dass sein Freund ihn beobachtete, nahm er zuerst einen Schluck kalten Kaffee, stand dann gemächlich auf, ging zur Haustüre und öffnete.

Draussen stand Tobler. Zangger wunderte sich, dass er nicht wie gewohnt eine frohgemute Miene machte.

Er bat ihn ins Sprechzimmer.

«Ich dachte, es sei das Beste, wenn ich persönlich mit Ihnen rede», sagte Tobler. «Unter vier Augen», betonte er, als er sah, dass sie nicht allein waren.

«Das ist Herr Seidenbast», stellte Zangger seinen Freund vor. «Er ist über alles informiert, ich habe keine Geheimnisse vor ihm. Er war heute früh auch da, als wir miteinander telefonierten.»

«Nun gut, aber ...», begann Tobler einzuwenden, dann hielt er inne. «Oh, jetzt erkenne ich Sie», sagte er, «Sie haben doch an der Abdankung gesprochen. Sie sind Berufskollegen, nicht wahr? Da fällt einfach alles unter das Berufsgeheimnis, was Sie von mir zu hören bekommen.» Noch ehe Zangger etwas berichtigen konnte, fuhr er fort: «Jetzt brauche ich tatsächlich Ihre Hilfe, Herr Zangger. Ich fürchte nämlich, wir kommen in der Zeitung.»

Um Gottes Willen, dachte Zangger, jetzt ist es passiert.

«Wir kamen recht gut voran mit der Einvernahme, Vetsch war praktisch überführt. Er war zur fraglichen Zeit am Tatort, das hatte er noch gestanden. Man hat nämlich seine Fingerabdrücke am Tatort gefunden.»

Mit einem Mal fiel Zangger die Szene auf dem Heliossteig ein, als er mit dem daherstürmenden Marco beinahe zusammengestossen wäre. War er am Ende doch der Täter? Ihm wurde es flau auf dem Magen, er musste sich setzen.

«Wo?», fragte Zangger, als ob das von Bedeutung wäre.

«Was? Die Fingerabdrücke? *Das* darf ich Ihnen nun wirklich nicht sagen.»

Tobler setzte sich auch.

«Sie fragen sich vielleicht, warum ich Ihnen *überhaupt* etwas sage», meinte er mit ernstem Gesicht. «Ich dürfte ja eigentlich nicht. Noch nicht. Aber lange hätte es nicht mehr gedauert, bis Anklage erhoben worden wäre, und dann wäre die Sache ohnehin publik geworden. Nur, wir hätten lieber ein vollumfängliches Geständnis gehabt als ein Schuldeingeständnis durch Suizid.»

Zanggers Magen krampfte sich zusammen.

«Ist er tot?», fragte er.

«Nein, tot nicht», sagte Tobler. «Bewusstlos. Er soll am Aufwachen sein.»

«Hat er sich …?»

«Stranguliert. Mit dem Laken, das Übliche. Peinlich, hätte wirklich nicht passieren dürfen. Vor allem, nachdem Sie uns noch gewarnt hatten. Keine Stunde später ist es passiert, ich war noch gar nicht dazu gekommen, die verschärfte Überwachung zu beantragen.»

Er sah Zangger nachdenklich an.

«Das Spielchen, das Sie mit Frau de Quervain und mir gespielt haben, ist natürlich aufgeflogen», sagte er fast beiläufig. «Wir sind uns noch nicht ganz im Klaren, wie wir das auslegen sollen. Aber Sie sind schon in ein etwas schiefes Licht geraten, Herr Zangger, jedenfalls bei Frau de Quervain.»

Tobler schwieg, er schien mit sich zu ringen.

«Vielleicht lehne ich mich jetzt zu weit aus dem Fenster», fuhr er schliesslich fort. «Vielleicht setze ich auch meine Karriere aufs Spiel. Sofern mir überhaupt noch eine offen steht», sagte er bitter. «Ich glaube nämlich immer noch, dass Sie ein anständiger Mensch sind und dass Sie sich nichts zuschulden kommen liessen. Frau de Quervain sieht das möglicherweise anders», sagte er zweideutig. «Kurz und gut, ich glaube, wir sollten einander helfen. Ich sorge dafür, dass Ihr Spielchen keine Konsequenzen hat …» Er hielt inne.

«Und ich?»

«Nun, wie gesagt, Sie können mir helfen.»

«Was helfen?»

«Erstens einmal, von Vetsch ein Geständnis zu bekommen …»

«Was?», rief Zangger. Er sah Tobler entrüstet an. «Vergessen Sie das.»

«Gut, gut», sagte er, als ob er von Zangger genau diese Antwort erwartet hätte. «Und zweitens, einen weiteren Suizidversuch zu verhindern.»

«Wieso ich? Er ist doch hoffentlich im Spital.»

«Natürlich ist er im Spital. Er wurde zuerst ins Universitätsspital gefahren, aber dort wollten sie ihn gar nicht aufnehmen. Seine Verletzung bedeute keine Lebensgefahr mehr, aber er sei hoch suizidal, hiess es dort. Er ist jetzt im Psychiatriezentrum. Hochsicherheitsabteilung. Aber Sie wissen ja selber, dass man nie sicher sein kann. Wenn einer unbedingt will, dann bringt er sich um.»

Zangger und Seidenbast sahen sich an.

«Auch in einem überwachten Spitalbett», sagte Tobler.

«Ich weiss», sagte Zangger. «Und jetzt?»

«Es ist so, Herr Zangger», erklärte Tobler, wie wenn er es mit einem begriffsstutzigen Kind zu tun hätte. «Vetsch hat während der Befragung immer wieder von Ihnen gesprochen. Er hat sich sozusagen auf Sie berufen.»

«Auf mich? Wofür?»

«Vielleicht dafür, dass er im Affekt handelte. Für seine Unzurechnungsfähigkeit, was weiss ich, er redete da ständig um den Brei herum. Mir ist jedenfalls klar geworden, dass Sie für Vetsch eine Vertrauensperson sind, vielleicht *die* Vertrauensperson. Er scheint viel von Ihnen zu halten.»

«Und was soll ich …?»

«Nur einmal mit ihm reden. Ihm zureden. Sonst nichts.»

«Zureden? Damit er ein Geständnis ablegt?»

«Nein, damit er sich nicht umbringt. Würden Sie das tun?»

«Klar. Aber nur, wenn ich allein mit ihm reden darf.»

«Selbstverständlich. Wann?»

«Am liebsten gleich.»

«Gut. Gehen wir», sagte Tobler und erhob sich.

«Ich komme mit», sagte Seidenbast.

41

Lange hatte Zangger nicht bei Marco bleiben können. Die Strangulationsmale an seinem Hals hatten bedenklich ausgesehen. In Toblers Begleitung waren sie in die Sicherheitsabteilung des Psychiatriezentrums hineingelassen worden. Man hatte Marco aus dem Wachsaal hinausgerollt, und Zangger hatte in einem separaten Zimmer mit ihm reden können. Viel hatte nicht dabei herausgeschaut, Marco war wie ein Häufchen Elend in seinem Bett gelegen und noch ganz benommen gewesen. Er hatte immerzu von einem grossen Fehler geschwafelt, den er begangen habe, aber Zangger war nicht klug daraus geworden, ob das nun ein Geständnis war oder ob Marco den Selbstmordversuch meinte. Tobler hatte vor der Türe gewartet und mit Seidenbast gesprochen. Dann, als Zangger herauskam, war zu seiner Verblüffung Seidenbast ins Zimmer hineingeschlüpft.

«Nur ein paar Minuten», hatte er gesagt, und Tobler war offensichtlich damit einverstanden gewesen.

Jetzt sassen sie in Zanggers Wagen und fuhren in die Stadt zurück. Tobler war im eigenen Wagen hergefahren und hatte sich von ihnen verabschiedet.

«Jupiterstrasse?», fragte Seidenbast.

Zangger nickte. Das Seminar hatte er kurzerhand abgebrochen und die Teilnehmer für den Rest des Tages nach Hause geschickt, bevor er mit Tobler und Seidenbast losgefahren war.

«Was hast du eigentlich in Vetschs Zimmer gemacht?», wollte Zangger wissen.

«Suizidprophylaxe», erwiderte Seidenbast.

«Wie bitte?»

«Vorbeugung gegen weitere Selbstmordversuche.»

«Soll das ein Witz sein? Sehr unpassend, das muss ich schon sagen.»

«Nein, das ist kein Witz», sagte Seidenbast. «Ich bin sogar ziemlich sicher: Der macht keinen weiteren Versuch, jedenfalls vorläufig nicht.»

«Das musst du mir erklären», sagte Zangger. Halb ärgerte er sich darüber, dass Seidenbast wieder einmal als Möchtegerntherapeut auftrat, halb ahnte er schon, dass er etwas Goldrichtiges getan hatte.

«Ich habe ihm einen kleinen Brief übergeben.»

«Machs nicht spannend – was steht drin?»

«Das sage ich dir später», wich Seidenbast aus. «Es sind bloss ein paar Zeilen. Ich mache ihm ein wenig die Hölle heiss.»

«Und das soll einen suizidalen Menschen von seinen Selbstmordgedanken abbringen? Das ist doch verantwortungslos», sagte Zangger, aber ohne den Blick von der Strasse zu wenden. «Ein Kunstfehler im Umgang mit einem Suizidalen, würde ich sagen, wenn du ein Psychotherapeut wärst. *Wenn*, meine ich.»

«Eben. Ich habe mich strikt an deine Devisen gehalten. Wenn es um eine lebenserhaltende Massnahme geht, ist ein so genannter Kunstfehler unter Umständen gar kein Kunstfehler. Hast du doch gesagt, oder nicht?»

«Marius, ich ...»

«Hör zu, darüber reden wir später. Jetzt muss ich dir etwas erzählen, bevor wir im Götterquartier sind. Ich habe nämlich Tobler ein bisschen ausgefragt.»

«Das sieht dir ähnlich. Aber dass er sich ausquetschen liess, wundert mich.»

«Nun, er hat eben gar nichts Heikles mitzuteilen gehabt. Er hat mir bloss anvertraut, gegen wen *keine* Verdachtsmomente vorliegen. Das gilt vielleicht nicht als Pflichtverletzung.»

«Es interessiert mich trotzdem. Erzähl.»

Seidenbast hatte erfahren, dass weder gegen Frau Schimmel noch gegen Stein etwas vorlag. Die zwei seien total uninteressant, habe Tobler gesagt.

Zangger konnte sich ein Lachen nicht verkneifen.

Beide, erzählte Seidenbast, kämen nach Tobler als Täter nicht in Frage, weil sie nachweislich nicht in Glanzmanns Haus gewesen seien. Stein habe seine Teilnahme an Glanzmanns so genannter Wissenschaftskonferenz gar nie zugesagt und sei an jenem Samstag anderswo verpflichtet gewesen. Frau Schimmel dagegen habe vor verschlossener Haustüre gestanden und sei dann wieder abgezogen. Sie habe angenommen, der alte Herr habe ein Nickerchen gemacht und ihr Klingeln an der Haustüre nicht gehört. Das sei ihr nicht ungelegen gekommen, sie sei gleich wieder in ihr Institut zurückgekehrt, um Pendenzen zu erledigen.

Dann habe ich vielleicht sie weggehen sehen, dachte Zangger.

Michael D. Mbagunde habe hinter Glanzmanns ungewohnter Grosszügigkeit eine Finte gewittert und auf einen weiteren Besuch verzichtet. Er habe ein einwandfreies Alibi, er sei zur fraglichen Zeit nämlich auf Betteltour am Zürichberg gewesen, das habe sich nachprüfen lassen.

«Und Hunger?»

«Stimmt, Hunger. Von dem hat er nichts gesagt.»

«Krautzek steht offenbar nicht mehr unter Verdacht. Dann bleiben tatsächlich nur Marco Vetsch und Hunger. Oder ein grosser Unbekannter. Und Marco ist unschuldig», behauptete Zangger.

«Das möchte ich ja auch gern glauben, Lukas. Aber lass mich für einen Augenblick advocatus diaboli spielen.»

«Wie immer.»

«Ja, wie immer, so bin ich nun mal», lachte Seidenbast. Dann fuhr er ernst weiter: «Dein Kandidat mag sich ja zu einem lieben Kerl gewandelt haben. Aber er hat trotzdem seine Gene.»

«Was meinst du damit?»

«Sein leiblicher Vater war ein Schläger und Vergewaltiger, das entlastet ihn nicht gerade.»

«Woher weisst du das?»

«Jetzt hör mal, ich kenne doch seine Geschichte», sagte Seidenbast, fast ein bisschen beleidigt. «Die hattest du mir damals doch selber erzählt.»

Daran hatte Zangger nicht mehr gedacht. Aber es war tatsächlich so gewesen: Er hatte in seiner Not Seidenbast wegen Marco in den Ohren gelegen, als der ihm das Leben schwer machte. Und als alles vorbei gewesen war, hatte er ihm einiges aus dessen Lebensgeschichte erzählt.

«Und dann hat er doch diesen Knacks.»

«Knacks? Ach so, seine Phobie, meinst du? Die Panik, die ausbricht, wenn er einen sieht, der aus dem Kopf blutet?»

«Ja, dann wird er unberechenbar, nicht wahr?»

«Und das soll ihn verdächtig machen?»

«Ich weiss nicht.»

«Ausserdem glaube ich, dass diese Phobie geheilt ist», sagte Zangger.

«Hast du oder hat er die Probe aufs Exempel gemacht? Erst wenn er tatsächlich wieder einen zu sehen bekommt, der am Boden liegt und aus dem Kopf blutet, erst dann zeigt sich doch, ob er kuriert ist. Oder sehe ich das falsch?»

«Nein», sagte Zangger. «Das siehst du vollkommen richtig.» Er grübelte während der ganzen restlichen Fahrt über Seidenbasts Einwände nach.

Mit viel Glück fanden sie einen Parkplatz im Götterquartier, stiegen aus und näherten sich Glanzmanns Haus.

Eine grosse Bauschuttmulde stand davor, bis zum Rand mit Hausrat und Kehrichtsäcken gefüllt. Weitere zusammengeschnürte Plastiksäcke jeder Grösse standen vor dem Gartentor. Papierbündel und mit Ordnern und Akten voll gepackte Bananenschachteln türmten sich im Vorgarten. Die zwei Schwestern waren dabei, das Haus zu räumen.

Als sie näher kamen, sah Zangger, dass die Haustüre offen stand. Das Fenster des Studierzimmers im Obergeschoss auch, trotz der herbstlichen Temperatur. Erika stand am Fuss der Treppe zur Haustüre.

«Da!», schrie eine Frauenstimme, und ein prall gefüllter schwarzer Kehrichtsack kam aus dem Fenster geflogen. Er landete im Vorgarten, wo schon ein Riesenhaufen von Säcken lag. Ein Teil davon war aufgeplatzt.

«Und da!», rief die Unsichtbare. Ein weiterer Sack flog durch die Luft. «Weg damit!», ein Bündel zusammengeschnürter Zeitschriften plumpste zu Boden.

«Ramsch!», zwei, drei Decken und Tücher segelten aus dem Fenster und landeten auf der Gartenhecke, ein halbes Dutzend vergammelter Plüschtiere kam hinterhergeflogen.

«Fort!», eine verschnürte Pappschachtel wurde herunter geworfen. «Schrott!», eine Holzkiste krachte in den Vorgarten, eine Ständerlampe zersplitterte am Boden. Dann war Gefechtspause.

Erika blickte nach oben, lief geduckt zu den Dingen und rackerte sich damit ab, die zerplatzten Säcke in ganze hineinzustopfen, die Schachteln und Bündel, die kaputten und die unversehrt gebliebenen Gegenstände zusammenzuraffen und zur Mulde zu schleppen.

«Gott sei Dank, da bist du ja endlich!», rief sie aus, als sie Zangger erblickte. Sie warf einen Arm voll Gerümpel in die Schuttmulde und liess erschöpft die Arme sinken. «Ich getraue mich gar nicht mehr ins Haus», sagte sie, wischte sich mit dem Ärmel über die Stirn und schaute besorgt zum Fenster hinauf. «Sie hat wirklich durchgedreht. Sie ging sogar auf mich los.»

«Das ist ja lebensgefährlich», sagte Zangger, den Blick nach oben gerichtet.

«Sie schreit, bevor sie wirft», sagte Erika und holte noch einen Arm voll Ware.

Zu dritt gingen sie ins Haus, ins Obergeschoss hinauf. Durch die offen stehende Türe des Studierzimmers sahen und hörten sie Monika wüten. Im Zimmer sah es aus, als hätte eine Bombe eingeschlagen.

«Ich werd verrückt!», rief sie aus. Die Zuschauer schien sie nicht zu bemerken. «Es ist nicht zu fassen.»

Sie hatte eine Pappschublade in den Händen, wühlte darin herum und kippte den Inhalt wütend auf den Boden. Die meisten Schubladen der bis unter die Zimmerdecke aufgetürmten Pappschachteln waren herausgerissen, was darin gewesen war, lag in grossen Haufen auf dem Fussboden. Jetzt stopfte sie die losen Papierblätter in Plastiksäcke und schnürte diese mit wilden Bewegungen zu. Zornig trampelte sie auf den leeren Schubladen und Schachteln herum, bis sie flach waren, und band sie dann prustend und schnaufend zu Bündeln zusammen. Sie richtete sich auf und sah zur Zimmertüre.

«Seht euch das an», schnaubte sie, ohne zu grüssen. «Berge! Berge von Papier und Unrat.» Sie zeigte im Zimmer herum. «Das absolute Chaos», empörte sie sich. «Jede Schachtel und jede Schublade ist angeschrieben, aber drin ist immer irgendetwas anderes. Und zwar lauter Ramsch.»

Erika sah die beiden Männer hilflos an.

«Vielleicht kann ich dir helfen, die Sachen zu sichten», sagte Zangger vorsichtig. «Wenigstens die wissenschaftlichen Papiere.»

«Sichten!», rief Monika böse. «Sichten ist gut. Seit vier Wochen bin ich am Sichten. Meine ganzen Ferienwochen sind draufgegangen, und jetzt geht jeder schulfreie Tag, jede freie Minute drauf. Im Dachgeschoss habe ich angefangen. Ich habe versucht, mir einen Überblick zu verschaffen. Hoffnungslos! Die Zimmer sind voll gestopft mit Gerümpel und alten Aktenordnern. Und in jedem Ordner ist ein Durcheinander. Völlig unmöglich herauszufinden, ob das, was drin ist, überhaupt zusammengehört und ob irgendetwas davon wichtig ist. Man müsste jedes einzelne Blatt ansehen. Tausende, zehntausende von Seiten. Vielleicht hunderttausende.» Sie schöpfte Atem. «Und hier», schrie sie Zangger und Seidenbast an, «hier im Studierzimmer bin ich seit zwei Wochen am Sichten und Sortieren, Tag und Nacht. Aussichtslos. Jetzt habe ich die Nase voll! Jetzt wird nur noch weggeschmissen. Ungesichtet. Ohne Pardon.»

Sie hob die Füsse wie jemand, der sich seinen Weg durch knietiefen Dreck pfaden muss, und kam ins Treppenhaus hinaus.

Erika schien froh zu sein, dass Monika, vielleicht wegen der Gegenwart der beiden Männer, nicht handgreiflich wurde.

«Kommt doch in die Küche», sagte sie, «setzen wir uns. Ich mache Kaffee.»

«Ich kann mir vorstellen, wie dir zu Mute ist, Monika», sagte Zangger, als sie am Küchentisch sassen. Er rührte in seiner Tasse. «Ich habs ja selber erlebt.»

«Nein, das kannst du nicht», erwiderte sie aufgebracht. «Weil du dir nämlich nicht vorstellen kannst, wie es da oben aussieht.» Sie deutete ins oberste Stockwerk hinauf. «Das Studierzimmer ist eine gute Stube dagegen.»

«Du hast eine Riesenwut, nicht wahr?», sagte Zangger. Er war versucht, wie ein Therapeut mit ihr zu reden.

«Und ob», sagte sie knapp. «Und weisst du warum? Weil ich mich missbraucht fühle», fuhr sie auf einmal auf. Sie holte tief Atem, wie um ihrer Empörung Ausdruck zu geben. «Jawohl, missbraucht. Als Kehrichtabfuhrfrau. Uns wurde eine Müllhalde hinterlassen.»

«Aber auch ein wertvolles wissenschaftliches Erbe», wagte Seidenbast einzuwenden.

«So?», sagte Monika giftig. «Und wo ist es, dieses wissenschaftliche Erbe? Bitte sehr, Sie dürfen es gerne haben, wenn Sie es auf dieser Müllhalde finden.»

Seidenbast hielt es für klüger, im Augenblick nichts zu erwidern. Erika sass belämmert da.

«Oder meinen Sie am Ende die Leichenteile und Kadaver? Die habe ich entsorgt. Falls *das* das wissenschaftliche Erbe war.»

«Leichenteile?», fragte Zangger. «Was für Leichenteile?»

«Diese grausigen Sachen, die in seinem Schrank standen. Nieren vermutlich. Oder Tierdärme, was weiss ich, ich habe nicht so genau hingeschaut. In Gläsern eingemacht. Sogar im Schlafzimmer hatte er welche. Es ist nicht zu fassen.»

«Vielleicht Gehirnpräparate?», fragte Zangger.

«Schon möglich. Einerlei, ganz grausige Sachen.»

«Hast du sie fortgeworfen?»

«Nicht fortgeworfen, alles was Recht ist. Ich weiss doch, wo solcher Müll hingehört. Eigenhändig habe ich die Dinger in die Kehrichtverbrennung gebracht.»

Zangger warf Seidenbast einen Blick zu.

«Sind noch welche da?»

«Weiss ich nicht», sagte sie trotzig, dann wandte sie sich an Seidenbast. «Und jetzt will ich Ihnen etwas sagen, damit Sie keine falschen Schlüsse ziehen: Ich liebe meinen Vater», sagte sie und begann zu weinen.

Die drei andern schwiegen.

«Und trotzdem habe ich eine Riesenwut auf ihn», sagte Monika und wischte sich die Augen. Sie bebte aufs Neue, ob vor Wut oder Trauer, war schwer zu sagen. Sie riss sich zusammen und sagte, für alle unerwartet: «Sie haben an der Abdankung ein sehr treffendes Bild von ihm gezeichnet.»

Sie sah zu Erika hinüber. Diese nickte, erleichtert darüber, dass sich ihre Schwester allmählich beruhigte. Zangger staunte, wie sie das Thema wechselte. Seidenbast sah Monika aufmerksam an.

«Aber ein einseitiges», fuhr sie fort.

«Nämlich?», erkundigte sich Seidenbast.

«Sag du, wie er wirklich war», wandte sie sich an Erika, «du kannst das besser.»

«Ach komm», zierte sich diese. «Ich sage doch genau das Gleiche wie du.» Sie blickte zwischen Seidenbast und Zangger hin und her. «Er war ein selbstloser Helfer, das war er wirklich. Ein grosser Menschenfreund war er auch. Und die Bescheidenheit, die Grosszügigkeit und Sanftmut in Person, das stimmt alles», sagte sie und schwieg einen Augenblick.

Seidenbast nickte.

«Und er war rücksichtlos», sagte sie dann. «Und grenzenlos. Und erbarmungslos. Ohne es zu wollen. Nicht aus Bosheit, aus lauter gutem Willen.»

Die beiden Männer sahen sich an. Zangger nickte, Seidenbast hob die Schultern, um seine Ahnungslosigkeit zu unterstreichen.

«Sie konnten es unmöglich wissen, Herr Seidenbast», fuhr Erika fort. «Er hat Ihnen bestimmt nichts davon gesagt. Das konnte er gar nicht. Er merkte selber nichts davon, und wenn man ihm einen Vorwurf machte, wenn eine von uns sich ausnahmsweise wehrte, dann sagte er bloss ‹Denk nicht so negativ› oder ‹Du hast Recht› oder ‹Wie dumm von mir›, aber er machte weiter wie zuvor. Er konnte gar nicht anders.»

Zangger versuchte sich zu erinnern, wie er Glanzmann erlebt hatte.

«So wie er hier hauste, so war er im Leben», holte Erika aus. «Er breitete sich überallhin aus. Er besetzte jede Nische, jede Ritze im Haus und in unserem Leben. Mit seinen

Büchern und Papieren, mit seinen Worten und Gedanken, mit seinen guten Absichten. Ich floh nach Kanada, um mich davor zu retten. Sein Wissen war immens, aber es bereicherte uns nicht, es verwirrte uns. Seine Belehrungen waren keine Hilfe, sie entmutigten uns, ohne dass er es wollte. Seine Begeisterung steckte nicht an, sie stiess uns ab. Nach aussen hin war er der Gebende, wir waren die Empfangenden. Immer hiess es ‹So ein grosszügiger Vater›, ‹So ein guter Mensch›. Er verschenkte alles, er drängte es den Leuten regelrecht auf. Aber Mama bezahlte die Zeche, nicht er. Und meine Schwestern.»

Ihre Worte kamen in einem Schwall. Zangger sah Monika fragend an. Sie fuhr anstelle ihrer Schwester fort:

«Mama bat ihn immer wieder, nein, sie flehte ihn regelrecht an, seine Sachen zu ordnen, seine Archive zu sichten, sich ein klein wenig einzuschränken. Wenigstens ein bisschen vorzusorgen für die Zeit, wenn er nicht mehr da wäre. Damit nicht alles auf ihr laste. Sie hatte furchtbare Angst davor. ‹Wenn ihr wüsstet›, sagte sie immer, ‹wenn ihr wüsstet, was da alles liegt, was da alles zum Vorschein kommen wird›. Er tat nie dergleichen. Nur schon seinen Schreibtisch aufzuräumen, war zu viel verlangt. Er sagte zwar ‹Du hast Recht, das sollte ich tun, da ist wirklich eine schreckliche Unordnung›. Aber anderes war ihm immer wichtiger. Es erdrückte Mutter fast in diesem Haus. Sie räumte hinter ihm her und um ihn herum. Sie versuchte es wenigstens bei den Sachen. Den Worten und Ideen gegenüber war sie ohnehin machtlos. Sie rackerte sich ab, sie erstickte schier. Er wollte es nicht sehen. Kein Wunder, dass ihre Lungen versagten.» Monika wischte sich neue Tränen weg. «Sie sparte, wo sie konnte, sie war gezwungen, zu geizen, denn er warf das Geld zum Fenster hinaus. Er brauchte es nicht für sich selber, das nicht. Nie. Er warf es *andern* nach. Er verkaufte das Badehaus am See, das er von seiner Mutter geerbt hatte. Für achtzigtausend Franken, um damit seine Schule zu finanzieren. Es wäre heute ein Vermögen wert.»

«Zum Glück bleibt euch dieses Haus da», sagte Zangger benommen. Er war von dem, was er zu hören bekam, fast erschlagen.

«Wir müssen es verkaufen», sagte Monika, aber sie klang nicht einmal bitter. «So rasch wie möglich, das hat uns der Bankier geraten. Deswegen eilt es so mit der Räumung. Wir müssen froh sein, wenn der Erlös die Hypotheken deckt. Wir können von Glück reden, wenn wir keinen Schuldenberg erben.»

Seidenbast sah sie ungläubig an.

«Ich dachte, er sei steinreich», sagte er.

«Das dachte er selber auch», sagte Monika bloss. «Aber er war pleite, um es deutsch und deutlich zu sagen.»

«Wie Hans im Glück», sagte Zangger.

«Ja, ganz genau. Jedes Geschäft, und wenn er dabei noch so schlecht abschnitt, machte ihn glücklich. Das Schenken und Spendieren war ihm eine Lust. Das Kaufen auch, er redete sich ein, den Verkäufer damit glücklich zu machen. Ich will ihn nicht anklagen, er war halt so. Aber», sie seufzte auf, «es tut gut, das alles einmal auszusprechen. Mama dachte nämlich immer, *sie* sei falsch gewickelt. Und wir dachten es mit der Zeit auch. Heute sehe ich, dass in unserer Familie alles ein bisschen anders war, als wie es von aussen aussah. Umgekehrt nämlich.»

Das ging Zangger unter die Haut, aber er wusste nicht warum.

Monika schwieg eine Weile. Dann wandte sie sich noch einmal an Seidenbast.

«Sie haben unseren Vater so beschrieben, wie er selber sich Ihnen beschrieben hatte. Nicht als Grandseigneur, nicht als Überlegenen. Nein, die eher bedürftige, die unsichere Seite haben Sie gezeigt. Das war sehr einfühlsam. Es hat ihn uns allen noch einmal näher gebracht. – Aber etwas hat mich gestört.»

«Was?», fragte Seidenbast.

«Dass er sich Ihnen so sehr als Opfer dargestellt hatte. Als Opfer eines gestrengen Vaters.»

«Denken Sie, dass es anders war?», fragte Seidenbast.

«Er war auch ein Täter.»

Das ging Zangger wieder unter die Haut.

«Ich verstehe», sagte Seidenbast ruhig. «Nach allem, was Sie uns heute gesagt haben, weiss ich, was Sie meinen. Aber vielleicht war er noch viel mehr ein Opfer, als ich es beschrieben habe.»

«Wie meinen Sie das?», fragte Monika. Sie klang plötzlich verunsichert.

«Es gibt ein paar Dinge, die habe ich bewusst verschwiegen», erklärte Seidenbast. «Die wollte ich an der Abdankung nicht sagen. Obschon er sie mir anvertraut hatte.»

«Wieso nicht?», fragte Erika.

«Es hätte nicht gepasst.»

«Dann erzählen Sie sie uns jetzt.»

«Gut», antwortete Seidenbast. «Wenn Sie darauf bestehen.»

Zangger schaute auf die Uhr.

«Tut mir Leid, ich kann nicht länger bleiben. Ich werde zu Hause erwartet.»

«Ich weiss», sagte Seidenbast. «Ich drücke die Daumen.»

42

Zangger öffnete das eine Fenster, das sich noch herunterkurbeln liess. Ein kalter Wind blies ihm ins Gesicht. Er versuchte,

Kopf und Herz zu lüften, um beides für Fabian frei zu haben. Und für Mona, denn den beiden Kindern sollte heute Abend ein Willkomm bereitet werden. Und für Claudia, und für Tom. Und natürlich für Tina. Vielleicht war so etwas wie ein Neuanfang in der Familie möglich. Trotz, nein gerade wegen der aufregenden Ereignisse des heutigen Morgens.

Was für ein Tag!, dachte Zangger, und er ist noch nicht einmal zu Ende. Um den Kopf zu leeren, musste er jetzt seine Gedanken ordnen. Damit er sie beiseite legen und Platz für anderes machen konnte.

Marco war unter Mordverdacht in Untersuchungshaft gesetzt worden und hatte einen Selbstmordversuch unternommen. Für die Polizei sah das nach Schuldeingeständnis aus. Zangger hasste diese Auslegung, aber widerlegen konnte er sie nicht. Offenbar stand fest, dass Marco zur fraglichen Zeit am Tatort gewesen war. Tatsächlich hatte er, Zangger, ihn kurz danach in völlig aufgelöstem Zustand auf dem Heliossteig angetroffen. An diese Begegnung hatte er sich erst heute wieder erinnert, hatte Tobler aber nichts davon gesagt. Marco Vetsch hatte Stefanie Tozzi zur Freundin, Glanzmanns Enkelin, die Tochter der vor achtzehn Jahren verstorbenen Lis. Frau Engel war so etwas wie eine Ersatzmutter für sie gewesen. Die Beziehungsfäden zwischen Marco auf der einen und Glanzmann und Frau Engel auf der anderen Seite liefen, wenn es welche gab, bei Stefanie Tozzi zusammen. Aus irgendeinem Grund war Marco am Unglückstag in Glanzmanns Haus gewesen. Was hatte er dort zu suchen gehabt? Zangger kam nicht weiter, er liess diesen Gedankenfaden liegen, denn je länger er ihm folgte, desto prekärer sah es für Marco aus.

Glanzmanns Töchter waren daran, das Haus an der Jupiterstrasse zu räumen. Morgen früh würde ein Händler wertvolles Mobiliar, Geräte und Apparate abholen, später Seidenbast die Bücher und danach die Leute vom Brockenhaus den

Rest. Das Haus musste verkauft werden, denn Glanzmann war, ohne es zu wissen, bankrott gewesen.

Monika liebte ihren Vater, aber sie fühlte sich von ihm missbraucht. Sie trauerte um ihn und platzte fast vor Wut über ihn. Es schien, als berste aus ihr alle Wut heraus, die in der Familie Glanzmann unausgesprochen geblieben war. Unausgesprochen hatte sie bleiben müssen, denn wie hätte man auf einen so sanften und grosszügigen Menschen wie Charles Glanzmann wütend sein können? Monika drückte auch die Wut ihrer Mutter aus, die stets nur geschluckt hatte und daran erstickt war. Vielleicht auch die von Lis. Der alte Glanzmann selber hatte sich als Opfer erlebt, gebeutelt vom Vater. Das hatte er Seidenbast anvertraut. Für seine Töchter war er aber ebenso sehr ein Täter gewesen. In diesem Augenblick war Seidenbast dabei, ihnen zu sagen, in welcher Weise ihr Vater ein Opfer gewesen war – viel mehr noch als sie angeblich ahnen konnten. Auch diesen Gedankenfaden liess Zangger liegen. Er würde bald mehr erfahren, darauf konnte er sich verlassen.

Seidenbast, dieser Tausendsassa! Was hatte er Marco wohl für einen Brief geschrieben? Er kannte ihn ja nur vom Hörensagen. Und doch schien er sich sicher zu sein, dass seine paar Zeilen Marco von einem weiteren Selbstmordversuch abhalten würden. Zangger wunderte sich selber darüber, dass er Seidenbasts therapeutischer Massnahme im Stillen vertraute. Genauso wie dem Ausspruch, den er über Mona gemacht hatte.

«Schwanger?» Seidenbast hatte bloss den Kopf geschüttelt, als Zangger im Pausenraum oben erzählte, was Tina ihm über das häusliche Drama rapportiert hatte. «Die ist doch nicht schwanger», hatte er mit einer Bestimmtheit gesagt, die Zangger nur allzu gern gehört hatte. «Das bildet sie sich nur ein.»

Lachen und Geschnatter scholl ihm entgegen, als Zangger sein Haus betrat. Das hatte es schon lange nicht mehr gegeben. Zuerst ging er in die Küche. Dort stand Claudia. Sie sah aus wie immer, sie lachte ihn offen an und gab ihm einen Kuss auf die Wange. Er betrachtete seine älteste Tochter mit stiller Freude.

Unser erstes Kind, dachte er, schon bald fünfundzwanzig Jahre alt, kaum zu glauben! Und welch eine Schönheit, schlank und rank und strahlend.

«Geh rein, Papa», sagte sie. «Es sind schon alle da, sie warten auf dich. Ich bringe gleich die Häppchen», und machte sich am Backofen zu schaffen. Es duftete nach Gebackenem und Gewürzen.

«Pizza?», fragte er.

«Crostini», sagte sie.

«Mmm. Mit Hühnerleber?»

«Wo denkst du hin? Vegetarisch natürlich. Mona ist da», sagte sie und schickte ihn mit einer Handbewegung weg.

Tina fing ihn unter der Küchentüre ab. Er fasste sie im Nacken und zog sie an sich. Er küsste sie auf den Mund, dann sah er sie fragend an. Sie machte mit beiden Händen eine balancierende Bewegung, als ob sie sagen wollte, es sei alles in einem labilen Gleichgewicht: Es könne gut gehen oder jederzeit aus den Fugen geraten. Dann fuhr sie ihm mit dem Handrücken über Wange und Kinn. Sie sah nicht gestresst aus, und das gab ihm ein sicheres Gefühl.

Die vier jungen Leute standen beim Cheminée, Tom blödelte mit Louis herum und Fabian plauderte mit Mona, die ihren Noodle in den Armen hielt. Tom puffte Louis zum Scherz mit dem Ellbogen in die Seite und machte «Eh!» und «Du» oder «Shit». Louis puffte zurück und beide lachten. Fabian prüfte Monas Frisur und griff dazu mit beiden Händen in ihr Haar. Anerkennend pfiff er durch die Zähne.

Im ersten Augenblick hatte Zangger Mona fast nicht wiedererkannt. Sie trug einigermassen normale Kleider und war barfuss, die Füsse sauber gewaschen, das war auf den ersten Blick zu sehen. Aus ihrer schrecklichen Frisur war ein kecker Kurzhaarschnitt geworden, die Farbe war eine Mischung aus Schwarz und Kastanienbraun, vermutlich das Beste, was aus dem fürchterlichen Violettton herauszuholen war.

Sie sah auf. Für einen kurzen Moment wich sie seinem Blick aus – fast reflexartig, so wie sie es in den letzten Monaten getan hatte –, dann sah sie ihm etwas unsicher in die Augen. Er liess ihren Blick nicht mehr los. Sie setzte den Kater ab und machte eine linkische Bewegung, als ob sie nicht wüsste, ob sie auf ihren Vater zugehen solle oder nicht.

Komm, sagte er ohne Worte, ging selber auf sie zu und öffnete die Arme. Sie kam, er schloss sie in die Arme und hielt sie lange fest.

«Ich bin froh», sagte er schliesslich.

«Ich auch», sagte sie.

«So oder so», versicherte er ihr. «Wie immer es weitergeht. Verstehst du?»

Sie sah ihn dankbar an.

Nun wandte er sich Fabian zu, der schon lange für ihn bereitstand.

«Welcome home», sagte Zangger.

«Hi, Dad», sagte Fabian. Er schüttelte ihm zuerst die Hand, dann sagte er: «Give me a hug», und umarmte ihn à l'américaine. Dann hängte er sich an seinen Hals, wie er es als Dreizehn- und Vierzehnjähriger allabendlich getan hatte, wenn Zangger nach Hause kam.

Tom stand am weitesten weg. Louis war an der Reihe.

«Hello», sagte Zangger und gab dem dunkelhäutigen jungen Mann die Hand. «You must be Louis. Am I right?»

«Grüezi, Herr Zangger», sagte dieser im breitesten Zürcher Dialekt und zeigte lachend seine weissen Zähne. «Ja, ich bin Louis.»

Das Gelächter von Zanggers Söhnen wollte fast nicht verstummen. Tom hielt sich den Bauch, und Fabian krümmte sich vor Lachen.

«Ich mach mir in die Hosen», rief er eins übers andere Mal und klemmte zum Scherz die Beine zusammen. «I wet my pants, Dad.»

Als Tom zur Ruhe gekommen war, ging Zangger zu ihm.

«Gut gemacht, Tom», sagte er.

«Was?»

«Heute Vormittag. Die Aktion für Mona. Danke.»

«Das waren wir drei.»

«Ich weiss, ihr wart prima.»

Fabian und Louis sahen herüber, Zangger nickte ihnen anerkennend zu. Er stand in ihrer Schuld, das wusste er. Die würde er irgendwann irgendwie abtragen.

Claudia trug die Crostini herein, Tina brachte Coca Cola und Prosecco. Sie stiessen an, dann setzten sie sich zu Tisch. Fabian hatte sich Pasta gewünscht.

«Echte», hatte er gesagt.

Claudia tischte klassische Spaghetti auf.

«Prima Schosche», stellte Tom fest. Er hatte eine Riesenportion Spaghetti auf die Gabel gedreht und sich in den Mund geschoben. «Wasch ischt esch?», fragte er schlürfend und schmatzend.

«Thomas, bitte!», sagte Tina.

Die Welt ist wieder in Ordnung, dachte Zangger.

«Eigenkreation», gab Claudia Auskunft. «Was eben so da war: Zwiebeln und Tomaten, Zucchini, Peperoni und Paprika. Lange gekocht. Dann Parmesan und Rahm. »

«Auschgescheichnet», mampfte Tom.

«Und Fenchel.»

«Wasch?», rief Tom entsetzt und hielt die Hand vor den Mund, als ob ihm übel werde.

Man brauchte Fabian nicht mit Fragen zu löchern, er erzählte ganz von selbst von seinem Sprachaufenthalt. Wie ein sprudelnder Quell.

Mit Mona ging es nicht ganz so glatt. Es spürten zwar alle, dass sie erlöst war. Sie kam Zangger vor wie aus Geiselhaft befreit. Aber darüber zu reden, war ihr noch nicht möglich. Jedenfalls nicht am Familientisch und vor einem Gast. Das würde unter vier Augen eher gehen, am besten wohl mit Tina. Oder mit Claudia.

«Schicker Haarschnitt», sagte Zangger, als sie ihn ansah. «Welcher Salon?»

«Den hat Louis mir heute Mittag verpasst.»

Zangger sah zu ihm hinüber.

«Not bad, oder?», quittierte Louis, und das Gelächter ging von neuem los.

«Morgen kommst du mit mir zu meiner Frauenärztin», sagte Claudia ganz ungezwungen. «Einverstanden?»

Mona nickte, willig wie ein Kind.

Tina warf Zangger rasch einen Blick zu.

Sie macht sich Sorgen, dachte er. Es wird einen Schwangerschafts- und einen HIV-Test geben.

Warten wirs ab, sagte der Blick, mit dem er antwortete. Sorgen können wir uns immer noch.

«Wenn ihr Zeit habt, dann geht noch zu Omi», schlug Tina vor. «Sie hat nämlich schon zweimal nach dir gefragt, Mona.»

«Wirklich?»

«Ja. Sie wohnt jetzt in der Alterssiedlung, und …»

«Das weiss ich», sagte Mona.

«… und kann es gar nicht erwarten, allen ihre neue kleine Wohnung zu zeigen.»

«Gut», sagte Claudia. «Machen wir, nicht wahr?»

«Dir auch, Luc», sagte Tina.

Zangger sah sie nachdenklich an. Dann nickte er leise. Ich fahre bald hin, dachte er. Der Gedanke an seine Mutter wärmte ihm das Herz.

«Wie stehts eigentlich mit dem Umschlag? Dem von Opa, meine ich», fragte Tom. «Ist er zum Vorschein gekommen? Der mit dem Zweihundertfrankengesicht?»

«Nein, den habe ich nicht mehr», gab Mona zur Antwort.

«*Er* hat ihn geklaut, nicht wahr?»

«Ja, das habe ich irgendwann herausgekriegt.»

«Er brauchte das Geld zum Fixen, oder?»

«Ich weiss nicht. Vielleicht. Oder für sonst etwas.»

Alle leerten ihre Teller. Tiramisu sollte es später geben.

«Jetzt gibts eine Videoshow», verkündete Fabian.

Die drei Burschen rückten im Wohnzimmer die Sessel zusammen und installierten die Geräte, die sie aus dem oberen Stock herunterholten. Nur oben gab es einen Fernseher, im Wohnzimmer wollten weder Zangger noch Tina einen stehen haben. Fabian hatte die Videokamera nach Amerika mitgenommen, und Zangger hatte es nicht einmal gemerkt. Das einzige elektronische Gerät, mit dem er sich auskannte, war der CD-Player im Wohnzimmer. Für alles andere war Tom zuständig. Tom hatte ihn zum Kauf der digitalen Videokamera animiert, die jetzt von den Jungen in den Ferien und bei Sportanlässen benützt wurde.

Es dauerte schon eine ganze Weile. Fabian war mit Tom noch immer am Einrichten.

«Zuerst seht ihr den Campus», kündigte er an, damit niemand davonlief. «UCSD at La Jolla. Dann mich beim Surfen. Megageil, ihr werdet sehen.»

Zangger hatte sich mit Tina zusammen aufs Sofa gesetzt, sie hatte die Beine hochgezogen und streckte sie zu ihm herüber. Entspannt schaute er seinen Söhnen zu. Er hatte keine Eile, ihm war es gleichgültig, wie lange sie an den Geräten herumbastelten.

Genau in diesem Augenblick fiel es ihm ein. Er sah den Unterschied ganz plötzlich vor sich. Er schubste Tinas Beine weg und schoss hoch.

«Heh!», protestierte sie, dann sah sie ihn an und fragte erschreckt: «Was ist?»

«Entschuldige», stammelte er. «Entschuldigt mich. Ich muss ...», und weg war er.

Er stürmte in sein Arbeitszimmer, griff zum Telefon und wählte die Nummer.

«Monika, hör zu. Du hast nur im Dach- und im Obergeschoss geräumt, nicht wahr? Gut. Rühr unten nichts an. Hast du verstanden? Ich komme sofort. Doch, jetzt gleich», sagte er und hängte auf.

Da sah er Tina in seinem Zimmer stehen.

«Luc», sagte sie nur. «Wenn du *jetzt* weggehst ...»

«Dann?», fragte er.

«Dann weiss ich auch nicht.»

Das war ernst, das spürte er. Er überlegte. Er kämpfte.

Sooo, sagte er innerlich.

«Warte, Tina», sagte er, denn sie wandte sich zur Türe. «Du hast Recht, es hat Zeit bis morgen.»

43

Er fand kaum Schlaf. Er hatte Monika noch einmal angerufen und seinen Besuch für den frühen Morgen angekündigt. Während des restlichen Abends hatte er sich nichts anmerken lassen, und das Familienzusammensein war in Minne und mit Tiramisu zu Ende gegangen. Aber jetzt wälzte er sich neben Tina im Bett, immer Glanzmanns Sprechzimmer vor Augen. Er war sich sicher, und doch würde er es erst am Morgen überprüfen können: Als er an jenem Samstag – den Türknauf drehend anstatt daran stossend – in Glanzmanns Haus hineingegangen war und nach dem alten Professor gerufen hatte, hatte er als Erstes ins Sprechzimmer hineingeschaut. Alles war für eine Therapiesitzung hergerichtet gewesen. Für eine *Familientherapiesitzung*, das hatte er mit einem Blick erfasst. Sehr genau hatte er nicht hingeschaut, er war weitergeeilt. Nach der ganzen Aufregung hatte er im Sprechzimmer auf dem Sofa gesessen, immer die offene Sprechzimmertüre und die Eingangshalle im Auge. Monika war gekommen. Tobler hatte ihn befragt. Dann war er aufgebrochen, um mit Monika ins Spital zu fahren. Aus der Eingangshalle hatte er noch einmal ins Zimmer zurückgeschaut. Da war etwas anders gewesen als zuvor, aber er hatte nicht sagen können was. Jetzt wusste er es wieder: die Videokamera. Sie war ihm am Abend plötzlich in den Sinn gekommen, als er seinen Söhnen zusah. Glanzmann hatte Familientherapiesitzungen immer auf Video aufgenommen.

Die Videokamera war weg gewesen. Nicht ganz weg, aber weggestellt oder weggedreht. Sie hatte hinter dem Sofa auf einem Stativ gestanden und war auf die Türe gerichtet gewesen, als Zangger zum ersten Mal ins Zimmer hineinsah. Er hatte, als er nach Glanzmann Ausschau hielt, von der Türe aus direkt in die Linse geguckt. Er sah sie vor seinem innern Auge wieder vor sich. Nach dem Drama war sie anderswohin gerichtet gewesen, vielleicht gegen die Wand. Er hatte, aus der Eingangshalle noch einmal zurückblickend, nicht mehr in die Linse geschaut. *Das* war der Unterschied gewesen!

Familiensitzung mit wem? Mit der Familie Hunger natürlich. Vielleicht war auch die Mutter des Kindes erwartet worden. Hunger hatte ihm selbst gesagt, dass er an jenem Samstag einen Termin bei Glanzmann habe. Und Frau de Quervain hatte bei ihrer läppischen Befragung, ohne es zu merken, bestätigt, dass er um vierzehn Uhr in Glanzmanns Sprechstunde eingeschrieben war.

Das ist Marcos Rettung, dachte Zangger.

Höchstwahrscheinlich hatte Glanzmann die Sitzung mit Hunger aufgenommen. Und vielleicht war diese Aufzeichnung noch da. Vielleicht war darauf irgendetwas zu hören oder zu sehen, was weiterhelfen konnte. Es war zwar nicht anzunehmen – denn wer beging schon im Wissen, dass er gefilmt wurde, ein Verbrechen? –, aber vielleicht konnte Hunger mit dem Videoband dennoch überführt werden. Als Erpresser oder sonst etwas. In jedem Fall würde die Aufzeichnung, wenn es sie gab, über Glanzmanns letzte Stunde vor dem Unfall oder Verbrechen Auskunft geben. Über jene Zeit, an die er sich wegen seiner Hirnerschütterung nicht hatte erinnern können. Vielleicht gab sie auch einen Hinweis auf den Mord an Frau Engel.

Am frühen Morgen ging Zangger zuerst an die Merkurstrasse, um alles für den zweiten Seminartag vorzubereiten. Dort kamen ihm Zweifel: Wenn etwas für Hunger Belastendes auf dem Band war, dann hatte er es bestimmt an sich genommen. War er im Nachhinein nochmals hineingeschlichen, als er, Zangger, bereits in Glanzmanns Haus war? Hatte er an der Videokamera herumhantiert, die Kassette herausgenommen und war wieder verschwunden, dieweil sich Zangger um den Verletzten kümmerte? So musste es gewesen sein! *Deshalb* hatte die Kamera andersherum gestanden.

Schnurstracks eilte Zangger ins Haus an der Jupiterstrasse. Schon tags zuvor hatte er festgestellt, dass seine Abneigung weg war. Sympathie empfand er nicht, aber Beklemmung spürte er keine mehr, als er das Haus betrat. Seidenbast hatte wieder einmal Recht gehabt.

Monika war da, Erika noch nicht. Keine der Frauen wollte im Haus übernachten, Erika wohnte für ein paar Wochen bei entfernten Verwandten.

«Herr Seidenbast kommt auch», sagte Monika.

«So? Woher weiss er …?»

«Er war gestern Abend noch da, als du anriefst.»

«Da hat er aber viel zu erzählen gehabt.»

«Allerdings», sagte Monika bedeutungsvoll.

Zangger hörte es nicht. Er warf in der Eingangshalle Hut und Mantel ab, ging geradewegs ins Sprechzimmer und schaute sich um. Er sah die grosse Videokamera sofort. Sie war auf einem Stativ fixiert und stand schräg hinter dem Sofa an der Wand. Das Sofa, frei im Raum stehend, war immer noch gleich platziert: Wenn man sich darauf setzte, sah man zur Türe. Die Kamera war in die Zimmerecke gerichtet. Ein Deckel schützte die Linse. Ein Mikrophon war an der Kamera montiert. Der Kamerastecker war ausgezogen, das Kabel ordentlich über die Stativkurbel gelegt. Es sah aus, als ob das Ding seit Jahren nicht mehr gebraucht worden wäre, genauso wie die meisten andern Apparate in diesem Haus.

Wozu braucht es an einer Videokamera überhaupt einen Stecker?, fragte sich Zangger. Das ist mir neu.

Er sah sich die Sache genauer an: Die Kamera hatte kein Kassettenfach. Das war kein portables, sondern ein Studiomodell, das an einen Recorder angeschlossen werden musste. Das Kabel führte zu einem Gerät, das er nicht kannte. Es stand auf einem Tischchen an der Wand, darunter war der Videorecorder, daneben ein grosser Bildschirm, links und rechts davon zusammengeklappte Stühle und aufgetürmte Archivschachteln. Und ziemlich viel Staub. Die Stecker aller Apparate waren ausgezogen. Er steckte einen ein und betätigte den Auswurfmechanismus des Recorders. Eine Videokassette kam heraus.

«Hunger Roland mit Kind», war darauf gekritzelt, darunter das Datum des 28. Juni.

«Ist es das, was du suchtest?», fragte Monika.

Zangger verspürte ein kurzes Triumphgefühl, gleich darauf Ernüchterung.

Wenn Hunger die Kassette hiergelassen hat, dachte er, wird kaum etwas Verdächtiges drauf sein. Dann wird sie uns auch nicht weiterhelfen.

«Mal sehen», sagte er bloss und schob die Kassette wieder hinein. Er steckte alle Stromkabel in die Steckerkonsole am Boden ein und setzte die Apparate in Betrieb. Doch bald war er mit seinem Latein am Ende. Die Kassette drehte sich zwar, aber es erschien kein Bild auf dem Bildschirm. Er bastelte eine Weile herum, dann rief er zu Hause an.

«Wenns sein muss», sagte Tom.

«Es eilt», sagte Zangger, «ich muss ins Seminar.»

«Dann komme ich per Velo», versprach Tom, aber zwanzig Minuten würde es schon dauern, auch wenn er sich spute. Tom verdiente sich sein Taschengeld als Velokurier.

«Wir müssen auf Tom warten», sagte Zangger. «Magst du mir so lange erzählen, was Seidenbast gesagt hat?»

«Das wird schwierig», begann sie. «Er erzählte einen Haufen Dinge, von denen wir wirklich nichts wussten.»

«Was für Dinge?»

«Dass Vater als Kind missbraucht wurde, zum Beispiel.»

«Missbraucht? Wie missbraucht?»

«Es sind nur Vermutungen. Sexuell vielleicht.»

Sexuell missbraucht?, dachte Zangger. Dann interessierte sich Seidenbast *deswegen* für das Thema. Weil Glanzmann ihm etwas anvertraut hatte. Seidenbast hatte wissen wollen, wie er damit umgehen solle. Aber er hatte es mir nicht sagen können, weil Glanzmann ihn zur Diskretion verpflichtet hatte. Und ich hatte mir eingebildet, *er* sei missbraucht worden.

«Von wem?», fragte er.

«Vom Onkel vielleicht. Oder vom Bruder. Oder von sonst jemandem. Vielleicht auch vom eigenen Vater. Aber eben, das sind Vermutungen.»

«Wieso Vermutungen? *Wer* vermutet *was*?»

«Hör mal, Lukas, frag nicht so», setzte sie sich zur Wehr. «Ich erzähle dir ja nur, weil du gefragt hast. Und nur das, was Herr Seidenbast uns gesagt hat.»

«Stimmt», sagte Zangger. Er nahm sich vor, schonungsvoller mit ihr umzugehen. «Und er erzählte euch bloss, was er von eurem Vater gehört hat.»

«Eben. Viel hat er gar nicht gehört. Nur Andeutungen.»

«Er sagt, dein Vater habe nur Andeutungen gemacht? Er habe keinen Klartext gesprochen?»

«Ja, und er hat uns auch erklärt wieso: Ein Mensch, der missbraucht wurde, schäme sich nämlich fürchterlich dafür. Fast als ob *er* etwas Unrechtes getan hätte. Deshalb rede er die längste Zeit um den Brei herum.»

«Das hat Seidenbast gesagt?»

«Ja, hat er. Vielleicht habe sich Vater einfach zu sehr geschämt. Vielleicht habe er sich nicht getraut, klipp und klar zu sagen, was vorgefallen war. Aus Scham, verstehst du?»

«Ja, das verstehe ich.»

«Und einen Missbrauchten dürfe man nicht dazu drängen, darüber zu reden, wenn er dazu nicht bereit sei.»

Na so was!, dachte Zangger, jetzt höre ich meine eigenen Worte wieder. Oder vielmehr die von Martha Mendez.

«Was hat er noch erzählt?»

«Dass Vater einmal, ein einziges Mal nur, gegen Grossvater rebelliert habe. Wegen Lis.»

«Wie denn?»

«Erinnerst du dich an die Szene, die uns Seidenbast an der Abdankung schilderte? Wo er von seinem Vater fünfhundert Franken bekam?»

«Freilich. Der alte Rektor hatte ihn ins Gebet genommen. Er hatte ihm ins Gewissen geredet, sorgfältiger mit seinem Geld umzugehen, da er doch Familienvater sei.» Das hat sich allerdings ziemlich kontraproduktiv ausgewirkt, dachte Zangger. Aber er behielt es für sich.

«Genau die Szene. Da hatte Grossvater *noch* etwas gesagt. Aber das verschwieg Herr Seidenbast an der Abdankung. Gottlob.»

«Was hatte er gesagt?»

«Als Vater ihm erklärte, dass Mutter wieder schwanger sei – mit Lis nämlich –, da verlangte Grossvater, das Kind müsse weg.»

«Deine Mutter müsse abtreiben? Das hatte er von deinem Vater verlangt? Das ist ungeheuerlich. Und dann?»

«Vater sagte laut und deutlich nein. Grossvater habe ihm danach nie mehr dreingeredet.»

«Lis wurde also gegen den Willen des mächtigen Grossvaters geboren», sagte Zangger.

«Wir wussten schon immer, dass Lis Vaters Lieblingskind war», sagte Monika. «Nicht wahr, Erika?»

Zangger sah sich um. Ohne dass er es bemerkt hatte, hatte sich Erika hereingeschlichen und hinter ihm aufs Sofa gesetzt. Sie nickte.

«Seit gestern wissen wir auch, warum: Weil er sich Lis gleichsam erkämpfen musste. Er war stolz darauf. Das band ihn auf ganz besondere Weise an seine jüngste Tochter.»

Tom platzte herein. Er wischte sich mit dem Ärmel seiner Radlerjacke den Schweiss von der Stirne.

«Lass mich mal schauen», sagte er und liess seinen Rucksack zu Boden plumpsen.

«Das ist mein Sohn Tom», sagte Zangger zu den beiden Frauen. Und zu Tom gewandt: «Das ist Frau Glanzmann.»

Erika hatte ihren Familiennamen nach der Heirat in Kanada behalten.

«Aha», sagte Tom und drehte den Schirm seiner Baseballmütze auf dem Kopf nach hinten.

«Und das ist Frau Glanzmann.»

«Auch? Also, Grüeziwohl», sagte er, lachte die Frauen an und nahm dann einen Augenschein von den Geräten.

«G-1», stellte er fest, als er die Kamera untersuchte. «Uraltes Panasonicmodell. Aber prima Optik. Und super Mikrophone.» Dann nahm er sich die übrigen Geräte vor. «Oh, ein Philips Mischpult? Echte Antiquität. Wo ist denn die andere Kamera? Aha, dort drüben.»

Zangger blickte in die gegenüberliegende Zimmerecke. Dort stand eine zweite Kamera an der Wand. Die hatte er bis anhin gar nicht bemerkt. Sie war auf die Sitzgruppe gerichtet und von der Türe aus nicht zu sehen.

«Und da, ein Sony Monitor, gar nicht übel. Also», murmelte Tom und verfolgte die Kabel zwischen den verschiedenen Geräten mit Augen und Fingern. «Ihr wollt nur abspielen, oder? Nicht aufnehmen? Okay, okay. Dann brauchen wir das da nicht. Dafür das da und das da.» Er drückte einen Knopf am Mischpult, dann zwei am Monitor und kippte einen Schalter am Recorder. Und schon flimmerte der Bildschirm. «Also», sagte er dann, «das wärs. Abspielen geht ganz normal. Hier: Play, Fast Forward, Rewind, Stop. Oder mit der Fernbedienung.» Er streckte Zangger das Handgerät entgegen, das er auf einer Schachtel hatte liegen sehen.

«Mischpult, sagtest du? Wie mische ich die Bilder der beiden Kameras zusammen?», fragte Zangger.

«Da gibts nichts mehr zu mischen, Pa. Mischen kannst du die Bilder nur während der Aufnahme: Man filmt mit beiden Kameras gleichzeitig, am Mischpult bestimmt man, wie viel Platz jede auf dem Bildschirm bekommen soll. Das gibt dann zwei Bildausschnitte nebeneinander. Kapierst du? Aber das ist alles schon passiert. Wenn du dir dieses Band jetzt anschaust, siehst du, was gemischt und aufgenommen wurde. Alles klar?»

«Alles klar. Danke, Tom.»

«Easy», sagte Tom und verschwand.

«Ciao, Marius», hörte man ihn in der Halle rufen.

«Salut, Tom!», war draussen Seidenbasts Stimme zu hören, dann kam er selbst ins Sprechzimmer. «Guten Tag allseits», sagte er und schaute, den Blicken der andern folgend, im Stehen auf den flimmernden Bildschirm.

Zangger stand vor den Geräten, die Fernbedienung in der Hand. Er spulte das Band ein Stück zurück, um zu sehen, ob überhaupt etwas drauf war.

Das Bild erschien: Professor Glanzmanns leeres Sprechzimmer, dasselbe und doch nicht das gleiche, in welchem sie standen.

Das Bild auf dem Bildschirm war geteilt in eine grössere linke und eine kleinere rechte Hälfte. Auf dem grösseren Abschnitt war eine Übersichtsaufnahme des Zimmers zu sehen: das Sofa, die beiden Clubsessel und das Beistelltischchen, auf welchem Kaffeegeschirr stand. Der kleinere Abschnitt zeigte gross die Sprechzimmertüre, mit Blick in die Eingangshalle hinaus, im Hintergrund waren noch die ersten Treppenstufen ins Obergeschoss zu sehen. Nichts bewegte sich. Kein Ton war zu hören. Nur das Sirren des Recorders.

Zangger schickte sich an, das Band ganz zurückzuspulen, da hörte man plötzlich ein Geräusch.

«Hört!» sagte er. «Was ist das?»

«Die Haustüre», sagte Monika und schaute in die Halle hinaus. «Ist das jetzt?»

«Nein, auf dem Band.»

Sie horchten. Man hörte Schritte.

«Herr Professor?», war eine Stimme zu hören.

«Wer ist das?», fragte Zangger.

«Das bist du, Lukas», sagte Seidenbast.

«Ach was», sagte Zangger.

«Herr Professor», sagte die Stimme wieder. Dann sah man auf dem kleineren Bild jemanden auftauchen. Es schaute einer zur Türe hinein, geradewegs in die Kamera: Er selber, Zangger, schaute den Anwesenden vom Bildschirm in die Augen. Dann streckte er den Kopf noch weiter vor, machte einen Schritt ins Zimmer herein, blickte nach links und nach rechts und zog sich wieder zurück.

«Hallo», hörte man ihn rufen, «sind Sie da?»

Man sah ihn zum Treppenfuss gehen, kurz stehen bleiben und treppauf eilen. Er verschwand aus dem Bild, man hörte noch seine Schritte. Dann flimmerte es. Das Band war zu Ende.

«Das gibts doch nicht», sagte Zangger und griff sich an den Kopf.

«Was war das eigentlich?», fragte Monika. «Ich komme nicht draus.»

«Du wirst gleich sehen», sagte Zangger. «Ich spule jetzt an den Anfang zurück.»

Er drückte auf Rewind und begann, das Sofa und die Sessel so umzustellen, dass alle sich setzen und von ihren Sitzen aus den Bildschirm sehen konnten.

Der Recorder spulte und spulte. Es dauerte eine Ewigkeit. Irgendwann konnte Zangger seine Neugierde und Ungeduld nicht mehr zügeln. Er hielt den Rücklauf an und drückte auf Play.

Auf dem einen Bild sah man aus der Distanz den alten Glanzmann auf dem Sofa sitzen. Zusammengefallen und völlig zerknittert. Auf dem anderen, kleineren Bild war – näher herangezoomt – Frau Engel zu sehen. Sie stand unter der Türe. Es war nichts zu hören, aber das nahezu unbewegte, tonlose Bild erweckte den Eindruck, als sei eben etwas Bedeutungsvolles gesagt worden. Beide schienen über etwas nachzusinnen. Es war wie ein Stummfilm. Wie ein Standbild im Kinoschaufenster.

«Vaterchen», sagte Monika und fing an zu schluchzen.

Es dauerte eine Weile, ehe Zangger realisierte, dass Frau Engel den alten Professor anblickte. Da jeder von einer andern Kamera aufgenommen worden war und in die Richtung seiner Kamera blickte, bekam der Betrachter den Eindruck von zwei Personen nebeneinander, dieweil sie sich in Wirklichkeit gegenüber standen und sassen.

«Und Jesses, die Mägi», rief Erika aus. «Jetzt erkenne ich sie erst.»

Mägi? Erikas Ausruf traf Zangger wie ein Blitz.

Mägi, Margrit. Margrit, Mägi. Margrit Engel, ging es ihm durch den Kopf. War Frau Engel das Mädchen Mägi gewesen? Natürlich, jetzt ging ihm ein Licht auf: *Ängeli*, so hatte Lis ihre Freundin genannt. Und Freundinnen waren sie ein Leben lang geblieben, wurde ihm im gleichen Augenblick klar.

«Bitte Lukas, das bringt doch nichts», sagte Seidenbast. «Spul ganz zurück. Was war es übrigens für eine Kassette, sechzig oder neunzig Minuten?»

Zangger drückte auf Rewind.

«Hundertzwanzig, glaube ich», antwortete Zangger. Als das Band endlich anhielt, drückte er auf Play.

44

«Test. Eins, zwei, drei.»

Glanzmanns brüchige Stimme war zu hören. Ein- und Ausschaltgeräusche, ein Klopfen auf das Mikrophon. Man sah das Sprechzimmer, genauso wie vorhin, nur stand kein Kaffeegeschirr auf dem Beistelltischchen, es lag ein Sichtmäppchen mit Papieren darauf.

«Test. Eins, zwei.» Klickgeräusche. «Gut. Das klappt.» Räuspern.

«Hunger Roland», nuschelte Glanzmanns Stimme, «mit Kind Sandra. Sitzung zwölf vom achtundzwanzigsten Juni», aber zu sehen war er nicht. Die Kamera, die auf die Sprechzimmertüre gerichtet war, wurde hin- und hergezoomt, bis die Türe scharf im Bild war. Die andere blieb fix auf die Sitzmöbel gerichtet.

«So», hörte man Glanzmann murmeln, «alles parat.»

Dann sah man ihn auf dem linken Bild an seinen Stöcken zum Beistelltischchen täppeln, die Stöcke ans Tischchen lehnen, das Sichtmäppchen aufnehmen und die Blätter, die darin waren, durchblättern. Dann ging er, immer an den Stöcken, das Mäppchen unter den linken Arm geklemmt, durchs Zimmer. Im rechten Bild war er jetzt von hinten zu sehen. Er ging durch die offene Sprechzimmertüre in die Eingangshalle hinaus und verschwand kurz aus dem Bild. Dann erschien er wieder, schüttelte, unter der Türe stehen bleibend, den Kopf und trat wieder ins Zimmer. Auf dem rechten Bild kam er auf die Zuschauer zu und verschwamm im Näherkommen, auf dem linken war er gleichzeitig von hinten zu sehen. Er ging zu den Sitzmöbeln, lehnte die Stöcke ans Sofa und drapierte, etwas Unverständliches vor sich hinmurmelnd, die Plüschtiere, die darauf lagen. Er nahm eine Handpuppe, ein niedliches Äffchen, von einem Regal. Mit der Rechten schlüpfte er hinein, hielt sich das Äffchen, dessen Ärmchen bewegend, vors Gesicht, und machte:

«Dä, dä, dä.»

Im rechten Bild erschien jetzt Frau Engel. Sie blieb in der Türe stehen.

«Bin ich zu früh?», fragte sie ins Zimmer hinein.

Glanzmann, auf dem linken Bild, fuhr herum. Eilig entledigte er sich des Äffchens.

«Frau Engel! Keinesweg. Nett, dass Sie schon da sind.»

«Wann kommen die Gäste?»

«Aach, erst in ein, zwei Stunden. Aber es ist nett, dass Sie schon da sind. Sie könnten bitte schon Kaffee machen und alles schön vorbereiten. Ich habe nur noch ein Sprechstündchen zu machen.»

«Mit Herrn Hunger?», fragte Frau Engel.

«Und mit dem Kind. Mit Sandra.»

«Ach so», sagte Frau Engel, «deshalb die Kamera.»

«Ganz richtig. Es ist alles parat. Hier, sehen Sie: Mit dieser Kamera da filme ich die beiden, wenn sie hereinkommen. So kann ich dokumentieren, wie das Kind ...»

«Sie stehen hinter der Kamera, wenn Ihre Patienten kommen?», fragte Frau Engel befremdet.

«Natürlich nicht», erwiderte Glanzmann. «Das geht automatisch, ich brauche nicht dahinter zu stehen. Es ist alles eingerichtet, die Aufnahme läuft schon. Sehen Sie hier?»

Er deutete mit dem Stock in die Kamera, dann in die andere Richtung. Frau Engel, immer noch in der Türe stehend, drehte den Kopf, dann schaute sie direkt in die Kamera. Missmutigen Blicks. Dann schaute sie wieder weg.

«Das gefällt mir nicht», sagte sie mürrisch.

«Was?», erkundigte er sich freundlich. «Was gefällt Ihnen nicht, Frau Engel?»

«Alles. Dass Sie das Kind filmen.»

«Das muss sein, wissen Sie», erklärte er in besänftigendem Ton. «Das macht man so in einer Familiensitzung.»

«Bah. Was machen Sie überhaupt mit dem Mädchen?», fragte sie.

«Psychotherapie natürlich.»

«Und wenn Sie mit ihm allein sind, wenn Sie Herrn Hunger hinausschicken? Spielen, nicht wahr? Das haben Sie jedenfalls einmal gesagt.»

«Das ist richtig», sagte Glanzmann geduldig. «Mit einem kleinen Kind spielt man, wenn man psychotherapeutisch arbeitet. Man spricht und spielt mit ihm.»

«Mit den Plüschtieren und Handpuppen? Auf dem Sofa?», fragte sie gehässig.

«Ganz richtig. Mit den Handpuppen. Dazu sind die da.»

«Gefällt mir gar nicht», wiederholte sie und verschwand aus dem Bild.

Glanzmann setzte sich auf das Sofa und wartete.

Frau Engel erschien noch einmal unter der Türe.

«Sagen Sie, Herr Glanzmann, stimmt das? Schreiben Sie ein Buch?»

Glanzmann schaute überrascht auf.

«Ja, das stimmt», sagte er aufgeräumt. Doch dann veränderte sich sein Gesichtsausdruck. «Wieso fragen Sie?», fragte er misstrauisch.

«Nur so», antwortete sie. «Jemand hat danach gefragt.»

«So? Wer?», wollte Glanzmann wissen.

«Eine alte Freundin von mir. Eine Psychologin. Sie kennen sie nicht.»

«So, so», murmelte Glanzmann und warf einen scheelen Blick auf sie. Dann schaute er auf seine Armbanduhr, schüttelte den Kopf und schaute nochmals darauf. Er schüttelte abermals den Kopf.

Das Telefon klingelte. Monika schoss auf und eilte zum Apparat.

«Nein, warte», sagte Zangger. «Das ist auf dem Video.»

Sie setzte sich wieder.

Glanzmann erhob sich mühsam, ging wacklig an den Stöcken durch den Raum und verschwand aus dem Bild. Man hörte ihn antworten: «Hier Glanzmann. Oh!, Herr Hunger?», dann war es eine Weile still. «Was Sie nicht sagen. Neununddreissig Zwei? – Freilich. Selbstverständlich. Das verstehe ich. – Nein, natürlich nicht. Jawohl, wenn sie wieder gesund ist. Ihnen auch.» Man hörte ihn seufzen.

Er kam an den Stöcken ins Bild getrippelt und setzte sich wieder auf das Sofa. Auf der andern Bildhälfte sah man Frau Engel ein paarmal in der Eingangshalle hin- und hergehen. Glanzmann blieb lange sitzen, ein enttäuschter alter Mann. Nichts bewegte sich auf dem Bild, es war höchstens ein feines Zittern und Wackeln von Kopf und Armen auszumachen, wenn man genau hinschaute. Die Hausglocke klingelte.

Monika schoss schon wieder hoch, liess sich aber gleich wieder in den Sitz fallen. «Das ist auf dem Video, oder?»

Zangger nickte. Gebannt starrte er auf den Bildschirm.

Es läutete ein zweites Mal. Man sah Glanzmann den Kopf heben und horchen. Draussen hörte man Schritte, in der Ferne wurden ein paar Worte gewechselt. Jetzt erschien Frau Engel auf dem rechten Bild. Sie blieb unter der Türe stehen.

«Da ist jemand, der mit Ihnen reden will.»

«Wer ist es?», fragte Glanzmann und richtete sich auf. Erwartungsvoll.

«Herr Vetsch. Soll ich ihn hereinführen?»

«Vetsch, Vetsch?», sagte Glanzmann vor sich hin. «Ach so, Vetsch! Natürlich, schicken Sie ihn herein. Das ist ja eine Riesenüberraschung», sagte er, aber Frau Engel war schon wieder weg.

Glanzmann erhob sich und harrte, an seinen Stöcken auf dem Teppich stehend, der Dinge.

Marco erschien auf dem rechten Bild. Er kam zur Türe herein und blieb nach wenigen Schritten stehen.

«Mirko! Was verschafft mir die Ehre?», sagte Glanzmann aufgeräumt.

«Marco, nicht Mirko», sagte Marco.

«Mirko, Marco, Murko. Heiliger Bambim», scherzte Glanzmann. «Entschuldigen Sie. Natürlich, *Marco*. – Lang,

lang ists her. Ihr lasst euch ja fast nie blicken. Wie gehts Stefanie?»

«Ihretwegen bin ich hier», sagte Marco.

«Das freut mich, das freut mich sehr», sagte Glanzmann. «Frau Engel!», rief er, sie erschien hinter Marco in der Türe. «Gibts schon Kaffee? Ja? Würden Sie uns bitte welchen servieren? Das wäre sehr nett. Ja, hier im Sprechzimmer. Herr Hunger kommt nicht, wissen Sie. Sandra ist krank. – Nehmen Sie doch Platz, Marco. Hier, bitte.»

Mit dem Stock auf einen Sessel zeigend, lud er seinen Gast ein, Platz zu nehmen. Er selber setzte sich wieder auf das Sofa. Im rechten Bild war nur die offene Türe zu sehen, im linken sah man Glanzmann auf dem Sofa sitzen, das Gesicht zur Kamera, Marco ihm schräg gegenüber in einem Sessel. Er zeigte dem Betrachter sein Profil.

Frau Engel brachte Kaffee und Geschirr herein und stellte alles auf das Beistelltischchen. Glanzmann bat sie einzuschenken – «Aber nur halb voll, Sie wissen schon» –, sie schenkte ein, verschwand aus dem grossen Bild, ging hinaus und zog die Türe hinter sich zu, das sah man auf dem kleinen Bild. Sie schloss sie aber nicht ganz.

Glanzmann führte die Tasse zitternd zum Mund, nahm ein Schlückchen und wartete, bis sein Gast auch getrunken hatte.

«Nun?», sagte er.

«Stefanie hat Probleme», sagte Marco knapp und stellte seine Tasse ab.

Da Zangger ihn kannte, sah er ihm an, dass er wütend war. Ob das auch für Glanzmann spürbar war, hätte er nicht sagen können.

«Was Sie nicht sagen. Das tut mir aber Leid.» Glanzmann machte ein besorgtes Gesicht. Dann schien ihm plötzlich etwas einzufallen. «Dabei hatte ich ihr doch eine sehr gute Psychotherapeutin vermittelt ...»

«Frau Schimmel?», fragte Marco lauernd.

Zangger schoss etwas durch den Kopf. Eine Erinnerung, ein undeutliches Flash.

«Jawohl, ganz genau», bestätigte Glanzmann. «Frau Schimmel hatte ich ihr vermittelt. Eine hervorragende Therapeutin. Vielleicht die beste.»

«Dann stimmts also», murmelte Marco und nickte grimmig vor sich hin. «Dann liege ich richtig.»

Glanzmann beugte sich vor und legte die rechte Hand ans Ohr.

«Mit Männern», sagte Marco laut. «Mit Männern hat sie Probleme.»

«Was Sie nicht sagen. Das ...»

«Mit mir.»

«Das ...»

«Im Bett, wenn Sie wissen, was ich meine.»

Zangger schrak zusammen.

Die Supervisionssitzung!, dachte er. Mit einem Mal erinnerte er sich: Dieses Videoband war an jenem Seminartag am achtundzwanzigsten Juni aufgenommen worden. Die Frauenärztin Franziska hatte einen Fall vorgestellt und dabei versehentlich die frühere Psychotherapeutin ihrer Patientin erwähnt: Frau Schimmel. Marco musste sich zusammengereimt haben, dass Franziska den Fall seiner Freundin Stefanie dargelegt hatte, obschon sie *deren* Namen bestimmt nicht genannt hatte.

«Und zwar Ihretwegen», sagte Marco. «Wegen Ihnen hat sie diese Probleme. Sie sind schuld daran.»

Glanzmann sass wie versteinert da.

«Das ist ja furchtbar», sagte er langsam. «Hat Stefanie das gesagt?»

«Eben nicht», sagte Marco. «Gar nichts hat sie gesagt. Nur, dass sie in Psychotherapie ist. Bei einer Ärztin, einer

Frauenärztin. Aber dass sie eine Frau Schimmel kennt, hat sie mir früher einmal gesagt. Wahrscheinlich schämt sie sich, deshalb hat sie mir nichts erzählt. Ich bin trotzdem draufgekommen. Ich habs herausgefunden.»

«Was herausgefunden?»

«Dass Sie Stefanie missbraucht haben.»

«Was?», rief Glanzmann aus. «Was sagen Sie da?»

Auch Zangger war schockiert.

Hatte Franziska tatsächlich etwas vom Grossvater gesagt?, versuchte er sich zu erinnern. War es um den Missbrauch eines Kindes durch den Grossvater gegangen?

«Sie haben Stefanie missbraucht, als sie noch ein Kind war. Mehr weiss ich nicht, aber das weiss ich. Und deswegen hat sie diese Probleme. Deswegen ist sie so verkrampft. Und deswegen ist sie so unglücklich.»

«Furchtbar», stammelte Glanzmann, «ganz furchtbar. Eine schreckliche Anklage. Entwürdigend, absolut ent …»

«Entwürdigend war es, das stimmt», fiel ihm Marco ins Wort. «Sie haben Stefanies Würde verletzt und Ihre eigene verspielt.»

Was sagt er da?, fragte sich Zangger. Das kenne ich doch.

«Ein Albtraum», rief Glanzmann aus und rang verzweifelt die Hände. «Ein Albtraum.»

«So ist es. Das war ein Albtraum für Stefanie.»

«Ich liebte das Kind! Ich liebe sie noch immer. Und Stefanie liebte mich auch, das weiss ich. Dieser Tozzi kümmerte sich ja nicht …»

«Das macht es nur noch schlimmer», unterbrach ihn Marco abermals. «Dann kommt ja noch der Verrat dazu. Der Verrat an der bedingungslosen Liebe eines Kindes.»

Du meine Güte, was redet er da?, staunte Zangger. Das sind ja lauter Zitate. Er zitiert mich am laufenden Band.

Glanzmann sank auf dem Sofa zusammen.

«Ich liebte das Kind. Ich wollte ihm nichts Böses tun.»

«Kann schon sein», sagte Marco trocken. «Viele sagen, sie hätten aus Liebe gehandelt, wenn sie jemanden missbrauchten. – Manchmal pervertiert die Liebe. Aber für eine, die missbraucht wird, ist es kein Trost, wenn sie hört, dass es aus Liebe geschah.»

Glanzmann sass da wie ein gebrochener Mann.

«Sie muss mir verzeihen», jammerte er.

«Sie muss gar nichts», erwiderte Marco. «Schon gar nicht verzeihen.»

Jetzt weinte Glanzmann. Marco sah ihm lange zu. Es war ihm nicht anzumerken, was in ihm vorging.

«Wissen Sie was?», sagte er nach einer Weile. Er klang auf einmal anders, fast liebevoll.

«Was?», fragte Glanzmann verzagt.

«Es kann wieder gut werden.»

«Wie meinen Sie das?»

«Wenn Sie sagen würden: ‹Stefanie, es tut mir Leid›, wenn Sie von Herzen sagen könnten: ‹Ich weiss, ich habe dich in deiner Würde verletzt. Ich habe deine Seele verwundet. Es tut mir leid, Stefanie› – das täte ihr zutiefst gut.»

Zangger griff sich an den Kopf. Er wusste nicht, ob er beeindruckt oder entsetzt sein solle. Das hatte ich alles zu Susanna gesagt, dachte er. Wortwörtlich.

Marco erhob sich und schaute stehend auf den alten Mann.

«Das wäre heilsam», sagte er ruhig. Von Wut keine Spur mehr. «Das wäre Balsam für ihre Seele.»

Er ging zur Türe, verschwand aus der linken Bildschirmhälfte und erschien auf der rechten. Er stiess die Türe auf und drehte sich um.

«Heilsam wäre das», wiederholte er. «Auch für Sie.»

Er ging. Man hörte Schritte, dann die Haustüre ins Schloss fallen.

Zangger war sprachlos. Er brauchte eine Erholungspause und drückte auf Stopp. Allmählich kamen ihm die Einzelheiten jenes Seminartags im Sommer wieder in den Sinn. Er hatte, wenn er im Seminarraum sass, ein untrügliches Gedächtnis dafür, was seine Seminarteilnehmer einmal gesagt oder getan hatten. Auch für Körperhaltungen, Gesten und Gesichtsausdrücke. Selbst wenn das Ereignis Monate zurücklag. Aber er konnte das alles nur aus seinem Gedächtnis abrufen, wenn er mit denselben Leuten wieder in demselben Raum sass. Seine Erinnerung war praktisch gelöscht, wenn er anderswo oder mit andern Leuten zusammen war.

Er versuchte, sich im Geist wieder in die Seminarrunde mit Marco zu versetzen: Er hatte seine Theorie oder vielmehr die von Martha Mendez präsentiert, daraufhin hatte fast die Hälfte der Seminarteilnehmer von eigenen, mehr oder weniger schlimmen Missbrauchserfahrungen berichtet. Angelika hatte mit ihrer Klavierlehrergeschichte den Anfang gemacht. Am Schluss hatte sich Susanna mit ihrer schlimmen Inzesterfahrung zu melden gewagt. Marco hatte, daran erinnerte sich Zangger jetzt auf einmal wieder, zuerst eine Miene aufgesetzt, als öde ihn ihre Geschichte an. Aber nachdem sie sie erzählt hatte, schien er plötzlich Verständnis für sie aufzubringen. Und damit auch für seine Freundin. Als Franziska in der Supervisionssitzung ihren Fall vorstellte und versehentlich Frau Schimmel erwähnte, musste er plötzlich erkannt haben, dass sie von Stefanie sprach. Er erfuhr, worin Stefanies Verletzung bestand und glaubte zu wissen, wie sie zu heilen wäre. Aus einem plötzlichen Zorn auf den Täter heraus war er aus dem Seminarraum gelaufen – geradewegs hierher, an die Jupiterstrasse. Er hatte etwas Gutes für Stefanie tun wollen. Brühwarm hatte er ihrem Grossvater, dem grossen alten Psychotherapeuten, aufgetischt, was er im Seminar gehört hatte.

45

Erika sass bleich auf dem Sofa, Monika mit verweintem Gesicht neben ihr.

«Ich weiss gar nicht, was ich denken soll», sagte sie.

«Ist das wirklich wahr?», fragte Erika und schaute Zangger an, als ob er es wissen müsste.

«Es bricht einem schier das Herz», sagte Monika weiter.

«Was?»

«Alles. Stefanie. Vater. Wie er dasitzt und weint. Es bricht mir fast das Herz, ihn so zu sehen», sagte sie. «Selbst wenn alles wahr wäre», fügte sie flüsternd hinzu.

«Es geht mir genau gleich», sagte Seidenbast. Er rieb sich mit beiden Händen die Schläfen. «Aber eins muss ich sagen: Dieser Marco Vetsch hat es faustdick hinter den Ohren. Was er zu dem alten Herrn sagte, das waren ausgefeilte therapeutisches Interventionen, oder nicht? Die hätte ich niemals von einem so jungen Arzt erwartet.»

Ich auch nicht, dachte Zangger.

«Und doch, etwas stimmte nicht ganz», fuhr Seidenbast fort. «Irgendwie fühlte es sich nicht ganz echt an. Ein wenig aufgesetzt, fast wie eingeübt. Wie für ein Theaterstück. Wie wenn er einen Psychotherapeuten spielen müsste.»

Du triffst den Nagel wieder einmal auf den Kopf, dachte Zangger. Wir reden später darüber.

«Aber gewirkt hat es trotzdem», fuhr Seidenbast fort. «Weiter», bat er dann. «Lass es weiterlaufen.»

Zangger drückte auf Play.

Der alte Glanzmann sass wie erschlagen auf dem Sofa. Er wackelte mit dem Kopf und blickte düster vor sich auf den Teppich.

Da tauchte rechts im Bild Frau Engel auf. Sie sah ihn kalt an. Er merkte nichts davon.

«Jetzt ist es draussen», sagte sie.

Glanzmann fuhr zusammen und starrte sie erschreckt an.

«Was – was haben Sie gehört?», stammelte er.

«Alles. Die Türe war nicht zu.»

«Sie haben gelauscht!»

«Jawohl, habe ich. Aber ich habe nichts Neues gehört. Nichts, was ich nicht schon wusste oder ahnte. Endlich hat einer gewagt, es auszusprechen. *Ich* durfte nichts sagen. Marco durfte, und er hat es getan.»

«Sie kennen ihn? Sie nannten ihn doch Herrn Vetsch.»

«Ach, kommen Sie, Herr Glanzmann. Ich werde doch Stefanies Freund kennen. Ich wusste bloss nicht, dass Sie ihn Marco nennen.»

«Ach so, stimmt. Natürlich!», beschwichtigte Glanzmann. «Wie dumm von mir. Entschuldigen Sie.»

«Entschuldigen müssen Sie sich für etwas ganz anderes, Herr Glanzmann. Ich meine jetzt nicht Stefanie. Ich meine Lis.»

«Lischen! Was ist mit Lischen?», fragte Glanzmann, Angst im Gesicht.

«Sie haben sie missbraucht.»

«Um Himmels Willen, kommen Sie jetzt auch noch?»

«Ja, ich komme auch noch», sagte sie streng.

«Ein Albtraum», klagte Glanzmann. «Meine kleine Prinzessin ist tot. Von der Spindel gestochen.» Er machte auf einmal einen verwirrten Eindruck. «Aber meine Schuld ist getilgt, das wissen Sie doch.»

«Was reden Sie da? Sie haben Lis missbraucht, Herr Glanzmann. Sie haben Ihre eigene Tochter missbraucht.»

«Sagen Sie bitte nicht solch schreckliche Dinge!»

«Sie nahmen sie nackt zu sich ins Bett. Oder schlüpften nackt zu ihr rein. Als sie zehn war, und als sie elf war. Und als sie zwölf war auch. Und dreizehn und vierzehn», zählte Frau

Engel auf. «Noch mit fünfzehn. Das hat sie mir selber erzählt. Es hat sie furchtbar geplagt. Sie wollte von mir wissen, ob andere Väter das auch täten.»

«Das ist ein Missverständnis!», rief Glanzmann verzweifelt. «Das war Aufklärung, sonst nichts. Ein Spiel.»

«Ein Doktorspiel, ja. In der Badewanne. Und hier auf dem Sofa. Mit den Plüschtieren und Handpuppen», sagte sie mit angewidertem Gesicht.

«Ein Aufklärungsspiel. Ich musste das Kind aufklären. Das war doch meine Aufgabe als Vater.»

«Halt an», sagte Erika.

Zangger drückte auf Stopp.

«Ich hätte es merken müssen», sagte sie, zu Monika gewandt. «Irgendwie hatte ich immer gespürt, dass etwas nicht stimmte. Obschon ich nie etwas wusste. Aber ich hatte meiner Wahrnehmung nicht getraut, ich hatte es nicht wahr haben wollen.»

«Ich will es auch jetzt nicht wahr haben», sagte Monika. Sie wischte sich die Tränen aus dem Gesicht.

«Weiter», gebot Erika.

«Nein», rief Monika. «Stell diesen Apparat ab.»

«Wir müssen alles sehen und hören. Obschon es weh tut. Wir dürfen uns nicht drücken.»

«Meinst du?», fragte Monika leise.

Zangger drückte auf Play.

«Aufklären!», sagte Frau Engel böse. «Ja, ja, aufklären. Genau wie Sie Stefanie aufklärten, damals im Berner Oberland. Im Ferienhaus, in das Sie sie geschleppt hatten.»

«Was sagen Sie jetzt schon wieder! Ich schleppte Stefanie nirgendwohin. Wir nahmen sie mit in die Ferien, Katja und ich. Meine Frau war nämlich auch dabei, sie …»

«Das weiss ich. Und leider hatte sie es nicht verhindert. Aber Ihrer Frau will ich keinen Vorwurf machen. *Ich* hätte es verhindern müssen, das habe ich Lis auf dem Sterbebett versprochen.»

«Was haben Sie Lischen versprochen?», fragte Glanzmann. Er schien nichts mehr zu verstehen.

«Dass ich auf ihr Kind aufpassen werde. Das war ich ihr schuldig. Und ich habe es auch getan, bis auf das eine Mal, als Sie ein paar Tage mit ihr fort waren. Das war *mein* Fehler. Deswegen habe ich Lis und Stefanie gegenüber noch heute ein schlechtes Gewissen.»

Sie schwieg. Auch Glanzmann sagte lange nichts.

«Mägi ist Stefanies Schutzengel gewesen», sagte Erika in die Stille hinein.

«Und hat sich von Vater dafür bezahlen lassen», sagte Monika.

«Das ist gut», sagte Erika und musste auf einmal lachen. Sie klang weder sarkastisch noch schadenfroh, bloss für einen kurzen Moment heiter. «Er bezahlte diesen Engel! Er entlöhnte die Frau fürstlich. Die Frau, die die Aufgabe hatte, sein Enkelkind vor ihm selber zu schützen.»

Zangger dachte an etwas anderes. Er konnte den Gedanken nicht abwehren: Hier lebt Frau Engel noch, musste er denken, und wenig später ist sie tot.

Es kam wieder Ton und Bewegung ins Bild.

«Und noch eins musste ich Lis versprechen», fuhr Frau Engel fort.

«Was?»

«Nie mit Ihnen darüber zu reden. Sie flehte mich an, Ihnen niemals vorzuhalten, was Sie getan hatten. Sie fürchtete, es würde Sie verletzen. Und beschämen. Sie wollte Sie schonen.»

Glanzmann seufzte.

«Das war ein Fehler. Ich hätte es nie versprechen dürfen.» Frau Engel hatte die ganze Zeit in Türnähe gestanden. «Aber jetzt ist es draussen. Endlich ist alles gesagt.»

«Ich werde mit Stefanie reden», sagte Glanzmann. «Das werde ich. Ich wollte ihr bestimmt nicht wehtun. Und Lis auch nicht. Aber wenn ich Stefanie geschadet habe, dann tut es mir Leid. Das will ich ihr sagen.»

Frau Engel drehte sich um und ging in die Halle hinaus. Glanzmann blieb sitzen. Lange, sehr lange. Das Bild blieb wieder nahezu stumm und unbewegt.

Es vergingen Minuten, aber Zangger wagte nicht, den Vorlauf zu drücken.

Plötzlich schreckte der alte Glanzmann auf. Er schaute auf die Uhr.

«Du meine Güte», rief er aus. «Die Konferenz!»

Du meine Güte, das Seminar!, dachte Zangger und schaute auf die Uhr. Halb elf Uhr war vorbei. Da lohnte es sich nicht einmal mehr, hinzurennen. Die Teilnehmer waren bestimmt längst wieder gegangen.

«Wo ist das Manuskript?», murmelte Glanzmann. Er sah sich vom Sofa aus suchend um.

Unter Ächzen stand er auf, packte energisch die altmodischen metallenen Stöcke an ihren hölzernen Griffen und richtete sich auf. Er schien auf einmal bei Kräften zu sein.

«Frau Engel», rief er, und als ob nichts gewesen wäre und das wirklich Wichtige erst bevorstünde, fragte er, als sie unter die Türe trat: «Haben Sie mein Manuskript gesehen? Es lag hier auf dem Tischchen. Ich brauche es für die Konferenz.»

«Was für eine Konferenz?», fragte sie.

«Das habe ich Ihnen doch gesagt. Mit den Gästen, die gleich kommen werden. Frau Schimmel, die kennen Sie ja. Und Herr Zangger, den kennen Sie auch.»

«Ja, ja, den kenne ich auch», sagte sie böse.

Was hat sie eigentlich gegen mich?, fragte sich Zangger.

«Woher schon wieder?», fragte Glanzmann. «Entschuldigen Sie, ich weiss, ich sollte es wissen. Warten Sie: aus der Schule, nicht wahr?»

«Ja, ja, aus der Schule. Aber aus *meiner* Schule, nicht aus Ihrer. Von früher her kenne ich ihn, aus meiner Schulzeit.»

«Was Sie nicht sagen. Das ist aber nett.»

«Und jetzt will ich Ihnen einmal etwas erzählen über diesen feinen Herrn Zangger, wenn wir schon am Auspacken sind.»

Zangger hatte keine Ahnung, was gleich kommen würde. Trotzdem lief es ihm kalt den Rücken hinunter.

«Der junge Mann wusste nämlich ganz genau, was vor sich ging. Ich rede von der Zeit, als er Lis und mir beim Latein half. Er wusste Bescheid.»

«Worüber?»

«Darüber, was zwischen Ihnen und Lis passiert war. Sie hatte ihm alles erzählt. Sie war ja völlig vernarrt in diesen Burschen. Verliebt über beide Ohren. Hatte sogar extra schlechte Lateinnoten gemacht, damit die Nachhilfestunden weitergingen. Sie wollte diesen famosen Lukas Zangger zum Freund. Deshalb musste sie ihm ihr Geheimnis anvertrauen. Sie dachte, das sei sie ihm schuldig, bevor … na ja. Jedenfalls hatte sie gesagt, sie würde es ihm sagen, aber dann …», sie schüttelte missbilligend den Kopf.

Wie?, fragte sich Zangger. Lis soll mir etwas gesagt haben? Er zwang sich, sich zu erinnern, er holte die Erinnerung ein weiteres Mal hervor und liess jene Szene in ihrem Zimmer in Sekundenschnelle nochmals ablaufen.

Nichts hat sie gesagt, widersprach er innerlich. Vielleicht *wollte* sie etwas sagen, und ich liess sie nicht. Oder sagte sie am Ende etwas, und ich nahm es gar nicht auf? Vergass, verdrängte ich es, weil so viel Schlimmes und Verwirrendes aufs Mal passiert war?

«… aber dann», fuhr Frau Engel fort, «als er davon gehört hatte, liess er sie sitzen. Er kriegte kalte Füsse. Er rannte davon und liess sich nie mehr blicken. Als ob *Lis* etwas Schlimmes getan hätte.»

Unwillkürlich drehte sich Zangger nach Seidenbast um. Der sah ihm in die Augen, wie wenn er seinen Blick erwartet hätte.

«Erst bei ihrer Beerdigung tauchte er wieder auf», sagte Frau Engel. «Und er gab vor, mich nicht mehr zu kennen, wenn wir uns hier oder in Ihrer Schule begegneten.»

Zangger schüttelte den Kopf.

«Was Sie nicht sagen», sagte Glanzmann, aber er war offensichtlich nicht bei der Sache. «Tz, tz, tz, das ist ja eine ganz dumme Geschichte. Aber jetzt brauche ich dringend das Manuskript. Das Buchmanuskript, verstehen Sie? Sie haben mich heute danach gefragt. Haben Sie es weggenommen?», fragte er argwöhnisch. «Es hat hier auf dem Tischchen gelegen.»

«Nein», sagte sie, nicht missmutiger als sonst. Es schien sie nicht besonders vor den Kopf zu stossen, dass Glanzmann ihr nicht zugehört hatte. Sie schien das zu kennen. «Es lag nichts auf dem Tischchen, als ich den Kaffee brachte.»

«Dann habe ich es verlegt. Wie dumm von mir.»

Er sah sich um, hob eines der Plüschtiere auf dem Sofa in die Höhe und schaute auf den Archivschachteln an der Wand nach.

«Moment!», sagte er und sah Frau Engel an. «Ich wollte Kopien davon machen. Ich ging aus dem Zimmer, oder nicht?»

Sie zuckte mit den Schultern.

«Doch, doch. Ich ging mit dem Manuskript nach draussen», sagte er und machte sich auf den Weg. Vor der Türe schaute er nach beiden Seiten und schüttelte den Kopf. «Nein. Nichts», meinte er, «in der Halle ist nichts», und kam wieder herein. Er stand nahe bei Frau Engel.

«Also, wenn Sie es hier auf den Schemel gelegt haben», sagte sie, machte zwei Schritte in die Halle hinaus und deutete auf eine Stelle ausserhalb des Bildes, «dann ist es weg.»

Glanzmann und Frau Engel standen jetzt beide in der Eingangshalle, ihre Stimmen klangen fern und hallten ein wenig, aber was sie sagten, war immer noch gut zu verstehen.

«Was heisst weg?», fragte Glanzmann.

«Entsorgt», sagte sie.

«Beim Altpapier? Dann holen Sie es bitte wieder herauf.»

«Nein, vernichtet.»

«Was soll das heissen?»

«Mit dieser neuen Maschine im Keller unten. Wie Sie es mir aufgetragen hatten.»

«Was?», rief Glanzmann. «Um Himmels Willen, Frau Engel!»

«Was ist denn?», fragte sie ärgerlich. «Sie haben mir doch aufgetragen, Papiere, die Sie *hier* deponieren», sie deutete wieder auf die Stelle neben der Kellertreppe, «durch den Papierwolf zu lassen. Das hatten Sie mir aufgetragen, nachdem Sie diesen Apparat gekauft hatten. Was *unter* dem Schemel liegt: zum Altpapier, haben Sie gesagt, was *auf* dem Schemel liegt: in den Papierwolf, das haben Sie ausdrücklich gesagt. Wissen Sie das nicht mehr?»

Glanzmann schaute sie entsetzt an.

«Zum *Kopieren* habe ich es hingelegt», sagte er.

«Schauen Sie nicht so. Es lag ja fast nie etwas dort, drei oder vier Mal vielleicht. Aber heute lag etwas dort.»

«Und das haben Sie vernichtet?»

«Sie wollten es ja so», sagte sie mürrisch.

«Frau Engel, denken Sie nach! War es das Manuskript?»

«Das weiss ich doch nicht. Ich weiss nur, wie es ausgesehen hat. Was es war, weiss ich nicht.»

«Wie viele Seiten waren es?»

«Zwanzig vielleicht. Oder fünfzig oder hundert, schwer zu sagen. Vielleicht auch mehr.»

«Das ist eine Katastrophe», sagte Glanzmann. «Mein einziges Exemplar. Das Original.»

Er geriet in grosse Erregung. Sein Gesicht zitterte, seine Arme zitterten mit den Stöcken und seine Beine zitterten auch. Es zitterte alles, noch viel mehr als sonst.

«Das war mein *Buch*, Frau Engel. Das einzige, was zählt. Das Wichtigste überhaupt», sagte er, fast ausser sich. «Für mich und für die Menschheit.»

«Jetzt regen Sie sich doch nicht so auf. Vielleicht war es ja gar nicht das Manuskript. Sie machen ja oft so ein Durcheinander. Vielleicht ist das Manuskript noch oben auf Ihrem Schreibtisch. Soll ich nachsehen?»

«Nein», sagte Glanzmann fest. Er sah sie von der Seite an. «Bestimmt nicht, das muss ich selber machen.»

Entschlossen, wenn auch zittrig, ging er an den Stöcken die zwei, drei Schritte bis zur Treppe. Er war noch knapp im Bild sichtbar. Man sah ihn am Treppenfuss den Sitz des Treppenlifts herunterklappen. Es schepperte, und Glanzmann setzte sich. Ein surrendes Geräusch war zu hören, dann ein leises Rumpeln. Er verschwand, auf dem Treppenlift sitzend, aus dem Bild. Eine Weile war nicht viel zu hören, nur das Aufsetzen der Krückstöcke und ein fernes Rumoren im Obergeschoss, das die empfindlichen Mikrophone aufgenommen hatten. Dann hörte man wieder den Treppenlift, Glanzmann kam heruntergefahren. Er erschien erneut im Bild. Das Bild war nicht ganz scharf, es war von der Kamera aufgenommen worden, die hinter dem Sofa stand und auf den Türrahmen eingestellt war. Er blieb in der Eingangshalle vor dem Sprechzimmer stehen. Er hatte die Stöcke in der Hand, den linken Arm an den Körper gepresst, ein Sichtmäppchen mit Papieren darunter geklemmt.

«Frau Engel», rief er, fast im Befehlston.

Sie kam herbei und blieb, gerade noch knapp im Bild sichtbar, vor ihm stehen.

«Sehen Sie? Da ist es ja», sagte sie.

«Das ist …», hob Glanzmann an. Seine Erregung war noch grösser als zuvor, er zitterte noch viel stärker als sonst.

«Das sieht gleich aus wie das andere», fiel sie ihm ins Wort. «Zeigen Sie mal her», sagte sie, tat einen Schritt auf Glanzmann zu und streckte die Hand aus.

«Nein», sagte er und klemmte die Papiere energisch fest.

«Ich will ja bloss …», sagte Frau Engel ärgerlich, und griff nach dem Mäppchen unter Glanzmanns Arm.

«Nein!», schrie Glanzmann. «Unterstehen Sie sich!»

Frau Engel wich erschreckt zurück. Doch Glanzmann – niemand hätte ihm diese Behändigkeit zugetraut – hatte schon den rechten Stock erhoben und liess ihn niedersausen. Frau Engel tat einen Schrei und war plötzlich nicht mehr zu sehen.

Man hörte ein Poltern.

Erika und Monika hatten fast im gleichen Augenblick aufgeschrien wie Frau Engel, Zangger war zusammengezuckt. Niemand verlangte, dass er das Band anhalte. Er liess es weiterlaufen und starrte auf den Bildschirm. Alle waren wie gelähmt, die vier Zuschauer im Zimmer und Glanzmann auf dem Bildschirm.

«Um Gottes Willen», sagte dieser nach ein paar Sekunden. Er war noch knapp sichtbar, dann verschwand er aus dem Bild, in die Richtung, in der Frau Engel verschwunden war.

«Frau Engel!», hörte man ihn rufen. «Frau Engel, was ist? Frau Engel! Bitte sagen Sie etwas.»

Eine kurze Weile blieb es wieder still.

«Schrecklich! Mea culpa», hörte man ihn stöhnen. «Mea culpa. Ich muss …», der Rest war nicht zu verstehen.

Er erschien wieder im Bild, machte sich aufgeregt am Treppenlift zu schaffen und setzte sich endlich auf den Klappsitz. Es surrte und der Lift rumpelte los, er fuhr hoch und verschwand.

In diesem Augenblick klingelte es an der Haustüre. Es klingelte nochmals. Dann hörte man die Türe aufgehen, jemand musste es mit Drehen statt Stossen versucht haben. Das Surren und Rumpeln hörte auf.

«Ist er schon oben?», fragte Zangger.

«Nein, er hat angehalten. Der Lift wird vom Sitz aus bedient», sagte Monika in das Taschentuch hinein, das sie sich mit beiden Händen vor den Mund presste.

Man hörte Schritte.

«Herr Glanzmann?»

Das war Marcos Stimme, gleich darauf tauchte er im kleinen Bild auf. Offenbar nahm er an, Glanzmann sei noch im Sprechzimmer. Er blieb unter der Türe stehen und begann zu reden:

«Stefanie weiss nichts von meinem Besuch», sagte er ins Zimmer hinein. «Das war mein eigener spontaner Entschluss. Und von mir wird sie auch nichts über unser Gespräch erfahren. Das wollte ich Ihnen noch sagen.» Marco kam ein, zwei Schritte ins Zimmer herein und guckte sich um. «Herr Glanzmann? Falls ich zu harsch gewesen bin …», jetzt drehte er sich um sich selber und blickte ratlos im Zimmer umher.

«Ist da jemand?», war Glanzmann zu hören, krächzend wie ein aufgeregter Vogel.

Marco fuhr herum, sah zur Türe, ging hinaus, blieb am Treppenfuss stehen und blickte nach oben.

«Herr Glanzmann», sagte er, «ich …»

«Nein!», krächzte Glanzmann, den man nicht sehen konnte. «Lassen Sie mich! Ich muss …»

«Ich wollte nur …»

«Cui bono?» Glanzmann hörte sich wie von Sinnen an. «Rettung! Hilfe!», krächzte er. «Friede auf Erden! Ich muss …»

Der Lift setzte sich wieder in Bewegung. Marco ging zwei Treppenstufen höher. Man sah nur noch seine Beine.

«Herr Glanz ...»

«Noli me tangere!», schrie der Alte. Seine Stimme überschlug sich. «Vade retro, satanas!»

«Bleiben Sie sitzen!», brüllte Marco und es schien, er setze zu einem Sprung an. «Nein, nicht!»

Ein kleiner Aufschrei: ein kurzes, fast tonloses Geräusch, wie ein heiseres Luftschnappen. Dann ein dumpfer, trockener Aufschlag, als ob ein schwerer Sack zu Boden fiele. Dann war es still.

Drei, vier Sekunden, dann Marcos panischer Ausruf: «Nein!»

Marco war eine oder zwei Stufen höher geeilt und stehen geblieben. Man hatte die ganze Zeit seine Beine oder mindestens seine Schuhe gesehen. Jetzt kam er die paar Treppenstufen hinuntergesprungen, war kurz im Bild sichtbar, eilte an der Sprechzimmertüre vorbei und verschwand. Die Haustüre fiel ins Schloss.

Gleich rennt er mich auf dem Heliossteig fast über den Haufen, dachte Zangger. Ich sehe noch die Panik in seinen Augen. Jetzt weiss ich warum.

«Schrecklich», sagte Monika.

Auf dem Videobildschirm blieb es still.

«Schlimm», sagte Erika. «Schlimm, schlimm, schlimm.»

Nichts bewegte sich mehr auf den Bildern. Man sah die Möbel und das Kaffeegeschirr auf dem einen, die offen stehende Sprechzimmertüre mit Blick in die Eingangshalle auf dem andern Bild.

«Eine Tragödie», sagte Zangger.

«Allerdings», meinte Seidenbast.

Nach einer Weile klingelte es wieder. Ein erstes, dann ein zweites, schliesslich ein drittes Mal, länger. Nichts rührte sich. Es herrschte gespenstische Stille.

«Das muss Frau Schimmel sein», flüsterte Zangger Seidenbast zu. Ein, zwei Minuten vergingen, da klingelte es ein weiteres Mal.

«Und das bist du», sagte Seidenbast.

Es klingelte von neuem, dann hörte man die Haustüre aufgehen und ins Schloss fallen.

«Herr Professor?», das war Zanggers Stimme. «Herr Professor», man sah ihn ins Sprechzimmer hineingucken, direkt in die Kamera. «Hallo, sind Sie da?», man sah ihn zum Treppenfuss eilen und hörte seine Schritte auf der Treppe. Es flimmerte auf dem Bildschirm. Das Band war zu Ende.

46

Erschüttert verharrten die vier in ihren Sesseln. Nur allmählich erfassten sie die Bedeutung dessen, was sie gesehen und gehört hatten. Das Videoband hatte auf nüchterne und dennoch erschreckende Weise ein Geheimnis, nein, mehrere ineinander verschlungene Geheimnisse enthüllt. Der alte Glanzmann war vor den Betrachtern auferstanden. Er hatte sich von einer nur allzu bekannten, enervierenden, von einer rührenden, aber auch von einer unbekannten, unheimlichen Seite gezeigt: Als zerstreuter Professor; als reuiger Sünder, der einem Leid tat; als unverbesserlicher, von Ehrgeiz und Geltungssucht getriebener Kopfmensch; auf nie geahnte Weise als Täter. Der Schleier, der über dem Geheimnis der Familie Glanzmann gelegen hatte, war gelüftet. Frau Engel hatte ihre heimliche Lebensaufgabe offenbart und war dann vor den Augen der Betrachter aus dem Leben gerissen, nein, gestossen worden. Und schliesslich lieferte das Band einem unter Mordverdacht stehenden Unschuldigen ein hieb- und stichfestes Alibi.

Sie lösten ihre Blicke vom Bildschirm. Zangger sah Seidenbast an, Erika und Monika wischten sich die Augen.

«Ich muss es noch einmal sehen», sagte Erika schliesslich.

Zangger verstand sofort, was sie meinte und spulte das Band bis zu der Stelle zurück, wo ihr Vater und Frau Engel sich in der Halle gegenüberstanden. Mehrmals musste er die Szene abspielen und im entscheidenden Moment anhalten, damit sie sehen konnten, was wirklich passiert war: Frau Engel griff nach dem Mäppchen, das Glanzmann mit aller Kraft unter seinem linken Arm festklemmte – sie wollte offenbar schauen, ob die Blätter so aussahen wie die, welche sie vernichtet hatte –, Glanzmann, in panischer Angst, schrie sie an, hob im gleichen Augenblick den rechten Arm und schlug mit dem metallenen Krückstock zu. Sie wich zwar zurück, aber zu spät. Der Schlag kam völlig überraschend, unerwartet heftig und schnell, fast wie ein Reflex – für einen Parkinsonpatienten eine aussergewöhnliche Reaktion. Er traf Frau Engel am Kopf, und sie – ob wegen des Schlags oder weil sie zu brüsk zurückwich, war nicht zu erkennen – stürzte die Kellertreppe hinunter. Die Treppe war auf dem Bildschirm nicht zu sehen, Frau Engel kippte einfach aus dem Bild und aus dem Leben hinaus.

«Das hat er schon einmal gemacht», sagte Monika, als sie die Szene zum dritten Mal gesehen hatte.

«Wie? Was?», fragte Erika.

«Dreingeschlagen. Bei diesem Kriminellen im letzten Jahr, weisst du das nicht?»

«Ach so. Ja, die Geschichte hast du mir erzählt.»

Alle kannten diese Geschichte, Glanzmann hatte oft genug über das Missgeschick gesprochen. Und doch begannen jetzt alle, über diese und andere Geschichten, über Beobachtungen und Vermutungen, die sie angestellt hatten und über Erfahrungen, die sie mit dem alten Herrn in jüngster Zeit gemacht hatten, zu reden. Sie hatten mehr als zwei Stunden, davon die meiste Zeit schweigend, wie gebannt vor dem Bildschirm gesessen – jetzt drängte es sie, zu reden. Um das Unfassbare besser begreifen zu können: Dass nämlich der alte Professor Glanzmann, vielleicht in geistiger Umnachtung, zum Totschläger geworden war. Sie trugen zusammen, was sie über ihn wussten, mutmassten über Beweggründe und Absichten, erkannten Zusammenhänge und versuchten, die Dinge, die sie eben gehört und gesehen hatten, mit allem zu verknüpfen. Gegen Mittag hatten sie ihr psychologisches Puzzle zusammengesetzt.

Genauso wie Glanzmann vor eineinhalb Jahren seine wissenschaftlichen Papiere gegen den Angriff Mirko Krautzeks verteidigt hatte – das Geld, das sich in seiner Schultertasche befunden hatte, war ihm gleichgültig gewesen, aber seine Papiere hatte er sich auf gar keinen Fall entreissen lassen wollen –, so verteidigte er an jenem Samstag vor vier Monaten sein Manuskript gegen den vermeintlichen Angriff von Frau Engel. Wie eine Hyäne. Er biss gewissermassen zu. Ohne zu überlegen. Aus einer Art Selbsterhaltungstrieb. Er verhielt sich so, als ob in seinem Gehirn das Dreinschlagen, auch wenn es seiner Persönlichkeit zutiefst widersprach, als ein für diese besondere Situation angemessenes Verhalten programmiert gewesen wäre. Er musste, er konnte nicht anders. Er war ja schon vor längerer Zeit misstrauisch geworden und hatte unter der wahnhaften Angst gelitten, jemand wolle ihm seine Theorie stehlen. Das war eine teils krankheits-, teils medikamentenbedingte seelische Störung gewesen. Ob seine Beschäftigung mit dem Gehirn an sich eine krankhafte Obsession gewesen war oder Ausdruck eines gesunden Forschungsdrangs und unbändigen Wissensdurstes, ob seine neue Theorie seinem Genie entsprungen war oder seiner Verrücktheit, darauf mochte sich niemand festlegen.

«Ist das Ironie des Schicksals», fragte Seidenbast, «oder hat seine Geschichte ihre eigene, tragische Logik? In all den Jahren, in denen er sich wie ein Besessener mit dem menschlichen Gehirn beschäftigte, ging sein eigenes Gehirn an seiner Krankheit langsam, aber stetig zu Grunde. Und mit dem Aufputschmittel, das er täglich einnahm, zerstörte er es noch ganz.»

«Das wird er gespürt haben», gab ihm Zangger Recht, «aber er hatte es nicht wahr haben wollen. Er setzte seinem eigenen Zerfall gewissermassen seine Theorie entgegen. Er bekämpfte seine Starre im Geist und die drohende Leere mit der Theorie von der Flexibilität und den grenzenlosen Möglichkeiten des Gehirns.»

An jenem Frühsommertag musste er, wegen der für ihn höchst peinlichen Gespräche mit Marco Vetsch und mit Frau Engel, in eine ausserordentliche Gemütsverfassung geraten sein. Nachdem diese Gespräche einmal vorbei gewesen waren, hatte er sich, vielleicht um den quälenden Scham- und Schuldgefühlen auszuweichen, voll und ganz auf sein Buchmanuskript fixiert und alles andere ausgeblendet. In dem Augenblick, als Frau Engel ihm das Manuskript hatte entreissen wollen – so war es ihm in seiner Wahnstimmung vorgekommen –, war seine Angst wie ein Sturzbach über ihn hereingebrochen. Er war in Panik geraten, in eine regelrechte Todesangst. Er hatte um sein Werk gefürchtet, wie einer sonst um sein Leben fürchtet. Denn sein Werk war sein Leben. Sein ewiges Leben, sozusagen.

Dann musste er realisiert haben, was geschehen war, halbwegs begreifend, was er angerichtet hatte. Gut möglich, dass sich die alten, verdrängten Schuldgefühle in diesem Augenblick mit den neuen vermischten. Dass Frau Engel tot war, konnte er nicht wissen. Trotzdem warf ihn der Unfall – seine Tat – aus der Bahn. Er wurde im Geist verwirrt: Er wollte offenbar im Obergeschoss Hilfe holen, vielleicht telefonieren, dabei wäre das Telefon im Sprechzimmer viel näher gewesen. Vielleicht spürte er aber auch eine beginnende Unterzuckerung und wollte in seiner Not nach oben, um Zucker oder Orangensaft zu holen.

Als Marco zum zweiten Mal auftauchte, sah er im schwarzhaarigen, glutäugigen jungen Mann, der ihn kurz zuvor zur Rede gestellt hatte, nur noch eine schreckliche Bedrohung. Ja, er sah in ihm den leibhaftigen Teufel, der ihn von seiner Aufgabe abhalten wollte – von der Aufgabe nämlich, für sich selber Zucker oder für Frau Engel Hilfe zu holen, vielleicht aber auch von der Aufgabe, Frieden auf Erden zu stiften. Jedenfalls stand er vom fahrenden Treppenlift auf und erhob in seinem Wahn auch gegen Marco den Stock. Das brachte ihn zu Fall, er stürzte kopfüber zu Boden.

Aus der Bewusstlosigkeit erwacht – als Zangger ihn auf dem Treppenpodest gefunden und aufgeweckt hatte –, waren die zwei Stunden, die seinem Sturz vorausgegangen waren, aus seinem Gedächtnis gelöscht. Genau ab dem Zeitpunkt, als er Frau Engel Kaffee machen geschickt hatte. Alles, was die Betrachter des Videobandes gesehen und gehört hatten, existierte für ihn nicht mehr. Er wusste schlicht und einfach nichts von davon.

Erst als sich sein geistiger Zustand nach der zweiten Operation von Tag zu Tag verschlechterte, begann das Geschehene in sein Bewusstsein zu dringen. In vager, verzerrter Form. In Form von Fragen, als Wahnsinn kaschiert: Bin ich ein Mörder? Als nebulöse Ahnung, die sich durch seine Psychose hindurchdrückte: Ich habe schwere Schuld auf mich geladen. Ich habe Katja und Lis und dem Kind und Frau Engel etwas angetan.

«Als Kind war er ein Opfer gewesen», überlegte Seidenbast laut, «jedenfalls empfand er es so. Als Vater wurde er zum

Täter. Als Therapeut war er für viele ein Retter in der Not. Am Schluss war er alles aufs Mal: Täter, Retter und Opfer in einem. Fast eine griechische Tragödie. Seine letzten Wochen und Tage mussten die Hölle gewesen sein.»

Die Hölle war der ganze letzte Sommer gewiss auch für Marco Vetsch gewesen.

«Wie kommt ein Arzt dazu, einen verletzten alten Mann am Boden liegen zu lassen und abzuhauen?», fragte Erika.

«Marco gerät in Panik, wenn er jemandem aus dem Kopf bluten sieht. Das hat mit seiner Geschichte zu tun, mit einem schrecklichen Erlebnis als Kind. Wenn er einen blutenden Kopf sieht, muss er flüchten, darüber hat er fast keine Kontrolle», erklärte Zangger. «Darum musste er seine Laufbahn als Chirurg abbrechen. Ich bildete mir allerdings ein, er sei geheilt.»

Er sah Seidenbast an. Der drehte beide Handflächen nach oben und hob die Schultern.

«Sein unprofessionelles Verhalten als Arzt», fuhr Zangger fort, «die unterlassene Hilfeleistung war wohl der Grund, dass Marco sich im Herbst nicht mehr ins Seminar wagte. Er hielt – oder hält – sich für mitschuldig an Glanzmanns Unfall und seinem Tod. Vielleicht auch am Tod von Frau Engel. Wer weiss, was er sich alles zusammenreimte, als er im Nachhinein von ihrem tödlichen Sturz hörte. Er wagte nicht, sich seiner Freundin anzuvertrauen, er hatte Angst, in ihren Augen als Täter dazustehen. Er konnte sich selber ausmalen, dass ein schlimmer Verdacht auf ihn fallen würde, wenn man seine Fingerabdrücke auf der Kaffeetasse fände. Angst und Schuldgefühle trieben ihn in die Enge.»

«Und Scham», sagte Seidenbast. «Er schämte sich vor seiner Freundin und vor dir. Früher machte er dir das Leben schwer, aber seit einem Jahr wollte er ein Musterschüler sein. Du hast ja eben gehört, wie er dich nachzuahmen versucht.

Und jetzt liess er erneut einen Verletzten liegen. Vielleicht schämte er sich aber noch viel mehr wegen des Dramas, das er in diesem Haus angezettelt hatte. Als ob *er* etwas Unrechtes getan hätte! Dabei hatte er es bloss gewagt, auf ein geschehenes Unrecht zu zeigen.»

«Es schämen sich eben meistens die Falschen», sagte Zangger.

«Fast hätte er sich aus lauter Scham das Leben genommen», sagte Seidenbast nachdenklich. «Dass die Polizei dieses Videoband übersehen hat, ist mir unbegreiflich», fuhr er fort. «Es hätte uns allen eine Menge Angst und Sorgen erspart, wenn sie es von allem Anfang an ausgewertet hätte. Diese ganze Videoapparatur war doch noch in Betrieb gewesen, als die Kriminalbeamten kamen, oder nicht? Wieso haben sie es bloss nicht mitgenommen?»

«Das kann ich dir sagen», sagte Zangger. Alle sahen ihn verwundert an. «Weil Monika einen kleinen Tick hat. – Entschuldige, dass ich das sage, Monika. Aber du bist sehr darauf aus, dass elektrische Geräte auf keinen Fall eingeschaltet bleiben, stimmts?» Er sah sie an, sie nickte betroffen. «Du schaltest elektrische Apparate fast automatisch aus und du ziehst, um ganz sicher zu gehen, die Stecker aus, wenn sie nicht in Betrieb sind. Da hattest du in diesem Haus natürlich alle Hände voll zu tun, nicht wahr? Du hast es dir angewöhnt, durch die Zimmer zu gehen, Geräte und Maschinen abzuschalten und Stecker auszuziehen. Erst als ich mich an die Einzelheiten in diesem Zimmer erinnerte, fiel mir wieder ein, wie du, als wir auf Tobler warteten, im Zimmer herumhantiertest. Ich blickte ständig in die Halle hinaus, und du brachtest in meinem Rücken – da, hinter dem Sofa – alles Mögliche in Ordnung. Du warst ziemlich aufgeregt. Vielleicht ohne es zu merken, hast du die Kamera und alle die Apparate abgeschaltet, die Stecker ausgezogen und sogar die Linse der Kamera abgedeckt, noch bevor die Kriminalisten mit der Spurensicherung begannen.»

«Kann sein», sagte Monika. «Ich habe keine Erinnerung daran.»

«Danach sah alles so aus, als ob es seit Jahren nicht mehr in Betrieb gewesen wäre. Im ganzen Haus stehen Apparate, Maschinen und elektrische Geräte herum, da hatte die Polizei wenig Anlass, jedes einzelne zu untersuchen.»

«Alles klar», sagte Seidenbast. «Nein, noch etwas: Die Krücken. Einer der Stöcke war doch quasi die Tatwaffe. Das hätte man anhand von Spuren doch bestimmt auch ohne Video feststellen können. Wenn die Polizei in diesem Punkt saubere Arbeit geleistet hätte, hätte das die ganze Untersuchung abgekürzt. Wieso haben die das nicht gemacht?»

«Sie konnten nicht», erklärte Zangger. «Sie wussten gar nichts von diesen Krücken. Sie waren Glanzmann ins Spital mitgegeben worden. Dort wurden sie ihm weggenommen und zum Altmetall geworfen. Er regte sich fürchterlich darüber auf. Die alten Metallstöcke seien zu schwer, sagte man ihm. Er bekam neue aus Plastik. So war das.»

«Aha», quittierte Seidenbast.

«Über Vater haben wir noch nicht alles gesagt», gab Erika zu bedenken. «Eins möchte ich unbedingt wissen: Hatte er nun das Buchmanuskript unter dem Arm oder nicht? Ich war der Meinung, Mägi habe es vernichtet.»

Darüber hatte Zangger schon die ganze Zeit gerätselt.

«Ich weiss nur, dass das Mäppchen, das wir am Schluss unter seinem Arm sahen, dasselbe ist, das ich wenig später auf der Treppe fand und mitnahm», sagte er. «Da war aber bloss der *Entwurf*, die Skizze eines Buches drin, mehr nicht. Ein Buchmanuskript war es auf keinen Fall. Ob es in den Augen deines Vaters eins war, bleibt sein Geheimnis. Was Frau Engel durch den Papierwolf liess, werden wir wohl nie wissen. Ich habe gesehen, dass der Keller geräumt ist, die Schnipsel sind also längst entsorgt und verbrannt. Vielleicht war es tatsächlich ein komplettes Buchmanuskript. Dann hätte Frau Engel die Glanzmann'sche Theorie, seine vollständige Hirn- und Seelenlehre und eine neue Heilmethode, dem Aktenvernichter und dem Feuer überantwortet.»

«Schön gesagt», spöttelte Seidenbast. «Überantwortet.»

«Das wissenschaftliche Erbe?», fragte Monika und drehte sich zu Seidenbast um. «War es das, was Sie gestern meinten?»

Seidenbast machte wieder seine Handbewegung.

«Seine Lehre, ja. Für immer verloren», stellte er fest.

Die Schwestern sahen sich betroffen an.

«Vielleicht war das, was Frau Engel in den Aktenvernichter gesteckt hatte, aber auch bloss ein weiterer Entwurf», fuhr Zangger fort. «Ich habe viele dieser Buchskizzen gefunden, als ich im Auftrag eures Vaters nach dem Manuskript suchte. Er scheint über Jahre ständig neue, aber mehr oder weniger identische Entwürfe für sein Buch getippt zu haben.»

«Was bedeutet das?», fragte Erika. «Gibt es eine Glanzmann'sche Theorie oder gibt es keine?»

«Wenn das, was Frau Engel durch den Papierwolf liess, auch bloss ein Entwurf war, dann hat die vollständige Theorie nur in seinem Kopf existiert. Dann hat er sie nie wirklich zu Papier gebracht, nie vollständig ausformuliert. Nur immer und immer wieder von neuem entworfen. Wie ein genialer Komponist, der eine ganze Sinfonie im Kopf hat. Der den einen oder andern Akkord, diesen und jenen Paukenschlag notiert, sonst aber bloss die Tempi und immer wieder die Anfangs- und Leitmotive aufschreibt, ohne je das ganze Werk oder auch nur einen Teil davon zu Ende zu komponieren und aufs Notenpapier zu bringen. In seinem Kopf erklänge die Musik in ihrer ganzen Fülle und Schönheit, aber niemand sonst würde sie je hören.»

«Schön gesagt», sagte Seidenbast, diesmal ohne Spott. «Die Metapher gefällt mir. Da steckt Achtung drin. Achtung vor einem Meister.»

Stimmt, dachte Zangger. Aber wieso spüre ich das erst jetzt, wo er es mir sagt?

«Jetzt müssen wir aber …», sagte Seidenbast.

«Ich weiss», erwiderte Zangger. Er warf einen Blick auf seine Uhr. «Es ist Mittagszeit, aber vielleicht ist er trotzdem dort.»

Er ging zum Telefon und wählte die Nummer.

«Herr Zangger, halloo», sagte Tobler. Er war wieder ganz der Alte. «Alle Achtung, Sie vollbringen ja wahre Wunder.»

«Ich? Was für Wunder?»

«Mit diesem Vetsch. Er ist wie ein umgedrehter Handschuh. Er sagt, er wolle bedingungslos kooperieren. Ich denke, er legt ein Geständnis ab.»

«Ist er denn nicht mehr im Psychiatriezentrum?»

«Doch, aber morgen wird er ins Untersuchungsgefängnis zurückverlegt.»

«Das dünkt mich ein bisschen früh.»

«Finde ich auch, aber er besteht darauf. Wenns nach ihm ginge, würde er schon heute verlegt. Der Arzt sagt, er staune selber darüber, aber der Häftling sei nicht mehr suizidal. Frau de Quervain verlangte eine Zweituntersuchung durch den Oberarzt, aber der kommt zum gleichen Schluss. Kurz und gut: Wir sind am Ziel.»

«Das glaube ich auch. Wenns Ihnen recht ist, Herr Tobler, möchte ich noch kurz bei Ihnen reinschauen.»

«Jederzeit. Wozu, wenn ich fragen darf?»

«Ich bringe Beweismaterial.»

«Oh, was denn?»

«Von der Jupiterstrasse. Aus dem Hause Glanzmann. Es wird die Aufklärung des Falles beschleunigen. Nein, abkürzen. Radikal abkürzen.»

«So, so. Wann wollen Sie kommen?»

«Jetzt gleich.»

Zangger holte Hut und Mantel und kam ins Sprechzimmer zurück. Er ging zum Videorecorder, drückte auf die Auswurftaste und steckte die Kassette in seine Manteltasche. Er verabschiedete sich von Erika und Monika Glanzmann und machte sich mit Seidenbast auf den Weg ins Polizeikommando.

«*Du* hast das Wunder vollbracht», sagte er, am Steuer seiner alten Karosse sitzend, zu Seidenbast, «nicht ich. Aber ich weiss immer noch nicht wie.»

Seidenbast sagte nichts.

«Jetzt sag endlich, was du ihm geschrieben hast», insistierte Zangger. «Sonst werde ich sauer.»

«Du wirst so oder so sauer werden.»

«Was soll das heissen?»

«Gut, ich sags dir. Ich habe ihm vier oder fünf Sätze geschrieben. ‹Lieber Herr Vetsch›, habe ich geschrieben, ‹Sie sind unschuldig, das weiss Zangger.›»

«Das war ja glatt gelogen», empörte sich Zangger. «Gestern wusste ich es noch gar nicht. Ich ahnte es, dass er unschuldig ist, ich hoffte es. Ich konnte und wollte einfach nicht glauben, dass er ein Mörder ist. Aber *wissen* tat ich es noch nicht.»

«Aber ich.»

«Du *wusstest*, dass er unschuldig ist?»

«Sagen wir es so: Ich spürte es. Und ich war mir sicher.»

«Gestern sagtest du aber nichts dergleichen. Da klangst du ganz anders.»

«Na hör mal, Lukas. Ich wollte dich doch nicht in Sicherheit wiegen. Wenn du so sicher gewusst hättest wie ich, dass er unschuldig ist, hättest du am Ende die Hände in den Schoss gelegt. Dann würde er noch lange in Untersuchungshaft sitzen. Ich wollte, dass du aktiv wurdest. Du musstest etwas unternehmen. *Ich* hätte nichts unternehmen können, verstehst du? Ich konnte ja nicht gut zu Tobler gehen und ihm sagen, ich spüre, dass Vetsch unschuldig ist. Das hätte ihn kaum beeindruckt. Nein, *du* musstest etwas tun, und du tatst es auch. Du suchtest und wurdest fündig. Darum wissen wir jetzt alles.»

«Meinetwegen», sagte Zangger, nur halbwegs überzeugt. «‹Lieber Herr Vetsch, Sie sind unschuldig, und Zangger weiss das.›» Er schüttelte den Kopf. «Und weiter?»

«‹Er holt Sie da raus, verlassen Sie sich drauf.›»

«Das gibts doch nicht! Versprechungen, um einem Verzweifelten Hoffnung zu machen? Leere Versprechungen, um einen Suizidalen umzustimmen? Vollkommen untherapeutisch. Das könnte bös danebengehen.»

«Leere Versprechungen? Es geht ja alles in Erfüllung.»

Zangger war sprachlos. «Und weiter?», fragte er bloss.

«‹Sagen Sie der Polizei alles, was Sie wissen.›»

«Na gut, warum nicht. Das wären drei Sätze. Und weiter? Der Schluss?»

«‹Wenn Sie sich umbringen, kann Zangger seine Schule schliessen, dann ist er ein gebrochener Mann. Und Sie haben ihn auf dem Gewissen.›»

«Ich glaubs nicht!», fuhr Zangger auf. Er musste sich zusammennehmen, damit er das Steuer nicht ganz losliess, aber mit der Rechten schlug er auf das Sitzpolster.

«Siehst du? Ich habs ja gesagt, dass du sauer wirst.»

«Alles was recht ist, Marius: einem Suizidalen drohen! Einem selbstmordgefährdeten Menschen Schuldgefühle machen! Das ist doch ein Kunstf…», er hielt inne.

«Ein Kunstfehler, ich weiss. Ein rostiges Messer.»

Zangger geriet ein bisschen aus dem Konzept.

«Unethisch», sagte er. «So etwas darf ein Psychotherapeut einfach nicht tun.»

«Ich schon. Ich bin ja keiner», sagte Seidenbast trocken.

Zangger gingen die Argumente aus. Er schüttelte bloss noch den Kopf.

«*So* billig», sagte er schliesslich. «So was von billig, was du dem armen Kerl schriebst. Ich meine, Marco ist doch ein intelligenter Mensch, der durchschaute deine billige Masche doch sofort.»

«Umso besser», entgegnete Seidenbast. «Dann sind all deine Bedenken ja unbegründet. Und gewirkt hat es trotzdem.»

Zangger brach in Gelächter aus. Er hatte einen richtigen Lachanfall.

«Dir ist einfach nicht beizukommen», sagte er, als er wieder reden konnte. «Du verdammter Gaukler, du. Du billiger Jakob. Du grandioser Wunderheiler.»

Sie stellten den Wagen in der Gessnerallee ab.

Seidenbast stieg aus und steckte sich eine Zigarette zwischen die Lippen.

«Kommst du mit?», fragte Zangger.

«Nein, ich warte hier», sagte Seidenbast und strich ein Streichholz an. «Machs kurz, ja? Ich überlege mir in der Zwischenzeit, wo wir uns nachher ein Glas genehmigen.»

Zangger ging ins Polizeikommando und klopfte an Toblers Türe.

«Herein!», rief Tobler.

Zangger nahm den Hut vom Kopf und trat ein. Er hätte am liebsten kehrt gemacht: Frau de Quervain stand am Fenster. Tobler machte eine Grimasse und eine Handbewegung, wie Zangger sie sonst von Seidenbast kannte.

Ich kann nichts dafür, hiess das.

«So, Herr Zangger», hüstelte Frau de Quervain. «Es sieht schlecht aus für Ihren Schützling.» Sie lehnte am Fenstersims, strich erst über ihr straff zusammengebundenes Haar und rückte dann ihre Brille zurecht. «Das ist er doch, oder?», fragte sie süffisant.

Zangger zog die schwarze Kassette aus der Manteltasche.

«Was bringen Sie uns denn Schönes?», erkundigte sie sich und streckte die Hand aus.

«Keine Fragen, Frau de Quervain», sagte Zangger, «nur Fakten.» Er legte die Kassette vor Tobler auf den Tisch, drückte diesem die Hand, nickte Frau de Quervain zu und ging wieder hinaus.